其他人不重要.

你在纸身边. 就很好.

半糖青橙

Banke QingCheng

半颗青橙

著

天津出版传媒集团
天津人民出版社

**图书在版编目（CIP）数据**

他似星辰 / 半颗青橙著. -- 天津 : 天津人民出版
社, 2023.8
　　ISBN 978-7-201-19538-4

　　Ⅰ. ①他… Ⅱ. ①半… Ⅲ. ①长篇小说－中国－当代
Ⅳ. ①I247.5

中国国家版本馆CIP数据核字(2023)第111530号

# 他似星辰
**TA SI XINGCHEN**

| | |
|---|---|
| 出　　版 | 天津人民出版社 |
| 出 版 人 | 刘　庆 |
| 地　　址 | 天津市和平区西康路 35 号康岳大厦 |
| 邮政编码 | 300051 |
| 邮购电话 | （022）23332469 |
| 电子信箱 | reader@tjrmcbs.com |

| | |
|---|---|
| 责任编辑 | 谢仁林 |
| 特约编辑 | 刘　彤 |
| 装帧设计 | 白砚川 |

| | |
|---|---|
| 制版印刷 | 三河市兴博印务有限公司 |
| 经　　销 | 新华书店 |
| 开　　本 | 880毫米×1230毫米　1/32 |
| 印　　张 | 10.5 |
| 字　　数 | 230千字 |
| 版次印次 | 2023 年 8 月第 1 版　2023 年 8 月第 1 次印刷 |
| 定　　价 | 45.00元 |

目录
Contents

# 第一章　所谓伊人

六月份，伦敦的天气反复无常，活像个脾气古怪的糟老头，阴晴不定。今早还灰沉沉地飘着小雨，此刻却是风和日丽，晴空万里。

富丽堂皇的伦敦大剧院，这足以容下千人的音乐厅里，傅维珩独自一人坐在观众席上，背脊抵着软椅背，眼眸轻阖，乌黑的睫毛轻颤着，看似一副懒散的样子。

一年前他和叶胤桓共同成立了珩衍交响乐团，并在今年初开始了欧洲巡演，今晚便是最后一站——伦敦大剧院。为了今晚的这场收官演奏，从下午一点开始，乐团就在进行紧张的彩排。

台上演奏声近乎完美，傅维珩听在耳里，眉头却是越蹙越紧。他缓缓睁开眼，起身迈步走上台，在指挥台边站定，那股与生俱来的凌厉气势顿时让现场演奏的乐声弱了一半。

"Stop.（停。）"平静温凉的嗓音，不大不小。

整个音乐厅随即沉寂下来，所有的演奏者一脸惶惑地盯着他，心中开始暗自捣鼓。叶胤桓放下手中的指挥棒，习以为常地耸了下肩，嘴角勾起一丝无奈，心想："好了，大音乐家要开始挑刺了。"

"Cello（大提琴）。"傅维珩抬起右手，骨节分明的食指指向第二排的大提琴手，"What's wrong with your ears? Can't you hear that the intonation is out of tune?（你的耳朵不好使了？听不出来音准跑了？）"

话落，底下传来低低的笑声。那位被说耳朵不好使的大提琴手是位腼腆的德国女孩，一下子羞红了脸，当即试了试音，发现A弦确实偏高了一些，于是讪讪地说："Sorry, I'll pay attention to that next time.（对不起，下次我会注意。）"

他指尖一转，漆黑如墨的眼眸严厉地瞪了一眼面前笑得正欢的小提琴手，眉目沉沉："Are you still laughing? Two beats slower.（慢了两个拍子，你还笑得来？）"

小提琴手是个年轻的美国男孩，碰了一鼻子灰，有些羞恼却无可奈何："Well, I won't laugh any more.（好吧，我不笑了。）"

紧接着，傅维珩又望向长笛首席，语气稍稍缓和："You need to start with a softer melody.（开头的旋律再轻柔一些。）"

说完，他向前走一小步，朝面前的女中提琴手勾了勾手指头，视线落在那把红棕色的中提琴上，有所示意。那女孩一愣，望着他沉黑的眼眸，耳根子不自觉一红，心领神会地将手里的中提琴递给他。

傅维珩接过琴夹在肩颈上，调试了几个音准，然后对着在场的中提琴手淡淡地说："Starting fade-out slowly in this section.（在这一小节的时候可以渐弱一些。）"话落，他便抬起右手开始演示。

中提琴悠沉曼妙的声音回荡在这巨大的音乐厅内，不知是被他美妙的琴音所震撼，还是被他拉琴时沉稳俊朗的姿态所吸引，众人不由自主地屏息凝听。

良久，傅维珩将琴弓轻轻一收，结束了这优美的演示。

把琴小心翼翼地递还给那位还未回过神的中提琴手后，傅维珩又站回到指挥台边，单手抄兜，目光锐利地一扫台上所有的演奏者，用一口标准的英式英语说："I will come back in two hours.If you still play this piece so badly, you will not have a holiday in the next year!（如果两小时后我回来，你们依旧把这首曲子演奏成这副鬼样子，那么接下来的一年，你们就别指望再有休假！）"他又侧头冷漠地睨了眼叶胤桓，"胤桓，不要告诉我你连首《波莱罗》都指挥不好。"

叶胤桓愣了愣，望着傅维珩走远的身影，揉了揉眉心，一时哭笑不得。

午后，伦敦公园多了许多散步玩乐的人，傅维珩在石子路上闲庭信步，英俊挺拔的外形和沉稳的气质吸引了周遭不少年轻女孩的目光。

这时远处传来一阵低沉的琴声，他脚步一顿，循着音源望去。

有个女孩坐在长椅上，双腿间夹着大提琴，姿态端正，演奏娴熟，就此刻听来，其中的情感与技巧绝不亚于乐团中的大提琴手。

傅维珩怔在原处，相隔太远，他看不清她的长相，只觉得她的气质沉静动人，如这午后的阳光，温柔四溢。长椅前围观的游客正在逐渐增多，很快就挡住了他的视线。

一曲奏毕，琴声在风中消散。傅维珩倏然回神，这才后知后觉地朝长椅处大步跑去。等到他拨开人群走到长椅前时，长椅上的身影早已消失不见，他四下张望，周围的游客熙熙攘攘，那道背着琴的身影已然匆匆远去。

那首曲子是《天赐之声》，若不是这簇拥的人群，若不是那真切的琴音，他几乎要怀疑这一切只是南柯一梦。


九月，开学季。

宿舍里，苏莞是被一阵有规律的手机铃声吵醒的，她从被窝里探出一只手摸寻着手机，就听到隔壁床传来姚曳略带怒气的声音："天！五点半！谁这么缺德！"

然后就听苏莞慢悠悠的一句："许丞阳……"脑子还处于迷糊状态，苏莞手一滑，不小心按到了免提。下一秒，电话里的声音就在寝室里炸开，搅乱了这一清晨的宁静："莞莞！许久不见，甚是想念！我上车了！跟姚曳说一声，你们一觉醒来就能看到我了！"

返校第一夜，姚曳毫无意外地失眠了，辗转反侧到半夜三点才睡着，本打算今早一觉睡到自然醒，现下却被许丞阳不适宜的电话给吵醒。姚曳的火气噌的一下冒上头，不等苏莞开口，便劈手将手机一把夺去："许丞阳，如果你现在在我面前，我一定攘死你！"

嗯，苏莞一直都觉得许丞阳是她们宿舍唯一的活宝。

再一次醒来，天已经大亮，阳光透过窗帘毫不吝啬地照进寝室的瓷砖地上，在半空中晕开淡淡的光圈。

今天是老生报到的日子。三年前，苏莞以优异成绩考入延川大学音乐学院，今年是她的大学第四年，临近毕业，最重要的除了毕业论文和毕业演奏外，还有实习。

一番梳洗后，苏莞背着她的大提琴和姚曳出了门。

"我的头……"姚曳还未从失眠的影响中缓过神来，她抬手揉了揉太阳穴，森冷地开口，"我今晚真的有必要和许丞阳好好地'面谈'一下！"

"……姚姚，冲动是魔鬼。"苏莞温柔地抚了抚姚曳的脑袋，微微一笑。

看着苏莞标致的脸蛋，姚曳摇摇头，失笑说："莞莞，有时候我真巴不得自己是个男人。"

苏莞想了想，柔声说："那我一定嫁给你。"

姚曳一听，一手勾过苏莞的脖子，兴高采烈地掐了掐她细腻嫩白的脸颊："冲你这句话！走，请你吃早餐！"

早餐后再到系里已经十点半了，正是人多的时候。姚曳知道苏莞下午还要出去授课，便风风火火地拉着她挤到辅导员面前办了相关手续，算是完成了报到。

临近正午，温度越发的高，再加上整栋楼内皆是人，等到两人出来时，已经满头大汗。姚曳咽了口矿泉水，大气粗喘："全赶上这时间来了，还不如等着许丞阳回来一起呢！"

苏莞抹了把额头的汗珠，默默地点头。

"苏莞——"熟悉的男声从身侧传来，两人下意识转头看去。

顾铭一身休闲装，容光焕发。

看到来人，姚曳用肩肘微微撞了撞苏莞，捂嘴偷笑："你的追求者。"

苏莞不理她，微微颔首示礼："顾师兄。"

顾铭，钢琴系研究生二年级，阳光俊朗，成绩优异，据许丞阳透露，好像还是某某公司的继承人，典型的富二代。在外人眼里也许顾铭是个不可多得的好男人，但在苏莞眼里……嗯……就跟普通人没什么区别。

顾铭春光满面，笑问她："你报到完了？"

暑假两个月没见，再一次见到苏莞，他依旧是心潮悸动。

苏莞今天穿了一件米白色的细褶肩带长裙，露出锁骨和白皙光滑的肩膀，脚下是一双秀气的扣带凉鞋，裙摆宽大，纤细的脚踝在裙摆下隐约可见。她把头发挽起，扎成一个马尾，额前的碎发被她随意地撩到耳后。双颊因热微红，纤长的睫毛随着眼睛一眨一眨地扇动，嘴唇微微抿起笑时，隐约可见腮边的酒窝。

"嗯……"苏莞低头，扯了扯姚曳衣角，示意她帮忙说些什么。

到底是三年的室友，姚曳心领神会："咳咳……学长，没什么事我们先走了！"

见心上人欲走，顾铭下意识拉住她肩上的大提琴盒背带："等等……"

苏莞侧头望向他拉住背带的手，眼皮轻抬，淡淡地看他一眼。

对上她的目光，顾铭心下一慌，立即松手，开口问："你今天要外出授课？"

见他一瞥背上的大提琴，苏莞点点头："嗯。"

他把手伸进兜里准备掏车钥匙："那我送你吧！我的车刚好……"

"不用。"苏莞眉心一蹙，冷然打断他的话，也没给他再开口的机会，挽着姚曳头也不回地走出教学楼。

对于顾铭，苏莞并不讨厌，但绝不会是喜欢。

"莞莞……哈哈哈……知道我跟许丞阳为什么这么爱你吗？"

苏莞停住脚步，双眼直直地看着身边笑得前俯后仰的姚曳："……"

后者再一次勾住她的脖子："你这不问红尘的态度简直是绝了！你是没有看到顾铭那憋屈的样子，别有一番滋味在心头啊！哈哈哈！"

苏莞微笑说："过奖。"

姚曳双肩一抖一抖地碰了碰苏莞的肩膀："莞莞，说正经的，你真不考虑考虑顾铭？小伙子不是挺好吗？"她伸出五指给苏莞细数，"你看啊，长得不错，有钱，又是高才生，在咱们这阴盛阳衰的音乐学院中真的挺不错的。"

闻言，苏莞沉默了下，语气平和，不紧不慢地说："不然，你上？"

姚曳皱鼻子抖了个激灵："咦，算了吧，这样的男人我招架不住。"又伸出食指挑着苏莞的下巴，"果然深得朕心的还是只有苏美人你呀。"

苏莞仰着下巴，垂眸盯着她的手指，柔声配合说："皇上，要起驾回宫吗？"

姚曳大笑，扬手搂住苏莞的肩："来，爱妃，朕带你，游江山！"

二十二岁的苏莞，对感情无疑是陌生的。

如果说人的一生一定要谈够三次恋爱才算圆满的话，苏莞却只觉得一次就好，虽然这个想法常常被姚曳和许丞阳抓住当笑柄，但对于男人和爱情，她总是慢慢地挑，细细地品。

姚曳的"小绵羊"在一扇复式的铁艺大门前停下。苏莞摘下安全帽放到电动车前，背起琴交代："回去小心点儿。"

姚曳小手一挥："放心吧！别忘了晚上你还有一场婚礼演奏！等晚上结束了我和许丞阳去酒店接你！"然后掉转车头，驶向大道。

傅家的大宅坐落在半山腰上，是一幢典型的欧式巴洛克风格建筑，铁艺大门后是一条宽敞的车道，道路两旁白玫瑰篱笆墙修剪得格外整齐，沿路直通傅宅的正门。

苏莞伸出食指摁了摁铁艺门旁的门铃，稍等片刻，门便自动地缓缓打开了。进了门，沿着这篱笆墙没走多久，苏莞就听到身后传来一阵轻微的引擎声，转头看去，一辆名贵的轿车恰好缓缓地从她身侧驶过。透过后座那开着三分之一的车窗，她匆匆瞥见一眼，里头是个正垂着头的年轻男人。

等苏莞走到傅宅正门时，文森正站在门边面带微笑地望着她，那辆轿车已从正门驶走，苏莞若有所思地看了眼那辆驶向车库的车，向他微微一笑："文森先生，您好。"

"苏小姐，"文森彬彬有礼，脸上的笑意更深了些，"是我们先生回来了。"

"嗯……"被人看穿心事，苏莞莫名尴尬地双颊一热，手指揪紧裙摆。

文森将她的小动作看在眼里，浅笑宽慰说："先生是位极具风度的人，苏小姐不必太过拘束。"

苏莞听傅小姐提过有位长居国外十几年的弟弟，只是有些意外这位传说中的傅先生会突然回国，她点了点头，笑笑说："谢谢。帆帆已经放学了吗？"

文森抬手看了眼腕表，说："她应该已经在回来的路上了，您可以先在客厅休息一会儿。"

苏莞摆摆手："不用不用，我先去琴房练会儿琴就好。"

文森笑意不减："好的。"

这是苏莞的第一份工作——大提琴家教老师。某次机缘巧合下她结识了傅小姐傅维瑾，经过几次接触，她又顺理成章地教傅小姐的女儿叶帆学大提琴。她已在这里教琴一年有余，薪资待遇好得没话说，叶帆也是一个乖巧好学、讨人喜欢的小女孩。


一进书房，傅维珩便把手里的西装外套扔在沙发上，一边解着衬衫扣子，一边扯开颈上的领带，然后仰身靠在那张舒适的贵妃椅上闭目养神。

这是一间约莫有五十平方米大的书房，四壁是朱红木的壁板，壁旁的书柜有两米多高，柜上整整齐齐地分类摆放着各种书籍。书柜的正前方嵌了仅做装饰的壁炉，精致的水晶灯悬挂在顶上，投射出亮丽剔透的光线，十分奢华。

刚回国的傅维珩还未倒好时差，一早上的忙碌令他疲惫不堪。

慵懒静谧的午后，庭院里的银杏惬意地休憩着，偶有微风拂过，银杏叶沙沙地摆动着，犹如可爱的小精灵翩翩起舞。忽然，一阵低沉绵长的大提琴声在这深宅豪院中响起。乐曲轻柔舒心，就像是温和舒缓的诉说，撩人心弦。

《天赐之声》？傅维珩阖着双眼，眉心微拢。同样是大提琴，同样是《天赐之声》。四年前伦敦公园那女孩模糊的身影，下意识在他脑海里浮现。

记忆一晃，傅维珩突然起身走到壁炉旁的矮柜前，拉开柜门，取出里头的琴盒放在书桌上，打开盒盖，一把精致漂亮的小提琴随即映入眼帘。琴身是橙黄色的，琴背是虎皮般的纹理，琴体澄澈明亮，像刚上过蜡一般泛着光泽，四根细长的琴弦及长长的琴弓，显得那把小提琴亭亭玉立。

他伸出手，修长的手指轻拨了下琴弦，明亮的琴音一下子划破这一室寂静。有多久没拉琴了？两年？还是三年？

饱满的大提琴声再一次入耳，好似催眠一般，一阵阵的旋律和琴声忽远忽近，忽强忽弱。他拿起琴，稍稍校了音准，随后微侧头将它放在左肩锁骨上，左手持琴，右手拿弓。而后，随着大提琴的旋律，拉响小提琴，开始附和这美妙的乐曲。

小提琴的高亢，大提琴的低沉，一弦一音交相回应，为这悠闲的午后添置了一份色彩。

一曲终了，苏莞放下琴弓，有些疑惑地皱了皱眉，她刚刚……似乎听到了小提琴的声音。

"苏老师！"清脆的童声在门口响起，苏莞偏头望去，抿嘴笑笑说："帆帆回来啦？"

"嗯！苏老师，这首曲子可真好听！"叶帆放下书包，心情愉快地走到苏莞面前。

苏莞抚着女孩柔顺的头发，眉眼带笑："等帆帆再长大一点儿，老师就教你拉这首曲子。"

将小提琴放回琴盒，傅维珩沉思了片刻，随即走向房门。刚拧开门锁，身后桌上的手机突然嗡嗡作响。

傅维珩顿了一会儿，转身走到桌前接起电话。

"傅总，"助理张霖在电话里说，"美国那边的分公司正等着您开视频会议。"

浓眉一蹙，傅维珩放下手机，不得不坐回办公椅打开电脑。原本还有些许柔和的神情，瞬间又变得俊冷严肃。

将近一小时的视频会议结束，傅维珩关了电脑，揉了揉眉眼，顺手拿起手边的一盒香烟，取出一支正准备点上，突然间又想起刚刚的大提琴声，再一抬眼，目光便被落地窗外的娉婷身影给吸引住了。

她的左肩背着大提琴，高高扎起的马尾垂落在雪白的脖颈上，宽大的裙摆随着她急促的步伐飘动着，那双小手纤细白净，着急地掏出包里的手机："刚下课，就来了……"温柔且略急切的声音在空阔的庭院里细细传开。

傅维珩几乎是不由自主地起身走到落地窗前，注视着她远去。不过是一段音乐，一个背影，竟就这般出神。拢了拢眉心，他将手里那根已被掐皱的烟扔进了垃圾桶。

敲门声响起，傅维珩坐回椅子上，文森推门而进，将一张朱红色的请帖推到他面前："先生，这是今晚珂一集团千金的婚宴请帖。"

"放着吧。"这样的应酬宴会是傅维珩最不想参加的，但珂一集团的老总毕竟与他爷爷是好友，他再不情愿也不能拂了老爷子的面子。

文森俯了俯身，准备离开。傅维珩忽然再次开口："刚刚是谁在拉琴？"

文森回身抿着笑："是帆帆的大提琴老师。"

傅维珩睁开眼望向窗外，一双眼眸深沉幽静："知道了，你去吧。"


今晚的婚礼演奏，苏莞纯粹是被系里的辅导员拉来救急的。时薪高，工作也简单，整个乐团只需在迎宾时拉奏几首曲子，等到宾客来齐他们就可以收工。这期间，大部分宾客都已经纷纷入席，婚礼负责人便示意他们停止演奏。

同一时间，厅门前出现一位丰神俊朗的男人，他与生俱来的气场令整个会场静默了一瞬，众人的目光也不约而同地朝他看去，包括苏莞。

那男人有二十五六岁。他很高，应该有一米八五左右，穿着一身笔挺的黑色西装，气宇不凡，英姿焕发。

苏莞坐在台上，远远上望见他黑色利落的短发和那一双……引人注目的长腿，耳根子一热，苏莞有些害羞地转移视线，好吧，她承认，自己被色诱了。

宴会正式开始，他们也陆续下了台。回到休息室，苏莞刚放下琴弓，手机便来了信息，是许丞阳："莞莞，你结束了吗？我们在酒店大堂等你！"

一出电梯，苏莞就见到许丞阳被姚曳拽着卫衣帽子，而前者正朝空气扒拉着双手在原地踱步，一脸认真："姚曳！别拦着我！不然我跟你急！"看见苏莞走来，姚曳直接松开许丞阳的帽子，后者因为失去重心差点儿摔了个狗吃屎，"哎哟！你就不能吱个声再放吗？差点儿摔死我！"

姚曳斜她一眼："不是你叫我别拦着你吗？"

许丞阳没好气地翻了个白眼，拉过苏莞耳语："莞莞，朝你两点钟方向看。"

苏莞不解地看她，然后慢悠悠地扭头望去。男人坐在沙发上，神情冷漠，右手握着手机贴在耳边，长腿上下交叠，修长白皙的手指有一下没一下地敲打着膝盖，俊美的五官在水晶灯的映照下显得英气十足。

是那个刚刚害她被色诱的男人……

许丞阳此刻也是双手托着下巴犯花痴："看看那立体的五官，那诱人的大长腿……不推倒他我都对不起爹妈赐我的这张脸！"说罢，便要拔腿上前，却意料之外地再次被人扯住了帽子，她立马扭头看去。

苏莞自己都诧异了，她的手是什么时候抓住许丞阳帽子的？再抬眼，和许丞阳同是讶然的目光对个正着，尽管内心狂风骤雨，苏莞面上却佯装平静："阳……"

这边的傅维珩虽然讲着电话，但自苏莞从电梯里走出来的那一刻，他的注意力便被她勾了去。那把大提琴和娉婷的身影正是令他下午出了神的罪魁祸首。

他注视着，听着耳边的电话声，一时心不在焉。很快，电话挂断，望着走出酒店大门的背影，傅维珩还有些发怔，他刚刚似乎听到她说："资本家绝非良配！"

婚宴上偶遇后的次日中午，在学校食堂，许丞阳正因最后未成功与资本家搭讪而懊悔不迭地暴饮暴食："我要化悲愤为食欲！"

姚曳舀了口饭进嘴鄙视道："你哪天不化悲愤为食欲？"

许丞阳咬了口鸡腿："这样风姿绰绰的资本家，就算是被榨干我也心甘情愿啊！"

苏莞扒饭："……"

"而且，"许丞阳一本正经，"我真觉得那资本家眼熟来着！"

姚曳："得了吧你，哪个帅哥你不眼熟？"

许丞阳不乐意了："我追求真爱怎么了！"

"真爱？"姚曳挑挑眉，"中文系的闻煜？"

"闻煜？"听到这个名字，许丞阳拍下筷子，眉毛一扬，愤愤地说，"你是说那个专吃'软饭'一连脚踏三条船的'小白脸'？你应该庆幸我当时在他床上泼的是洗脚水！像这种每天把'爱你爱到死'的话挂嘴边结果连两块五的汽水钱都不愿掏的男人，泼洗脚水都是便宜他了！"

苏莞咬着汤匙："啧……往事不堪回首。"

姚曳："那数学系的范岩呢？"

许丞阳："作为一个从幼儿园开始，一直到现在数学都没有及格过的音乐尖子生，你让我怎么面对那个只会微积分的家伙？"

苏莞："没及格过怎么还是尖子生？"

姚曳："……那你还接受人家的表白？"

许丞阳不以为意："所以说你涉世未深，那么好的皮相，说什么也不能放过！"

苏莞长叹口气："色即是空，空即是色，色不异空，空不异色。"

许丞阳撩起眼皮睨她一眼，语气淡淡："……莞莞，知道什么叫'人艰不拆'吗？"


这几日，经管弦系主任的推荐，苏莞得到了一个乐团面试的机会。这个乐团是五年前在德国创办的，隶属国际企业Endless，曾在维也纳、香榭丽舍以及慕尼黑等著名剧院举办过几场大型的演奏会。近几年准备在亚洲各地进行巡演，目前还在征募少部分国内团员，乐团名字有些拗口——H&Y珩衍交响乐团。

与乐团经理约定的时间是上午十点，为了避免迟到给人留下不好的印象，苏莞一早便出了门。

第一次的见面很顺利，经理只是简单问了些她的基本情况，最后让她准备两首曲子下周同样的时间来复试。

"叮"的一声，电梯已经到了一楼，门缓缓打开，苏莞刚走出电梯，不远处的身影让她一怔。

"苏小姐。"那人径直朝她走来。

苏莞不悦地皱眉，后退了两步："先生，您还有事吗？"

今早出了宿舍楼，这个莫名其妙的男人就捧着束玫瑰堵了她的去路，这人是谁她不知道，另外怕耽误了乐团见面的时间，因此苏莞一口拒绝他后直接拦了辆出租车离去，但她没有想到这个男人居然一路跟着她追到这里。毕竟是公众场合，苏莞不想引人注目。对于这些一头热的追求者，她从来都是态度非常明确的："我想我已经说得很清楚了，我还有事先走了。"

"苏小姐！苏小姐！"身后不断响起叫喊声，周围的人陆续投来好奇的目光，苏莞充耳不闻地加快脚步，一心只想快点儿离开。走到大门前，她隔着玻璃恰好望见门外站着一个高挑挺拔的身影，一瞬间苏莞想也不想推开大门，直接上前挽住了那人的手臂。

苏莞感觉到身边人微微一颤，但并没有推开她，她松了口气，还没来得及开口请求人帮忙，追求者便已推门而出。压下心里的不安，苏莞紧了紧手中的力道，将另一只手也虚挽上去，最后抬眼望去时，却蓦然撞进一双深沉如墨的眼眸，她呆住了："亲……爱的。"倏然间，苏莞只觉得全身的血液如凝固般令她动弹不得，"你来了……"

要不要，这么凑巧……

傅维珩脸色怔了怔，望着她发白的脸，有一瞬失神，再望一眼追逐在她身后的男人，他眉峰一动，猜到几分她突然靠近的缘由，心中升起一丝不知名的喜悦，傅维珩浅笑着配合说："来了。"

原本就生得极为俊俏的脸突然这么笑起来，顿时好看得令苏莞心尖一颤，不由羞红了脸，连心跳都越发快速。

"回去吧。"他握起她的手，动作自然得仿佛真正情侣般，走远了。

走了一小段距离，苏莞回头一望，确定那人没有再追上来后不禁松了口气，片刻又感觉到手心传来的温度，下意识就甩开被他握着的手，羞赧地躬了下身，心慌意乱："对……对不起……"同时暗忖，人家一定觉得她莫名其妙。

过了半晌也没见面前的人有反应，苏莞又稍抬起头小心翼翼地瞥了他一眼。他穿着定制西装，一双幽深黑沉的眸子正意味深长地打量着她，刚握过她的手就垂在一侧，白皙如玉，骨节分明又细长。

"举手之劳。"他开口了，低沉的嗓音富有磁性。

苏莞沉默了一会儿，踌躇着要说些什么，兜里的手机恰好响起，她连忙掏出一看，是姚曳，顿时如释重负地对面前人再次颔首："谢谢你，我还有些事，先走了。"说完便接起电话逃也似的跑远了。

傅维珩看着远去的身影，取出一根香烟点上。不可否认，他那颗沉稳平静了二十六年的心，就在刚刚出奇地漏跳一拍，此刻都还未缓和。

　　"先生，"身后的车缓缓驶上来，"让您久等了。"司机关上车门后微微侧头看向傅维珩，询问说："先生，是先回家吗？"

　　他恢复冷峻的神情，将烟头捻灭，沉吟说："直接去延大吧。"

　　公交车一路平缓驶至学校，下了车，苏莞的心依旧未平静。

　　手机再次响起欢快的铃声，苏莞才按下接听键，就听许丞阳歇斯底里地喊："莞莞！你怎么还没来？"她想起刚刚姚曳打电话提到下午关于古典乐的讲座，正想说已经到了，许丞阳又号起，"你知道讲座的主讲是谁吗？傅！维！珩！"许某人一字一顿地强调着。

　　"莞莞你不用理她，她疯了……"电话那头传来姚曳不紧不慢的说话声，"我们在大阶梯教室，你直接过来就行。"

　　电话挂断，苏莞失笑，其实也不能怪许丞阳如此疯狂，毕竟是傅维珩——欧洲著名华人小提琴家、柏林音乐学院硕士毕业生，他可是许丞阳的偶像。

　　到教室的时候，苏莞属实是一惊。从来都坐不满人的阶梯教室，今天居然座无虚席，阶梯上还站了满满一排的人，这是全院的人都来了吗……看向在座位上手舞足蹈的许某人，苏莞真是佩服她能占到第三排的座位。

　　苏莞走过去，好奇地问："你们到底是什么时候来的？"

　　姚曳咬牙切齿，恶狠狠地瞪了许丞阳一眼："饭都没吃就来了！"

　　许丞阳谄媚说："哎哟，别急嘛，等讲座结束，我请你们吃海鲜自助餐！"

　　坐下后苏莞再次张望了一圈："我还是第一次在大阶梯教室见到这么多的人，这个傅维珩可真有面子。"

　　许丞阳解释说："都是来瞧人的。我家傅'大神'虽然在音乐圈混了这么多年，但是从来都不接受采访，照片也不给拍，去听他演奏会进场时还不能带手机、相机，就连他的CD都不用自己照片做封面。"

　　苏莞挑眉呢喃："怎么有种见不得人的感觉……"

　　许丞阳"啧"了声，反驳说："那叫低调！"许丞阳又凑近她耳朵，"不过，三年前在他的德国慕尼黑演奏会上，我见过他。当时我特意买票去听他的演奏会，全场都坐满了！我的票是三楼最角落的位置，所以也就看见

"'大神'那一小丢帅气挺拔的身影……后来我找机会偷溜进后台，好不容易找到人啊！看了五秒钟就被人架走了，还只看到侧面！不过就凭那张侧脸和那高挺的身影，我推测他绝对是个超级年轻的大帅哥！"

姚曳嗤之以鼻："咱能不吹牛吗？"

许丞阳剜她一眼，威胁说："信不信我砸了你那根破管！"

姚曳自幼学习单簧管，相对于同是拉小提琴的许丞阳，自然对那位高贵冷艳、素未谋面的小提琴家不是很感冒。

讲座是两点开始，苏莞看了看时间，两点零一。原本嘈杂的教室突然静默，苏莞能猜到是傅"大神"驾临，便下意识抬头望去。

这一望，她又惊了……

傅维珩穿着白衬衫和西裤，领口的扣子松了两节，袖口微微挽起，一手抄着兜，正缓缓地走上讲台，看着很随性、很悦目。当他站到讲台上面无表情地望向所有人时，教室依然沉寂着。他微微颔首，修长的手指搭在讲桌的边缘，神色淡漠地开了口："我是傅维珩。"清醇动听的音色，沉而淡。

接着，整个大阶梯教室炸开了锅。

"真的跟传说中一模一样帅啊！"

"什么？你老公？你不知道我跟他是青梅竹马吗？"

"得了吧，就你青梅竹马，我还跟他指腹为婚呢！"

"……"

婚宴上的长腿资本家竟然是傅维珩！此时此刻，苏莞已经彻底"石化"在位子上。谁能想到，半小时前，她刚利用了傅"大神"挡桃花，还不知天高地厚地甩了他的提琴手！

"莞莞！"许丞阳咋舌，怀疑自己的眼睛出错了，"他……他不是那天晚上的资本家帅哥吗？"

"……"真的不需要再这样提醒她了。

许丞阳又晃着姚曳的胳膊，激动地说："我说看着那么眼熟呢！那是我家'大神'啊！作为他的'死忠粉'，我居然没有认出来！待会儿必须自罚三杯珍珠奶茶！"

喧闹声未止，讲台上的人突然轻咳一声，漠然地盯着所有人，全场像是被镇住了，瞬间鸦雀无声。

傅维珩挑了挑眉，扫了眼第三排木讷的苏莞，语气慵懒："都知道这次讲座的主题吧？"

后排的女同学率先举了手："古典音乐！"

苏莞被傅维珩似有若无的目光吓得背脊一颤，低声自语："一定是错觉，一定是错觉……"

"刚刚他是看了我们一眼吗？"许丞阳同时扯了扯两人的衣袖，语气虽轻但情绪异常激动。

姚曳轻哼一声，极为不屑地睖了她一眼，不说话。

许丞阳不明就里："你什么意思？"

姚曳眼皮都没抬一下："不屑一顾。"

傅维珩也不多话，直接进入了讲座的主题："有没有人能告诉我，什么是古典音乐？"

明明是道简单的问题，大家却不约而同地噤了声。

傅维珩的目光在台下巡视着，然后伸出修长的手指，沉声说："第三排最右边的女生。"

所有人闻声看向了第三排，那是个漂亮的女生。

"莞莞！莞莞！"许丞阳一把推醒她，"发什么呆！傅'大神'叫你呢！"

苏莞侧头，抬眸，注意到自己已然成了焦点。再反观站在台上的傅维珩，一脸淡然，那双墨黑般的眼眸带着几许浅浅的笑意，使她无端心头一颤。

苏莞尴尬地起身，镇定地说："老师，我没听清您的问题。"

傅维珩突然走下讲台，慢慢走到她身边，云淡风轻："我是迫不得已被你们系主任拉来的讲师，给你们开一堂讲座而已，不是什么老师。"

系主任好本事啊，居然能让傅'大神'迫不得已。

苏莞讪讪一笑："那……傅先生。"他这是不甘被甩手而报复自己吗？

对方满意地点头，重复了一遍问题："在你看来，什么是古典音乐？"

苏莞思量了半会儿，缓缓说："是指从巴洛克时期开始一直到20世纪早期，在欧洲文化传统背景下创作的、与通俗和民族有一定区别的经典音乐。①"

他听着她的回答，蹙蹙眉说："烦琐。"

---

① 引自百度百科。

傅维珩也不多问，拍拍她的肩示意她坐下。

"五个字。"他已经站回讲台上，"古代加经典。"

苏莞："……""大神"毕竟是"大神"，思想不是凡人所能参悟的。

这堂讲座足足进行了三个小时，中途没有人离开，甚至还有人不断地慕颜而来，除了许丞阳时不时情绪异常地举着手机偷拍犯花痴，还有苏莞望着他冷峻的神情偷偷出神外，整场讲座都很顺利，并且赏心悦目。

当晚，许丞阳一诺千金，欢欢喜喜带着两人去吃了海鲜自助餐。

"什么！"许丞阳拍桌而起，"你居然拿傅'大神'挡花！"

姚曳恍然大悟："我说他怎么那么多人就叫中你了！"

许丞阳愤愤然："你怎么能甩我家'大神'修长白皙的提琴手呢！"

苏莞神色自若地咬着吸管："等我反应过来时已经甩掉了……"

许丞阳轻哼一声："有色相就是好啊，占便宜都名正言顺的！"

苏莞："……"自己也被牵手了好吗！


周末，苏莞去了趟墓园。

她的家世算得上是书香世家。爷爷、奶奶都是读书人，都是大学里的教授，一生几乎都奉献给了他们的学生。父亲曾是乐团的首席大提琴手，后来为了能给苏莞一个安定的生活便辞去了乐团的工作，转而做起了提琴工匠，并专心教授她大提琴。姑姑是公务员，姑父是中学里的老师。

至于她的母亲，在她三岁那年跟父亲离婚后，只身离开去了国外。

母亲走的那天，下着雨。她站在窗台前，无声地望着母亲撑着黑伞头也不回的身影，她知道这个女人，离她而去了。

后来再见到母亲，便是在六年前父亲的葬礼上。三十八岁的女人皮肤依旧保养得光鲜亮丽，她穿着一件黑色的长裙，那张毫无岁月痕迹的脸上带着一丝倦意，她说："莞莞，我是妈妈。"

苏莞仰头望向她，那双与母亲如出一辙的明眸带着些许不明的情绪。

她听说，母亲成了国际著名的钢琴演奏家，前程似锦；她听说，母亲早已嫁与他人，成为别人的母亲，享尽天伦；她听说，母亲现在一家三口幸福美满，其乐融融。

"呵……"苏莞扯唇冷笑，察觉到眼里温热的湿意，于是别开了视线阻止眼泪落下，她开口，一字一句冰冷无力，"既然走了，又何必回来？"

在外人眼里，苏莞从来都是个温顺乖巧的女孩，她不爱说话，安安静静，这么多年从未见她任性，但当时的决绝冷漠却令一旁的姑姑神色一怔，说不出话来。

那时候，苏莞想，就这样吧，离开的时候毫无眷恋，此刻回来，又算是什么？她一生敬重的父亲也离她而去了，接下来的路，她要独自向前，一辈子都不愿再回头。

后来，苏莞随姑姑搬到了沂市，那时候姑姑曾提议将父亲的墓迁到沂市，今后方便探望打扫，苏莞没有答应。

延川是她和父亲的回忆，她知道父亲一定更喜欢在家乡的净土上安息。后来高考成绩优异的她报考了延大，再次回到有她和父亲回忆的家乡。

到墓园的时候，已经中午了。

墓园的保安员是年近五十的何大叔，慈眉善目，总是笑眯眯的，为人非常随和。上大学的这几年苏莞每个月都会来扫墓，所以与何大叔也熟络了些。

"哟，小姑娘，又来啦？"他坐在保安亭里，从窗边探出头来朝苏莞笑了笑。

"嗯，何叔您吃午饭了吗？"苏莞站在窗边，微微颔首，微笑着说。

"吃过了，吃过了。"何叔抬手看了看表，"哟，都一点多啦！姑娘你赶紧去吧，晚了回去怪不安全的。"

"好，何叔再见。"

"去吧，去吧。"看着苏莞的身影，何大叔喃喃感慨一声，"这孩子，真是有心。"

简单给父亲的墓碑扫了扫灰尘，苏莞把刚买的百合花摆放在碑前，淡淡地开了口："爸爸，我快毕业了，马上就要去实习了。我去乐团提交了个人履历，下周去复试。复试的时候你觉得我拉什么曲子好呢？我想拉《天赐之声》，当然了，肯定没有爸爸拉得好。爸爸，我好想你……"

微风撩起她耳边的青丝，轻缓、温柔，却显得格外凄凉寂静。

离开墓园时，已经是下午三点多。她不急着回校，而是搭车去了以前与爸爸生活过的老房子。房子已经变卖，她站在房前，望着那扇老旧的朱红木大门，一时发怔。

那时候她总是站在玄关等着父亲回家，然后喜滋滋地给父亲递上拖鞋，她也总是坐在庭院的秋千上欣赏父亲近乎完美的演奏。

一路晃悠悠，她又去了附近的公园。她坐在长椅上，盯着面前的铁色护栏，思绪开始飘远。她记得那时候，父亲就是坐在这张长椅上，第一次为她拉奏了《天赐之声》。父亲说："莞莞，这是一曲天籁之乐，你要永远记住它，一辈子很长，爸爸希望你的生活中充满幸福和安乐。"

她闭起眼回忆，脑海却不由自主地闪过傅维珩挺拔峻冷的身影，他在酒店大堂听电话时懒散的姿态、他帮她解围时温柔一笑的样子，还有提问她时他饶有兴致的神情。

蓦地，苏莞轻轻笑了，心情愉悦地睁开双眼，目光却冷不防地撞进一双清亮透彻的眼眸。

面前的男人依然穿着衬衫西裤，立在前方，身姿俊挺。夕阳西下，那美丽的余晖映在他的身上，将他的影子拉得细而长。

一天的工作令傅维珩身心疲惫，下班后，他驱车来到这里散心。顺着那铁色的护栏一路走去，他就这么恰巧地发现了长椅上沉静熟悉的身影。

他脚下一顿，一时间迷了神思。

她闭着眼，双手悬在半空中，犹如拉着大提琴。那一头乌黑的长发一时间让他想起四年前在伦敦公园的身影。

她笑了，笑靥如花，眉目如画。

"傅，傅先生……"苏莞缓缓起身，看着他英俊绝伦的脸孔，想起自己刚刚闭着眼傻笑拉琴的动作，脸颊发红，尴尬地开口问了句，"傅先生也来散步吗？"

"嗯。"他微微颔首，眼带笑意，问她，"你家住在这附近？"

"没有。"她摇摇头，已经很多年不住了，随即反问说，"傅先生住在这附近？"

"很久不住了。"他声线淡淡，看她的目光透着温润光泽，"送你回去？"

"不用了，前面就有地铁站。"苏莞笑着婉拒，急切地主动告辞，"傅先生再见。"

望着她远去的身影，傅维珩有些不自在地抚了抚眉心。

几次偶遇，似乎总被她甩在身后……

# 第二章　情不自禁

　　那之后过了四天，到了苏莞复试的日子。她很重视这次机会，特地穿了一身正装。

　　当苏莞镇定自若地拿着琴走进房间坐下，看到面前距她仅有三米远的傅维珩时，顿时一愣，哭笑不得地扯了扯唇角。好像自从在婚礼上见过他之后，她真是走到哪都能遇见他啊。

　　坐在一旁的女负责人也是一脸诧异地瞧傅维珩，大老板怎么突然来了！唯有那男经理面不改色地在一边介绍说："这是Endless集团的执行总裁，乐团的团长，傅先生。"

　　对于总是一身名贵的傅维珩，苏莞自然不意外他显赫的身份，只是不曾想，竟会如此巧合。

　　傅维珩背脊往后一抵，挑了挑好看的眉毛，神色淡漠地开了金口："苏莞？"

　　这样低沉醇厚的声音叫着她的名字，让苏莞原本就不安分的心脏又突地一跳。她抬起头朝他微微一笑，表示回答后，便收回视线调整好演奏姿势。

　　"开始吧。"他说。

　　低沉的琴声缓缓入耳，一音一符轻柔曼妙，余音绕梁，每一小节犹如朗诵般抑扬顿挫。

　　又是《天赐之声》。傅维珩目光紧紧锁住她的身影。她闭着眼睛，纤长浓密的睫毛在脸上洒下阴影，白皙的手指在把位上得心应手地按出音准。这一瞬，他又想起那天在公园的偶遇，她坐在长椅上，清秀灵动的脸上噙着淡淡的笑意，真切又动人。

　　演奏结束，那平缓的尾音似乎还在耳边回荡。苏莞如释重负，睁开眼望着面前的男人，与他四目相对。

　　"《天赐之声》？"傅维珩稍挺起背脊，双臂搭在桌沿，目光深沉清冷，"为什么会选这首曲子？"

为什么？因为它是父亲的最爱，是对父亲的寄托。她不假思索："我父亲说，这是一曲天籁之乐，凡是听过它的人都会感到舒心安逸。"

演奏结束从房间出来后，苏莞那提到嗓子眼上的心算是稍稍放松了些，只是回想起刚刚傅维珩那道无法捉摸的眼神，她的手心登时又开始冒汗。

不过幸好，她通过了面试。至于通过的原因，正是傅维珩不紧不慢的一句"正如你父亲所说，此刻我舒心且安逸，所以你被录用了"，这让她觉得有些妙不可言……

"叮"的一下，电梯声清脆响亮，苏莞背起琴迈步而出。

傅维珩开着那辆新购的黑色轿车刚出地下停车场，就看到从公司大门走出的清丽身影。她背着琴，扎着马尾，穿着衬衫西裤的样子少了几分柔和，多了几分利落，娉婷的背影一时令他失了神。

鬼使神差地，傅维珩按了声喇叭。

苏莞慢悠悠地在前头走着，听到后面的喇叭声，以为自己挡了道，下意识地侧身让路，那辆车却在数秒后停在她的身边。她侧头望去，那辆黑色的轿车在阳光的照耀下锃亮华丽。

发愣之际，车窗徐徐落下，傅维珩冷峻的侧脸映入苏莞眼帘，修长如玉的手指摁在车窗控制钮上，他面色淡淡地问："去哪？"

苏莞一愣，看了看周围，确定他是在跟自己说话后回答："回学校。"

傅维珩一手扶着方向盘，语气不容拒绝："上车。"

沉稳温凉的嗓音听得苏莞一时心不在焉，脑子里还想着要怎么委婉地拒绝，嘴却快了一步："哦。"

关上车门后，苏莞才知后觉反应过来，懊恼地咬了下唇，她明明是要拒绝的，这是总有一天会把自己无声无息卖了的节奏啊……

车子开始发动，车内放出的小提琴曲曲调丰富，听起来技巧超群。嗯，帕格尼尼的随想曲。

苏莞用余光瞄了眼身边的男人，他开车的方式很随性，右手搭着方向盘，左手的手肘撑在窗沿，手背则轻轻地抵在唇边，目光专注路况。高挺的鼻梁，纤长浓密的睫毛，幽沉如墨的眼眸，柔软细致的黑发……瞧着瞧着，苏莞开始腹诽，老天爷真是不公平啊。

车内沉寂，气氛有些微尴尬。她是不是要先开口说点儿什么，说声谢谢好了，不然请人家吃顿饭？好歹人家也帮过自己，纠结一番后，苏莞试探性地轻声开口："傅先生？"

"嗯。"他回应一声，眼睛依旧注视前方。

苏莞慢慢瞥向他："我想请你吃顿饭。"她停顿了一下，看着傅维珩渐深的眸色，只觉得他误会了什么，忙解释说，"只是单纯地想谢谢你上回的帮忙。"

傅维珩偏头望了她一眼，薄唇微扬，似笑非笑："好。"

苏莞被他那么一瞧，思绪有些错乱，觉得自己真有什么企图一样，忙坐正了身子，转头看向窗外。

手机震动，苏莞摸出看了看，是条微信消息，来自她那远在沂市的高中生表妹秦沐。

秦沐："苏莞！你什么时候回来！我一个人好无聊，我都已经无聊一整个暑假了。"

苏莞："……不是下学期要高考了吗？好好学习。"

秦沐："……姐，我以为我俩没有代沟。对了，我母后说要跟你视频呢！"

苏莞："我在外面呢，回去再找你。"

秦沐："有情况！"

三个字莫名就让苏莞的心突地一跳，于是又忍不住歪头看向身侧，脑袋里莫名地生出一种很奇妙的想法……苏莞一个激灵，忙就偏过头，嘴里不由嘀咕两句："会被卖的，会被卖的……"

"你说什么？"醇厚的嗓音突然响起，苏莞一愣神，佯装镇定地微笑："呃……我是说你想吃什么？"

他说："客随主便。"

车子下了高架轿，傅维珩手机响起，再次打破了沉默。他举起手机轻放在耳边，并没有说话，那头却是说了什么，苏莞见他蹙得渐深的眉心，一副不悦的样子。

她突然想起来自己发出邀请时也没问清楚人家有没有空一块吃饭，于是等他挂断电话后，她主动开口："傅先生，我突然想起我还有点儿事，你在前面放我下车吧。"

傅维珩沉默了片刻，说："抱歉。"

苏莞忙挥手："不是不是，我该抱歉的，没有问清楚你是否方便就约你吃饭。"

下车前，傅维珩冷着张俊脸，稍有些不快，但语气依旧温柔："下次再约。"

"……好。"嘴上虽答应着，但苏莞觉得傅"大神"贵人多忘事，估计晚上就会把这件事忘得一干二净了。

透过后视镜望了眼远去的身影，傅维珩利落地掉转车头上了高架桥，往机场驶去。从市中心到机场有一段距离，等傅维珩到机场的时候天色已晚，天边仅留一小抹余晖。

江之炎拖着行李从到达口缓缓走出，修长俊挺的身形被机场大厅内如昼的灯光照得格外英气。

等江之炎坐进车子以后，傅维珩一脸漠然，连眼皮都没抬，一言不发地驶向了机场高速。

江之炎见状，轻轻"啧"了一声，狭长如墨的双眼眯了眯："我是打扰了你的约会吗，这么别扭？"

傅维珩睨了他一眼，语调清冷："不想被我打包送去江宅就给我闭嘴。"

傅家和江家是世交，两家的老爷子年轻时便一同在商界打拼，创下不少业界的辉煌，也因此两家友谊深厚。两人从小一块在国外长大，称得上是发小。

此次江之炎回国，只为了私事，在没有结果之前，他不想告知江家人，更不想声张，谁知道也因此被傅维珩揪了短。

他眉尾一挑，识相地闭了嘴。

苏莞回到宿舍的时候已经将近六点，一进门就见到许丞阳跷着腿，撑着下巴，一动不动地盯着电脑屏幕上的字幕。

"姚姚呢？"苏莞放下琴，走到饮水机前倒了杯水。

"莞莞！你回来啦？"许某人后知后觉，"姚姚去图书馆了，她不是要考研嘛。"许丞阳将电脑画面暂停，从凳子上蹦了下来，拉着苏莞的手就往门边走去："走走走，赶紧去吃饭，你再不回来我都准备登坛施法，得道成仙了！"

苏莞："……"

出门前苏莞给姚曳打了通电话，三人商量后决定去学校附近的小面馆。

到面馆的时候，姚曳已经坐在那等着点餐了。姚曳和苏莞各点了碗青菜肉丝面，唯独许丞阳豪气干云地点了一大碗牛肉面，外加两个豆干、一个卤蛋和一个鸡腿。

姚曳："你吃得完吗？"

许丞阳"喊"了声："你懂什么，撑死总比饿死强！"

姚曳："莞莞，你今天不是去面试了吗，结果怎么样？"

苏莞："嗯，通过了，国庆后就可以入团实习了。"

"我家莞莞就是棒！"许丞阳姿态潇洒，小手一挥，"后天就是'十一'了，姚曳，为了庆祝莞莞正式入职，为了喜迎国庆七天假，明晚去一品轩开大荤！你订桌！"

姚曳用筷子指了指许丞阳碗里的鸡腿，鄙视地说："你那荤开得还少？"

苏莞顿了一秒："……我还没转正。"

许某人一本正经打断："没转正又怎样！再说了，国庆哪能马虎？！"

姚曳："……"

苏莞："我明天下午要去给帆帆上课。"

许丞阳："没事，我们先去，你下了课直接过去就行！"


将江之炎安顿好住处后，傅维珩回了位于市中心的私人公寓，这里离公司近，上下班来回不过半小时的车程，相比位于半山腰上的傅宅，这里方便得多。

洗完澡，傅维珩换上深灰色棉质家居服，走到茶几前拿起那盒仅剩不多的香烟，打开盖，忽然想起自己刚洗了澡，又直接往桌上一扔，转身去厨房给自己煮了杯咖啡。

回到书房，他打开电脑里张霖刚给他发来的资料，资料的左上方是一张清秀可人的证件照，女孩漂亮的眸子犹如清泉般清透纯净，鼻梁巧挺，抿唇微笑，双腮的酒窝浅显。

夜幕早已降临，窗外的霓虹灯五光十色，道路川流不息，此刻正是夜晚最热闹的时候。傅维珩端着那杯已略微温凉的咖啡，望着那车来人往的街道，心中的悸动一时无法平息。


第二天苏莞一觉睡到自然醒，醒来的时候已经将近十一点，可谓是精神奕奕，身心愉悦。看了眼还在沉睡的许丞阳和姚曳，她蹑手蹑脚地爬下床洗

似他
烂灿
星作
辰目

漱，换好衣服后，便背着琴出了门。

时间还早，苏莞在便利店简单地解决了午餐，随后上了公交车。

到达傅家时，时间刚刚好。苏莞礼貌性地跟文森问了声好，正准备朝房里走去，厨房里却突然走出一道俊挺熟悉的身影。

苏莞脚步一滞，着实被吓了一跳。

傅维珩穿着一件铁灰色的圆领毛衣和黑色的休闲裤，没有平时那般严谨冷酷，反而多了几分温润内敛。他一手端着玻璃水杯，一手拿着文件资料，正低着头审阅着。

如果说第一次见面是巧合，第二次见面是偶然，第三次见面是意外，那第四、第五、第六次见面是不是就算命中注定了啊？苏莞低头哑然失笑。

傅维珩，傅维瑾，傅维珩是傅维瑾长居国外的弟弟。苏莞还真是一时没反应过来啊。

等苏莞再回过神来，傅维珩已经放下手里的文件和水杯，站在沙发旁正意味深长地望着她，深邃的眼眸中浅含笑意。苏莞不由得脑袋一缩，赧然地瞟向一旁的装饰画。

今早去公司上班时，傅维珩突然想起下午是苏莞去傅宅授琴的时间，脑袋一热直接让张霖取消了下午所有的行程，驱车到了傅宅。

"小舅！"一阵清脆响亮的童声打破了这一时的僵持。接着，苏莞见到一抹娇小的身影扑进傅维珩怀里，后者长手一抬便轻而易举地将小女孩抱了起来。

"小舅！你怎么回来啦？"叶帆目光一转，看向苏莞，"苏老师好！"

苏莞笑了一下："帆帆好。"

叶帆扯了扯傅维珩的衣领，语带得意："小舅，那是我的大提琴老师，是不是很漂亮呀？"

傅维珩撩起漂亮的眸子望向她，沉沉地"嗯"了一声。

一瞬间，苏莞只觉得心跳快了一拍，夸她漂亮的话她听过很多，却从没有像今天这般令她面臊羞怯。

"维珩？"身后传来一阵略带惊讶的嗓音，"今天不上班？"

苏莞望去，一个男子穿着衬衫西裤，眉清目秀，温文儒雅。这个男子她见过，他是傅维瑾的丈夫，叶帆的父亲——叶胤桓。她朝他微微一笑，算是打了招呼。

"嗯。"傅维珩眉眼一抬，抱着叶帆坐下沙发，"今天休息。"

"难得。"叶胤桓笑了，把女儿抱下沙发，"帆帆，去跟苏老师上课吧。"

望着远去的大小身影，叶胤桓问道："之炎回来了？"

傅维珩低头翻着资料，漫不经心："嗯。"

"那过两天一起吃饭。"叶胤桓起身拿过外套，准备上楼。

傅维珩这时抬头，说："胤桓，十月中旬在延大有个音乐会，你准备一下。"

"音乐会？"叶胤桓迈向阶梯的脚收了回来，一脸疑惑地走回客厅，"乐团的常务指挥一年前不就换成Joseph（约瑟）了吗？"

傅维珩："嗯，Joseph这段时间在欧洲有个演出，向我请了一个月的假。"

"这样。"叶胤桓轻点了下头，又问，"什么曲子？"

傅维珩抿了口温水："圣桑的《骷髅之舞》和维瓦尔第的《冬》。"

叶胤桓回身走上楼，答应下来："那明天我抽空去趟团里。"


苏莞离开的时候，傅维珩正坐在庭院的藤椅上，修长的双腿上下随意交叠着，悠然自得地饮着咖啡，翻着杂志。

毕竟是上司，苏莞还是礼貌性地打了声招呼："傅先生，我先走了。"

傅维珩抬头，把手边的杂志往边上一扔，拿过桌上的车钥匙，起身一边走向车库，一边说："老余下班了，我送你。"

老余是傅家的司机，因为这里离市区较远，不容易打到出租车，所以每次下课，傅维瑾都会安排老余送她回校。

苏莞一愣，忙轻声喊："不用了，傅先生，我可以打车的……"

傅维珩没回头，径直朝车库走去，不容拒绝："顺路。"


宽敞平坦的柏油路上，一辆黑色的轿车正平稳行驶着。这是苏莞第二次坐他的车，气氛还是一如既往的沉寂尴尬。

手机震动，是许丞阳发来的微信消息："莞莞，一品轩七号包间，我们一会儿就过去，你下了课直接过去！"

苏莞这才想起来这茬，然后她侧头瞥了眼驾驶座上的男人，踌躇了一会儿，开口说："傅先生，我到东湖区的一品轩就行。"

傅维珩懒洋洋地"嗯"了一声，他向左打了个方向，不急不缓地开口：

"假期有什么安排？"

"练琴，傅先生既然收了我，我一定不负所望。"

傅维珩神色淡然，嗓音沉稳："嗯，有出息。"

苏莞："……"

东湖区一带是延川市最繁华的地段，万达、银泰、恒隆等一些大型商场几乎都聚集在这儿，可谓是延川的名流之地。一品轩是那一带最好的小饭馆，菜式繁多精美，可口美味，当然了，价格也不便宜。

初秋的夜幕降临得很快，他们到达一品轩的时候天空已经落下沉重的青灰色。待傅维珩把车子停稳后，苏莞便自顾自下了车，正想对他说声谢谢，却见他也推开车门，走下车后关门落了锁。

苏莞僵在原地。她的琴……还没拿……

傅维珩迈步走到她身后，语气平缓："放车上吧，我饿了，不是要请我吃饭吗？择日不如撞日。"

苏莞："……"什么贵人多忘事！资本家才不是吃素的！

见她默不作声，傅维珩挑挑眉，眼噙几分促狭："不介意吧？"

苏莞暗自悲鸣，她能不能说介意？许丞阳和姚曳也在里面啊，但面前神色自若的男人显然是一副大大方方、里面有谁我都无所谓的样子，苏莞欲哭无泪："求之不得……"

这边许丞阳和姚曳十多分钟前就已经到了。姚曳坐一旁刷着微博，许丞阳则是翻着两本大菜谱，听门外传来动静，她想着应该是苏莞到了。

在开门声响起时，许丞阳扫一眼菜单上的水煮鱼，缓缓抬起头："莞莞，咱点个酸菜鱼吧，我今天……"话到一半，忽然就停住，一直玩手机的姚曳不免好奇地抬头望了过去，一时之间，两人瞠目结舌。

许丞阳怀疑自己的眼睛出了错，疯狂地拽拉姚曳："阿姚，你看看，你看看，饭都没吃我就开始做梦了……"

苏莞一副早有所料的样子，尴尬地转头看向傅维珩，发出邀请："傅先生，你先过来坐吧。"

包间的餐桌是长方形的，姚曳和许丞阳已经坐了一边，苏莞便自然而然地和傅维珩坐在另一边。

苏莞先是淡定从容地给傅维珩倒了杯热水，然后面色平静地说："这是傅维珩，你们都知道的。"然后看向傅维珩，"傅先生，她们是我室友，姚曳，还有许丞阳。"

傅维珩一颔首："你们好。"

许丞阳立马扬声说："幸会，幸会！"

"先点菜吧，"苏莞从许丞阳手里拿过菜单翻了翻，"傅先生，你要吃什么？"

傅维珩面不改色："随意。"

苏莞又抬头看向许丞阳和姚曳，见许丞阳正朝她手机使眼色，便心领神会地拿起手机，屏幕上跳出微信消息，是三人的群聊。

许丞阳："啊啊！苏莞！怎么回事？"

姚曳："老实交代！"

苏莞："唉，说来话长啊……"

这时刚好傅维珩手机来了电话，他起身说了声抱歉，握着手机走出了包间。

这微信群聊秘密谈话瞬间就转移到面谈了。

许丞阳一拍桌子："说！"

苏莞："他是乐团的总监……"

许丞阳不可置信："珩衍？老查理给你介绍的居然是珩衍？"

老查理就是传闻中让傅维珩迫不得已的管弦系主任，是一位年近六十、大腹便便、憨态可掬的德国人。

苏莞："……今晚这顿我请吧。"

许丞阳："当然是你请！不然怎么能安抚我这受惊的心灵！"

姚曳一反常态："近看真是帅得一塌糊涂，毫无抵抗力啊。许丞阳，我要倒戈！"

许丞阳洋洋得意："欢迎你加入傅'大神'后援会！"

苏莞："……"

许丞阳突然压低声线，猜测："莞莞，'大神'是不是相中你了？"

苏莞瞪她一眼，嗔道："胡说！"明明她也只是刚认识！

姚曳还想开口问些什么，傅维珩恰好推门而进，又坐回了苏莞旁边。

大老板来了，小员工自然不能懈怠，立马按铃叫来了服务员点餐。苏莞不清楚傅维珩喜欢什么口味，问他，他又简单的一句"随意"给她搪塞了过来，所以她就挑了几样口味较为清淡的菜式，想着"看他这么白白净净，应该不是重口吧"，然后就把菜单交给了许丞阳和姚曳。

服务员一走，许丞阳就盯着傅维珩笑嘻嘻地问："'大神'，你们乐团还招小提不？"

闻言，苏莞用余光偷瞄了一下身边的人，傅维珩嘴角含笑："我们团里最不缺的就是小提。"

许丞阳不言弃："那'大神'你给我签个名吧，虽然不能在你团里效劳，但是支持你的心永远不变！"

姚曳："那我也要一份！"

苏莞呛到了："咳咳……"

傅维珩沉吟了一会儿："嗯。"

两人心花怒放，赶紧掏出本子和笔推到傅维珩面前。

面见偶像，许丞阳心里难免激动，于是开始找话题聊天："'大神'你是延川人吗？"

傅维珩抿了一口水："嗯。"

姚曳："巧了！咱们莞莞也是延川的！"

傅维珩弯唇一笑："是吗？"

苏莞继续喝水："嗯。"

许丞阳："'大神'，我们家莞莞虽然不太爱说话，不过为人还是很亲和的！"

姚曳接话："对对对，所以'大神'，以后莞莞去你们那儿实习了，你记得多照顾照顾她，这孩子哪都好，就是不圆滑！"

傅维珩："嗯。"

"咳咳咳咳……"苏莞听闻一下子又被水呛到。

许丞阳看过来："莞莞，'大神'在这呢，别瞎闹！"

"……"交友不慎！

谈话间隙，菜也陆陆续续地上齐了，整餐饭下来，除了许丞阳、姚曳见色忘义偶尔拿她开涮外，最受关注的就是她身边的高贵"大神"了！姿态优雅，不失礼仪，连一只带壳的螃蟹他都能吃得不紧不慢，从容淡定，果然有些人，就得貌相啊！

一餐饭临近尾声，苏莞去了前台结账，正准备掏出手机，一只漂亮的手夹着张信用卡抢先递到了收银员面前。苏莞抬头一看，不是傅维珩还有谁，他立在她的身侧，接过pos机准备输密码。

"傅先生，我来……"她准备开口婉拒。

"以后还有机会。"他一语双关，不容拒绝。

"谢谢光临，请慢走。"

傅维珩将卡收回钱夹里，拍拍她的肩："走吧。"

由于苏莞的琴还在他的车上，顺理成章地，他再次当了回司机，送她们回校。

这辆车的车身大，内座也很宽敞，上车的时候，苏莞借口自己的琴放在后座，于是屁颠屁颠地跑到后面准备挤到许丞阳和姚曳身边，结果许丞阳一句"那么大的琴挤我们俩就够了，你就别瞎凑热闹！"又把她推回了副驾驶座。

从一品轩到学校大概有十五分钟的路程，傅维珩十分体贴地把她们送到了宿舍楼下。

许丞阳笑着道谢："'大神'！谢啦！"

傅维珩坐在车里，半降下车窗，朝她们微微一颔首，表示回应。

许丞阳："'大神'晚安！假期愉快哟！"

夜里熄了灯，216宿舍三人照旧是要睡前唠嗑一番。许丞阳抱着被子伸出脑袋："我说'大神'怎么这两年不开演奏会了，原来是转行当总裁去了啊。"

姚曳："那以后是不是就不干那行了啊？"

许丞阳："可别啊，我还没正经看过'大神'的演奏会呢！"

姚曳："他真那么厉害吗？"

"'大神'十五岁就开始在欧洲巡演了，你说呢！"许丞阳骄傲地拔高音量。

姚曳若有所思，抬手晃了晃隔壁苏莞的床头："莞莞，你明天几点的车？"

苏莞："八点。"车票是一早就买好的，暑假两个月苏莞都耗在学校赶论文，没有回沂市，这次的国庆长假自然是要回去一趟的。

许丞阳哀号："莞莞，我这才回来没多久你就要走了，国庆七天我可怎么办啊？"

姚曳一个抱枕准准地丢在许丞阳的脸上："号什么号，就你这副德行，莞莞回家了才好，耳根子还能图个清静！"

许丞阳怒了："姚曳！"

"咳咳……"苏莞出声阻止，"回来给你们带鸡翅。"

许丞阳把抱枕一摔，尖声叫道："我要十个！"

姚曳："……"

今天是国庆长假第一天，街上人多拥挤。为了避免堵车而耽误行程，苏莞特地起了个大早，简单收拾一番后背着琴匆匆地就往火车站赶。

说到琴，原本她想着就七天假期不带琴了，可谁让她昨天当着傅维珩的面说假期要练琴，不练的话她总莫名地感觉心虚啊……于是在这人挤人的车站里，她一手拖着行李，一手紧护着她的琴，生怕被人给挤坏了。

之前她给姑姑苏玥打过电话，一听她要回来，苏玥直说让姑父开车去车站接她，苏莞拒绝了，每逢节假日，街上必然是堵得乱七八糟，她估计姑父不出一条街就会被卡在马路上动弹不得。于是出了站口，苏莞直接打了辆车往家里奔去。

路上车很堵，到姑姑家时已经是中午了。站在门前，她放下行李准备掏钥匙开门，面前的大门突然"咔嚓"一声从里面被推了出来，一抹风姿狂乱的身影直接往她身上扑去，猝不及防。

秦沐双脚一蹦直接挂在了她身上："姐！你终于回来了！"

苏莞下意识托住她屁股："……"幸好她把琴放地上了。

"熊孩子，干什么呢！"苏玥抬手，拽住她裤腰"啪"地弹一声，响亮至极。

"妈！说了多少遍了！别弹我！"秦沐面色微窘，伸手提了提裤子，从苏莞身上下来。

"可算是回来了，莞莞。"苏玥接过苏莞手中的背包，笑嘻嘻地挽上她进了客厅，又撇头望了眼依旧立在玄关的秦沐，"杵在那干吗，关门啊！"

秦沐："……"妈，我还是亲生的吗？

在厨房里忙活半天的老秦听到这一动静，举着锅铲往客厅里去，见到自家老婆拉着侄女嘘长问短个不停，便说："老婆，莞莞刚回来，你也不倒杯水。"

苏玥一拍大腿："哟！你瞧我！"

苏莞赶忙起身拉住姑姑："姑姑、姑父，你们真拿我当客人啊。"

秦沐翻了个白眼："就是，姐都在这住了几年了。"嘴里又嘀咕，"好歹我是亲生的，你怎么不给我也倒杯水。"

苏玥一拍秦沐的屁股："亲生的！去给你娘、你姐姐倒两杯水！"

秦沐没好气地把抱枕一甩，重重哼了一声，起身去厨房给苏玥倒了一杯水后，就拖着苏莞回房间抱怨诉苦去了。

"姐！呜呜呜……"才关上门，苏莞就被面前的人抱了个大满怀，秦沐哭唧唧地抱怨说："姐，我都快被这强大的黑暗势力给压榨干了！呜呜呜……"

苏莞有些吃力地挣了挣，毫不客气："我怎么觉得你被黑暗势力的糖衣炮弹喂食得挺好？"

秦沐："……"她就知道，想在苏莞面前听到一句中听的安慰话，简直就是痴人说梦！

当晚吃饭的时候，姑姑突然拿出一张银行卡塞到苏莞手里："莞莞，明天啊跟沐沐一块去商场给自己挑两件心仪的生日礼物。"

几年前父亲病故时，苏莞尚未成年也还在上学，因此不得不寄住在姑姑家。除了秦沐，姑姑还有个大儿子秦俨。她一住六年，期间让姑姑多了多少负担她心里清清楚楚。虽说近两年表哥秦俨在国外工作，给家里分担了不少开支，但这钱，她也不能拿。

苏莞一口青菜还在嘴里，二话不说直接推给了苏玥："姑姑，我不能要。"

苏玥放下手里的碗筷，微微蹙起了眉："你这孩子，老这么固执，都是一家人，给你就收着，平时生活费不跟我们要也就算了，现在这钱就别推托了。"

老秦也劝道："是啊莞莞，一个姑娘家在外面兼职赚钱不容易，平时生活开销又是难免，哪还有什么闲钱给自己买东西，你就收着，姑姑、姑父不差这点儿钱。"

秦沐咽了口饭，顺着老两口的意思："你就收着吧，姐，暑假你没回来，我们也没有给你过生日，正好拿着钱去给自己买两件衣服，多好。"又凑到苏莞耳边低声坏笑说，"顺道还能给我捎上两件新衣服，哈哈哈……"

看秦沐一脸坏坏的笑容，苏玥就知道她是什么心思，毫不客气地给她了一个爆栗："给你姐的生日礼物，你瞎凑什么热闹！"

这样劝说着，苏莞一时之间不知道说什么好，就决定先收下银行卡，趁明天和秦沐出去时再让她转还给姑姑。

因为受了亲娘所托明早陪苏莞去逛街，秦沐兴奋得紧，吃完晚饭看了会儿电视就早早拉着苏莞回房间睡觉了。

翌日，两人明明起了个大早，但在秦沐严重的拖延症下，愣是拖到了十点才慢慢悠悠地出门。

女孩子爱打扮，苏莞也不例外，秦沐就更不用说了。到了商场，她就像脱缰的野马，拉着苏莞在商场里从上蹿到下，大气都不喘一个。

此刻，苏莞正坐在某品牌服装店里等着秦沐从试衣间里出来，结果人是从试衣间里出来了，但衣服依旧是不中意。秦沐两脚一跺恼羞成怒，干脆不逛了，拉着苏莞去解决午餐。

缘分这种东西就是这么奇妙，苏莞真的万万没想到，在这个距离延川百千米外的沂市，她居然还能遇见傅维珩。

事情是这样的。和秦沐顺利解决完午餐后，苏莞突然想起她的琴弦该换了，宿舍里多余的琴弦已经用光了，于是就和秦沐打车去了平和路那家年月已久的器乐店。

店内很宽敞，大约有一百五十平方米，大门进来的正中央摆着一架昂贵漂亮的斯坦伯格三角钢琴，两边的柜架上整齐摆放着精致的小提琴和中提琴，旁边有间用透明玻璃隔开的小房间，里头按从小到大的顺序摆放着大提琴以及低音提琴。

简单观望一圈，苏莞走到最里面的工具台前，店主还是那个白花胡子、精神饱满的老人家。

"翁爷爷。"苏莞到台前唤了一声。

老人家正低着头专心致志地削着小提琴的琴头，一听声音，那双躲在老花镜后的眼睛抬了起来："哟，姑娘，你来啦。"

苏莞微笑着说："翁爷爷最近还好吗？"

老爷爷继续着手里的活，应她："都这个岁数了，还能说什么好不好，倒是你，才一年没见，又变漂亮了。"他伸头望向那边对一把小提琴爱不释手的秦沐，笑问，"带朋友来看琴？"

苏莞说："我来买琴弦。"

"要什么样的？"翁爷爷摘下老花镜，把未完工的小提琴往木架上一放，问道。

"还是拉森的AD弦和托马斯蒂克的GC弦。"

"行，你等着，我给你找去。"

趁着老爷爷找琴弦之际，苏莞又四处张望了一下，发现里间的红木架上放着一把橙黄亮澈的小提琴，于是心间一动，她有种想进去摸一摸的念头。

外头响起一阵风铃声，有人推门而入，秦沐好奇的脑袋伸出去瞧了瞧，然后很是激动地跑到苏莞身边："姐！姐！帅哥，大帅哥！"

苏莞："……"紧接着她就看见一道熟悉的身影朝她这边走来。来人穿着一件长款的军绿色夹克，暗色的休闲裤包裹着他的长腿，一身清冷。

在这里遇到苏莞，傅维珩也很是意外，心里微微一愣，面上却是波澜不惊。

苏莞莫名地心跳加速，见傅维珩径直走来似乎没有要打招呼的意思，心里一时不太爽快，干脆脑袋一转，接着欣赏起那把漂亮的小提琴。

过了一会儿，秦沐又凑到她耳边，小声问道："姐，你们是不是认识啊？帅哥一直时不时地看过来。"

这话说得苏莞心头一颤，连忙否认道："不认识。"

话刚说完，傅维珩正好隔着一个过道站定，嗓音温凉："苏莞。"

苏莞、秦沐："……"

翁爷爷这时刚好从里间出来，看到站在一旁的傅维珩一愣："哟，小珩，你来啦。"

小珩……苏莞脸色不变，心中一阵诧异，好软的称呼。

傅维珩眉头微微一皱，显然不太喜欢这样的称呼，却没说些什么，只开口应道："嗯，我的琴好了吗？"

"不久前刚整完，你等着，我给你装去。"翁爷爷又瞧了眼苏莞，"姑娘，劳烦你再等等。"

苏莞点点头："不急，您先忙。"然后她看到翁爷爷进了里间将那把摆放在红木架子上的小提琴取了下来，小心翼翼地装进了琴盒里。

苏莞转头看了傅维珩一眼，内心讶然：原来这把琴是他的，怪不得一副价值不菲的样子。

傅维珩接过琴盒，朝翁爷爷道了谢，在转身离去前又一次看向苏莞，似笑非笑："别忘了练琴。"

翁爷爷一听，满是好奇："姑娘，你们认识？"

苏莞笑而不答。


后来，打车回去的路上，沉默了好久的秦沐突然惊叫一声，把前头的司机吓得踩油门的脚都一抖。

"姐！我想起来了！刚刚那个帅哥是不是小提琴家傅维珩啊！之前在许丞阳的微信朋友圈，我看过！"

苏莞："……"这反射弧……长得不可思议。

"姐，你们俩什么情况，你到底认不认识他？"

"……我实习的乐团，是他公司旗下的。"

"哦！"秦沐意味深长地拉长了话音，"从刚刚的眉来眼去中，我似乎闻到了什么味道，需要我助攻吗？"

苏莞："……尽说些胡话。"

当晚，秦沐的朋友圈以及微博就出现了这样一条消息：

沐沐宝宝：在超级漂亮的器乐店里巧遇"高富帅"小提琴家傅维珩，似乎跟我姐有点儿情况，有什么靠谱的神助攻，在线等。

然后，又有了以下的评论：

迷恋傅"大神"的丞丞阳阳：什么！他居然也在沂市！那天吃饭的时候我就感觉到他俩的氛围不同寻常！

是姚曳不是摇曳：什么都别说了，老沐宝，让你姐直接把"大神"扑倒吧！

秦沐刷着评论的手一顿，转头看向苏莞："姐，你们跟傅维珩还吃过饭？"

苏莞："……"交友不慎，交友不慎！

秦沐："那你还说不认识！你欺骗我的感情！"

苏莞无力辩解："……睡觉吧。"然而，当苏莞的脑袋刚沾上枕头，床头柜上的手机消息提示音就在不停地响！

她拿起来一看，216宿舍的微信群炸了。

许丞阳："莞莞，'大神'追你都追到沂市去了！还说没情况！"

姚曳："莞莞，进展到哪一步了？"

苏莞："你们误会了。"

许丞阳："我们怎么会误会呢？"

姚曳："我们没有误会！"

苏莞无奈地叹口气："只是在器乐店偶然碰到而已。"

许丞阳："你骗人！那你为什么要说跟'大神'不认识！"

苏莞当下眼神一变，抓起个抱枕直接扔向秦沐脑门。

秦沐："……"

当晚苏莞就做了一个梦，她梦见自己又去了那家器乐店，再一次巧遇了傅维珩，然后翁爷爷追问他俩是否相识，苏莞再一次回答："不认识。"接着她就听到傅维珩温凉的嗓音犹如念咒般在她脑中无限循环："苏莞苏莞苏莞……"

以至于第二天姑姑跟表哥视频通话时，秦俨叫了一声"苏莞"，她下意识就挂断了通话。

秦俨、姑姑："……"

# 第三章 命中注定

国庆长假不知不觉已经过去了一半，这天一大早，秦沐便被亲娘从被窝里一拖而起："一个已经步入高三的学生居然不起早贪黑、悬梁刺股，你对得起你爸这个教导主任吗？"

于是秦沐不得不从早上八点闭关书房，直到下午隔壁传来苏莞娴熟的练琴声才出关。苏莞这边刚拉完一首练习曲，就看到秦沐靠在房间的门上哼哧哼哧地咬着苹果。

苏莞随手翻了页曲谱："复习完了？"

秦沐嘿嘿一笑，在她对面坐下来："祖国的花朵累了，需要缓解一下心情，给我拉首《最炫民族风》听听。"

苏莞也不推脱，想了想音高给她拉了一小段。

秦沐听了："哟呵，可以啊姐！"然后她就开始一边吃苹果，一边跟着哼。

两个人就一直在房间，直到苏玥敲门来提醒她们吃晚饭，苏莞的练琴时间才差不多结束。

饭后，姑姑、姑父照常去附近的公园散步，秦沐接了个电话后也匆匆忙忙地出了门。苏莞不是个怕无聊的人，一个人在家练琴、看书、听CD，总是有事情做。

手机"叮"的一声，有短信进来，苏莞瞄了眼短信内容："在家吗？"

她还没从书里的内容中缓过神来，便随手回复："在。"

刚锁上屏不到三秒钟，手机又一次亮了起来，依旧是短信："我在你楼下，下来一趟。"

这句话引起苏莞的注意，看了眼"来件人"，是个陌生号码，只觉得是发错了便不再回复。五分钟过去了，她的手机再一次震动，不是短信，是来电，依旧是那个陌生号码，她顿了一会儿，接了电话："您好。"

"苏莞。"那头的声音低沉平缓，苏莞一听，脑袋里自动浮现那晚念咒般的无限循环。

"是我。"傅维珩坐在车里，望着前方的小区大门，点了支烟，"你下来。"然后便不容拒绝地挂断了电话。

苏莞盯着屏幕上的陌生号码，足足愣了一分钟，他怎么知道自己住哪？

夜幕下，出了小区门口的苏莞远远就看到那辆熟悉的车。傅维珩指间夹着烟，倚靠在车门上吞云吐雾，街边路灯昏黄，映着他棱角分明的轮廓，半明半暗的光影间，有几分清冷、几分疏离。

他轻轻弹了弹烟灰，望着那道由远及近的身影，他走到垃圾桶旁，将烟头捻灭。

她在他身边站定，先开了口："傅先生。"

傅维珩倒也不急，笑意浅淡地问了句："练琴了吗？"

苏莞："嗯。"

一辆轿车这时从她身后驶过，卷起一阵风。傅维珩站直身子，下意识抓住她的腕骨，往自己的方向拉近些。

腕上热感传来，苏莞蓦地一愣，心慌意乱地抬起眼想看他，他却已松开手，神色自若地问："要一起吃个饭吗？"

苏莞刚吃完饭，自是不饿，但她也没有拒绝，沉浸在刚刚突如其来的碰触中，神思恍惚地点点头："好，等我一下。"

下一秒就见她转身跑回小区楼。傅维珩失笑，先一步上了车。五分钟后，苏莞再次出来，秋夜寒凉，她披了件薄开衫，还背了个小包。

上车系好安全带，傅维珩发动车子，朝市中心驶去。车内残留了些许烟草味，傅维珩怕她不喜欢，于是抬手按下车窗，凉风随即灌进来，吹散了苏莞别在耳后的碎发。

她歪头瞧了眼傅维珩，视线收回来时不经意瞥到烟槽里不少的烟头，嘴巴快过脑，本能地开口提醒："其实，抽烟很容易导致不孕不育。"

傅维珩愣住，垂眸一扫烟槽里的烟屁股，第一反应便是将那烟槽的开口给关上了。

苏莞见他如此，以为他嫌弃自己多管闲事，即刻别过脸，难为情地闭了嘴。

注意到她脸上的表情，傅维珩沉默了一会儿，忽然开口，语气格外温柔动听："那就戒了。"

苏莞一听，愣了一下，他戒不戒烟跟自己又有什么关系……

车子行驶了十五分钟，苏莞瞧见前方一家熟悉的港式茶楼，问道："傅先生你喜欢吃粤式茶点吗？那儿有家港式茶楼，里面的茶点很不错，要不要试试？"

傅维珩："好。"

要说苏莞会答应傅维珩相邀吃饭的原因，就是国庆前他请她俩吃的那顿饭了。原本说好了是苏莞请客，结果却是他结账，接着前两天她又说跟他不认识，终究是她不厚道，便答应了下来。

苏莞找了一个靠窗的位置坐下，等傅维珩停完车进来坐下后，她主动递上菜单，并给他倒了杯普洱茶，向他推荐："这里的叉烧包很好吃，肠粉、蛋挞也不错。"

傅维珩扫了眼菜单，把它放到一边，轻声说："你决定吧。"

苏莞点点头，伸手招来了服务员。

服务员是个年轻的小姑娘，见到傅维珩这样英俊的男人，心里十分激动，再看看男人对面的女孩，清秀美丽，顿时感叹：俊男配美女。

苏莞点了几笼小食和糕点，最后加了一份蛋挞，询问傅维珩没有意见后，便下了单。没多久，一笼笼精致的点心布满了餐桌，见面前人茶杯快要见底，苏莞又端起茶壶往他杯里添了些茶，语气轻快："傅先生，快吃吧。"

傅维珩"嗯"了一声，拿起筷子夹了块金钱肚。

苏莞抿了口茶，问他："傅先生是来沂市旅游？"

"不是，顺道来这里看个朋友。"傅维珩抬眼，墨黑深邃的眼眸中满是温柔，"你呢？放假回家小住？"

一句"回家"让苏莞想起已故的父亲，她微微垂头，眼里多了些许的黯淡："嗯。"

傅维珩将她眼里的情绪收进眼底，伸手夹了个蛋挞放到她的碗里，转移了话题："想听音乐会吗？"

苏莞抬头，见他从上衣的兜里取出两张门票，推到她面前。

"翁爷爷给的。"傅维珩淡淡地说，"可以找你朋友一起去。"

所以，今晚找她是为了转交音乐会票？苏莞眼尖，瞄到门票上的字——柏林爱乐乐团，那可是德国著名的交响乐团啊，她心动了："多少钱？"

他说："本就是翁爷爷给的，他最近腿脚不好，出门不方便，放着也是浪费，自然不会收你的钱。"然而真相是他特意让张霖留了两张门票，想要给她，翁爷爷不过是为了让她接受的借口罢了。

　　苏莞爱听交响乐，既然傅维珩都这么说了，她就不再坚持，心想下次再请回来便是，随即答应下来："那谢谢翁爷爷和傅先生了。"

　　苏莞晚上回去的时候，家里的人都回来了。一进门，正在客厅看电视的姑父听到动静扭头看来："莞莞回来啦。"

　　姑姑正好从阳台走过来，随口问了句："跟朋友玩去啦？"

　　苏莞笑着点头："嗯，去吃了消夜。"

　　一阵噼里啪啦的拖鞋声响起，秦沐张牙舞爪地从房间里跑了出来："姐！去哪儿啦？"

　　"去吃消夜了。"苏莞坐在椅子上换鞋，想到音乐会的事，顺便问了一句，"明晚要一起去听音乐会吗？"

　　秦沐一向对古典乐什么的不太感兴趣，但她爱热闹，便答应说："好呀，不过明晚我有个同学聚餐，到时候你先去，我直接去音乐厅找你。"

　　翌日晚，音乐会是晚上七点半开始的，然而就在开场前的十分钟，坐在大厅等待的苏莞接到了秦沐的来电："姐，呜呜呜……对不起啊，同学聚会大家聊得嗨了，准备第二场去唱歌，还非拉着我不让走。"

　　苏莞明白了，也不勉强，笑着宽慰："没事，你玩吧，我自己可以的。"就是可惜了一张门票。

　　秦沐感动得一塌糊涂："姐，我爱你，明晚请你吃小龙虾！"

　　苏莞交代说："小心点儿，早点儿回家。"挂下电话，大堂响起钟声，示意可以入场，苏莞望着手里的两张票，抽出一张塞回包里，检票进场。

　　进了音乐厅，苏莞顺利地找到自己的座位，准备坐下。屁股刚着凳，抬起眼眸的下一秒，她就看到座椅的排头站了一个男人，一个她熟悉、俊逸的男人。

　　傅维珩默不作声在她旁边坐下，嘴角带起好看的弧度，说了句："好巧。"

　　苏莞："……"这票不是他给的吗？巧什么？告诉她巧什么？

　　其实苏莞并不意外，既然傅维珩给了她两张票，必然是会留一张给他自己的。

　　傅维珩转头望了眼苏莞旁边的空位，随口一问："就你一人？"

苏莞莞尔一笑："我表妹同学聚会，赶不过来。"

傅维珩点点头望向舞台："嗯，要开始了。"

场内灯光渐暗，入场的大门也已关闭，演出开始。乐手们拿着各自的乐器陆续上台就位。接着上来一位著名的指挥家，他带领乐团人员起身向观众鞠了个躬，随后转身背向观众，开始指挥演奏。

第一首的演奏曲目是《费加罗的婚礼》，莫扎特著名的歌剧代表作之一，故事讲述的是正直聪明的男仆费加罗用自己的才智赢得了与美丽的女仆苏珊娜的婚礼。而交响乐所演奏的正是这部歌剧的序曲部分，小提琴演奏出的第一主题活泼欢快，第二主题则柔美雅致，最后全曲在轻快的气氛中结束，宣布美满的结局。

九点半，演出正式结束。

苏莞是第一次在现场听到世界著名乐团的演奏，以至于从音乐厅出来后，她的脸上仍是掩饰不住的激动和喜悦，欣然接受了傅维珩送她回家的提议。

傅维珩走在她身后，从口袋里掏出车钥匙，摁了下解锁，嘴角带起满意的笑，嗯，这么开心，下次可以考虑邀请维也纳爱乐乐团来国内举办一场演出。

车子平稳地停在小区门前，苏莞解开安全带，眉开眼笑："谢谢你。"

傅维珩："回去小心，回头见。"

"好，傅先生也请路上小心，回见。"

苏莞下车后，傅维珩没有立马开走，而是等亲眼见她上了小区楼，才放心地离去。

回到家后，苏莞正准备洗澡，秦沐便满面春风地回来了，嘴里的小曲哼得一溜一溜的。"姐，音乐会结束啦？"秦沐把钥匙一扔，一蹦一蹦地去厨房倒了杯水。

苏莞"嗯"了一声，进了浴室。洗完澡，苏莞坐在床边擦着头发，手机震动，推出一条新消息，是顾铭发来的。苏莞有些无奈，但还是点了进去。

对于顾铭对她的爱慕，她明里暗里已经拒绝过多次，她太清楚自己想要什么，像这种暧昧私聊，她从来不曾回复。手指一滑，她果断将顾铭的聊天记录删除。

秦沐刚好洗完澡开门进来，见苏莞坐在床上蹙眉按着手机，凑近问："姐，怎么啦？"

"没事。"她笑笑，将手机放一边躺下，脑中突然浮现傅维珩清俊的面容，她忍不住开口，"沐沐，什么是喜欢？"

秦沐在同学微信群里聊得正欢，听到苏莞这一开口，诧异地躺到苏莞身边："姐，你开窍啦？有喜欢的人啦？傅维珩？"

苏莞背过身："……当我没问。"

"别呀姐，我跟你开玩笑呢。"秦沐赶忙扳回她的身子，笑嘻嘻地，"喜欢一个人嘛，很简单，就是你老想他，老想见到他，见到他之后你就特开心。"

瞧着秦沐眉飞色舞的小表情，苏莞心里一慌，还是自己琢磨吧……

深夜，一旁的秦沐早已酣然入睡。苏莞辗转反侧许久，还是睡不着，她仰起身子，拿过床头柜上的手机，点进了微信，看到了界面下方的"推荐联系人"多了一个红通通的"1"，点进去一看，推荐的正是她新添加的"联系人傅维珩"。

他的微信号界面十分简单，没有发过朋友圈，头像也是空白的，只有一个英文昵称Neil，像是一个新创的账号。

苏莞的心开始怦怦地乱跳，鬼使神差地点击新增，然后发送。虽然她不确定这是不是他真正的微信号……正准备退出，手机一震，一条消息过来。

Neil：我通过了你的好友验证……

Neil：还没睡？

苏莞一愣，这是秒通过啊……看来是真的。

苏莞脸红红："要睡了。"

Neil：嗯，好好休息，晚安。

忽然间，苏莞觉得浑身的血液都在沸腾，心脏在胸腔里吵得要命，体温在不断上升。她伸手扯下被子，露出脑袋，空气中的凉意让她瞬间平静了一些。

然后她点开网页，在词条栏里输入"傅维珩"三个字，搜索，一整页满满的词条缓缓地刷出来，苏莞点击第一条：

傅维珩，英文名Neil，出生于中国B省延川市，著名小提琴演奏家，曾在德国柏林音乐学院就读并顺利获得硕士学位。九岁时，傅维珩在巴黎里昂音乐厅举办第一场演奏会；十二岁时，傅维珩应邀为女王演奏，其表现得到王室成员高度称赞；十五岁时，在纽约林肯中心爱丽丝杜莉厅演出，并开始到德国、法国等地进行巡回演出；十六岁时，国际集团Endless旗下的环球唱片发行他的首张专辑*Neil's Violin*（《傅维珩小提琴专辑》）；二十一岁时，傅维珩创办珩衍交响乐团，亲自担任乐团首席小提琴手，在欧洲各地举办巡演……是第50届帕格尼尼国际小提琴大赛金奖获得者；曾与NHK交响乐团、东京交响乐团、德国国家交响乐团、维也纳爱乐乐团等著名交响乐团合作。

一条又一条的资料信息，看得苏莞心潮澎湃。苏莞无法想象这样一个出类拔萃、难以触及的人竟然近在咫尺，她何其有幸能够加入他的乐团，将来或许还有机会能够与他一同演奏。这么优秀的男人，让她止不住地想去崇拜，想去了解，甚至是靠近。

送苏莞回家后，傅维珩便直接上了高速连夜回延川。那天来沂市，只是为了代替爷爷来看望他多年的老友翁爷爷，顺道将小提琴带去换弦保养一番，但后来与苏莞的巧遇令他改变了计划。回到酒店，他第一件事便是让张霖将苏莞入团的个人详细资料发送过来，接着他在沂市多逗留了三天，若不是明后两天各有一场重要的股东大会，他是有多留几天的打算的。

到达公寓的时候已经是深夜一点，傅维珩简单地冲了澡，换了身睡衣上床。睡前他又随手下了个微信App，注册了个微信账号，然后他就看到一则新的好友通知：Swan。

傅维珩第一时间点击了接受，他有些讶异这么晚了她还没休息，便发了条消息："还没睡？"

苏莞："要睡了。"

傅维珩扯唇一笑："嗯，好好休息，晚安。"

在这深秋的夜晚，两束暗藏的小火花正在悄悄地擦撞生情……

美好的日子总是短暂的，七天的国庆长假就这么嗖的一下过去了，苏莞踏上了回校的路程。

到延川火车站的时候，已是下午三点半，许丞阳和姚曳一早就给苏莞打了电话说来接她。这不，她刚下车没多久，姚曳的电话就来了："莞莞，你下车了吗？我们就在出站口！"

"我刚下车，就来。"挂下电话，苏莞拉起箱子往站口走。

苏莞长得漂亮，又背着大提琴，在人群中格外显眼，许丞阳远远望见她，冲过来就把苏莞背上的琴扯下背到自己的身上，然后向她摊手："我的鸡翅，我的鸡翅……"

苏莞："……"她似乎高看了她们之间的友谊。

大四，姚曳要考研，许丞阳要重修思修，苏莞要实习，所以在这段等待入团的空窗时期，苏莞成了宿舍最清闲之人，除了周六的中午，那是她要去傅宅授课的时间。

阴沉了一上午的天，此刻已开始飘扬着细雨。苏莞站在宿舍楼前，背着琴准备去傅宅，正打算撑起手里的小花伞，远处清俊、熟悉的身影让她倏然一愣。

傅维珩站在树下，白皙修长的手指握着一把黑色的大伞。他穿着藏蓝色的带帽卫衣，身下是一条卡其色的休闲裤，身姿挺拔，宛如一位在校的阳光少年。似有所感应般，他抬起头，与她相对而视，眼底一时间满是柔和笑意。在这阴沉郁闷的雨天中，他像是一道靓丽迷人的风景，俊逸非凡。身边的人行色匆匆，却也不禁驻足多看他几眼。

接着，那"迷人的风景"迈步朝她走来，在她面前驻足而立。苏莞缓缓抬头，仰视这个高她一大截的男人，张了张口，却半天说不出话来。

这边的傅维珩见她一副欲言又止的样子，倒先开了口："去给帆帆上课？"

苏莞有点儿心不在焉，胡乱地点了点头。

傅维珩偏过身，撑着伞迈开步子朝前走去："走吧。"

他的话隐隐约约地飘进苏莞耳朵里，是专程在这里等自己吗？苏莞思绪闪过，待回过神时，傅维珩已经离她十步远了。苏莞急急忙忙撑起伞，小跑着追上。

走到车门边时，雨势突然加大。苏莞匆忙拉开后座的车门，想着连人带琴一起坐进去，后座的娇小身影却出乎她的意料："帆帆？"

"苏老师！"小女孩身子往边上一挪，摊出双手，"我来帮你抱琴。"

苏莞愣了一下，而后笑起来，把琴往后座上一放，坐进了副驾驶座。她系着安全带，柔声询问："帆帆刚放学吗？"

"嗯！"叶帆把身子往前一探，整张笑脸凑到苏莞面前，"今天小舅接帆帆放学，然后帆帆和小舅一起来接苏老师。"

不知怎么的，苏莞的心里竟有些失落，原来不是特地来等自己的呀。她侧眸看了眼刚坐进来的车主，抬手抚了抚小女孩的头发："谢谢帆帆。"又朝傅维珩莞尔一笑，"谢谢傅先生。"

明明她就只是这么微微一笑，傅维珩竟有一种勾魂摄魄的感觉，心跳一下子快了两拍，不过依旧是面色沉静地朝她微微颔首。

进傅宅的时候，傅维瑾正坐在沙发上喝茶看书。叶帆最先跑进客厅，扑进自己母亲的怀里撒娇："妈妈，我回来啦！"

苏莞前脚踏进客厅，傅维珩后脚便进了大门。苏莞望一眼正在闲聊的傅维瑾和叶帆，又瞅了瞅身后的傅维珩，这才发现他们俩眉眼间有几分相似。

傅维瑾见两人一前一后地进门，有几分意外，但随即又想到了些什么，意味深长地看向苏莞："一起回来的？"

傅维珩没有搭话，径直走向客厅。苏莞却是一副做贼心虚的模样，下意识脱口而出："不是不是，在门口遇到的。"说完，她想起了一同回来的还有叶帆，小孩子天真无邪，自然有什么说什么，实诚地说："我和小舅一起去接的苏老师。"

苏莞："……"什么叫此地无银三百两，这就是了。苏莞此刻只想找个洞，钻得越深越好。明明什么事都没有，她这么一掩饰反倒显得有什么了。

她低着头，瞥眼看向前头的傅维珩。男人默不作声，嘴角却噙着笑，凝视她的目光别具深意。

傅维瑾又转头一瞅傅维珩，心中瞬间明白过来什么。难怪他主动提出去接帆帆，原来是醉翁之意不在酒。

傅维瑾莞尔，牵起叶帆走到苏莞面前："帆帆，去跟苏老师上课。"

等苏莞和叶帆进琴房后，傅维瑾端着杯咖啡跟着傅维珩进了书房。

书房的门虚掩着，傅维瑾推门进去的时候，傅维珩正翻阅着商业资料。她轻轻关上门，走到桌前将那杯热腾腾的咖啡推给傅维珩，然后在桌前坐下。傅维珩没有抬头，手里自然而然地拿过咖啡抿了一小口，不满地蹙了下眉："太甜了。"

"我才放了半颗糖。"傅维瑾似笑非笑，"是你最近过得太甜了吧？"

自己亲弟弟的脾性，傅维瑾自然是再清楚不过，几年来围绕在他身边的女孩子不少，但他从来都是一副生人勿近、视若无睹的态度，连个女朋友都未曾见他有过。从国外回来的头几个月，他总是一股劲儿地忙着公事，在老宅几乎见不到他的影子。然而最近不仅回来得频繁，还经常会提早下班，今天更是主动去接苏莞来上课。她还是第一次见到他对一个女孩子这样上心，免不了好奇想了解一下。

"维瑾，"傅维瑾放低声线，语带笑意，"你是不是喜欢莞莞呀？"

傅维珩懒洋洋地抬起眼皮，没作声。

"在追她？眼光还不赖嘛。"傅维瑾低身凑近他。

"维珩……要不要姐给你帮忙？"

傅维瑾连续的几个问题，傅维珩都充耳不闻。傅维瑾从他嘴里套不出话，只能无可奈何地离开了书房，没办法，傅维珩不愿开口的事，就算她说破了嘴，他也是闭口不言。


苏莞准备离开的时候，已经临近傍晚。临走前她照例向坐在大厅的傅维瑾打了声招呼，不过傅维瑾却像是等候已久的样子，捞过桌上的车钥匙，起身笑道："来，莞莞，我送你回去。"

苏莞受宠若惊，忙婉拒："傅小姐，不用麻烦的……"

"妈妈你要出门吗？"叶帆从里间出来，看到傅维瑾背着包拿着车钥匙，开口问了句，"你是去找爸爸吗？那小舅呢，小舅也要走吗？帆帆可不可以一起？"

傅维瑾笑意不减，走过去把叶帆一把抱起，"吧唧"在她脸上亲了一大口："帆帆乖，妈妈送苏老师回学校，小舅在家，妈妈一会儿就回来。"

叶帆一向懂事听话，又特喜爱舅舅，听到傅维珩在家，自觉地从傅维瑾怀里爬下，满嘴答应下来："好，那妈妈早点儿回来，路上小心。苏老师再见。"

后来，傅维珩从书房下来，看到叶帆一个人坐在客厅的绒毯上玩积木，家政阿姨林嫂则在一旁打扫卫生，却唯独没看到本该坐在沙发上的傅维瑾和到点下课的苏莞。他看了看腕表，喊了声："文森叔。"

叶帆从积木中抬头："文森爷爷在后面的花园里呢，小舅你找他有事吗？"

傅维珩眉头微皱，走到叶帆身边："帆帆，今天这么早下课吗？苏老师呢？"

叶帆继续摆弄积木："苏老师说帆帆今天曲子练得很好，所以提前给帆帆下了课，刚刚妈妈已经送苏老师回学校啦。"

傅维珩无力地一笑，他把时间算得准准的，结果没算到苏莞竟然提前下课了。他揉了揉叶帆的黑发，干脆坐在绒毯上与她一同玩耍。

坐在傅维瑾车上时，苏莞有些诧异，明明是两姐弟，为什么性格、喜好会相差这么多……傅维珩喜欢低调沉稳的车，傅维瑾却中意高调奢华的车；傅维珩热爱高贵优雅的古典乐，傅维瑾却更热衷狂野带劲的歌曲；傅维珩总是一副淡漠清俊、难以触及的模样，傅维瑾却……

苏莞望着此刻正随着音乐节奏一边晃着脑袋，一边驾车的女人，再一次纳罕，这还是当时她初见的那个气若幽兰的古典美女傅维瑾吗？

"呃……"苏莞轻声开口，她觉得她有必要让傅小姐把现下的车速给减一减，"傅小姐……"

"叫我维瑾就好了，他们都是这么叫我的。"傅维瑾侧头朝她暧昧一笑。

这有什么直接联系吗？

苏莞："我有点儿晕……"

"嗯？晕？"傅维瑾忙又看向她，接着明白过来，稍微松开了油门，降下车速，"抱歉，我习惯开快车，胤桓平常都不让我单独开，有一段时间没有驾车，今天就兴奋了些。"

傅维瑾伸手关掉车内的音乐，倒是不拐弯抹角："莞莞，你跟维珩在交往？"

苏莞声调瞬间高了两个度："啊？！"

傅维瑾被她这惊愕的反应给逗乐了，抬手拍了下她的肩："害羞什么，怎么样，我们维珩有没有男友力十足？"

苏莞赶忙向傅维瑾解释："傅小姐你误会了！没有！我跟傅先生绝对没有在交往，绝对没有！"

傅维瑾"扑哧"一下又笑出了声："我知道，不过来日方长，早晚的事！"

苏莞："……"

静默半晌，傅维瑾敛了神色，语气微凝，忽然说："莞莞，知道维珩这一身成就是怎么来的吗？"

苏莞心里是好奇的，默不作声地看向她，等待她接下去的话。

"被他自己，"傅维瑾侧头瞧她一眼，声线很淡，"逼出来的。"

她说："维珩从小就很聪明，学什么都很快，几乎是一点就透。当然，除了音乐。"

苏莞不可置信地张了张嘴："音……音乐？"著名的小提琴家，不是应该极具天赋吗？

"我知道你在想什么。"她轻笑，"完全相反，维珩四岁初学小提琴时，老师就说，他在音准方面的听力有些迟钝。你知道，学弦乐最重要的就是对音准的辨识度。"

苏莞十分赞同地点点头。父亲曾夸过她的耳朵特别灵敏，对于音符总是一听就准，但即便如此，她依旧改不了唱歌五音不全的毛病……

"老师还十分委婉地告诉我父母，说平常让他学着玩玩倒是可以，但想要在这方面有什么好的成绩应该是不大可能。后来，他无意间从父母那里得知老师对他的这个评价。突然有一天，他默默地把自己关在琴房里，对着钢琴整整听了一天的音。大家都很意外，明明才是个四岁的孩子，骨子里竟有着这样不服输的劲儿。

"也许就是因为老师的那句'想要在这方面有什么好的成绩应该是不大可能'，他开始长时间不间断地练琴。他说他要做到最好。九岁，他在里昂音乐厅举办了人生第一场演奏会，他得到了在场所有人的肯定，连曾经小瞧他的小提琴老师都对他刮目相看，但结果，他不满意，他还是觉得自己做得不够好。后来，他成了欧洲著名华人小提琴家，我们都以为他会为自己的成就感到骄傲，然而并没有，他又开始创办乐团，举办巡回演奏会……"

苏莞就这么静静地听着，那么光鲜亮丽的身份岂是轻易就能获得，台上一分钟，台下十年功。只是，傅维珩这般的努力和付出是她怎么也想不到的，她甚至都不及他的十分之一。

"当初我父母送他去学小提琴，是希望可以缓和他的心情，顺便培养他的兴趣和特长，但没想到，这却成了他沉重压力的起源。他真的很疯狂，那样执着不服输的性子也不知道遗传了谁。四年前，乐团的最后一站巡演在伦敦，"傅维瑾微一侧头，神色凝重，"你知道那天在伦敦大剧院发生了什么吗？"

苏莞微微发怔。

傅维瑾稍有些哽咽："演奏结束的时候，他因为过度劳累，在下台的时候踏空摔了下来。后来送到医院，医生说是睡眠不足导致的体力不支，撞到后脑造成轻微脑震荡。"

苏莞大惊失色，心间一阵酸楚，一时说不出话来。

"他在医院足足休养了一个月，爷爷也闻讯从美国连夜赶到伦敦。后来，爷爷以身体不适为由，强制要求他以继承人的身份接管Endless集团。爷爷金口一开，维珩就算有千万个不愿意他也不会违抗。其实我们都知道，爷爷是为了让他换一种生活方式。四年过去，他确实不再像之前那样给自己施压，但他心里或许还是会有多多少少放不下，不然这四年来他也不会在H&Y花那么多心思。"路口红灯，傅维瑾将车子缓慢地停下，"莞莞，跟你说这么多，不是为了让你同情他、心疼他，是想让你知道，他那么孤傲执着，对你却这样上心，在他心里，你是特别的。"

苏莞默然。信号灯跳绿，傅维瑾挂上挡，车子重新开起来："莞莞，就算没有别的，我也很开心他能交到你这样的朋友，因为这段时间，他确实变了许多。"

那晚躺在宿舍的床上，苏莞的脑袋里不断重复着傅维瑾的话，一时间，她心乱如麻。对于傅维珩，她的心里似乎总有那么一点儿位置为他留着。

有时候，她会牵挂，无意识地，也会在想他这会儿在做什么。她于傅维珩是否特殊，她不清楚，也不会妄加猜测，但至少，就普通朋友来说，她跟傅维珩确实相处得很开心。

四年前在伦敦，如果没有母亲的事，她是打算去傅维珩的演奏会的。那年六月，她站在母亲住处外的栅栏前，一眼便望见庭院里母亲满脸幸福的神态，那灵动可爱的男孩，正在母亲膝下承欢。那一时间，她只觉得这一切格外刺眼。她从未见过母亲的笑脸，甚至连那些和母亲一起生活的片段都少得可怜。明明，那也是她的母亲。

再后来，行程被耽误，她没有去成演奏会，那张门票至今还在沂市的家里放着。其实就算当初她去了演奏会他们应该也不会相遇，他在台上，她在台下，相隔甚远，又怎会打得到照面？


一周后，乐团见面会。

中午下课的时候，苏莞接到了傅维珩的来电，他低沉醇厚的嗓音从电话那头传来："我在你学校，下了课在教学楼前等我，下午的见面会临时改了地点。"然后苏莞就听到电话那头传来一阵嘈杂的声音，并且越来越大声。

傅维珩这边刚出了某办公室大门，正好遇上学生下课。自从上次的讲座后，全音院几乎无人不晓傅维珩，现下又见到大活人，同学们更是一番激动，成群结队地在他身边围着。

傅维珩皱了皱眉，对突然簇拥而上的人群感到有些不适，匆忙在电话里交代说："见面再说。"

挂断的忙音从电话那头传来，苏莞都还没反应过来……不过蒙圈归蒙圈，她还是打了个电话给姚曳告知一声。

"你不回来啊？"姚曳嘴里嚼着饭，说话含含糊糊的。

"嗯，说是临时改地点了，我在外面随便吃点儿就好。"她掉头往教学楼走去。

"哦，那行……"

"莞莞！"专属许丞阳的尖叫声从那一头传来，"回来的时候帮我带一份炸鸡！我爱你！"

苏莞慢悠悠地反问了一句："阿阳，你不是在减肥吗？"

"减什么肥！"许丞阳高声喊道，"我很肥吗？苏莞，你给我说清楚！"

面对许丞阳的倒打一耙，苏莞无可奈何，连忙答应了下来。

苏莞到教学楼门口的时候，傅维珩还没有出来。等候之余，她把今早在图书馆借的那本《西方音乐史》拿出来翻了翻。突然面前有一道高大的身影遮住了光线，苏莞以为是过路人，就没有抬头，朝旁边挪了两步，却不想那道身影也随着她挪了两步。

苏莞有些奇怪地抬起头，眼前的男孩身材十分高大精壮，一米八左右的身高，穿着篮球衣，肩上背着双肩包，皮肤黝黑，笑起来的时候那一口大白牙抢眼无比。

她的大脑短暂回忆了一番，这个人，她不熟。

"你挡到我的光了。"她淡声提醒。

男孩笑嘻嘻的："同学，交个朋友吧。"

苏莞不予理会，默默转身往一边的石子路上走去。

"我是体院的，叫李煜。"他跑到她面前，堵住了她的去路，"在上学期期末的学生汇报演出中，我看到了你的表演。"

周围人的目光接连而来，苏莞转身打算离开，一抬眼却先瞟到前方一道从远处走来的修长身影，然后，那道身影停在李煜的斜后方。

苏莞愣住了。

"同学，"李煜并未察觉到身后的异样，略微垂下脑袋，有些羞怯，"你拉琴的时候可真漂亮……"

"麻烦让一下。"沉冷的声线打断了他的话，李煜一边心里暗骂谁这么不识抬举，一边转头，这才发觉身后站了一个陌生男人，而这个男人不论是长相，还是身高，都胜他多筹。

石子路并不窄，并肩走上三个人也绰绰有余，更何况李煜只占了一部分的道。只是傅维珩那强大的气场一时让李煜没了几分底气，于是他微一挪步，给傅维珩让了让道。

苏莞目光落在傅维珩身上，他穿着一件长款的藏蓝色细纹夹克，衣链拉到最高，稍稍掩住他白净的脖颈，英姿绰绰、丰神俊朗。不得不承认，傅维珩穿衣服的品位真的很讨人喜欢，也可能是因为他脸好看，所以穿什么都好看。唔，自己好像越来越肤浅了。

苏莞看傅维珩走过来，便直接上前拉过他的手臂："你好了就走吧。"

对于苏莞的主动，傅维珩有几分愣神，随即失笑，又拿他挡人了。嗯，看来用着用着会习惯。

他拉起她的手："好。"

苏莞手心一热，脸红了。

望着远去的两道身影，李煜的心里只有："长得帅了不起啊！"

快到停车场的时候，苏莞自觉地松开手拉开距离，心中又恼又悔，一不小心又拿他挡了桃花，作孽啊作孽……

傅维珩对于她又一次的推拒并不感到意外，嘴角微微一翘，捏了捏余热的掌心，大步朝不远处的轿车走去。

苏莞跟在身后，想起刚刚傅维珩说的改地点，张口喊了声："傅先生……"

没有反应。苏莞有些慌，他不会是不高兴了吧，然后她在心里狠狠地咒骂了自己一声，这不是废话吗？好好一个高贵孤傲的"大神"，被她这样当东西一样用来用去，提琴手还这样被甩来甩去的，哪里会高兴！

"傅先生……"

依旧没有任何回应。

而后，苏莞想着不然直接叫他名字？"傅维珩！"嘴巴快过脑，声音不大不小，让前头的身影倏然一愣，停在了原地。苏莞这才心下一惊，急忙捂嘴，完了，想着想着就喊出来了。

那道身影缓缓地转身，回头朝她走来。他弯下身，与她平视，声音犹如大提琴般低沉诱人："你刚刚，叫我什么？"

她亡羊补牢："……傅先生。"

傅维珩眯起双眼，明显地不满："嗯？"

苏莞一脸的视死如归："傅维珩……"

他眉目舒展："嗯，就这么叫，我喜欢。"

苏莞："……"

上了车，苏莞偏头望向驾驶座上的傅维珩，脸色绯红："傅……咳，地点临时改哪了？"

傅维珩发动起车子，答非所问："吃了吗？"

苏莞系着安全带，含糊不清地应了声："嗯？"

傅维珩接着问："刺身还是法国菜？"

"呃……"

"刺身吧。"

请问，你刚刚问的那两句话有什么实质性的意义吗……

傅维珩带她去了一家延川小有名气的日料店，店内装潢是典型的和式风格，整洁优雅。

望着前头高挑的背影，苏莞心想，好像每次跟他出来，除了吃饭还是吃饭，而且顿顿好货，这是要发福的节奏吗！这种突来的罪恶感是怎么回事！

包间的原木门开了又关，苏莞换了鞋，随着傅维珩在榻榻米上坐下。

桌上原就摆放着温热的玄米茶，傅维珩拿了个杯子放到她面前，给她倒了一杯，问："吃什么？"

苏莞举起茶杯喝了一小口："我不常吃这些，所以你决定就行。"

傅维珩按铃叫来了服务员，似乎是常来的样子，娴熟地报上了几样菜名。

苏莞手握茶杯，在他说话期间，目光时不时朝他瞟去，心不在焉。

他低着头，神色淡淡，薄唇微抿，额前的短发垂落着，修长如玉的提琴手翻了页菜单，那沉静优雅的姿态看得苏莞一颗心七上八下。唔，她终于领悟到，什么叫帅得一塌糊涂。

末了，他突然抬头望向苏莞，问道："要喝什么？"

苏莞被他突来的眼神给吓到，忙收回视线望向窗外，心慌意乱的："喝……喝茶就好。"

傅维珩似乎并未发现什么不对，点点头合上菜单递给服务员："再要一杯美式。"

服务员走后，苏莞没忍住内心的好奇，问他："傅先生，你今天又去我们学校开讲座了？"

傅维珩睨了她一眼，不紧不慢："像这种无聊的讲座你觉得我有可能再开第二次吗？"

苏莞："……"不是挺有意思的吗……

傅维珩双手搭上桌："下周乐团在延大有个演奏会。"

这消息让苏莞有些小兴奋："所以去学校是为了演奏会？"

傅维珩挑了挑眉，默认了。

"你会上台吗？"苏莞往前一靠，脸上是掩饰不住的喜悦。

傅维珩举起茶杯，嘴角带起好看的弧度："怎么？想看我演奏？"

话落，他忽地挺起背脊，朝她靠近，目光灼灼："我的演出费用可不便宜。"

苏莞握着茶杯的手一颤，被他直接、坦然的目光瞧得无所遁形，霎时红了脸："没……没有。"

傅维珩心情愉悦地"嗯"了一声："不急，来日方长。"

短暂的午餐结束后，傅维珩带着苏莞去了乐团。黑色轿车在Endless大门前停下，苏莞探头满是疑惑地望了望公司大门前精美的公司标志，扭头朝傅维珩问道："不是说换地方了吗？"

傅维珩解开安全带，云淡风轻："嗯，从十楼的小练习室换到十七楼的大练习室。"

苏莞："……"

两人一前一后进了电梯，直达十七楼。电梯门一开，门口恰好站了位一身正装、年轻清俊的男子，他是傅维珩的助理张霖。见傅维珩出了电梯，张霖微一俯身："先生。"

"张霖，你先带她去练习室。"傅维珩沉声交代，然后转身面向苏莞，神色柔和地看着她，"我一会儿就来。"

苏莞："哦。"

练习室里，大家手持各自的乐器坐在椅子上聊天休息，见有人推门而入，大家都纷纷息声，朝门口看去。

张霖的身后是一位漂亮的女子，肤色白皙，柳眉杏眼，乌黑莹润的长发披肩而落，穿着一件米色的连袖长裙，看上去清秀动人。

张霖往边上一站，笑着介绍道："这位是乐团新招的大提琴手，苏莞。"

苏莞颔首，莞尔一笑："你们好。"

"你好，欢迎你加入珩衍。"第一位开口向她问好的是个高大的外国男人，他手上举着把暗棕色的小提琴，朝苏莞微微一笑，一口汉语十分蹩脚，"我的名字是John，I'm the first violinist（第一小提琴手）。"

苏莞笑着回应："Nice to meet you.（很高兴认识你。）"

随后乐团的人都陆续地跟苏莞打了招呼，做了简单的自我介绍。虽说乐团在国外创办，但大部分的成员都是华人，只有一小部分是外国人。

练习室的门再一次被推开，苏莞正和一位年轻女孩聊着天，顺势地循声望去，进来的是一位她熟悉的男人，一身衬衫西裤，沉稳得体，鼻梁上架着副金丝框眼镜，整个人温润如玉，文质彬彬。

苏莞知道叶胤桓曾经是位出色的中提琴手，所以他在这里的出现并没有让她很意外。

叶胤桓见到苏莞的时候先是愣了一下，但很快便反应过来，走过去朝她打了声招呼："来乐团报到？"

苏莞笑着点点头："嗯。"

叶胤桓拍拍她的肩，鼓励道："好好努力。"

"胤桓。"身后忽地传来一阵低沉的男声，两人下意识地转头，看见傅维珩绷着张俊脸，浓眉微蹙。他走到苏莞的面前，十分强硬地隔开了苏莞和叶胤桓之间的距离，一脸不悦地对着叶胤桓开口提醒，"还不去准备练习？"

叶胤桓对于傅维珩突来的不满感到有些莫名其妙，随即又想起昨晚自家老婆跟他提过的关于傅维珩和苏莞的事情，一下子全想通了。只是看不出来，傅维珩这醋劲儿够大啊。

"好好。"叶胤桓勾唇一笑，转身走上指挥台。

"叶先生他……"苏莞有些讶异地张了张嘴，抬眼看向傅维珩。

"不过就是个不敬业的指挥。"傅维珩对于刚刚叶胤桓向苏莞拍肩的举动存在着极大的不满。


晚上苏莞回宿舍的时候，心情无限好，直接给许丞阳捎回来三只炸鸡。

许丞阳盯着那三只香喷喷的炸鸡，咽了咽口水，神色诧异："今天买一送二？"

苏莞哼了两句小曲，拉开椅子坐下打开电脑，笑容满面地说："你这么瘦，多吃点儿。"

许丞阳转头与姚曳对视一眼："我怎么觉得那笑容那么诡异呢……"

姚曳掰了只鸡腿，咬了一大口："我们家莞莞一直都是笑里藏刀的不是吗？"她坐回自己的椅子上，事不关己，"反正下午刺激她的不是我。"

许丞阳狠狠地剜了眼姚曳，然后屁颠屁颠地坐到苏莞旁边，笑问："莞莞，什么事这么开心呀？"

苏莞望着电脑，动也不动："随富随贫且欢乐，不开口笑是痴人。"

许丞阳皱眉想了半天，不解："什么意思？"

姚曳嚼了嚼嘴里的鸡肉，咽下，头也不回地说："说你傻。"

许丞阳："……"

# 第四章　心之所往

第二天下午，苏莞照旧去了系里的琴房练琴，许丞阳提着把小提琴拉开琴房的木门，一脸憋屈地在苏莞旁边坐下。苏莞翻了翻曲谱，瞧着许丞阳那张皱成麻花的脸，问道："怎么了？"

许丞阳歪了歪嘴，然后委屈地说："莞莞，你一定要帮我！"许丞阳连弓带手地抱住苏莞，可怜兮兮，"老查理说我上学期期末的汇报演出太差，要我在今年的元旦晚会上准备一个演出节目，否则就让我毕不了业！呜呜呜……你一定要帮我。"

苏莞抚了抚许丞阳的脑袋，语气温柔："嗯，所以呢？要我帮你什么？"

许丞阳"噌"地一下从椅子上站起来，立马就眉欢眼笑："咱们再找两个人，来个《G大调弦乐小夜曲》怎么样？"

"莫扎特？可以的，效果应该会不错。"

许丞阳来劲了："我再去隔壁班找个二提和中提！来个四重奏！"她心情愉悦，取出小提琴拉了两句小夜曲的旋律，随后恍然想起，"对了莞莞！老查理让你去趟办公室！"

琴房和系主任办公室隔着一栋楼，苏莞一路小跑过来，气喘吁吁地敲了敲虚掩的房门。

"Come in!（进！）"查理老师独特的嘶哑嗓音从里头传来。

苏莞推门而入："Mr. Charlie.（查理老师。）"

"Oh! Swan，好久不见！"老查理站起身，一米七几的身高，体态丰腴，笑得慈眉善目。他穿了一件白色的衬衫，领口上的领结工整精致，衬得他可爱无比。

苏莞是个耿直的女孩："不是前天刚见过吗……"

"莞莞，你的入团面试如何？Success？（成功吗？）"老查理亲自给她倒了杯水，关心地问候了两句。

"Yes, very successful! （是的，非常成功！）"没有老查理的引荐她哪能成功入团，于是忙道谢，"Mr. Charlie, thank you very much. （真的很谢谢您，查理老师。）"

"不用这么客气，我只是动用了一点点的……"老查理的汉语不太顺溜，半天才想起来一个词，"关系？"

苏莞："……"不管怎么说还是要谢谢他的。

"Swan，H&Y下周在我们学校有一场演出，你知道吗？"老查理坐回办公椅上，喝了口咖啡。

"傅先生跟我说过。"苏莞想了想，有些疑虑，"为什么珩衍会突然来我们学校举办演奏会？"

老查理眼角的笑意渐深，意味深长地望着苏莞。

苏莞："……"好了，她大概猜到了……

办公桌上的座机电话响起，老查理笑眯眯地让苏莞稍等，接了电话。

手机"叮"的一声进来一条信息，苏莞打开一看，是傅维珩："在哪？"

苏莞回复："主任办公室。"

那头过了半晌才回："我过来。"

苏莞盯着屏幕看了半天，他以为她被训话，所以要来给她安慰？苏莞刚想回复解释，办公室就响起两阵敲门声，傅维珩推门而入。

苏莞惊叹，神速啊……

老查理一见来人，匆忙在电话里说了两句便挂线，上去准备给傅维珩来个热情的拥抱："Oh Neil! I miss you so much! （傅维珩，我好想你！）"

然而，傅维珩微一侧身，轻巧地避开了老查理的双手，神色淡漠。

对于傅维珩的躲避，老查理并不意外，但还是装作一副伤心的样子，捂着自己的胸口："My heart is broken……（我心碎了……）"

苏莞："……"这两人一副相识已久的样子是怎么回事……

傅维珩走到苏莞旁边，侧头望了她一眼，然后对着老查理冷漠无比地开口："演奏会曲目准备得差不多了，剩下的你自己解决。"他最后也不给老查理说话的机会，拉着苏莞直接出了办公室。

空气突然静下来，苏莞不由得偏头看过去，和他深邃幽亮的眼眸撞了个正着，她心间一颤，红了脸："傅先生？"

傅维珩回过神，脸色平静："陪我走走？"

或许是因为这低沉的声线无法抗拒，苏莞鬼使神差地答应了下来。

苏莞本以为傅维珩只是想在附近的街道散散步，没有料到他驾车带着她去了她曾经和父亲生活过的地方。

车子停稳，两人前后下来。傅维珩站在车前，抬手指了指前方的砖红色房子："那是我以前住的房子。"

苏莞侧眸，眼里满是惊讶："原来我们还当过邻居。"

傅维珩偏头看她，苏莞也指了指百米外的房子，笑说："那是我和父亲以前的家。"傅维珩愣了一下，没想到还有这样一层关系。

苏莞开玩笑说："说不定我们小时候还一起玩过呢。"

"小时候我不太爱出门。"他的语气很淡，淡到风一吹就散。

苏莞敛色，一时间说不出话来。是啊，他这样努力的人，怎会让自己这样荒废？如果，再早一点儿遇见，有多好。

苏莞愣了半晌，岔开话题："傅先生，我给你讲一个故事吧。"

她迈开步子，朝前走去："二十几年前，这里住着一位优秀的大提琴手，他有一首挚爱的曲子……"

听到这里，傅维珩脚步一顿，恍然意识到什么。

她继续说："后来的某一天，大提琴手跟随乐团去参加了伦敦的一场演出。大提琴手有个习惯，他喜欢在人前为大家拉奏那首他挚爱的曲子，他说，一曲天籁之音可以让大家感到心安、感到平静，也正是因为这首曲子，在伦敦公园，他遇到了人生的另一半……"讲到这儿时，苏莞顿了顿，眉目一时也黯淡了下来，语气极轻地补充说："一个他认为可以一生相伴的另一半……"

"苏莞……"

"听我说完。"她打断他，"那女孩美丽开朗，在大提琴手看来，她是与众不同的。后来，他们结婚了，还有了一个女儿，但这段婚姻只维持了三年。因为女孩想要追寻梦想，于是她毅然决然地和大提琴手离婚，只身一人出了国。女孩走后，大提琴手辞去了乐团的工作，做起了提琴工匠，专心抚养他的女儿。只是好景不长，在他女儿十六岁那年，他因肝癌晚期去世。"

不知不觉，又走到那张长椅前，她眼眶一热，望着身边的傅维珩，有些哽咽："在父亲的葬礼上，女孩亲口赶走了母亲，但四年前，女孩又因为思念，跟着表哥去了伦敦。她见到母亲现在的丈夫和儿子，看着母亲笑得那么开心，她突然觉得，自己可真多余。"

"苏莞，"清冽的嗓音从身后传来，傅维珩抬眸望向她，一双眼如黑曜石般沉黑透彻，"你要相信，这世上的苦难不会比你的勇气多。"

苏莞愣了愣神，目光落在他清俊白皙的脸上，他抿着唇，眉目皆是淡淡的，没有任何表情。她沉默了许久，最后叹了口气，开口说："后来，我去了伦敦公园，那个母亲和父亲相遇的地方。"她一顿，那双盈盈水眸带着笑意，"我也学着父亲在人前拉了首曲子。"

听到这里，傅维珩忽地怔住，幽深如墨的眸子升起几许意外的惊喜。伦敦公园，那个他记挂了四年的模糊身影。他走到苏莞面前，那一向沉稳动听的嗓音竟有些发颤："四年前的六月？也是……《天赐之声》？"

一阵清风拂过，吹乱了苏莞乌黑的长发，她抬手将碎发挽至耳后，轻柔悦耳的声音戳中了傅维珩的心："嗯，六月，《天赐之声》。"

话落，傅维珩忽然转身大步朝车子奔去，还未等苏莞来得及反应，他已经距她几十米远了。

远远地，她望见傅维珩从车里取出她的琴，接着大步跑回来。他身材高大，那把对于苏莞来说体积较大的大提琴背在傅维珩的肩上却显得有些小巧。很快，他在她面前站定，取下背上的琴，喘着气说："再拉一遍。"他目光深沉笃定地望着她，语气温柔地重复着，"再拉一遍，《天赐之声》。"

苏莞毫不犹豫地接过来："好。"取琴，调整琴柱，试音，拉奏，动作十分的迅速连贯。夕阳西下，那似火烧的黄昏映照在公园的每处，将她拉琴时的身影，拉得细长。

悠扬沉绵的大提琴声在这林荫小路中传荡开，吸引了过路的行人。傅维珩听着这熟悉的琴声，看着那牵挂了四年的身影，一颗悸动的心从这一刻起再也无法平息。

当年，他若不那般沉浸其中，一定会追上她，拉住她。至少现在，他能喜欢她再多一些，时间再长一些。还好，命运没有亏待他们；还好，又让他再一次与她相遇；还好，还来得及。

晚上回去的时候，苏莞去了趟学校后街的便利商店。结账时，她前面站了一位高挑的男人，背影修长，身姿俊挺，他穿着件白色的衬衫，性感的背脊在轻薄的衣料下若隐若现，转过来时的侧颜也宛如雕琢般精致。

"可以刷卡吗？"男人醇厚的嗓音从前头传来。

"先生，您只有一瓶矿泉水……"收银员似有些为难。

苏莞探头望了望，男人如玉的手指握着一个精美的皮夹，皮夹的内侧放着一张证件照，照片上是个女孩，清秀动人，钱夹中没有现金，倒是有好多张亮闪闪的信用卡。唔，自己可不是故意偷看。

"我来吧。"苏莞递上自己的物品，"这位先生的算到我账上吧。"

江之炎回过头，目光在身后女生的脸上扫过，最后落到她后背的大提琴上，一时间，竟觉得有几分眼熟。

"谢谢，我手机没电了，我去对面银行取了钱还给你。"江之炎拿过那瓶矿泉水。苏莞收拾着结过账的物品，淡淡地拒绝："不用，只是一瓶水，举手之劳。"就当作看到你钱夹照片的补偿了，她在心里补充道。

"谢谢。"江之炎挑挑眉，又道一声谢后离开了。


苏莞提着袋东西刚回到寝室，许丞阳便一蹦一蹦地从阳台蹿到苏莞面前，问她："莞莞，今天老查理找你干吗？"

"就是问了两句我乐团面试的事。"苏莞脱了外套，把头发扎成个丸子，"对了，下周珩衍乐团来咱们学校开音乐会，你们知道了吗？"

许丞阳一个动作又蹦到书桌前，举起电脑放到苏莞眼前，异常激动："下午五点的时候学校论坛就已经发了通知，学校的公告栏上也都贴满了宣传海报！整个音院的人都炸了好吗！"许丞阳直起腰杆，仰天花板而叹，"终于！终于！在我许丞阳的有生之年，还可以看到傅'大神'完美的演出！噢！何其幸哉！何其乐哉！"

苏莞抿了口水，打断她："嗯，不过傅维珩好像不会上台演出……"

许丞阳怔住了："什么？他不演出？你在逗我？"

"你怎么知道？"姚曳机灵，一下子抓住了重点，脑袋直接凑到苏莞的脸边。

"咳咳……"苏莞被嘴里的水呛了一下，她掩嘴擦了擦，莫名心虚，"我猜的。"

两人一脸怀疑。姚曳眯起双眼，审问她："莞莞，你已经有好几天早出晚归了。"

许丞阳："说！是不是有男人了？"

苏莞不紧不慢地转移话题："我前两天加到了傅'大神'的微信，你们要吗？"

许丞阳第一个小鸡啄米般点头："要要要！"

姚曳再一次砸抱枕："许丞阳，你就那点儿出息！"

然后苏莞默默地将傅维珩的微信名片推送到了216寝室群。嗯，就这样无声无息地把"大神"给卖了。


黑色的轿车在Magic会所门前停下，大堂外的接待员上前拉开了驾驶座的车门，傅维珩拿过手机和香烟，下了车。

Magic是叶胤桓公司旗下的一家高级会员制娱乐会所，装潢精美，环境舒适，服务也是无可挑剔。

今天这个餐会是为了给江之炎接风的。叶胤桓一早就到了，傅维珩因为送苏莞回校便迟到了一会儿，然而却不想，这场宴会的主要角色竟还未到场。

"之炎呢？"傅维珩坐在那张精贵的皮质沙发上，正准备掏烟，脑子里又想起什么，手指一顿，又盖上烟盒，原封不动地扔到茶几上，拿出了手机。

叶胤桓看着他一系列的动作，正欲开口，包间的门刚好被推开，江之炎姗姗来迟，走到沙发另一头坐下："抱歉，来晚了。"

"还好，维珩也是刚到。"叶胤桓分别给两人倒了杯清茶，笑笑说。

傅维珩抿了口清茶，看着手机微信里的两条新好友添加消息，一一点击了"同意"。

"来的路上去取了钱，耽搁了。"江之炎用手指叩叩茶几，示意傅维珩把烟扔过来。

傅维珩长指一推，漫不经心地问了句："怎么，卡不够刷？"

江之炎一笑，打开烟盒，往嘴里叼了根烟，点火，动作迅速又漂亮："总不能买瓶水也刷卡。"他从嘴里吐出一口白烟，又问道，"附近的酒吧有拉大提琴的？"

傅维珩听到"大提琴"三个字自是敏感地一顿，没吭声。

叶胤桓清洗着茶具，似有若无地瞟了眼傅维珩，似笑非笑地反问："怎么，看中哪个拉大提琴的女孩？"

江之炎往烟灰缸上弹了弹烟灰，当下就否认道："没有，随便问问。"

一周后，十月二十四日周六下午，H&Y珩衍交响乐团演奏会在延川大学音乐学院音乐厅如期举办。

望着一群又一群涌进音乐厅的人，许丞阳不由感叹一声："幸好跟老查理提前要了三张票啊！"

苏莞浏览手里的那张演奏曲目单，应了声："嗯……"

"姚曳是怎样！还不来！"许丞阳愤愤地掏出手机看了眼时间。

"不急，还有三十分钟。"苏莞云淡风轻地瞟了眼腕表，话声刚落，手机铃声正好响起，一看来电提示，她顿了三秒，接起，"喂……"

"莞莞！快看，你的正前方有个美男朝我们走来！"没等对方出声，许丞阳尖锐的嗓音就率先传入听筒内。

电话那头的傅维珩不悦地一蹙眉："在哪里？"

苏莞被许丞阳这么一嚷嚷莫名有些不好意思，尤其电话那头还是傅维珩……她偏了下头对着电话说道："音乐厅门口。"

傅维珩应了句"好"便挂了电话。他这一挂，一时教苏莞心里堵得慌，她盯着屏幕上"傅维珩"三个字，心想，那么大声，肯定听到了，他一定以为她在看帅哥。

苏莞有些恼火，抬眼就想看看那个所谓的美男是谁。

结果，倒是出乎意料。

江之炎看到苏莞也颇感意外，毕竟人家帮过他，不打声招呼倒显得不太礼貌，只是，那女孩子似乎满眼的……怒气？

见人逐渐走近，苏莞微愣了一下，想转身离开，身边的许丞阳却拉了她一把："莞莞，美男来了！"

下一秒，江之炎就在她们俩面前站定："嗨，挺巧的。"

苏莞淡淡出声："你好。"

许丞阳满脸问号："你们认识？"

江之炎见苏莞神色不耐，有些不明就里，但他原本也没打算多说什么，打完招呼就准备离开。

好巧不巧，身后这时传来一道他极为熟悉的声音："之炎。"傅维珩浓眉微蹙，眸光中略有丝不悦地站到了苏莞旁边。

苏莞抬眸，视线不自觉被他所吸引。一身剪裁恰到好处的墨绿色暗格子西装，内搭白色尖领衬衫。丰神俊朗、身高腿长的模样，瞧得苏莞一时心猿意马。她耳根子一热，一周没见面，她好像有点儿体会到秦沐说的特别想他，特别想见他的感觉了……

江之炎挑挑眉，看着面前的一男一女，心有所觉："维珩，你朋友？"

苏莞和许丞阳均是一脸蒙。最后许丞阳那不太灵光的脑子得出一个结论，这里除了她自己，另外三人都互相认识！

傅维珩没回答，却是反问苏莞："你们认识？"

苏莞赶忙摇头："没有，只是之前帮过这位先生一个小忙而已。"

傅维珩脸上紧绷的神情缓和了一些："嗯，那就好。"

这一来一回的，江之炎便明白是怎么回事了，一时玩心大起，笑问苏莞："你叫什么名字？"

"苏莞。"

江之炎从西装内袋里掏出一张名片，带着一丝调笑："苏小姐，很感谢你上次的出手相助，我是一名律师，我姓江，这是我的名片，如果以后你需要法律上的帮助可以找我，例如婚前协议条款以及离婚的财产分配之类的……"

话听到一半，傅维珩霍地一伸手截住了那张名片，一脸沉郁地看着江之炎："她现在不需要，以后更不会需要！"

江之炎戏谑一笑，将名片放回内袋："那是最好不过了。"

"那个……"一旁沉默已久的许丞阳弱弱开口，"我挺需要的，大律师，你给我一张呗。"

苏莞、江之炎："……"

傅维珩这时拍拍苏莞的肩："进去吧。"

姚曳到音乐厅门口的时候，看到许丞阳手里捏着张小巧的名片面露痴相，她上前直接拍了许丞阳后脑勺一下："收收你的口水，一个人杵在这干吗？莞莞呢？"

许丞阳这才回过神，发现身边的三人早已不见踪影："咦？人呢？"

姚曳："……"


两点半，音乐会正式开始，傅维珩虽不上台演奏，但也是本次音乐会重量级的人物，因此他的座位理所当然地被安排在了第一排。当然，他本人是极不情愿的，尤其是看到江之炎堂而皇之地坐在苏莞旁边后，他更是郁闷。

厅内灯光渐暗，台上已经坐满了乐手，叶胤桓穿着一身工整精美的黑色礼服，容光焕发地走上指挥台。

今天演奏的曲目有两首，分别是圣桑的《骷髅之舞》和维瓦尔第的《冬》，这两首曲子是截然不同的风格。

《骷髅之舞》的小提琴独奏形象地描述出枯骨的碰撞声，乍一听有些毛骨悚然，但细听之后便能发现，其实整首交响诗的旋律十分优美流畅。

《冬》则是典型的巴洛克古典风格，曲中用音乐描绘出的冬天是寒冷萧瑟的，但也蕴藏着一种对春天的渴望和期盼。

演奏结束，音乐厅随即响起清脆的掌声，所有人不约而同地起立，纷纷叫好。

离场的时候，苏莞收到一条来自傅维珩的消息："在门口等我。"出了音乐厅大门，苏莞吞吞吐吐："……傅先生好像找我有点儿事。"

两人异口同声："去吧去吧，晚点儿回来。"

苏莞："……"望着许丞阳和姚曳头也不回的身影，她的思绪逐渐飘远……

"在想什么？"一旁传来熟悉的声音，傅维珩不知何时已经站到身后。苏莞回头，稍稍一愣，不紧不慢地开口："……总有一种会被卖掉的感觉。"

傅维珩笑了，眼里闪过一丝促狭："如果真有那么一天……"他的声线从耳边掠过，"我也只能替你赎身了。"

苏莞："……"


深秋，天暗得很快，一轮新月皎洁温柔，挂在那烟灰色的夜幕上。空气有些干燥，一阵晚风吹过，苏莞搓了搓手臂。

身边的傅维珩突然开口："我饿了。"

苏莞："……学校后面有家面馆，味道挺好的。"

话音刚落，傅维珩毫无预兆地拉起她的手，小跑起来："跑去吧，有点儿冷。"

猝不及防的接触，令苏莞的心猛地一颤。这并不是他们第一次牵手，却是苏莞第一次真真切切感受到他手心的温度。那只手温暖、宽厚、略有些粗糙，她掌心微微一动，感觉到他指尖上的茧十分硬实，这是长年按琴弦所造成的。目光向上，他一身英挺的西装衬得他沉稳俊逸，那高大的背影竟意外地令苏莞感到特别心安。

苏莞将手一收，不知不觉握得更紧了些。

感觉到手上明显的暖意，傅维珩心尖一悸，嘴角微扬，默不作声拉着她跑得更快。

秋夜，校园里平坦宽阔的水泥路上，昏黄的灯光映照着两抹小跑而过的身影，温暖而明亮。

人生处处是惊喜，就比如现在，在这家仅有二十多平方米的小面馆内，苏莞和傅维珩一同坐在这略微残旧的塑料椅上，吃面。

热腾腾的面端上来，苏莞心不在焉地往嘴里夹了口，目光时不时瞄向面前正低头吃面的傅维珩。

傅维珩吃相好，吃饭的速度也不含糊，很快一碗面就见了底。他轻轻地把筷子一放，面不改色地抽纸拭了拭嘴，掀起眼帘："好看吗？"

突来的话语令苏莞一凛，差点儿被嘴里的半口面呛出了声，她立马收回视线，脸上一阵臊红。偷看被抓包，苏莞自是不敢再抬眼直面前的人，干脆低头大口大口地吃面，以至于最后吃得太急，撑着了……

"傅先生……"苏莞轻轻地开口，"我吃完了。"

傅维珩一扫空空如也的面碗，满意地点了点头："走吧。"

回宿舍的路上，傅维珩走在她的左边，两辆自行车一前一后地从身边经过，带起了一阵微风，傅维珩清冷的嗓音在耳边响起："苏莞。"

苏莞偏头看他："嗯？"

傅维珩："对你来说，我是什么。"

苏莞脑袋里第一反应就是某广告词……奶茶？原谅她这么破坏气氛……

苏莞莞尔一笑："应该，算是朋友吧。"

傅维珩扬扬眉："既然是朋友，那就换个称呼。"

苏莞十分羞赧地垂下眼，其实不是她不愿意，只是出于某种意义上，她会害羞。

后来回了宿舍，苏莞免不了被许丞阳和姚曳一番调侃和戏弄。

许丞阳："莞莞，'大神'对你动手了吗？"

望着许丞阳一脸暧昧的笑容，苏莞想起刚刚被傅维珩牵手的情景，手心莫名地一阵发麻。

姚曳凑过来："莞莞，你们……"

"打住！"苏莞瞪了两人一眼，义正词严，"我和傅维珩只是朋友。"

许丞阳和姚曳齐齐对视一眼，脸上挂笑，异口同声："好的，朋友！"

苏莞："……"

第二天，苏莞照旧去傅宅给叶帆上课，只是在出门前十分钟，她赶巧不巧地接到了傅维珩的电话："我刚好要回老宅，你等我一下，我来接你。"

苏莞想了想，拒绝说："不用了，你过来还要绕一圈，不方便。"

傅维珩一笑："都是朋友，不用跟我客气。"

苏莞："……"

到了傅宅，傅维瑾见到再次一同回来的两人，笑吟吟地迎了上去，拉着苏莞的手，语气意味深长："莞莞，来了呀？维珩去接你的？"

苏莞默不作声地瞥了眼一旁的傅维珩，见后者神色自若，自己却有些窘迫："刚好顺路……"

傅维瑾掩嘴偷笑，随后揽上苏莞的肩："莞莞，你明天有空吗？"

苏莞："明天？"

傅维瑾叹了口气："原本我和胤桓说好了要带帆帆去游乐园，不过胤桓的公司出了点儿状况，我俩得临时出个差，下周才能回来，所以能麻烦你带帆帆去一趟吗？"

苏莞想了想，反正她明天没有什么安排，笑了笑便答应下来："没问题。"

傅维瑾一听她这么爽快，心里一阵高兴："谢谢莞莞！票我已经买完了，为了你们俩的安全，我让维珩陪你们一起去。"

苏莞略感诧异："啊？一起去？"

走到楼梯前的傅维珩听到她那稍不情愿的语气，上楼的脚步一顿，眼神淡淡地扫了过来："不愿意？"

苏莞连忙抿唇一笑："怎么会呢，乐意至极。"

傅维珩："嗯，那就好好准备。"说完，便迈着长腿进了书房。

苏莞："……"

那晚，苏莞在宿舍翻箱倒柜，开始发愁明天穿什么……

在苏莞第十八次对着镜子发愣之后，一旁忙着刷剧、刷题的许丞阳和姚曳终于察觉出了苏莞头一回的不对劲！

"莞莞！"许丞阳摘下耳机，惊叫一声，"你是咋了？柜子招耗子了？

翻成这副德行！"

苏莞被许丞阳这一叫惊回了神，回头瞧她一眼又默不作声地继续翻衣服。

姚曳停下笔，走到苏莞旁边，撩了撩那堆衣服："怎么了莞莞？"

苏莞顺口答："在烦明天穿什么……"

"烦？你也会烦这个？"许丞阳惊愕，扔下耳机跑到苏莞衣柜前。

"有重要约会？"姚曳好奇一问。

苏莞脑袋一歪，想了想："好像也不算啊……"

许丞阳"喊"了一声："那就白T牛仔裤！长得漂亮，你套个红白塑料袋别人都看你顺眼！"

姚曳开了包坚果，咔嚓咔嚓地："再不行就来个衬衫小黑裙，性感又撩人！"

性感……撩人……苏莞的脸开始发热，最后，她把手里的衣服一甩，红着脸毫无结论地上了床。

第二天，她穿了一件藏蓝色圆领卫衣，底下搭了条黑色的直筒裤，背了个双肩包，还给自己扎了个高马尾。她长得本就精致漂亮，皮肤也光洁白皙，这一装扮活脱脱一副女高中生的模样，清纯至极。

出去玩，不就是要青春活力一点儿嘛！自己才不是去撩人的！不是！

结果，当她看到傅维珩穿着暗蓝色圆领毛衣，从那辆黑车后座下来的时候，心下一愣……好像一不小心……就和他穿成情侣装了。

傅维珩看了眼她的装扮，又瞅了眼自己身上的毛衣，愉悦地弯了弯唇角，沉声发话："等什么，上车。"

此刻已过了高峰期，道路顺畅，车子一路无阻地朝游乐园驶去。车内后座，傅维珩坐在左边，苏莞坐在右边，中间夹着个叶帆。一片沉寂。

由于十分意外地跟傅维珩"情侣装"了，苏莞极其不淡定，全程扭头望向窗外，正襟危坐地开始给自己洗脑：非礼勿视，非礼勿视……

中间的叶帆先左瞅瞅自己的小舅，然后又一脸天真地右瞅瞅苏老师，笑嘻嘻地打破了沉默："苏老师，你的衣服跟小舅的一样呢！"

苏莞放在裤腿上的手被吓得一揪："……"

傅维珩瞧苏莞一副慌乱的样子，低笑两声，慢悠悠地开口："放轻松。"

苏莞干巴巴地笑一声，耸耸肩，往后面一靠，开始语无伦次："车子挺舒服的，跟天气一样……"

傅维珩一顿，笑得更欢了。

苏莞眉眼抽了抽：自己还是闭嘴吧。


周末，游乐园自是人满为患，放眼望去，全是父母带着自家小孩。苏莞望了眼身旁高挑的傅维珩，再垂头瞧一瞧手上牵着的叶帆，这画面怎么感觉这么诡异呢……

傅维珩面对这排成长龙的队伍，蹙了蹙眉，领着她俩排在队尾。

终于，三个人坐上了观光车。

傅维珩问："想玩什么？"

叶帆举手："旋转木马、碰碰车、转转杯！"

苏莞二次举手，弱弱地补充："……海盗船。"

傅维珩："可以。"

于是，开始了疯狂游乐之行。

游乐园有明文规定，身高未达到一米四的小朋友不能乘坐极地飞车、暴风眼、跳楼机等游乐设施。苏莞默默地看了眼身边的小不点儿，再抬头望向半空中飞驰的过山车，叹息一声，可惜地拉着叶帆去买松饼了。

她的神态变化傅维珩尽收眼底，他也抬头望了望那混杂着各种尖叫以及翻江倒海般的飞车，一时稍感不适地蹙了蹙眉。

逛了一圈下来，他们把整个游乐园能供叶帆玩的项目差不多玩了个遍，叶帆满意至极，坐在卡通椅上愉快地舔着手里的冰激凌。

傅维珩盯着远处的过山车，内心挣扎良久，最终掏出了手机。

苏莞从洗手间回来的时候，只看到傅维珩一个人坐在椅子上，那本该坐在一边的叶帆却没了影。

她拭了拭湿漉漉的手，问道："帆帆呢？"

傅维珩把手里的空杯往垃圾桶一扔，起身走到她身边："玩累了，我让老余先带她到车上休息。"

苏莞点点头："那我们也回去吧。"

"不急。"傅维珩脸色淡淡地拍了拍她的肩，"我们再玩会儿。"

于是，当傅维珩带着她站在极地飞车的入口时，苏莞诧异又兴奋，语气充满了笑意："你也喜欢玩这个？"

傅维珩望着她眉开眼笑的神情，微微一笑地眨了下眼，算是默认。

你喜欢，就好。

但是，有些东西真正实行起来还是需要勇气的，比如当有轻度恐高症的傅维珩坐上过山车的时候，他好看的俊脸便开始渐渐发白……而苏莞由于过度激动，完全没有注意到他的反应。最后，傅维珩还没来得及调整呼吸，这飞车就已经驶出，十秒后，"咻"地一下冲了出去。

耳边环绕着各种频率的尖叫声，傅维珩迫使自己克服恐惧，绷着脸闭眼，一声不响地坐完了全程。下来的时候，苏莞见他毫无反应，崇拜地竖起了大拇指："你太厉害了！"

傅维珩瞥了她一眼："……"

吃过晚饭，傅维珩便把苏莞安全地送回宿舍，他忍着不适，柔声地说了句："早点儿休息，晚安。"

苏莞看着已经熟睡的叶帆，放低声音："好，晚安，路上小心。"

回宿舍洗了个澡后，苏莞接到了姑姑的来电。

姑姑："最近实习怎么样？辛苦吗？"

苏莞："不会，挺有趣的。"

"钱够花吗？"姑姑有些无奈，"你怎么又把卡还回来了？"

苏莞："你和姑父平时那么辛苦，留着给自己买点儿东西吧，再说我上学期期末刚领了奖学金，不用担心我。"

姑姑叹了口气："那好吧，别太累了，照顾好自己。"

苏莞擦着头发，换了只手拿手机："我会的，姑姑，你也要注意身体。"

"好，那我不吵你了，你忙吧。"

"姑姑再见，晚安。"

挂了电话，苏莞顺手点进了相册，翻了翻今天拍的相片，挑选一张点开，下一秒，傅维珩英俊的侧脸占满了整个手机屏幕。这是她在过山车出口处偷拍下来的。

为什么会拍他，她也说不上来，只是鬼使神差，等再反应过来，照片已经存档了。

随后，苏莞点开微信，给傅维珩发了条消息。


傅维珩从过山车上下来后，身子就有些隐隐不适，然而这种不适感在回家之后没有消退不说，脑袋又开始昏沉沉地发晕。他按铃唤来文森。

"先生，有什么吩咐？"文森看着傅维珩发白的脸询问，"需要让陆医生来一趟吗？"

傅维珩抚了抚眉心，点点头："尽量快点儿。"

自四年前伦敦剧院那个跌伤意外后，傅维珩就留下了恐高的后遗症，到如今也没完全克服。他本以为只是个娱乐设施，玩一次没什么大碍，但现下看来，他是高估了自己。

二十分钟后，文森带着一位年轻清俊的医生匆匆进了傅维珩的房间。

一进门，瞧见傅维珩惨白的脸色，陆衍蹙起眉，问道："今天去哪里了？"

傅维珩不答反问："你这个医生什么时候开始管闲事了？"

陆衍不理他，偏头看了眼文森，文森如实回答："先生今天去了趟游乐园。"

"玩了高空设施？"陆衍看向傅维珩，见他一言不发，答案是昭然若揭，"有恐高症还玩这些，你还真敢于挑战自我。"

陆衍站起身，把听诊器收进箱子里，对着文森交代："受惊过度，输点儿液。还有力气拌嘴，应该没什么大碍。多休息几天。"

安顿好一切后，文森便命人送走了陆衍。

房间内恢复安静，傅维珩一瞥床头柜上的手机，顺手捞了过来，这才看到苏莞的微信："今天谢谢你，我很开心。"

简短的九个字，却让傅维珩心口暖洋洋的，他瞄了眼手上的输液管，自嘲般地笑了。

呵，单相思的男人。

# 第五章　情有独钟

又是新的一周。

周一，苏莞起了个大早，精神奕奕地背着琴去乐团上班。

乐团的工作还算轻松，近期没有什么重要的演出，大伙儿都来练习室一起练曲，偶尔讨论讨论对音乐的不同看法。说是工作，但大部分时间，苏莞都是在学习。

然而今日，一整天下来，她都没有见到傅维珩，心里无端一阵失落。

往后的几天，她都没在公司里见过他。点进微信，和傅维珩最新的聊天消息依旧保持在游乐园之行那晚，这让她感到怅然若失。有时，她忍不住想给他发条微信，但拿着手机挣扎一番后，又把打完的一行字给删除了。

于是这天，在苏莞对着手机"联系人"第二十三次叹气后，她开始期盼去傅宅授课的日子能快一些，再快一些地到来。

已经步入十一月，天气渐凉。周五下班，苏莞推开公司的大门，一阵凉风随即灌进领口，冻得她不禁打了个寒战。

此时一辆白色的轿车从门前经过，苏莞突然忆起，两个月前她和傅维珩在这儿的第一次见面。她还清楚地记得，当时他那令她心慌意乱的一笑，还有和他意料之外的触碰。

苏莞垂眸，视线落在摊开的掌心上。那是他们第一次牵手，虽然起因莫名其妙，但似乎从那一刻起，她就有些心动了。她从不是话多的人，关于自己的身世她从未向别人提过——包括许丞阳和姚曳，但那天在旧公园，她竟毫无保留地将所有的秘密告诉了他。

其实，她一直都知道，傅维珩在她心里是不一样的，甚至可能……是喜欢了，才两个月而已，她怎么就变得有些不像她自己了呢……

第二天，为了不显得自己过于迫切，苏莞从起床、洗漱到吃饭、上车，她都是慢悠悠地磨蹭着，不过最后，她还是提前了一小时到达傅家大宅。

仰头望着这名贵的豪宅，苏莞在心底狠狠地鄙视了自己一番，苏莞啊苏莞，你居然为色所迷到这种程度了！

今天的傅宅很安静，客厅里只有叶帆独自一人坐在绒毯上画画。苏莞游目四顾，走过去轻声问道："帆帆，今天你一个人在家吗？"

叶帆小朋友抬头，对她的提早出现略有些惊讶："苏老师，你来了呀？"

"……今天早了点儿出门。"苏莞心虚，且又十分醉翁之意不在酒地问了一句，"家里只有你一个人？"

叶帆低头继续作画，小奶音咕哝咕哝地十分可爱："没有哦，小舅生病了，在楼上休息呢。"

生病？苏莞闻言微怔，着急地追问起来："怎么生病了？现在好点儿了吗？"

叶帆停下画笔，挠挠小脑袋："医生叔叔说小舅被吓着了。小舅怕高呢，那天我们回来后，小舅就生病了。"

接二连三的回答令苏莞一怔，一时说不出话来。他恐高，那他还……

"苏莞。"身后突然响起一道低沉喑哑的嗓音，苏莞下意识回头。男人穿着黑色绒衫和休闲裤，站在楼梯上，乌黑深邃的眼眸定定地望着她，清俊的脸上挂着一丝倦怠。

苏莞登时就想起过山车时傅维珩脸色发白又一言不发的样子。明明是难受得说不出话，自己却以为那只是傅维珩毫不畏惧的反应，自己怎么就以为他也喜欢玩过山车呢……

等她回过神，傅维珩已经走到她面前，低沉的嗓音带有几分慵懒："怎么？"

苏莞歉疚地低下头："对不起，我不知道你……"

"与你无关。"他语气轻柔地从她身旁走过，进了厨房。

苏莞愣住了。半晌，傅维珩重新回来，递给她一杯温水，话说得漫不经心："我只是想挑战一下自我。"

苏莞接过来，抬眸盯了他整整十秒，纳闷地说："……挑战自我？"

傅维珩在沙发上坐下，淡淡睨她一眼："嗯。"

所以从头到尾是自己一厢情愿，以为他是为了自己吗？苏莞红了脸，把水杯往桌上一搁："我……我去准备上课！"

叶帆脑袋一抬，声音清脆响亮："苏老师，这么快就上课啦？"

苏莞的身影和声音一道远去："……我先练琴！"

翌日，姚曳破天荒地起了个早，窸窸窣窣的声音吵醒了一向浅眠的苏莞。

苏莞掀起床帘，见姚曳开着小箱子往里面收拾衣服，问："姚姚，怎么了？"

姚曳抬头，讪讪地说："我吵醒你啦？不好意思莞莞，我爸妈一早打电话来，说我爷爷心脏病发作，让我赶紧回去一趟。我想着轻点儿声，结果还是把你吵醒了。"

"没事，我昨晚睡得早，你爷爷怎么样了？"苏莞拉开床帘下床去。

姚曳愁眉苦脸："凌晨四点进的手术室，到现在还没出来。"

苏莞也不说多余话，拿过她柜里的衣服开始帮忙收拾："回去的路上注意安全，你爷爷会没事的。"

许丞阳一觉睡到了中午，苏莞和她大概说了姚曳的事，许丞阳问："那姚曳她爷爷怎么样了？"

苏莞："现在已经过了危险期，但身体还是很虚弱，姚曳可能要多留几天。"

许丞阳："行吧，咱俩相依为命！"

吃过午饭，两人一道去图书馆。许丞阳挽着苏莞，突然问："莞莞，你说我什么时候才能交到男朋友啊？"

苏莞顿了顿："唔，突然想起一首歌，一千年以后……"

许丞阳愣了一阵，反应过来，恼得吹鼻子瞪眼："苏莞！"

苏莞："我开玩笑呢，下一秒你就能遇到美男！"

许丞阳没好气地剜了她一眼，结果一转头就看到某个英俊熟悉的美男，于是惊叹："莞莞，你神婆啊！"

苏莞偏头循着她视线望去，不由得一怔，还真是……神了。

那头的江之炎远远地就望见了她们，迈开长腿径直朝她们走来，笑道："又见面了。"

许丞阳兴奋得就差手舞足蹈了："大律师，人生何处不相逢啊！"

苏莞微一颔首："……你好。"

江之炎垂眸落到苏莞脸上，那双沉静疏淡的眉目，让他莫名感到熟悉，可再去回忆，却又没有头绪。

这时几位女学生路过，对着江之炎礼貌地打了声招呼："江老师好。"
江之炎点头表示回应。

许丞阳惊喜交加："江老师？你在我们学校任教？"

江之炎："嗯，法学院。"

许丞阳疑惑地凑到苏莞耳边："不对啊，学校有这么个帅老师我怎么会不知道，莞莞你在学校见过他吗？"

苏莞摇摇头："没见过。"

许丞阳声音说小也不小，江之炎差不多听了个清楚，笑着解释："我最近刚回国，偶尔来这里代个课。"

许丞阳明了地笑了："那我必须得去蹭课啊！"

江之炎笑容不减："欢迎来，我还有事就先走了。"

许丞阳笑眯眯地挥手："江律师走好！拜拜哟！"

目送高挑身影远去，许丞阳激动地掏出了手机："赶紧给老姚说，以后让她一起去法学院蹭课，哈哈哈……"

苏莞好心提醒："你的思修课过了吗？"

许丞阳凌厉的眼神横扫而来："你给我闭嘴！"

苏莞："……"

从图书馆出来后，天色已经暗了。两人回宿舍取了"小电驴"打算去吃必胜客。正值下班高峰期，路上堵，于是许丞阳抄近道，拐进条十字巷。巷内的路灯老旧，一闪一灭，视线不太好，许丞阳特意放慢了车速，小心翼翼地前行。

经过十字路口时，左边忽地驶出一辆黑色的轿车，许丞阳猝不及防，猛地急刹，下一秒，夜巷的上空中响起一道尖锐的声音，两人惯性地向前一倾，幸好没翻车。

苏莞心惊肉跳，第一时间从车上跳了下去。

轿车车主也从驾驶座上走了下来，是个满脸胡茬、相貌粗犷的男人，他打开手机灯光，蹲身细看了眼车头的小刮痕，抬头瞪着许丞阳和苏莞，没好脸色。

许丞阳紧跟着上去查看那道刮痕，尴尬地挠挠头发："对不起，我不是故意的。"

车主横眉竖眼，语气不善："你故意的还得了？"

许丞阳是个急性子，见他气势逼人，挺起胸膛就要反驳，苏莞怕生事端，一把拉住她，抢先对那车主平和地说："真的不好意思，需要多少赔偿费我们愿意承担。"

车主听到"赔偿"两个字，神色稍有缓和，眉毛高扬，不减张狂："看你们的样子好像还是学生，我不为难你们，给两千块修理费就行了。"

"两千？"许丞阳惊叫出声，"你当我傻呢？"

车主抬高声量："两千怎么了，两千算便宜你们了！"

许丞阳恼羞成怒："大叔！你这一破车有嚣张什么啊！你当我不认车啊？这么点儿小刮痕，掉了一点点漆，抛个光的事，你跟我要两千？"

面对车主的狮子大开口，苏莞感到有些棘手，但终究不想把事情闹大，耐着性子又说："先生，两千确实太多了，八百块可以吗？"

"八百？"车主轻哂，"姑娘，你说笑呢？拿八百就想糊弄我？"

苏莞不厌其烦："可是我们拿不出这么多钱。"

车主脸色变了变，摸着下巴，笑容不怀好意："八百也可以，但是吧……"

许丞阳盯着他那猥琐的神情，预感他要说些什么怪话，恼怒地斜眼瞪他："但是什么？"

他指了指苏莞："你得陪我喝两杯。"

苏莞一愣，倒不急着发怒，正要开口，只见身边的许丞阳上去就给了人两拳外加一脚。

有生之年，苏莞从没想过自己也有进派出所的一天。车主因为不甘被人剐蹭车还挨了揍，当场就报了警。许丞阳不惧反怒，上去又补了一脚："我等着！"于是，一路上伴着有节奏的警铃，三人一齐被带进了派出所。

苏莞最先做完了笔录，等许丞阳从询问室出来之后，警察一脸严肃地提醒道："你们毕竟动了手，需要协商解决或是上诉，还要看当事人的决定。让你们家人来一下。"

苏莞和许丞阳顿时有些心慌，姚曳回了老家，许丞阳不是本地人，苏莞也没有亲属在这儿，这一下子，竟找不到可以来"解救"她们的人。

手机震动，进来一条消息，苏莞打开一看，是傅维珩："在做什么？"她心不在焉地回了一句，把手机收回兜里。

许丞阳心存愧疚："莞莞，对不起，都怪我冲动，连累你了。"

苏莞一笑，宽慰她说："我没事，别多想。"

这样干等不是办法，许丞阳想了想，两手伸进兜里摸了摸，左手指尖恰好触到某个硬质尖锐的东西，她疑惑地掏出来一看，是前两天跟江之炎讨要来的名片！

许丞阳顿时仿佛抓住了救命稻草般，把名片往苏莞眼前一亮，惊呼出声："莞莞！我找到人了！"

苏莞凝眸细瞧上面的名字——江之炎律师。

二话不说，许丞阳掏出手机就照着名片上的号码拨了过去。

没多久，电话接通了，那头传来一阵清润的嗓音："你好。"

许丞阳安了几分心，差点儿泪奔了："江律师，救命……"

江之炎了解了事情的起因经过，轻轻一笑，一派淡然："小事情，我就来。"

许丞阳感激不尽："太谢谢你了江律师，回头我一定给你补上律师费！"

"律师费就不用了，到时候让傅维珩给我好好道谢就行。"江之炎套上外衫，下楼出门。

许丞阳："'大神'？"

电话挂断，苏莞瞧着许丞阳一脸迷茫的样子，问："怎么了？"

许丞阳："江帅哥说不要我律师费，让'大神'给他隆重道个谢就行。可是这跟'大神'有什么关系？"

苏莞思索片刻，摇摇头。

十五分钟后，江之炎出现在派出所门口。

苏莞抬起的目光才刚与人触及，下一秒，又被江之炎后头跟上来的人惊得心慌意乱。

傅维珩一身黑色西装，脸色带着几分不快。

苏莞立马垂头盯着自己的鞋尖，心虚得要命，她刚刚才回复他说自己在宿舍看书……

许丞阳这时望见那两道出众的身影，赶忙起身挥手："江律师，在这里！"

闻声，傅维珩的目光即刻循了去，见两人平安无事地坐在长椅上，才眉目舒展，安下些心。

江之炎是业内有名的律师，做事雷厉风行，很快就处理好了所有事情。那恃强凌弱的车主不仅没有向她们索要一分钱的赔偿，还给她俩规规矩矩地道了个歉。

天色已晚，派出所外的路灯映照着门外的水泥路，停车位上，那辆锃亮的黑车就停在两辆警车之间，显得有几分突兀。

傅维珩掏出车钥匙，按开了锁。苏莞大步不敢迈，一顿一顿地跟在身后，逐渐与前头的人拉开了距离。

傅维珩走到车边，没有打开车门，转身站定在原处，耐心等着龟速前进的苏莞。

苏莞这时抬眸，恰好与他眼神相对，后者朝她招了下手，示意她上前。深邃漆黑的眼眸，在夜色中更显幽沉迫人，于是，她不自觉加快了脚步……

他替她拉开车门，意思不言而喻。苏莞犹豫半会儿，磨磨蹭蹭地上了车，然后才发现许丞阳居然不知所踪了，她微微一愣，忙问道："我室友呢？"

"我让之炎先送她回去了。"

"回去了？"

"嗯。"傅维珩关上车门，绕到驾驶座。

"我……"她欲言又止，我也想回去啊……

月光姣好，烟青般的夜空中挂着几颗稀疏的星。车内一片沉静，车速很慢，一路沿海而行，苏莞降下车窗，任海风徐徐地掠过。

傅维珩有些烦躁，烦躁的同时还有几分无奈，他给她发了消息，她却只字不提进派出所这件事，最后还是通过江之炎他才了解事情的经过。但好在，她平安无事。

从家到派出所的路上，傅维珩一路都在反思，到底是自己表现得不够明显，还是她在这方面的悟性过于差劲？

"苏莞。"半晌，他出声打破这安静的氛围，苏莞注视着窗外，漫不经心地应声："嗯。"

他沉润柔和的嗓音掀起一阵浪潮，问她："喜欢我吗？"

一瞬间，耳边通透的风声远去，苏莞的注意力一霎间转向身边英俊的男人："嗯？"

她讷讷望着他平静的侧脸，心跳忽地开始加速，自己前几天才明确的心思，这么快就被发现了？

"莞莞，"他慢慢在路边停下车，目光沉沉地对上她的眼眸，一脸认真，"今后不管发生任何事，我希望你第一个想到的人，是我。"

这是他第一次这样亲密地唤她，醇厚的磁嗓温柔似水，拨动着她的心弦，苏莞羞涩地垂下头："哦……"

傅维珩蹙蹙眉，看来她的确是……他无奈地摇了摇头，一句话沉稳有力："你看不出来吗？我在追你，苏莞。"


回宿舍的时候，苏莞还是惊魂未定，进卫生间都如一抹游魂般飘荡。

许丞阳一见她这模样不对劲，叼着支牙刷凑上前，嘴里含糊不清地问："莞莞，你怎么啦？跟'大神'出去一会儿，魂就不见了？"

苏莞视线缓缓转到许丞阳那满嘴的牙膏沫上，音色轻飘飘："……没，就是感觉，胸口被怼了一下。"

许丞阳一把扯掉牙刷，大惊失色："你被'大神'袭胸了啊？"

苏莞恍恍惚惚，扫她一眼，默不作声地径直爬上床，盯着床上那只可爱的玩偶，开始慢慢缓过神来。

他刚刚……好像是在跟自己表白来着。

她似乎回了一句："追着我，跑吗？"话音在脑袋里闪过，苏莞一个激灵，猛然惊醒。完了，真的只怪他太过遥不可及，她完全没觉得人家会对自己有意思，下意识地就……然而重点是，他在听到这句话后竟然毫无反应，一路沉默地将她安全送到宿舍楼下，留下句"晚安"后，便离开了。

她简直惶惑。都说聪明一世糊涂一时，明明气氛挺好的表白，硬生生被她搅黄了。

这晚，烟灰般的黑夜蒙上了一层薄雾，她带着满腔的悔恨，失眠了。

次日，阴天飘着雨。

她一夜无眠，从出门后开始的每一分每一秒都在无止境地打哈欠。

搭乘上地铁后，苏莞不自觉回想起傅维珩昨晚的表白。

"苏莞，喜欢我吗？"

"莞莞，今后不管发生任何事，我希望你第一个想到的人，是我。"

"你看不出来吗？苏莞，我在追你。"

然而，"追着我，跑吗？"

十分响亮的蠢话瞬间将她神思抽了回来，脑袋往座椅边的扶杆上撞了又撞，苏莞感到无地自容地捂上了脸。

出了地铁站直行一百米便是公司大门。苏莞撑着伞走出地铁站口，那辆熟悉的黑车正好从眼前驶过，她步子一顿，远远望见车子在公司门口停住。

门卫上前拉开后座的车门，接着，就见傅维珩穿着一身笔挺的黑色西装，从车上迈步下来。

这边正张嘴打哈欠的苏莞即刻被吓得僵住，忙合上双唇，匆匆地跑到一旁的花圃躲了起来。等了大概五分钟，估摸着人已经进了电梯后，她才小心翼翼地往公司大门走去。

到练习室的时候，团里的人已经到齐了，她心不在焉地回应着大家的问好，径直到自己位置上坐下。

被傅维珩表白了，明明应该先狂喜一阵，然后淡定地回应一句："嗯，我也挺喜欢你的。"

然而这不寒而栗感是怎么回事……因为不识好歹的一口回绝吗？可是那算拒绝吗？自己连一个不字都没说呢！那后来傅维珩若无其事送自己回宿舍的反应又要怎么解释？难道这只是他的一个恶趣味，在跟自己开玩笑来着？

突然蹦出的想法令苏莞心头一紧，失落感瞬间如同海浪般席卷而来。啊……说不定真跟自己开玩笑呢，自己还一本正经地纠结了一整晚！于是她越想心情越沉重，连连几回的排练，都跟不上节奏。

身后的长笛手温禾见今日苏莞失魂落魄的，趁休息关心地问了句："怎么了莞莞，一进门就心不在焉的，昨晚没睡好？"

苏莞偏过头对她一笑："没事，就是有点儿困。"

接下来的几个小时便是反复地排练。对所有事从来都是风轻云淡的苏莞，今天头一次因为这样的事分了神，连乐团练习都没法十分专注。好在下午的练习取消了，不然今天她一定是乐团里唯一的败笔。

结束的时候，傅维珩不知何时来了练习室，正在前头与乐团的指挥说话。他穿着一身黑色的西装，眉目淡漠，浑身上下都透着精英范儿，俨然一副生人勿近、难以触及的样子。

除了那些互联网上的资料，她对他似乎一点儿都不了解。

思绪神游间，前头正说着话的傅维珩突然眼梢一偏，睨了她一眼。四目触及，苏莞顿时心慌意乱，忙垂头收拾自己的琴。

练习室的门离他很近，苏莞的视线在他和门间来回游顾，最后硬着头皮大步朝门走去，一脚正要踏出门槛，忽地腕骨一紧，一股温热的力道拉住了她。

苏莞心下一愣，下意识回头。

傅维珩目光灼灼，醇厚的嗓音温柔至极："等一下，雨大，我送你回去。"

苏莞僵在原地，一时间不知该如何回应。瞥见指挥眼里意味深长的笑意，她莫名觉得更难为情，扭动两下腕骨，挣开他紧握在腕上的手，霍地转身，逃也似的离开了。

跑到电梯门前，苏莞大口喘气，按开电梯门迅速跨了进去。狭小的电梯间内，她清楚地感觉到自己胸腔里越来越不寻常的躁动，令她脑神经"突突"发跳。

走到公司大门前，苏莞望着那蒙蒙如烟般的雨势，想起刚刚傅维珩的话……她才不要等，反正这缩头乌龟她是当定了！

到学校时，雨势渐小，苏莞背着琴，再撑着把伞实在不便，干脆一把收起花伞，匆匆朝宿舍楼奔去。

没想到，很久未见的顾铭这会儿竟等在宿舍楼前，撑着伞在阶梯前来回踱步。

苏莞有些为难，并不想和他打招呼，正打算装作没看见直接跑进去，前方的顾铭却一个侧身先行看见了她。

他迅速跑到苏莞的面前，将她纳入那把黑伞之下。

苏莞不做犹豫，后退一步走到伞外，不紧不慢地撑起自己的花伞，与之保持距离："顾师兄。"

她的淡漠疏离像是一盆冷水，浇灭了顾铭满腔的热情，他只能无奈浅笑，问道："开始实习了？我前阵子去了趟伦敦，探望我旧时的钢琴老师，昨天刚回来。"

苏莞客套一声："嗯，顾师兄旅途辛苦了。"

顾铭接着说："老师明年一月初要来延川举办演奏会。"他一边说着，一边从身上掏出两张门票递到她面前，发出邀请，"我们到时候一起去吧？"

苏莞没接，垂眸朝他手中的门票一瞥，下一秒，被票上清晰的几个字震得哑然失色。

"江蕴，国际著名钢琴演奏家。"

一时间，雨势突然变大，噼里啪啦的，吵得闹心。

苏莞咬着下唇，握着伞柄的手指不自觉攥紧，当年的回忆一刹涌现，心口忽地被狠狠捏住，难以呼吸。

顾铭并未察觉出她的不妥，见她默不作声，误以为她是激动得说不出话来，继续说："到时候我还可以引见你们认识……"

"抱歉，我没兴趣。"沉冷的声线一口打断了顾铭的话。苏莞不再停留，侧了下身从他一旁擦身而过。

顾铭愣了一阵，回过神来忙转身追上去，一把抓住她的手臂，生出几分慌乱："怎么了？"

苏莞不说话，压了压心间的烦躁，扭动手臂试图挣脱开来。

顾铭却收紧力道，嘴角扯出一抹苦涩："为什么你总是这样，不管我说什么做什么，你永远都视若无睹。苏莞，你这么聪明，怎么会不知道我的心意？"

苏莞背对着他一声不吭，渐渐失去了耐心。

宿舍楼前的人来来去去，看着僵持的两人，不免起了好奇心，频频止步回头。

她心急离去，顾铭却巴不得一次性将心里的话告诉她："为了能时刻见到你，我放弃出国进修，选择了在校读研，即便你总是这样冷漠，我也不介意，因为我想总有一天我会打动你。苏莞，我真的很喜……"

"顾师兄！"她忽地高声喝住他将要说出的话，又平和下来，"你真的没必要在我身上浪费时间。"她深吸一口气，抬起另一只手强硬地挣开了他的束缚，"毕竟，强扭的瓜不甜。"话落，她头也不回地跑进了宿舍楼。

宿舍里，许丞阳不在，苏莞倚在门后，气喘吁吁。

伴着窗外噼里啪啦的雨点声，她脑海里突然又浮现那门票上的名字，眼里滚烫，一蹲下身，几滴泪便悄无声息地落了下来。她抬手一抹，浸湿了衣袖，干脆埋首在腿间，悲痛呜咽。


这场阴冷连绵的秋雨已经连续下了一周，连带着提琴声都沉闷了几分。

傅维珩坐在乐团的练习室里，检查排练效果，然而，一瞥大提琴区那醒目的空位，他又开始心不在焉。自那天过后的四天里，她都没来团里练习，微信也没有一点儿消息，这让他感到不安和失落。

浓眉一蹙，傅维珩从椅子上站起，原本正进行的演奏戛然而止，所有人都不约而同仰头，屏息凝视。

"今天的练习就到这里。"他撂下一句话后，匆忙离开。

傅维珩搭乘电梯直达地下车库，他大步地朝黑车迈去，顺道给张霖拨了通电话:"下午之后的所有行程全部取消。"

电话那头的张霖一愣,有些为难:"取消?可是今晚盛川集团有个重要的餐会……"

"让之炎替我出席。"

"江律师吗?可是这样……"

话还没说完,傅维珩便掐断了。他坐上车,发动起车子,又按下一个号码拨了过去。

电话里的铃声响了很长一阵,就在他准备挂断时,铃声一滞,紧接着,那久违的嗓音从里头传出:"傅先生。"

一瞬间,傅维珩沉闷了一周的心情明亮起来:"在哪?"

苏莞:"我刚下公交车,在去傅宅的路上。"

傅维珩一顿,这才想起今天是她去老宅教课的日子。他弯了弯唇,一脚踩下油门:"好,等我。"

苏莞愣了下神:"你……你要来?"

傅维珩不疾不徐地驶出停车场,不答反问:"怎么?我还不能回家了?"

苏莞被问得哑口无言,一时尴尬地扯开话题:"山上的路因为下雨很滑不好走,你……你开车小心。"说罢,也不等他回应,直接掐断了通话。

傅维珩放下手机,望着车外蒙蒙的秋雨,眼底的笑意渐深。

路边香樟树上枯黄的秋叶随着急雨恰好飘落在那把清新的花伞上。苏莞停下脚步,正想抬手把它拿下来,马路上忽地飞驰而过一辆轿车,顺着那道积满雨水的浅坑带起足有一米多高的水花,一瞬间,把苏莞淋了个半身湿。

"……"

一阵秋风掠过,苏莞站在雨中怔怔地望着那辆远去的轿车,霎时,凉彻心骨。

雨天,山路泥泞,等傅维珩到傅宅时,苏莞已经授课结束,这会儿正坐在客厅的绒毯上与叶帆拼图。

他走过,悄无声息地坐在她一旁的软椅上。

摸索着拼图的苏莞无端察觉到什么,下意识回头一望,顿时被身后的人吓了一跳,往后靠倒在沙发上。

这一动静惊动了埋头苦思的叶帆，一抬眼瞧见傅维珩，便满脸惊喜地咧嘴叫道："啊！小舅！"

苏莞："……"吓死！

傅维珩揉了揉叶帆的头发，后又偏头望向苏莞，笑问："吓到你了？"

苏莞惊魂未定，目光幽幽地睨他一眼，继续研究拼图。

叶帆看着苏莞闷不作声的样子，轻声开口："小舅，苏老师生气了！"

"抱歉。"他道了声歉，俯身从她面前一堆拼图里挑出一片，对着那个完成四分之一的拼图比了比，顺手往中间一贴，拼齐了图里的一小块地方，"怎么没去团里练习？"

苏莞挑着拼图的手指一顿，沉吟半会儿，说道："今天周六……"

"前几天呢？"他这才发现，她今天穿了一件极为贴身的针织毛衣，十分合衬地勾勒出她纤瘦窈窕的身形。

苏莞默然，因为忆起的往事而郁郁寡欢，连吃饭都提不起劲，更别说去团里练习。

"你没请假，"他提醒，"无故旷工会影响你年末工作的评估。"

"我……"

"不过没关系。"他掀起眼帘，目光落在她脸上，嗓音温凉平静，"我可以为你破例，以公徇私。"

苏莞怔然，抬眸撞进他眼中，心口像是漫起一阵暖流，温热感动。

"莞莞……"

身后传来一道清亮的女声，苏莞恍然回神，慌乱地扭头看去。

傅维瑾抱着件黑色的夹克从二楼慢慢走下来，说："外面还下着雨，烘干机也得运转一阵，你的衣服一时半会儿干不了，回去的时候先穿我的外套吧。"

苏莞忙起身回应说："不用的，傅小姐，身上这件就足够了。"

傅维珩动作一顿，抬头询问："衣服怎么了？"

叶帆回答："苏老师刚刚被雨淋得全身都湿了。"

傅维瑾走近了才发现沙发上的傅维珩："哎，维珩，什么时候回来的？"

傅维珩眉心一拢，直接略过了傅维瑾的问题，望向苏莞："没带伞？"

苏莞睨他一眼，想起那辆畏罪而逃的轿车，又想起自己刚刚被他吓得心惊肉跳，唇角微扬，似笑非笑："不，是来自资本家们深深的恶意！"

傅维珩："……"

一旁的傅维瑾"扑哧"地笑出了声，意味深长地一瞥傅维珩："真是落花有意，流水无情啊。"

闻言，苏莞莫名耳根子一热，拿过自己的背包打算离开："那个傅小姐，既然衣服干不了，那我就先回去了，有时间了我再来取。"

傅维珩站起身，个头瞬间高出她一大截，说："晚点儿吧，晚点儿我送你回去，老余今天不在。"

傅维瑾也笑着应和："是啊是啊，莞莞，现在雨这么大，你晚上就在这吃饭，晚点儿再让维珩送你回去。"

苏莞望了眼窗外的大雨，想着这会儿回去也是不太安全，便点头答应下来。

然而，事与愿违。晚饭后，文森带来一条不知是好是坏的消息："这几天连续降雨导致山区大面积滑坡，公路被堵，最快也得明早才能通行。"

苏莞一脸惊愕："什……什么？"

傅维珩从文件里抬眸，倒是从容："嗯，知道了，你去吧。"

苏莞僵在沙发上，一双眼眸讷讷地盯着前方，显然还没从这消息中缓过神来。无法通行……那她晚上岂不是……

"今晚就在这儿住下吧，我待会儿让人给你收拾一下客房。"清冽的嗓音直接说出了她心里没想完的话，苏莞有几分局促，双手揪着裤腿犹豫了许久，小心翼翼地开口："那个……还有别的路可以下山吗？"

傅维珩莞尔一笑，果断说："没有。"

当晚，窗外还下着雨，马路边的路灯发出昏暗的灯光，将那密斜的雨丝映照得无限清晰。灯影挂壁，一室静寂，苏莞坐在这宽大舒适的床上叹息，最终还是无奈住了下来。

洗过澡，苏莞给许丞阳打了个电话，将今晚的事简单告知。

许丞阳听后心有不甘："姚曳回不来也就算了，现在就连你也要离我而去。"

苏莞："我明天早上就回去了。"

"哼！反正你今晚回不来是事实！"许丞阳冷哼一声，似乎是把手机放到了一边，那噼里啪啦打游戏的键盘声一下在耳边放大，清晰无比。

苏莞听了一阵，无奈道："你玩起游戏来，我在不在寝室有什么区别？嗯？许同学？"

许丞阳："……"许同学哪里肯就此服软，"啊！你晚上在傅小姐家留宿，那傅'大神'……近水楼台啊，莞莞！"

"胡说什么！"苏莞打断她的话，接着又十分心虚地补上一句，"人家不住这里。"

忽然，房间响起敲门声。

苏莞一慌，忙捂住话筒，应声道："谁？"

"是我。"听到醇厚清冽的嗓音，苏莞心头咯噔一响，真是说曹操，曹操到。

电话那头许丞阳不间断地追问："啊？不住那儿？怎么可能！莞莞！没有什么能逃过本大人的直觉……"

苏莞调整呼吸，对着电话匆匆说一声："明天再说！我挂了！"

通话结束，她开口："请进。"

下一秒，门"咔嗒"一声被拧开。傅维珩端着冒热气的马克杯推门进来，走到原木电视柜前，将那杯热腾腾的东西放到了柜上。

苏莞起身过去，望着那杯黑乎乎的东西，问道："什么？"

"姜茶。"他微一侧身，对上她明亮透澈的眼眸，"你今天淋了雨，怕你着凉。"

他的语气平静如水，却让苏莞的心泛起涟漪，一阵接一阵，久久不能平息。

他应该是刚洗过澡，穿着一身黑色的丝质家居服，短发蓬松柔顺，空气里还夹带着淡淡的沐浴乳香味。

半晌，他稍稍挪开眼，沉声道："早点儿休息，晚安。"说罢，他转身准备离开。

那一瞬间，所有五味杂陈的情绪涌上心头，苏莞几乎是下意识地扯住了他的衣袖："傅维珩，对不起。"

傅维珩一怔，欲拉房门的手顿住，垂眸落在那只紧拽着衣袖的手上，毫不犹豫地将那只手回握住，语气温柔："怎么了？"

手里突来的温度让她耳根一热，垂着头，感到羞愧："……对不起，发生了一些事，我没有状态，所以没有去练习，是我太任性了……"

"而且那晚，"她稍做停顿，回想当时傅维珩说的那句话，耳根的温度瞬间蔓延到了双颊，声若蚊蝇，"我以为你在跟我开玩笑。"

房间里一刹沉寂，苏莞捏着拳，脑袋越埋越低，紧张地忘了呼吸。

一声叹息从头顶传来，他松开握着她的手，温度褪去，苏莞的心猛地一坠，一阵酸意正要在心间弥漫开来，他又伸手抚上她后颈，轻轻带进怀里，低沉的嗓音诱人沉沦。

"我不是儿戏的人。"他说，"莞莞，我的心不大，有你就足够了。"

清冽的男性气息占据了她的呼吸，这一刻，仿佛全世界都是他的身影，心里心外都暖洋洋。

眼里猛一阵滚烫，苏莞微微侧脸，靠在他怀里不作声。

"现在呢……"他温热的呼吸扑洒在她的耳边，原本沉稳的嗓音此刻有些许低哑，"现在可以回答我了？"

苏莞不明就里，探出头睁着圆骨碌的眼睛盯着他："什么？"

他低头，靠她更近了一些："喜欢我吗？"

俊脸近在咫尺，苏莞心头颤了颤，讷讷看着他，气息逐渐紊乱。

他说："莞莞，今后不管发生任何事，我希望你第一个想到的人，是我。"

他说："没关系，我可以为你破例。"

他说："我的心不大，有你就足够了。"

父母那段支离破碎的婚姻曾让她一度不相信爱情，相爱又如何，最后照样是分离。可父亲却说："莞莞，我并不后悔与你母亲结婚，尽管她弃我而去，但这不能否定她是我最爱的人。这一辈子能够遇上一个真正爱你，而你又中意的人很难得。如果你喜欢，那就放心去爱，就算明知没有结果，那拥有的过程也会让你觉得幸福。"

本该是那样一个难以触及、高贵孤傲的男人，却对她说出这般不可思议的话。苏莞内心深处似乎有一种不知名的情绪在轻抚着，抚平她的不安和酸涩，剩下的全是安稳。

傅维珩，这样温柔、细心、优秀又沉着的你，我怎会不喜欢？

"喜欢的。"温软含蓄的嗓音一字一字地敲击着他的心房。

她靠回他的怀里，抬起手臂，抚上他修长的背脊，紧紧地拥住。

很喜欢。

# 第六章　初次相恋

隔日一早，天空已经放晴。经过这最后一场秋雨，延川的气温骤然下降，步入冬日。

傅维珩套上驼色的高领毛衣，捋好衣领，拧开房门往客房走去。

敲了敲门，里头没有回应。傅维珩抬起腕表扫了眼时间，八点半。

迟疑片刻，他抬手试探性地一推，房门"吱呀"一声，轻易地被他推出了一道门缝。

傅维珩眉心一蹙，似有所觉地敞开门倾身进去看一眼。

纯白色的窗帘被拉开，久违的阳光透过玻璃窗映照在绒毯上。床面干净整齐，显然已被收拾过。那套女款的棉质睡衣也被工工整整地摆放在床上。

宽敞明亮的房间里，他没见到原本该见到的人。

厨房里，傅维瑾正悠闲地煮着咖啡，叶帆乖巧地坐在餐桌上吃着手上的肉包子。

傅维珩从二楼迈步而下，叶帆闻声望去，软糯地喊了声："早上好，小舅。"

他径直走向厨房，经过叶帆时轻轻揉了揉她的头发，"嗯"一声表示回应，又张望了四周，问："苏莞呢？"

傅维瑾侧目扫了他一眼，从架上取出一个咖啡杯，反问："不是还没起吗？"

傅维珩眼尾一挑，没有接话，端走了那杯热乎的咖啡，走到餐桌前拉开椅子坐下。

他掏出手机，对着苏莞的名字正准备拨过去，文森恰好从后院回来，告知他："先生，今早山下路通了之后，苏小姐就离开了。她让我跟您说，她今天还有课，不能迟到，还说谢谢傅小姐的衣服，她洗过后下次再给送来。"

有课？周末时间？傅维珩敛敛眉，若有所思地抿了口咖啡，半晌才应：

"知道了。"

到宿舍的时候已经九点多了，许丞阳睡得很沉，大概是昨夜睡得着急，电脑都没来得及关，屏幕上还闪着游戏的界面。

苏莞把刚买回来的早餐往她桌上一放，进浴室洗了把脸。

桌上的手机嗡鸣一声，在寂静的房间里格外突兀，苏莞匆匆挂回毛巾，轻手轻脚地走过去打开一看。

傅维珩："中午一块吃饭。"

盯着屏幕上"傅维珩"那三个字，苏莞感觉自己的体温又开始逐渐地上升……昨晚，居然就那样毫无顾虑地对他表白了，后遗症就是……一夜无眠。

两人的关系一时变得微妙又尴尬。

想到这里，苏莞的心脏开始无法控制地狂跳。她想去，可又不敢答应，思索半会儿，她决定先让自己冷静下来，暂时装作还没看见消息，遁回床上补觉。

再次醒来，已是中午。许丞阳正坐在底下哧溜哧溜地吃着苏莞今早带回来的早餐。

苏莞理了理被褥，爬下床。许丞阳听到动静一抬头，嘴里还叼着包子："哟，醒啦？"

苏莞揉揉眼，伸了个懒腰去倒水："包子都凉了。"

"不凉不凉，热乎着呢，你特地给我带回来的早餐哪有不吃之理。"许丞阳把剩下的包子一口塞进嘴里，朝她眨眨眼。

苏莞："你几点睡的？"

"三点，昨晚运气好，连赢四把！"许丞阳小手一挥，得意扬扬，又往嘴里塞了个烧卖。

苏莞点点头，目光一转，不经意间瞥见她鼠标垫下的一张宣传单，凑近拿起一看："帕格尼尼小提琴大赛？"

许丞阳一把抢过来，揉成团扔回桌上，讪讪一笑："老查理给的，我就随便看看。"

苏莞默然。其实她明白，这个比赛，许丞阳是心动的，甚至可能私下早已做了很多准备，但就是没法真正地下定决心。

并不是许丞阳琴艺不精，五岁开始学琴的她可以说是极具音乐天赋，家人也因此对她寄予厚望。

她十岁那年报名参加了省级小提琴大赛，也许是第一次上台过于紧张，许丞阳演奏期间竟一个手滑将琴弓甩到了台下评委的桌前，弄得礼堂内哄然大笑。她一小姑娘脸皮薄，顿时无地自容地在台上哭出了声。

那次比赛似乎给她带来了阴影，此后不论是参加什么样的比赛，她总能忆起少时的失误，也一直未在之后的比赛中取得过好成绩。久而久之，她便对小提琴大赛产生了抵触。

老查理曾经说过："许丞阳距离著名小提琴手，就差一场重量级的国际比赛！"所以，无论如何，苏莞都希望她能正视自己，潇洒自信地抱个大奖回来。

苏莞抓过那纸团将它平铺开来，放到许丞阳手里，微微一笑："比赛而已，去吧，输了又怎样，我们在呢。"

许丞阳抬眸望着苏莞温柔的笑脸，捏着纸片的手指越收越紧，鼻子一酸，站起身直接给了苏莞一个大熊抱，哭着说："莞莞你真好，呜呜呜……"

"嗯，等你功成名就了带我风光……"苏莞抚着她的头，轻声鼓励。

"呜呜呜……可是我还是怕……"

苏莞失笑："怕什么，你可是老查理的得意门生，座下第九弟子。"

许丞阳拭了拭泪，还有些优柔寡断："那我去找老查理商量了……"

苏莞点点头："去吧，老查理会高兴疯的。"

话不多说，许丞阳迅速换了衣服，提着琴风风火火地赶去了老查理办公室。

许丞阳走后，苏莞也打算换衣服去琴房练琴。手机这时响起，苏莞拿起一看是傅维珩，愣了一下，这才想起今早他发来的那条微信消息，再瞄眼时间，刚过十二点。

她接起："喂……"

那头的嗓音极为慵懒："醒了？"

苏莞低低地"嗯"了声。

他毫不客气地揭穿她："不是说有课？"

苏莞："……"

"下来。"傅维珩直截了当，"我在你宿舍楼下。"

挂了电话，苏莞对镜瞧着自己身上那件米色的针织衫，不满意地皱了皱眉，鬼使神差地脱了下来，默默从柜子里挑出逛街新买的衣服，换上后匆匆下了楼。

出了宿舍楼大门，苏莞抬眼就望见站在梧桐树下的傅维珩，他穿着一身藏蓝色的毛呢大衣，里衬驼色的高领毛衫，修长的腿裹在牛仔裤里，气质翩然。

与此同时，傅维珩恰好抬头，与她四目相触，然后便迈步走过去。

苏莞无端地脸上一热，眼神闪避："……你怎么来了？"

傅维珩淡淡地说："来找女朋友。"

"……女朋友？！"苏莞愕然地盯着他，自己什么时候成了他女朋友？

傅维珩面不改色，反问一句："不是你说的吗？"

"说……说什么……"苏莞茫然，明明昨晚自己表完白，傅维珩啥都没说，就让自己睡觉了啊……

傅维珩觑眸，凑近她的脸："怎么，你想反悔？"

苏莞略显迟疑："我……"

"抱歉，"他伸手牵住她，语气不容拒绝，"男友既出，恕不退换。"

苏莞先是一愣，继而埋头嘟囔："倒是有的让我退换……"

傅维珩握着她的手捏了捏，眼风扫去："你说什么？"

她忙不迭朝他咧唇："请多关照。"


马路上车流不息，阳光久违的明媚，车内放着首旋律轻快的协奏曲，十分应景。苏莞静静听着，跟着旋律在腿上轻轻敲打着节奏，这首曲子她听过，帕格尼尼《D大调第一小提琴协奏曲》，这会儿恰好演奏到轻巧跳跃的第三乐章。

她瞄一眼身边英俊的男人，突然忆起第一次坐他的车时，车里放的音乐也是帕格尼尼。

"想什么呢？"察觉到被注视，傅维珩出声询问。

苏莞不假思索："帕格尼尼。"

傅维珩瞥一眼播放列表的歌单，似有所觉："怎么想他？"

苏莞微怔，总不能说在想他是否中意帕格尼尼吧。

"嗯……明年九月的帕格尼尼小提琴大赛。"她反应极快，顺口提了嘴，"许丞阳报名了，这会儿应该正跟系主任商量着。"说完，她联想到什么，又问，"你当年参加决赛拉的是什么曲子？"

傅维珩："随想曲第二十四首。"

苏莞一听，眼神都亮了，帕格尼尼二十四首随想曲里她最喜欢的就是第二十四首。她内心澎湃："那傅先生得了冠军后，当时是什么感想？"

到达目的地，傅维珩放慢车速，缓缓把车驶入停车位，轻踩下刹车，侧目望她，不紧不慢："意料之内。"

"……"炫耀！赤裸裸的炫耀！十五岁的时候就不把这场堪称空前绝后的比赛放在眼里，如此高傲如云，这拉琴的水平是有多高超！

傅维珩下车走到她这边拉开车门，见她呆坐着发愣，提醒道："不打算下来？"

苏莞回神走下车，这才瞧见面前这栋精致奢华的小楼招牌。

Magic会所。

傅维珩关上车门，落了车锁，牵着她往会所里走，突然出声："莞莞。"

苏莞正四处张望，漫不经心地"嗯"了一声。

"换个称呼？"清洌低沉的嗓音里带着些许蛊惑人心的魔力，犹如低音提琴般一下一下拨动她的心弦。

苏莞明白他的意思，垂头不敢瞧他，装傻说："什么？"

"我的名字。"他紧了紧手中的力道，凑到她耳边，"叫我名字。"

温热的气息扑洒在她发热的耳尖上，苏莞心头一颤，热度瞬间蔓延至双颊，心里忸怩片刻才改口："傅维珩。"

傅维珩几分意外地怔了怔，继而愉悦地笑了起来，拉着她进电梯。

Magic是集餐饮、娱乐于一体的高档会所，餐厅位于六楼，是会员制高级餐厅。

"叮"的一声，电梯抵达。两人出了电梯，吧台前的接待员便迎了上来，笑着唤了声："傅先生，这边请。"

苏莞第一次来这么高档的餐厅，这种拘谨令她有些招架不住，脚步一顿，她停在餐厅门前，捏了捏傅维珩的手："不然我们换个地方？"

傅维珩沉吟半会儿，缓声说："我有钱。"

苏莞："……"

进到包间，傅维珩先替她拉开了椅子，苏莞瞅一眼，然后噔噔噔地走过去坐下。

"这家会所是胤桓公司旗下的。"他坐到对面，熟练地摊开餐巾，半铺于桌沿，"Endless集团的股份占其中的百分之四十，也是股东之一。"

苏莞微怔，这才反应过来他是在向她解释，他所谓的"有钱"。

还没想好要回应些什么，他又说，"第一次约会，我很注重。不过如果你不喜欢，下次就不来这儿了。"

苏莞默然，突然就忆起上次游乐园之行时，他明明有恐高症却还心甘情愿地陪她一同乘坐过山车，事后受惊过度卧病在床，他也只说是挑战自我。

他似乎，总是在迁就她。苏莞倒是纳罕，脱口而出："你这么喜欢我吗？"

他神色恭肃，目光灼灼："嗯，很喜欢。"

苏莞愣住了。感情这回事，对她来说只秉承四个字：顺其自然。对另一半的幻想，她从未有过，遇到傅维珩，是她人生中的意外。此刻，只是她玩笑般的一句话，竟得到一句真诚动听的表白。

敲门声响起，苏莞猛一回神，害羞地捧起水杯瞧往别处。

餐点陆陆续续地上来，待服务员带上包间的门后，苏莞开口又问："呃，那以前你和你的女朋友都……"

"我没有过女朋友。"他打断，"苏莞，在遇见你之前，我没有过恋爱的打算。"

午后的阳光透过窗子浅浅地洒在餐桌上，男人深邃的眼眸中透着温润光泽，在阳光的映射下竟令苏莞感到格外灼热："可是我们才认识不到三个月……"

"是四年。"傅维珩继续说，"四年前，在伦敦公园，我听到了你的《天赐之声》。"

他笑着继续说："有些遗憾，我还没来得及走到你面前，你就离开了。"

未料，一时的犹豫，竟念了四年。


饭后，两人离开包间没走几步，就在大厅遇到个熟人。

江之炎远远望见两人相牵的手，迎上去走到两人面前，笑得意味深长："恭喜二位。"

苏莞赧然，松开手就往背后藏。

傅维珩掀起眼帘瞧他一眼："最近很闲？"

江之炎眉梢轻挑："除了学校课有点儿多外，还好。"

傅维珩重新牵起苏莞，面无表情："我们忙，你自便。"

望着两人离去的背影，江之炎觉得好气又好笑，转身走去包间。

"江律师！"

叫唤声来得很突然，江之炎下意识回头，见苏莞独自一人站在他身后，一愣："怎么？"

苏莞笑了笑："江律师，上次的事谢谢你。"

江之炎摆摆手，浑不在意："小事，没什么。"

苏莞笑容不减："以后有机会我和我朋友请你吃饭。"

江之炎望了望在电梯前遥遥而立的傅维珩，莞尔一笑："吃饭就不用了，就当谢你上次帮忙买水了。"

苏莞讶然："啊，那才是小事吧。"

"既然都是小事，就抵了。"江之炎说，"你去吧，维珩在等你。"

苏莞不多坚持，想着来日方长，总有机会，又诚恳地道了谢："真的很谢谢你，江律师，那我先走了，再见。"

江之炎颔首，思绪不自觉飘远，似乎在哪里，也听过这样的声音。

"真的很谢谢你，江先生，谢谢你。"温软带着哭腔的嗓音突然在脑中浮现，江之炎眉头一蹙，无意间忆起了一件往事。

那是六年前的冬天，他恰好寄住在伦敦姑姑的家里。那天飘着鹅毛大雪，窗外银装素裹，温度骤降。下午，他独自一人在家，接到了一通来自国内的越洋电话。

女孩沉闷的声线从那头传来："您好，请问江蕴女士在吗？"

江之炎愣了一下，回答："她外出办事了。"

那头的声音一顿："请问您是？"

江之炎："我姓江。"

女孩态度很诚恳："江先生，可以麻烦您替我转达吗？"

江之炎思忖半会儿，回应说："可以。"

墙上的挂钟嗒嗒地走着，清脆的响声在这偌大的房子里十分突兀，一时衬得电话里的呼吸声格外沉重压抑。

"请告诉她，"女孩缓缓开口，鼻音浓重，像是在哭，"请她，不，求她，求她来见见我父亲，求求她。"

苦涩又无奈的哀求，江之炎心一沉："我知道了。"

"真的很谢谢您，江先生，谢谢您。"她哽咽着连连道谢。

"你叫什么名字，我好转达。"

那头却是一阵沉默。江之炎等了许久，又问了一遍："你的名字是？"

"苏莞。"她说，"复苏的苏，莞尔的莞。"


两人在餐厅外等电梯，傅维珩心里有疑问，犹豫许久，故作漫不经心地开口："莞莞，你和之炎……"

"嗯？"苏莞抬眸，坦然地解释说，"哦，上次在便利店，江律师结账的时候没有现金，手机又恰好没电，我刚好排在他后面，看他只有一瓶水，就顺便替他买了单。"

电梯门打开，傅维珩牵起她一前一后走了进去。待门关上后，他不急着按电梯键，反而站在苏莞旁边直勾勾地盯着她的脸。苏莞尚未察觉他的注视，抬手想去按电梯键，却被他伸手拦住。

她不解地反瞧他一眼，正想问话，他忽地缓缓垂下头，覆上了她的唇。

温凉的唇瓣，只停留了两秒，浅尝辄止。

傅维珩直起身，按下电梯键，握住苏莞的手，语气平和："嗯，那以后就不要替别人买单了。"

苏莞脸上微红，呢喃细语："我只是因为不小心看到他钱夹里的东西，觉得不好意思而已……"她才没有闲钱到处替人买单。

傅维珩低低笑了起来。

电梯到一楼，苏莞被他笑得更难为情，羞恼地瞪他一眼，大步走了出去。

傅维珩大步跟上去，在车前拉住她，倏地凑近在她唇角又蜻蜓点水般轻吻了一下："不生气了，嗯？"

苏莞的心剧烈跳动着，害羞地不知所措，直接拉开车门钻进了车里。

这可是在店门口！


车子驶上马路，傅维珩熟练地打着方向盘，说："车里有CD，想听什么自己放。"

苏莞还没从刚刚的初吻中回过神来，讷讷地"哦"了一声，随手翻了翻，抽出一张封面极简的专辑，瞧见上面的专辑名：*Neil's Violin*。苏莞眼神一亮，这好像是他的专辑，于是她小心翼翼掏出CD片放入碟中，按了下播放键。

明亮的钢琴声瞬间充斥整个车厢，随后一阵轻巧跳跃的小提琴声奏出了主旋律。

傅维珩听着这熟得不能再熟的音乐，诧异地瞧她一眼，笑了："怎么放这个？"

苏莞笑吟吟："因为这个拉得好听呀。"

前方恰巧是个红灯，傅维珩停下车，侧头看她。她笑着，两颊酒窝微陷，一双眼眸晶亮透澈，无比真诚。他心里蓦然一软，哑声说："承蒙厚爱，不胜感激。"

苏莞笑得更欢，余光瞥见那空荡荡的烟槽，好奇地问："咦？你不抽烟啦？"

红灯结束，傅维珩开车前行："答应过你要戒。"

苏莞："……哦。"

手机震动，苏莞看了眼来电显示，接起："姚曳，怎么了？"

姚曳那头的环境吵吵嚷嚷："喂，莞莞，我快到站啦，你和许丞阳出门了吗？"

苏莞心里一愣，坏了，自己全然忘了前两天姚曳说回校的事，那时自己约好和许丞阳一起去车站接她的。

她对着电话那头匆匆问："你还有多久到？"

姚曳："大概二十分钟吧。"

苏莞一望窗外的街道，想了会儿："好，那我应该很快就能到。"

挂了电话，苏莞看向傅维珩，略带歉意地说："那个，我突然有点儿事……姚曳回来了，我们说好去接她的。"

傅维珩："嗯，我送你去。"

苏莞忙拒绝："不用不用，太麻烦了，我自己坐车过去就行。"

傅维珩打了个方向掉头，眉梢轻挑："莞莞，跟我不用这么客气。"

苏莞："……"


在出站口等了没一会儿，就见姚曳拖着个行李箱疾步跑来，风尘仆仆，一上来就给苏莞抱了个大满怀。

"莞莞，想死你们了！"姚曳抬头，张望一圈，"许丞阳呢？怎么就你一个人？"

苏莞解释说："她今天临时决定要参加比赛，去找系主任商量了，脱不开身。"

姚曳搭上她肩："哟，那家伙开窍啦？上台不怕啦？"

苏莞："……大概是。"

"放心吧，她许丞阳天不怕地不怕，还能怕个比赛，稳稳的，相信我！"姚曳拍拍胸脯，又问，"对了莞莞，你们俩之前进了派出所是怎么回事，没事吧？"

"嗯，没事。"苏莞轻描淡写一句掩过。

"我听许丞阳说人家对你耍流氓了啊，这还没事？！怎么我一走你俩就出这样的事！"姚曳扳过她身子，左瞧右看的，"给我看看，哪里受伤了没有？"

当事人倒是极为淡定："……姚姚，他便宜还没占着就被丞阳踹了，所以我们才进的派出所。"

姚曳："……"

出了火车站，苏莞望见傅维珩那辆黑车依旧停在刚刚她下车的地方，然后车上的人下来，迈着长腿缓缓向她们走过来。

姚曳惊奇地凑上前："嘿，'大神'！太巧了吧！"

还以为傅维珩送了她就会离开，结果没想到……苏莞心虚地侧过头，她还不知道怎么开口向许丞阳和姚曳说她和傅维珩的事。

傅维珩睨了眼目光闪躲的苏莞，倒也不戳破，顺势说："嗯，去哪儿，送你们一程吧。"

姚曳欣喜若狂："麻烦你啦，'大神'！"

傅维珩主动拉过行李箱，放到后备厢："上车。"

车内，苏莞跟着姚曳遁到后座，她瞄了眼后视镜中的傅维珩，明知故问："傅先生刚刚从哪里来呀？"

姚曳接腔问："是啊，'大神'，你是去车站送人吗？"

傅维珩抬起眼，视线与后视镜中的苏莞对上，似笑非笑："约会。"

苏莞被他微妙的目光和那两个字震得浑身一凛。

姚曳按捺不住八卦的心，多问了一句："约会？跟女朋友？"

傅维珩淡淡地"嗯"了一声。

姚曳大为震惊，倒吸口凉气，扯了扯苏莞的衣袖，苏莞反拉住她的手，抿唇尴尬一笑，默不作声地望向了窗外。

到学校后，苏莞替姚曳拿了行李，陪着她走到宿舍楼前，想想终是心有不安，借口自己要去便利店，让她先回宿舍。

姚曳没有多想，只说帮忙带点儿吃的，苏莞点点头答应下来，等看到姚曳上了楼，她才放心回头，往停车场跑去。

傅维珩还站在车门前，长身玉立，静静望着那道由远及近的娉婷身影。

她跑到他面前，说话还有些喘："谢谢你，傅维珩。"知道他介意着什么，她抬头与他相对而视，期期艾艾地开口，"对不起，我不是故意不说的。"

"过来。"他嗓音低低的，温柔地打断她。

苏莞向前迈一小步："我就是不知道怎么开口，"她扯了下他的衣袖，带着几分哄，"你是不是生气了啊？"

傅维珩抚上她的脸颊，指腹轻轻摩挲着，目光灼灼，音色沉缓："其他人不重要，你在我身边就好。"

苏莞心里蓦然一软，眼眶泛热，鼻子也酸酸的，想起刚刚在电梯里的初吻，她心跳加速抿了下唇，忽地踮脚主动吻上他的唇，一触即离，羞报地垂下头："我……我还有事，明天见。"说完便转身跑向宿舍楼。

傅维珩愣在原地，望着远去的身影，哑然失笑。


苏莞提着东西回到宿舍的时候，姚曳正在阳台外洗衣服，许丞阳也已经回来，一动不动地坐在椅子上发愣。

姚曳听到动静抹抹手走进来，接过她手里的袋子："给我带啥好吃的啦？"

"饭团。"苏莞又瞅了眼许丞阳，"许丞阳怎么了？"

姚曳拆开包装咬了一口，含糊不清道："她说她酝酿感情，别管她。"

苏莞："哦……"

姚曳配了口果汁，提了嘴："莞莞，真没想到，'大神'居然有女朋友了！"

许丞阳回神问："谁？你说谁？"

"傅维珩啊。"姚曳重复。

"啥？"许丞阳直接从椅子上蹦下来，"他有女朋友了？怎么可能！"

姚曳不紧不慢："下午莞莞来车站接我，刚好碰见他，他就顺路送我们回来了，在车上莞莞还问他哪呢，他说约会，跟女朋友。"她又把目光投向正在换衣服的苏莞，"不信你问莞莞。"

苏莞对上许丞阳递来的疑问目光，笑笑表示默认。

姚曳叹息一声，又继续啃饭团惋惜："我看之前莞莞和他的那点儿小粉红，还以为他喜欢咱莞莞呢！"

"我也以为啊！"许丞阳接话，一个箭步越到苏莞身前，从上到下比画一通，"你瞧瞧这张脸、这身材，这么漂亮的管弦系花，'大神'居然没看上？"

姚曳又问："莞莞，你喜欢'大神'不？"

苏莞被她们俩问得头皮发麻，又想到刚刚傅维珩那句露骨的表白，突然就不想掩饰了，直言："喜欢。"

她的坦然让两人大吃一惊，姚曳忙安慰："呃……莞莞没事，说不定以后还有比他更好的男人！"

许丞阳长叹一声："……咱们莞莞好不容易喜欢上一人，结果还没戏。"

苏莞抬头一笑："有戏的，有戏的。"

姚曳、许丞阳："？"

"傅维珩说的女朋友，"苏莞敛眸，羞涩地说，"是我。"

姚曳、许丞阳："？"


当晚，傅维珩回了私人公寓，洗过澡后正准备忙公事，江之炎却来了。

他把外套往沙发上一扔，懒洋洋地倒在上面，开口的第一句话就是："心情不好，有酒吗？"

傅维珩面无表情地睨他一眼，坐回书桌前："没有。"

江之炎不理他，起身自己进厨房找酒去了。

五分钟后，他郁闷地举着瓶矿泉水走到书房，愤愤说："你过着什么日子，那么大的冰箱只有几瓶矿泉水？"

傅维珩翻着文件头也不抬："要喝酒去找胤桓，慢走不送。"

江之炎习惯了他这脾性，也不恼，低叹一声又坐到沙发上，沉默了许久，才缓缓开口："维珩，真没想到，原来我还有个流落在外的表妹。"

意外记起当年的事后，江之炎第一时间便去查探姑姑十几年前在延川的那段往事，甚至包括苏莞的身世。然而当他得知六年前苏莞的父亲因肝癌去世后，他除了沉痛和震惊，更多的是愧疚。

当时挂下电话后，他确实是把这约定牢牢记在心上的，只是那晚姑姑一直没有回来，手机也是关机状态。第二天一早，朋友临时约他一同去冲浪，一去一个星期，他没有再回伦敦，也没有见到姑姑，一拖再拖，便把此事给耽搁了，再后来新学期学业繁忙，更是慢慢就淡忘了。

直到今天。怪不得，怪不得每一次见到苏莞，他都有一股莫名的熟悉感，她那疏冷寡淡的眸光和姑姑简直是如出一辙。

江之炎羞愧地捂住双眼，自嘲地一笑："我这个表妹一定恨死我了。"他能感受到当时她绝望的心情，那句苦涩的哀求到现在都在他脑海里挥之不去，是他给了她最后一丝希望，也是他生生地扼杀了那一寸曙光。

"当年她让我帮忙转达很重要的事，我答应了，结果玩起来直接把这件事忘得一干二净。"江之炎懊悔不堪，如果当年，再给姑姑打几个电话多好。

傅维珩翻页的手指一顿，只听他静静倾诉，不说话。


第二天去乐团上班，苏莞是顶着黑眼圈出门的。昨天，在许丞阳、姚曳彻底反应过来她的意思后，许某人最先拍腿叫道："天！我说苏莞那晚在傅宅近水楼台了吧！"

苏莞早就做好一夜难眠的心理准备，老老实实地把事情的起因、结果叙述了一遍，当然，略过了某些脸红心跳的细节……

傅维珩一早来接她，见她无精打采，问了句："没睡好？"

苏莞目光幽怨，答非所问："东西可以乱吃，话不能乱说。"

车子快到公司大门时，苏莞倏然反应过来自己正坐在傅维珩的车上，而且马上就要大摇大摆地到公司了，她急忙喝住："停，停车！"

傅维珩放慢车速："怎么了？"

他们俩在一起的事许丞阳和姚曳知道就好了，这要是被团里的人知道，影响似乎有些不太好。

苏莞弱弱地说："我在这下车就好了。"

傅维珩看她一眼，心知她那些小心思，也不追问，默不作声地将车停在路边。

苏莞下车去后座拿琴，走之前还撒娇般地朝他盈盈一笑："那我先走了，你开车小心，下班见。"

傅维珩沉沉地"嗯"了一声。

试图讨好某人的苏莞心头一颤："……"

时间还早，练习室里就来了几人，温禾坐在椅子上擦拭着手里那把金色的长笛，见苏莞进来，低呼："莞莞，你终于来了！"

苏莞抱着琴背对着她坐下，转身说："上周学校有些事情，我就请假了。"实际上她什么招呼都没打，倒是想起傅维珩那句"以公徇私"，脸唰一下就热了。

温禾突然凑上前："你怎么了，脸这么红？"

苏莞："……暖气太足。"

快到点时，团里的人基本都到齐了，指挥也是踩着点到的，一同进来的，还有傅维珩。

苏莞心不在焉地拨弄了两声琴弦，偷偷瞧了他两眼。

他站在指挥台边，背脊挺得很直，一脸严肃，与那天同她表白的神情简直是判若两人。他宣布道："明年三月在延川剧院有个演出，从明天开始到演奏会结束这段时间，除固定节假日休息外，所有人不允许迟到早退。"

不知道是不是错觉，苏莞感觉他说后半句话的时候意有所指地扫了她一眼。

"这是我们在国内第一场正式的大型演出，我会跟你们一起，关于演出的曲目明天会统一发给大家。"

时隔三年，傅维珩要重回舞台了。

苏莞是震惊的，且不说傅维珩复出登台，当年他名声大噪时她都没有在现场听过他的演出，这回不仅可以亲耳听到，还能同他一起演出，简直是太幸运了。

"好了。"他沉声开口，"练习吧。"

一阵窸窸窣窣的翻页声后，所有人准备就绪，开始了一上午的练习。

第二天下班前曲目发下来，人手一份，曲子分别是萨拉萨蒂的《卡门主题幻想曲》、柴可夫斯基的《胡桃夹子组曲》以及《梁祝》。这其中有一首小提琴独奏曲和一首小提琴协奏曲，两首曲子都极度考验演奏者的演奏技巧和对曲子的熟练度。

苏莞看着手里密密麻麻的分谱，内心感慨：傅维珩这么多年没有上台，复出的首次登台就放大招，看来对于此次的演出他真是信心十足了。

苏莞出神间，只听乐团经理突然喊她一声："莞莞，傅先生让你下班后去趟办公室。"

苏莞："哦。"有什么事不能打电话说吗？

于是下班后，苏莞无奈地背上琴乘电梯直达三十三楼的总裁办公室。她敲门进去的时候傅维珩正在打电话，后者抬眸瞅了她一眼，示意她坐在沙发上稍等，然后继续通话。

　　苏莞自顾自坐下观望一圈，办公室很宽敞，装修摆设却十分简约素净，唯一的点缀就是墙角那盆万年青，高雅秀丽。整间屋子最大的亮点便是沙发侧面那一扇宽大的落地窗，视野极好，此刻天色渐晚，一眼望去，马路像是一条明亮的长河，川流不息，街边亮起的霓虹灯流光溢彩。

　　等苏莞回神时，傅维珩不知何时挂了电话站到她面前，俯下身与她平视，一双幽深的眼眸看得苏莞心头一紧，愣在沙发上不知动弹。

　　当傅维珩那张清俊的脸与自己近在咫尺时，苏莞才反应过来，视线落在他的唇上，一时口干舌燥："你……你要干什么……"

　　傅维珩俯着身，纤长的睫毛扇动了一下，嗓音低沉诱人："吻你。"

　　苏莞喉咙滚了滚，脑袋一偏腾起身，紧张得要命："我上个洗手间！"

　　看着她落荒而逃的身影，傅维珩忍俊不禁，顺手拿过沙发上的大提琴，跟了出去。

　　从洗手间出来，傅维珩已经等在电梯前了，他低头在看手机，左肩背着她的琴，站在那一处，身姿俊挺，楼道的灯光打在他身上，衬得他的五官轮廓分外柔和，极为养眼。

　　苏莞看了一小会儿，心想："长得真是好看。"

　　她上前按了电梯，站到傅维珩旁边欲顺手接过她的琴："给我吧。"

　　傅维珩却是反手握住她的手，眼底满是温柔宠溺："太沉，我来就好。"他漆黑的瞳仁中倒映着她的身影，深不可测。

　　苏莞心底一软，想着早已过了下班时间，也不会有什么人，便不再拒绝，和他牵着手进了电梯。

　　电梯直达地下停车场，快到车前时，苏莞这才后知后觉回忆起正事："你刚刚叫我上楼什么事？"

　　傅维珩按开车锁，把琴往后座一放，又走到副驾驶座替她拉开车门，反问："今天分发下去的分谱看了吗？觉得难吗？"

　　苏莞点点头，坐上去："看了。时间很足，我会练下来的，怎么了？"

　　他坐进车里，发动起车子，浅笑说："怕你太辛苦。"

　　苏莞浑不在意："没什么辛苦，你要练得更多呢。"原来叫自己上去就是问这个。

殊不知，傅维珩其实是醉翁之意不在酒，只是想同她一起回去。

"想吃什么？"傅维珩踏下油门，不疾不徐地驶上马路。

苏莞降下车窗，漫不经心："薯条。"

傅维珩皱皱眉："怎么喜欢吃这个？"

苏莞讪讪一笑："我随便说说。"

傅维珩不说话，最后默默地把车开到了延大附近的快餐店。

嗯，偶尔陪她吃一次也不为过。


周五下课，许丞阳提议去KTV释放压力一醉方休，姚曳和苏莞想着她最近为了比赛确实是没日没夜地练琴，就答应了下来。

三人吃过饭再去KTV也才七点多，许丞阳订了小包间，叫了些零食啤酒。姚曳在图书馆泡了一天，没什么状态，苏莞唱歌五音不全，所以此刻在这偌大的包间里，许丞阳一手握着冰啤，一手高举话筒，手舞足蹈地站在电视屏幕前。一连唱过五首歌后，许丞阳顶不住了，放下话筒开了瓶啤酒过来准备对两人下手："你们俩当门神呢？一动不动，唱歌啊！"

姚曳："你唱吧，你好好发泄。"

许丞阳："来了就一起玩啊，咱心疼心疼钱。"

姚曳看她一眼，犹豫了会儿，算了，来都来了，于是姚曳起身去点歌。

许丞阳拿起个空酒杯，贼兮兮地看向苏莞，后者上前夺过她手里的酒瓶，化被动为主动："我自己来。"

苏莞本来就酒量不佳，加之晚饭没怎么吃，三瓶冰啤下肚就面红耳赤的，有些晕了。

手机响起微信提示声，她拿出来瞧了眼，是傅维珩的微信消息："在做什么？"

苏莞实诚回复："喝酒。"

下一秒他的电话就来了："在哪里？"

苏莞揉了揉眉心，走出包间："KTV。"

傅维珩起身拿过衣架上的外套："具体位置。"

苏莞："东湖区的红馆……"

对方低低地回一句"知道了"，便挂了电话。

苏莞上了头，眼前恍惚，转身去了洗手间，泼了两把水后，凉意让她稍稍清醒了些。这时，一双修长白净、骨节分明的手递了张纸巾过来，苏莞顺着手抬眸望去，男人英俊非凡，那双眼尾微翘的桃花眼噙着淡淡笑意。

苏莞一愣："江律师？"

江之炎今晚有个商务餐会，饭店就在这家KTV的隔壁，那些老板饭后兴致高涨，就拉着他一起来了这里。他心烦意乱，在包间待不下去，出来准备抽支烟清静清静，恰好撞见一道匆匆走进洗手间的熟悉身影，他跟上前一看，还真是苏莞。

江之炎把纸巾塞到她手心，关心地询问："喝多了？"

"有点儿……"苏莞抓着纸巾，犹豫了会儿才擦脸。

他倚在瓷砖墙上，姿态闲散，漫不经心："维珩不在？"

苏莞摇摇头："我跟朋友一起来的。"

他若有所思，片刻后问："哪个包间？"

"307。"

江之炎直起身："我送你过去。"

话落，没等苏莞开口拒绝，他已经径直往那个方向走去了。

苏莞匆匆跟上，快到包间门口时，前头的江之炎突然刹住了脚步，苏莞不解地抬头看他一眼，自顾自地从他身边绕过去，下一秒在看到面前的身影后怔住了。

傅维珩到了门口才想起忘记问包间号了，给苏莞打电话无人接听，他心急如焚，干脆挨间找了起来，刚过一个拐角，就望见了江之炎，目光再放远，江之炎后面那清瘦的身影正是他寻了半天的女友。

苏莞纳闷说："咦？你怎么来了？"

傅维珩回过神来，上前拉过她的手，轻抚她酒后红润的脸颊，温柔地说："来看看你，怕你喝多。"

苏莞低头嘀咕："能多到哪里去，又不是酒鬼。"

江之炎看一眼傅维珩，转身往回走，感叹一声："问世间情为何物，简直是屠狗不见血啊。"

苏莞："……"

傅维珩望着江之炎远去的身影，拉她进包间："进去吧。"

许丞阳已经醉得差不多了，此刻正站在沙发上扭臀晃肩。

苏莞羞涩地捂住双眼，同时伸出另一只手替傅维珩也捂住了，非礼勿视。

姚曳点完一首歌，扭头见到杵在门口的傅维珩和苏莞，忙一个箭步冲上前把许丞阳给拽了下来，咬牙在她耳边低呼："许丞阳，你偶像，傅'大神'来了！"

许丞阳醺然欲醉地侧目，半晌才缓过神，对着话筒语出惊人："哟，莞莞她男人来了啊？"

姚曳、苏莞："……"

一首热辣的流行歌曲已经唱到了尾声，接着是一首旋律舒缓的情歌，整个包间瞬间安静、惬意了不少。许丞阳已经被姚曳老老实实地按在沙发上，嘴里还自顾自地念着醉话。

苏莞不自在地动了动手指，顺手拿过桌上倒满酒的杯子，举到傅维珩面前："喝吗？"

傅维珩头也不抬："我不喝啤酒。"

苏莞心下一沉，望着那杯悬在两人中间的啤酒，突然觉得气氛有些尴尬，思忖片刻，她豪放地扬杯："那我干了！"

傅维珩："……"

# 第七章　喜你成疾

翌日，延川的气温再次骤降，寒风凛凛，直逼心骨。

昨晚睡觉窗户没关严实，今早苏莞是被冻醒的，她点开手机看时间，十点多。昨晚许丞阳和姚曳都喝多了，卷着被子睡得正熟。她想着下午还要去傅宅授课，就不再赖床，起身下去洗漱了。

磨蹭了一阵子，苏莞套上羊绒大衣，对镜照了照，余光忽然瞥见桌上那支买来许久尚未开盖的口红。

上次和秦沐逛街偶遇品牌口红专柜，小姑娘二话不说就拖着她进去试色，自己试得不过瘾，连带着在她的嘴上也涂了三四圈，见她涂着极为合适，一言不合就去买了单。苏莞平常没有化妆的习惯，口红不常涂，买回来也是搁置。

目光在黑蓝色的小方管上停留许久，苏莞最终还是拿起来在嘴上抹了一圈。

今天气温虽低，但阳光很足，走在街道上，人来车往，苏莞的心情也跟着明媚。

昨晚回宿舍时，苏莞特意交代傅维珩今日不用来接她，临近演出，他能练习的时间不多，她不希望总是在这些小事上浪费他的时间。

到傅宅时已过了中午，苏莞刚走到玄关口，就听到里间传来阵阵悠扬的小提琴声，舒缓熟悉的旋律如清泉般潺潺动听。

苏莞脱鞋的动作一顿，是《天赐之声》。她甩下鞋子，连拖鞋都顾不上穿，背着那大家伙匆匆往琴房跑去。

英俊的男人站在落地窗前，白衣黑裤，沉稳俊秀，手里握着那把橙黄色的小提琴，修长的手指按奏出的每个音符、每段旋律都行云流水般娴熟优雅。阳光斜斜地打在他脸上，留下深深浅浅的阴影，衬得分明的轮廓格外柔和。

伴着这清远美妙的琴声，苏莞失了神，这是她第一次亲眼见到他拉琴的样子。

许多年后，每每苏莞忆起这静谧明媚的午后，心里依然是悸动如初。

一曲结束，傅维珩一收琴弓，余光一偏注意到呆立在门口的身影，见她没穿拖鞋就站在冰凉的瓷砖地上，他俊秀的眉毛缓缓拧起："怎么不穿拖鞋？"

苏莞回神，愣了两秒，垂头一瞧只穿着袜子的双脚，这才后知后觉回道："哦……忘了。"

傅维珩把琴往钢琴面上一放，大步走过去，脱下自己脚上的男士棉拖，放到她脚边，蹲下身子握住了她纤细的脚踝。

温凉的触感令苏莞条件反射地缩了缩脚，不免有几分错愕："做……做什么？"

他抬头，话里充满了耐心和温柔："抬脚，不然怎么给你穿？"

傅维珩替她穿好后直起身，捋了捋她散在额前的头发，顺手又勾过她肩上的琴套肩带："把琴给我，背着太沉。"

苏莞的心蓦然间软得一塌糊涂。他这么温柔，这么贴心，她鼻子一酸，眼眶也泛起热潮，情不自禁地伸手环住他的腰身，顺势靠在他胸前。

傅维珩拿着大提琴的手一顿，只听到她温温软软的声音："维珩，你真好。"

所谓爱一个人，就像是突然有了铠甲，也突然有了软肋。对于傅维珩来说，苏莞，就是他的软肋。他是个执着的人，认定的东西，便要从一而终，对于感情，亦是。见她的第一眼，他就知道，余生只有她。

昨晚在KTV见到她和江之炎的那一刻，他慌了。从拐角处走到他们面前的短短三秒，他脑子里竟闪过各种她准备离开他的可能。那种感觉，光是想想，就似钻心般的疼。所以直到最后，他都未敢开口询问。此刻，他看着依偎在自己怀里的人，千头万绪一瞬间烟消云散。

傅维珩抬起另一只空闲的手，揽住她的腰身，掌心力道骤然收紧，像是要将她嵌入自己的体内。

突如其来的力道，令苏莞一愣，不由得从他怀里抬头，不解地问："怎么了？"

他把她脑袋按回去，语带酸意："你和之炎很好吗？"

"没有的事……"她忙摇头，知道他指的是什么，坦诚以待，"昨晚偶然遇到，他不放心我一个女孩子，好心送我回包间而已。"

傅维珩高悬的一颗心放下，眉目逐渐舒展，最后哑然失笑。

外面突然传来一阵开关门的声音，猫在他怀里的苏莞下意识抬手一推，往后退了几步，接着从他手里拿过琴，脸色赧然："那个……给我吧。"要是被叶帆瞧见他俩这样搂搂抱抱的，那得多难为情。

赶巧不巧，叶帆下一秒就跑到了琴房门口，稚嫩的声音拔高了一个调："咦？小舅怎么也在？"

傅维珩淡淡"嗯"了一声，回身过去收琴。

苏莞默默走过去揉了揉叶帆的头发："帆帆回来啦？"

小姑娘却是笑嘻嘻地直瞧着她，一咧嘴，露出雪白的牙齿，一字一句清脆响亮："你好哇！小舅妈。"

苏莞身躯一震："……"

傅维珩合上琴盖，勾了勾唇角，眼里闪过一丝得意，走到叶帆身边揉揉她脑袋："乖，跟着小舅妈上课去。"

"好。"叶帆点点头，极度自觉地取出自己的琴，扯了扯苏莞的衣袖，"小舅妈我们可以上课了。"

苏莞："……"

傅维珩提着琴从容地往外走去，经过苏莞身边时顺手撩了下她的长发，十分暧昧："下课后来一趟书房。"

苏莞脸色微红地皱了皱鼻，轻哼一声，才不去！

要说叶帆小朋友为何称苏莞为"小舅妈"，还要从三天前说起。

那天晚上傅维瑾临时有事，就托傅维珩去幼儿园接叶帆放学，顺便带她解决一下晚餐。

两人坐在比萨店里，傅维珩拿张大面巾往叶帆脖子上一围，再把主食饮料往她面前一摆，沉声说："自己吃。"

他向来不爱吃这些快餐，便继续审阅手中的文件。

叶帆抓着比萨咬了一口，含糊不清地问："小舅，你不吃吗？"

傅维珩翻着文件："你吃。"

叶帆仰头想喝饮料，奈何脖子不够长，够不到吸管挣扎了半天，傅维珩似有所觉，头也不抬地把杯子举到她面前让她自己找吸管。叶帆咕噜喝了一大口，边咬比萨边问："小舅，我是不是快要有小舅妈了？"

傅维珩目光一顿，终于从那堆文件里抬头看她："嗯？"

"妈妈说你最近老往家里跑，还专挑苏老师在的时候，小舅你是不是喜欢苏老师呀？"

傅维珩眉梢轻扬，淡淡地"嗯"一声。

叶帆心花怒放，笑弯了眼："我也喜欢苏老师！"

傅维珩点点头："那下次见面记得改称呼。"

小姑娘精怪得很："那帆帆改了称呼有奖励吗？"

"没有。"

叶帆轻哼一声："哼，小气鬼舅舅。"

傅维珩不紧不慢："去找你小舅妈要。"


一堂课上了一个小时，苏莞给叶帆布置了些新的曲子，简单地嘱咐几句就下课了。这边刚把琴收入琴盒里，余光就瞟到倚在门上的男人，丰神俊朗，眸光灼灼。

苏莞愣了一下，男人朝她走来，替她盖上琴盒，一手提琴，一手牵着她往二楼书房带。经过客厅放琴时，他还特地回头交代："帆帆留在客厅画画。"

留在客厅画画，不准跟上来。

小姑娘忍不住掩嘴偷笑："好的，小舅。"

走到书房门口，他推开房门示意让她先进，苏莞讷讷地走进去，入目就是壁炉上方一幅巨大的油画。

画上是一位美丽的女子，脸若银盘，眼似水杏，乌黑亮丽的长发淌在肩头，如瀑布般柔软细致，深邃清亮的眉目间透着淡淡的柔情。

苏莞回头，这才发现傅维珩不知何时已站到了她的身后。男人伸手，环住她的腰，垂头就吻了下来，迫切又热烈。呼吸交缠，苏莞紧张得手足无措，最后紧紧揪着他腰上的衣料，闭着眼任他在唇上亲吻。

不知道过了多久，他稍稍退开，结束这段绵长的热吻，心满意足地弯了弯唇角。那天在办公室他就想这么吻她了。

苏莞只觉得浑身酥麻麻的，脸上也是火烧般发烫，她不敢抬头看他，干脆就躲在他怀里。

偌大的书房静默着，苏莞贴着他胸膛稍稍平息了下呼吸，突然闷声问道："傅维珩，如果我不是那年你在伦敦公园遇到的人，你还会……喜欢我吗？"一句话说到最后，她迟疑了一下。

"没有如果。"半晌，清冽的嗓音在头顶上响起，"一开始我就知道是你，也只有你。"

苏莞一头雾水，抬头看他，他拉着她走到了落地窗前。

"莞莞，三个月前，我第一次见到你是在这里。"他透过窗子望向那空旷的庭院，随后又笑着纠正，"不对，应该是第二次。"

"你的《天赐之声》，你匆忙而过的背影，我都很熟悉，后来在公司门前以及旧公园的不期而遇，还有面试时你演奏的曲目，更让我确定，四年前我遇到的人就是你，之后当我得到你的亲口证实，我更是认定只有你。"

"所以那天，和我一起拉《天赐之声》的，是你吗？"

傅维珩点点头，眸色渐深："因为你的《天赐之声》，我守着这份执念，等了四年。"对你的感情，不知从何而起，早已一往情深。

心里涌起热潮，像海浪，层层叠叠，永不平息。苏莞半开玩笑地瞧他："那你就不怕，我不喜欢你？"

"怕。"低沉的嗓音里带着些许暗哑，他说，"但我更怕，在你身边的人，不是我。"

因为他知道，没有人会比他更爱她。


晚饭后回到宿舍，姚曳还在马不停蹄地看书，许丞阳嘴里挂着泡面，笑眯眯："莞莞，这谈起恋爱，去傅小姐那上课都要花一整天了啊！"

姚曳从书里抬头，"喊"了一声："你懂什么，送上门的嫩豆腐，咱傅'大神'不吃白不吃啊。话说，莞莞，你们进展到哪步了？接吻了没？"

苏莞耳根子发热，一本正经："……我拒绝回答这个问题。"

姚曳甩了下笔，一目了然："接了，还不止一次。"

苏莞："……"

216寝室的打闹声渐渐收敛了些，苏莞进浴室洗漱，许丞阳清亮的嗓音从外面传进来："莞莞，昨晚在KTV是你买的单吗，多少钱呀？咱们平摊。"

苏莞闻言疑惑地皱了皱眉，拿毛巾随便擦了下脸，出了浴室反问："我没有买单啊……不是你买的吗？"

许丞阳茫然："……我不是被你们抬回来的吗？"

姚曳一语中的："会不会是'大神'买的？"

苏莞挑挑眉，不作声地爬上床给傅维珩发微信。

估计是晚饭吃得太多，姚曳的肚子隐隐作痛了整晚，最后憋不住冲进了厕所。许丞阳见苏莞一声不吭地上了床，突然就想起一件正事："莞莞，咱们还有元旦晚会呢，弦乐小夜曲啊！"

苏莞恍然，这才想起这件事，掀起床帘："你都联系好了吗？"

"隔壁班的桥子和阿敏都说没问题。"

苏莞有些为难："……我们团明年三月在延川剧院有个大型演出，最近都在忙着排练，我应该只有晚上和周末的时间跟你们练习。"

"嗨，我以为什么事呢。"许丞阳小手一挥，倒不在意，"你的技术我还不清楚？你就专心去团里排练，老莫这首曲子不难，咱们分谱都拉过，演出前几天临时合一合，晚会那天咱们照样惊艳全场！"

"好。"苏莞点点头，后又想起什么，说，"对了，三月份的演出，傅维珩也会上台。"

许丞阳刷手机的手一顿，仰头不可思议地看着苏莞："你说什么？"

苏莞直接说："傅维珩好像要复出了。"

从洗手间出来的姚曳恰好听到苏莞这句重点，惊愕不已："复出？"

"终于……终于……"许某人忽然一脚站到床梯上握住苏莞的手，声情并茂颤动着双唇，"三年啊！老夫足足等了三年，可算盼来了……什么都别说了，莞莞，不管怎样，哪怕是使些手段，也一定要给我们俩弄来两张头排座！"

姚曳嗒嗒嗒跑过来站上椅子，语重心长："最好是这样！人财两得，还赚了！"

苏莞："……"


送苏莞回宿舍后，傅维珩直接去了公司。距离演奏会还有三个多月，这段时间不只要忙着练琴，公司业务也不能落下。

看了几个小时文件，傅维珩觉得有些困倦，他抬手揉了揉眉心，闭目休息片刻后，起身去了茶水间。

他冲了杯咖啡回来，刚坐下椅子，桌面上的手机就来了消息。他拿起看一眼，瞅见屏幕上的名字后，嘴角不自觉地漾起一丝笑意。

Swan：维珩，明天周末，中午一起吃饭吧。

倦意一下子消去了大半，傅维珩抿着笑，敲了几个字过去："难得你主动约我。"

Swan：来而不往非礼也，你请我们唱歌，我请你吃饭。

傅维珩戳键盘的指尖顿住，脑袋里倏然闪过那晚江之炎离去的背影，片刻后回复："明天我要回公司加班，你在宿舍等我，午餐时间我去接你。"

那边很快回复："不用麻烦的，我明天早上要去趟书城，到时候我去公司找你就好。"过两秒又补充道，"在公司楼下等你。"

傅维珩失笑："好。"

Swan：那我休息了，晚安。

Neil：晚安。

夜幕沉沉，月光透过落地窗洒在地毯上，泛着微光。

翌日，苏莞睡到日上三竿，下床的时候才发现姚曳和许丞阳已经不在宿舍了，她翻了翻手机，宿舍微信群里有两条新消息。

姚曳："莞莞，我去图书馆啦。"

许丞阳："我去练琴啦，你记得去约会喔，别忘了我们的头排座。"

苏莞笑笑，按下锁屏准备去梳洗，屏幕又噌地闪了一下，是一条微信消息，来自许丞阳的私聊。

傅"大神"的腐竹小丞阳：莞莞，你快去看我早上发的朋友圈！

许丞阳向来随心所欲，朋友圈里自然也都是没个正经，不是在某某处撞见某某帅哥，就是在某某处戏弄了某某俊男。

苏莞习以为常，嘴里叼着牙刷，去刷朋友圈了，结果，她差点儿没把嘴里的牙刷给震掉。

傅"大神"的腐竹小丞阳：希望莞美人能够成功地向她男人诱惑到两张头排座，开心！

底下的评论如长龙：

老班长：天！我们管弦系花有男朋友了？

旺仔小菜头：只有我想知道她男朋友是谁吗！

是姚曳不是摇曳：我来迟了！希望管弦系花能妥妥地要到！

咩咩咩：我就弱弱地问一句，是顾铭吗？

傅"大神"的腐竹小丞阳回复咩咩咩：人家甩顾铭几百万条街去了！

……

最意外的是，在这些清一色评论里，苏莞居然看见了傅维珩的影子！

Neil：翘首以待。

噗——嘴里的漱口水喷洒而出，溅在梳妆镜上的水渍映花了镜中漂亮的脸蛋。苏莞耳尖发热，干脆眼不见为净，扣下手机继续刷牙洗脸。

她必须要和许丞阳来个会谈！

到书城后，苏莞大致在这些林林总总的书籍中浏览一番，最后一眼相中那本《西方美学史》，正准备伸手去取，却被一只素白细腻的手抢了先。

她下意识偏头看去，是位短发女孩，眉清目秀，白白净净，身上那件宽大的黑色羽绒服像小魔女的大斗篷，掩着她娇小的身躯。

女孩随手翻了翻手里的《西方美学史》，抬眸见苏莞目不转睛地盯着她，微怔了一下，似乎意识到什么，耳尖泛红，默默把书递到苏莞面前。

苏莞见她这副局促的神情倒是有些意外，微微一笑就把书推了回去：“你看吧。”

女孩瞬间眉欢眼笑地抱着书无声地朝她鞠了好几躬，最后坐到一旁看书去了。

苏莞重新挑了本新的，瞧着时间还充裕，又到里间的咖啡厅买了杯咖啡，打算在这里打发时间。

因为是周末，书城里的人比平时要多上一倍，咖啡厅里早已座无虚席，人多烦杂，她静不下心来看书。观望片刻，苏莞最后出了咖啡厅。刚坐上书架下的高腿椅，她就注意到对面有个戴着鸭舌帽行为鬼鬼祟祟的男人，苏莞警惕地多看两眼，果然，那鸭舌帽男人侧身挨着背对她的小姑娘，一只手已经探进了那姑娘放在一旁的背包里。

周围的人都是背对着背，没有丝毫意识到不对劲。苏莞心下一惊，脸上却是风平浪静，趁男人没有发现自己，她托起咖啡起身缓缓朝小姑娘的另一侧走了过去，佯装若无其事地轻喊道：“你在这儿呢？我找了你好久。”

那小偷被这清亮的嗓音吓得心惊肉跳，摸索着背包的手猛地缩回去，他压了压帽檐，随即面不改色地走到里间去了。

埋头在书里的人闻声抬起头来，那张素净熟悉的脸让苏莞意外一愣，是刚刚和她挑中同一本书的女孩。

温念也是怔了一下，一脸迷惑地挑眉看她。苏莞抬手指了指她的包，轻声提醒：“你的包，差点儿被偷了。”

温念震惊地睁大眼，慌张转身翻了翻包。

苏莞关心地问了一句：“没丢东西吧？”

她翻出一条灰色的方巾，见没弄丢，如释重负地松了口气，接着她又掏出手机，在键盘上敲敲打打了一会儿，递到苏莞面前。

苏莞不明就里地去看屏幕，只见上面打了一行字："姐姐，谢谢你。"

苏莞似有所觉般抬头，眼里显出几分诧异，见她抿着唇，指了指自己的嘴巴和喉咙，又摆了摆手，心里顿时感到酸涩和惋惜。

这个清秀乖巧、年纪看似尚小的女孩，不能开口说话。

温念又打了行字递过来："这个东西对我很重要，谢谢姐姐。"

苏莞挥手微微一笑："不用，应该的。"

她若有所思半响，递来新的话："姐姐，我请你吃蛋糕吧？"小姑娘倒是个乐天派，眉眼欢笑，似乎一点儿都没有被这无法说话的缺陷所影响。

苏莞看了眼腕表，离午饭没有多少时间了，便笑着委婉拒绝："我待会儿还有约，你不用客气。"

温念："那姐姐你留个电话吧，下次我再请你吃，我亲手做的。"

苏莞不自觉弯了弯唇："好。"

留了电话，温念又匆匆加了行字："对了姐姐，我叫温念。"

"我叫苏莞。"苏莞在手机上输入她的名字，而后端起咖啡准备离开，"我先走了，你接着看书。"

温念抿着笑，乖巧地点头挥手。

从书城搭乘地铁到Endless不过就两站的距离，苏莞捧着那杯由热至温的咖啡，就这么拿着一路出了地铁口，打算一点儿一点儿地把它喝完。

"抓小偷，抓小偷啊！"身后忽地传来一声喊叫。

苏莞一惊，下意识回头，同时心里惊讶，怎么前后不到一个小时就让她撞上了两个小偷。

只见那抹抱着赃物、戴着鸭舌帽的黑色身影正迅速地朝她这个方向跑来，后面还远远追着位岔了气的中年妇女。

苏莞站在原地，愣是觉得那顶鸭舌帽有些熟悉，眼见那小偷距她越来越近，苏莞没多思考，揭开手里那杯咖啡的盖子，猛地一把泼到了他脸上。

小偷被这突来的不明液体吓得一个趔趄，说时迟那时快，苏莞越步上前使个擒拿，反手就把人压制在地上，动作极其干脆利索。

路过的行人见这么勇猛的小姑娘都纷纷围了上来。附近的巡警匆匆赶到，苏莞主动起身站到一边让他们处理。巡警一边给小偷铐着手铐，一边对苏莞笑道："小姑娘身手不错啊，警校的？"

苏莞摇摇头："不是。"

其中一个年纪较大的巡警朝她竖了竖大拇指："够勇敢。"

那小偷心有不甘，被拉起来的时候瞪了苏莞一眼，目光凶狠。

苏莞瞧他一脸的咖啡渍，怔然，这不是刚刚要偷温念东西的小偷吗……

小偷这时也认出她来，愤愤地冲她骂了声："怎么又是你？我跟你有仇啊！你怎么老坏我好事？"

苏莞眉头微微一蹙，不紧不慢："没有。单纯看你不爽。"

周围路人散开，苏莞目送着警车远去，心有余悸地拍了拍胸脯，还未松口气，又感觉头顶一沉，阴影从后头笼罩下来，清冽熟悉的嗓音紧接着响起："想不到我的莞莞还有不为人知的一面。"

苏莞霍地转身。傅维珩站在她身后，小臂悠闲地搭在她头顶，一双眼幽深清透。一瞬间，苏莞只觉得脚下一软，直接瘫在了他怀里，惊魂未定："……吓死了。"

傅维珩眉梢一挑，唇角漾起一丝笑意，原来这看似勇猛的小绵羊还是会害怕的。他顺势搂住她身子，柔声问："有没有受伤？"

苏莞靠在他胸膛上摇了摇头，又抬眸看他："你看到了？"

傅维珩挑挑眉，表示默认。一出电梯他就见公司大门前围了一群人，第一反应就想着苏莞是否出事，谁知刚跑到门口就见他的小绵羊一个小擒拿就把人压制在地上动弹不得，后头的巡警也赶上来制住了人。见她平安无事，他倒也不急着过去，向公司的保安问了事情的大概，等人散后才走到她身边。

苏莞捶他一下，怒嗔："那你不过来！"

傅维珩瞧她圆睁的杏眼，轻吻了下她额头："我出来的时候，你已经把人打趴在地上了。"

"唔，可不是我打趴的……"苏莞侧身指了那一地斑驳的咖啡，"是它。"

傅维珩指腹摩挲着她泛红的脸颊，沉声说道："以后遇到这种情况你躲远点儿，万一有什么好歹怎么办？"

傅维珩没开车，拉着她走了两条街，又拐进了条老巷，最后进了家装修别致的小餐馆。略微残旧的古铜色牌匾上写着"素味"两个大字。苏莞仰脖看了眼匾额，便跟着傅维珩进去找了个较偏的位置落座。

由于过了饭点，餐馆里只坐着三三两两的几桌食客。苏莞扫了眼隔壁餐桌上的菜式，再看面前翻着菜单的男人，轻声问："吃素？"

傅维珩头也没抬，低低地"嗯"了一声。

苏莞眉目微动，食指轻叩着桌面不说话。

傅维珩从菜单里抬眸："不喜欢？"

"没有。"苏莞摇摇头，想起上次在Magic会所吃饭的事，然后云淡风轻地学着他之前的模样，说道，"我有钱。"苏莞眉梢轻挑，嘴角弯起得意的弧度。

傅维珩垂眸微笑，语气波澜不惊："既然如此，这个月的工资没收。"

苏莞："！"

傅维珩点了四道素菜，一味药膳汤，另外加了两小碟凉菜，苏莞见他对菜品熟悉就随口问了句："你经常来这里？"

傅维珩把菜单递给服务员，直言："之前跟维瑾来过。放心，除了她，我没和别的女人吃过饭。"

苏莞低头咕哝："……我没什么不放心的。"

他端起水壶往她水杯里添了些柠檬水，忽然问道："怎么会的擒拿？"

苏莞老实回答："以前表哥教的。"

苏莞的表哥秦俨从小就练习柔道，曾获得过"国家一级柔道运动员"的称号。苏莞高中那会儿，总是有一些女孩在晚自习放学期间无端遭到骚扰，家长们向学校反馈，校方也是极度重视地加强了校门口的安保工作。

听说这个事后，秦俨便强行拖着她和秦沐学了几手小擒拿，说是求人不如求己，万一有什么好歹总是用得上的。苏莞就跟着练了几次，不过后来为了保护拉琴的手，就荒废了，所以刚刚对小偷使她那半斤八两的擒拿手时也是颤颤巍巍的。

菜陆陆续续地被端了上来，傅维珩盛了两勺药膳汤到她碗里："多吃点儿。"

苏莞"哦"了一声，拾筷吃饭，好不容易一碗饭菜快见了底，傅维珩又往她碗里添菜，反复如此几次，苏莞实在是吃不下了，眼神哀怨："……傅维珩，你是在喂猪吗？"

"嗯，多吃点儿。"傅维珩抬起眼皮瞧她一眼，面不改色地往她碗里添了一些汤，别具深意地说，"吃饱了才有力气拿头排座。"

苏莞："……"她回去要把许丞阳的微信关小黑屋一周。

半小时过去，傅维珩拭手起身，拿过账单去了收银台。

苏莞忙起身追上去，抽过他手里的账单："说好了我请客。"

傅维珩不禁一笑，打趣问道："这是打算包养我？"

苏莞掏钱的动作没停，下意识点头，理直气壮地说："对，所以你就别克扣我的工资了，否则挨饿的可就不止我一个了。"

傅维珩："……"

出了餐厅，傅维珩低低笑出声，音色沉沉，如同大提琴醇厚动听。苏莞不理他，自顾自地走在前头。

傅维珩走上来揽住她，询问一声："要不要看我练琴？"

苏莞小鸡啄米般地点头，变脸快过翻书："要要要！"

傅维珩抬手揉了下她的肚子，开玩笑说："反正吃饱了撑着也没事干。"

苏莞："……"她算是发现了，他似乎总爱以逗她为乐！

回公司的路上，苏莞心里突然想，姚曳准备考研，每天都泡在图书馆好好学习；许丞阳要参加比赛，经常把自己关在琴房没日没夜练琴；傅维珩为了复出演出，更是练琴、工作两头忙。

这样算下来，好像只有她最不务正业，每天除了吃饭、睡觉，偶尔练练琴，就是在跟某人约会，这样颓靡的生活她是怎么过得如此安然自乐的？她默默转头看向身边英俊的男人，羞惭地抚了抚额头，嘀咕一声："蓝颜祸水。"

身边的祸水大概是没听到，默默牵着她进了公司。

周末，公司只有保安还在勤恳站岗，一顿饭的时间，门口的那摊咖啡已经被清理得干干净净，一切恢复如常。

电梯一直停靠在一楼，傅维珩拉着她先一步走进去按了楼层，苏莞脚下没注意，被自己绊了一下，下一秒就扑进了傅维珩怀里，后者因为这股冲劲没站稳，踉跄着直接倒在背后的反光镜上。

电梯门已经关上，缓缓上行。

苏莞一手撑着反光镜，一手因为摔倒而条件反射地揪着他的衬衫衣领，再一抬眸，冷不丁撞见傅维珩漆黑瞳仁中的自己，苏莞一时尴尬地咽了咽唾沫。

电梯内静默着，两人此起彼伏的心跳声清晰可闻。

傅维珩眸色渐深，目光落到她唇瓣上，嗓音沉哑："这是要开始拿头排座了？"

苏莞："……"把许丞阳微信号关进小黑屋，立刻！马上！

电梯"叮"的一声清脆响亮，抵达三十三楼。苏莞猛地回神，双颊泛红，恼羞成怒地站直身子推了推他。

傅维珩忍俊不禁，将齐衣襟走了出去。

第二次来他的办公室，除了角落里那盆万年青更茂盛了外，其他依旧是老样子。

傅维珩脱了大衣，迈步过来牵她往里面的房间走去。苏莞倒是没想到在这偌大的办公室里还嵌着一间小琴房，与外面简约素净的装修比起来，这间不足十五平方米的琴房算得上是五脏俱全了。门的右边摆放了一台黑棕色的立式钢琴，正前方是个面积较大的挂式书架，上面林林总总地摆满了乐谱和音乐书籍，书架的下方有个原木置物柜，柜上的琴架子放的是那把漂亮精致的橙黄色小提琴。

苏莞迈步到原木柜前，指了指那把小提琴，偏头轻声询问："维珩，我可以摸一摸它吗？"

傅维珩低沉的嗓音里带着笑意："当然。"

得到主人的首肯，苏莞这才小心翼翼地捧起琴欣赏。以前，她总想，同样是提琴，为什么大提和小提的体积会相差那么多，她很羡慕学小提琴的同学可以一手提着琴四处游荡，而她别说平时带它不便，甚至连搭乘飞机都要专门给她的大家伙买张机票。

不过，虽是这么想，她却从不后悔学习大提，因为那是父亲陪伴她成长的印记，她也一直希望今后可以成为像父亲那样优秀的大提琴手。

轻轻拨了两下那根细长的琴弦，苏莞抱着它眉欢眼笑地望着傅维珩，说道："你知道吗，那次在翁爷爷的店里我看到你的琴，心想这么漂亮艳丽的琴，它的主人也一定很贵气，结果下一刻，你就来了。"

他微微一笑："这把是斯特拉迪瓦里。"

"斯特拉迪瓦里？"苏莞一惊，温软的声音一下拔高了一个调，"真的吗？难怪声音这么好听。"说着她又忍不住摸了一下，然后把琴捧到他面前，"这么贵重的东西，你快收好。"

傅维珩没有接过来的打算，倒是往前一步，垂头抵着她前额："说我是祸水？嗯？"

苏莞握琴的手一顿："没……"

最后的尾音没入他的吻中。苏莞只觉得这一吻来势汹汹，胸腔里的空气仿佛被掏空一般，让她心慌意乱。手里的琴精贵，她不敢动弹，只能仰着脖子任他亲吻。

良久，他退开，气息有些不稳，声线沉沉："祸水就该有点儿祸水的样子。"

耍完无赖的傅维珩心情极度愉悦，准备拿起琴弓刷松香。

苏莞捧着琴递到他面前，没好气地瞪他："给你！"

傅维珩噙着笑接过琴，询问道："想听什么？"

苏莞思索片刻，说道："再拉一遍《天赐之声》，可以吗？"

傅维珩挑挑眉，二话不说举起琴开始拉奏。同样的一段旋律，小提琴的高亢像是浅浅轻抚，牵动人心。

苏莞曾觉得，一曲天籁之乐，它给人的感觉应该是轻柔的、抚慰的，还可夹带一些喜悦。而傅维珩的演奏，除了轻柔和安抚外，更有种身临其境般的感觉，仿佛一刹进入了世外桃源，一切纷扰消散，心无旁骛。最后的一个尾音在房间中回荡，苏莞久久才回过神，她盯着傅维珩英俊明朗的侧脸，情难自禁："傅维珩，我好像越来越喜欢你了。"

傅维珩浅笑，骄傲的同时又有些小不情愿："只因为我拉了《天赐之声》？"

苏莞哪里听不出他语气里的酸意，笑道："就算如此，也因为是你。"

傅维珩被成功地取悦到了，兴致大起："你喜欢，我就再拉一首。"

一个下午的时间过去了大半，苏莞一直就坐在他身边静心凝听着，随着最后一首《故地回忆》结束，她为他鼓掌，赞不绝口："维珩，你太厉害了。"

"事在人为。"他信心十足，"莞莞，只要我想做的，没有什么做不到。"

苏莞恍然想起之前傅维瑾提过关于他的过去，忍不住想要逗逗他："是因为你老师的一句'想要在音乐方面有什么好的成绩应该是不可能的'？"

傅维珩擦拭琴的手指一顿，失了声笑："维瑾跟你说的？"

苏莞含糊回道："是我无意听到的。"

他把琴收进琴盒里，解释说："一开始确实是，后来……"

苏莞挑挑眉，想等他继续说，他却忽然打住，眉梢轻挑，笑得意味不明："想知道？"

她点点头。

傅维珩缓缓弯下身，指了指自己的脸颊："亲我一下，就告诉你。"

苏莞不忸怩，大方凑上前亲了一下。

"因为喜欢。"他娓娓道来，"老师的那句话，我确实记了很久，那时候每天强迫自己练琴，虽然进步很快，但我感觉不到开心。五岁那年，我遇到了一个人，他用我的琴拉奏了《天赐之声》，那是我第一次听到那首曲子，很舒服很安逸。他告诉我，音乐是这个世界上最美妙的存在，不要因为一时的好胜而扭曲了它，要因为喜欢去创造它，你的内心才会宽敞明亮。"

"所以后来，你就从心底接受了小提琴？"这个原因倒是苏莞没有想到的，难怪他对这首曲子的执念这么深。

这样说来，他们俩还真是有些相像。她曾经也是因为父亲的《天赐之声》开始接触音乐。

"嗯。"他说，"真正喜欢上小提琴后，它总是给我一些出乎意料的惊喜。"


苏莞和许丞阳约好晚上去系里的琴房练习元旦晚会的曲子，因此跟傅维珩简单地解决晚餐后，她就匆匆回校了。

回宿舍拿了琴再到琴房，许丞阳和桥子已经在了，阿敏因为去琴行陪练，这会儿还在回来的路上。

桥子同许丞阳一样，都是小提琴专业，阿敏是中提，音乐系的元旦晚会，人人都要上台演出，所以能在稀少的中提琴专业里挖到阿敏这个中提手，许丞阳是下了不少功夫的。

苏莞推开门进去的时候，许丞阳正在没个正经地搞怪，桥子被逗得笑个不停，余光一瞥苏莞看向许丞阳的幽怨眼神，一下憋住了笑。

许丞阳不自觉打了个寒噤："我怎么感觉背后凉凉的……"说着回头一看，咋呼一声，"莞莞！你走路没声的吗？吓死我了！"

苏莞瞪她一眼，一声不吭地走到一边，开琴盒取琴。

许丞阳见她这副样子，忐忑地过去戳了戳她，娇声娇气："怎么了莞莞，是'大神'给你的爱不够吗？"

提到傅维珩……苏莞咬牙切齿："我想攮死你。"

桥子笑个不停，走到苏莞面前一揽她肩膀："莞莞，我也想攮死她很久了！"

许丞阳跃到苏莞面前，一闭眼，视死如归般："那你攮死我吧，能被你攮死是我的荣幸。"

苏莞、桥子："……"

桥子觉得，放眼延大，她再也找不到第二个像许丞阳这样的人了。

回宿舍的时候已经很晚了，姚曳也是刚回寝室不久，正在浴室里洗澡。苏莞困倦地掏出手机看了看，两条微信消息和一条新增好友提示。

消息来自傅维珩，一条是问她练习是否结束了，一条是告诉她明早来接她一起吃早饭。苏莞回复过，点开那条好友提示，微信名是江，没有头像，像个僵尸号。

这时姚曳从浴室出来，苏莞着急去厕所，便把手机往边上一放，匆匆进去。

第二天清早，苏莞睡得迷迷糊糊，只觉得肚子隐隐作痛，就去了趟厕所。果然，她的例假来了。时间尚早，她又觉得疲倦，于是遁回床上继续睡了。

再醒来天已经大亮，许丞阳和姚曳都收拾好准备出门了，苏莞揉了揉阵阵作痛的肚子，爬下床，身体像是沾了水的细沙，沉甸甸地提不起劲。

姚曳见她神色恹恹，关心地询问："怎么了莞莞？"

苏莞声若游丝："大……姨……妈。"

姚曳递给她一杯热水："大姨妈第一天生不如死，莞莞你别去上班了，请个假吧。"

"是啊，莞莞，'大神'是自己人，你跟他说说，你不好意思我帮你说也行。"说着，许丞阳掏手机准备给傅维珩发微信，苏莞抬手赶紧拦下："不用，我喝点儿红糖水就好，他刚说过这段时间很重要，我这样请假不太好。"

许丞阳也不多说，默默把手机收回兜里。

"你们快走吧，我没事，傅维珩会来接我。"苏莞直起身，故作无恙地朝她们眨眨眼，进浴室梳洗了。

两人听到傅维珩会来接她，安了些心，背包出门了。

苏莞背着琴到楼下的时候，傅维珩已经在等了，他坐在车里，车窗半落下，精致分明的轮廓半隐半现。

像是有心灵感应，傅维珩这时也抬眼瞧见了她。他从车上下来，大步走到她面前，接过她肩上的琴，目光在她憔悴苍白的脸上停留须臾，忧心地蹙了下眉："上车。"

走到车门前，苏莞腹部又猛地涌起一阵痛感，犹如千针扎一般钻疼，她难耐地捂了下肚子，弯身钻进了副驾驶座。

傅维珩往后座放了琴，再坐进来后，倒不急着发动车子，而是探过身子来替她系上了安全带，见他似是察觉到什么，苏莞问："你怎么……"

他知道她要问什么，于是直截了当地说："刚刚遇到了你室友。"

苏莞微愣，想来是许丞阳告诉他她来例假的事了。想到这里，她觉得有点儿害臊，侧过脸看向窗外。

傅维珩踩下油门，轻声说道："先睡会儿。"

苏莞极度不适，轻轻点了点头，脑袋一歪没一会儿就睡了过去。

这一觉睡得极为沉稳，一路上一颠一颠的，也没吵醒她。睡梦中苏莞记起自己要在公司附近下车，强迫自己睁开眼，结果却发现，她已经不在车上，这会儿正被傅维珩横抱在怀里，他身后还背着她的琴。苏莞觑眼四下观望了一下，瞬间就清醒了，他们在电梯里！难道，他一路抱着自己从门口进了电梯？

"这是哪里？"苏莞低呼，扭了扭身子想从他怀里下来。

"别动。"傅维珩加重力道阻止她，"我住的公寓。"

苏莞还来不及震惊，电梯"叮"的一声已经到达了，接着她就眼睁睁看傅维珩抱着自己出电梯，开门进了公寓。

见他一路径直进了卧室，苏莞开始有些心慌，颤巍巍地说道："你……你要干嘛呢……"

傅维珩面无表情睨了她一眼，沉声道："你脑子里在想些什么？"话落，他将她稳稳地放在了床上，替她掩上被子。

苏莞耳尖一热，抓过被子遮住半边脸，只露着眼睛，羞臊不已。

傅维珩失笑，倾身吻了吻她的额头，柔声说道："睡吧。"他又把被子给她掩得实实的，"今天团里放假，不练习了。"

苏莞心下一愣："那你呢？"

"我就在外面，不走。"

苏莞安下心来，又沉沉地睡过去了。

这一觉似乎睡了很久，苏莞是被渴醒的，睡眼惺忪地看着这一室生疏，她才忆起自己在傅维珩家里，透过遮阳帘钻进来的微光，能看到现在还是白天。

腹部的痛感缓和了许多，苏莞四下观望了一番。

房间色调只有黑白灰，装饰摆设也都是高雅素净，颇有他自己的风格。她拉高被子嗅了嗅，是他清冽好闻的气息。没由来地有几分激动，苏莞揪着被子一反常态地在床上滚了几滚，然后把脸深埋进枕头中轻笑出了声。

她居然睡在傅维珩的床上！她睡了傅维珩的床！

她觉得自己像个花痴。

床头柜上的手机响了几声，苏莞拿过来一瞧，全是来自班级微信群的消息。要是放在平常，苏莞不会去在意这些，但此刻她心情大好，就点开微信一条一条地翻阅过去。

帕格娜娜：元旦晚会真能摧残人，为了准备节目，我快两天没合眼了。

阿敏：谁让你个吹管的还去了话剧社，你是嫌时间太多？

帕格娜娜：我哪知道社长居然会让我来编排剧本，还非要个清纯爱情剧，这让我一个没谈过恋爱的情何以堪？还有，我吹的那东西学名叫长笛。

老班长：娜娜，知足吧，看你是音乐系的才只让你写剧本，起码写完剧本你就功成身退了。

帕格娜娜：关键是我实在编不下去了啊！

傅"大神"的腐竹小丞阳：没吃过猪肉还没见过猪跑？来，阳哥哥帮你。

帕格娜娜：社长说要写几句含蓄又露骨的表白词。

是姚曳不是摇曳：……

旺仔小菜头：穿过了你的黑发我的手？

傅"大神"的腐竹小丞阳：爱上了你的人我的心。

是姚曳不是摇曳：想撞死你的胸膛我的刀。

Swan：睡过了你的床我的人？

傅"大神"的腐竹小丞阳：！

是姚曳不是摇曳：！

旺仔小菜头：我有没有看错？刚刚那个是苏莞？

门德尔紧：一言不合就……高岭之花居然也这么浪漫不羁？

……

群里弹出一条又一条消息，苏莞是没有看到的，因为在她发完那句话后，傅维珩就推门进来了，吓得苏莞手一抖扔了手机立马翻身坐起。

傅维珩走到床边，抚平她翘起的头发，语气温柔："肚子还疼吗？"

苏莞摇摇头，问："几点了？"

"中午了。"他沿着床边坐下，"起来吃饭。"

原本傅维珩是打算让她吃了早饭再睡的，可后来看她疼得那么厉害，他就不忍心再叫她起床。早上安顿好苏莞后，他就打了通电话让张霖通知团里的人今天休假一天，顺便让张霖把公司里的文件送到公寓来。

苏莞冲了把脸，跟着他去客厅。傅维珩开了电视，嘱咐她先坐这儿，自己又默默地进了厨房。

大约过了五分钟，傅维珩从厨房里出来，手里多了杯热乎乎的东西。苏莞盯着电视在放空，半天没有回过神。

傅维珩在她身边坐下，把东西递到她面前："把这个喝了。"

苏莞缓过神，接过他手里的杯子闻了闻："红枣茶？"

他点点头："先把它喝了，我叫了外卖，应该一会儿就到。"

苏莞抿了一口，温度刚好，红糖的甜度也适中，她笑问："你煮的吗？"

傅维珩淡淡地"嗯"了一声："煮得不好，你将就着喝。"

她仰头又饮一大口："挺好的。"一杯饮尽，苏莞擦干净嘴角，正欲把马克杯放到茶几上，傅维珩却先一步抽了去，搁置一旁，接着，凑过来吻她。

接吻这种事情，吻多了也就习惯了。几次下来，苏莞不会再像之前那样动不动就面红耳赤，这会儿反而还浅浅回应他这个吻。

敲门声就在这时响起。

苏莞吓了一跳，红着脸，脑袋一偏阻止他继续："你……你起来。"

傅维珩意犹未尽地替她捋好衣领，起身平息了下呼吸，准备去开门。

苏莞满脸通红地启齿道："那个……我去吧……"

傅维珩耳尖一热，红着脸淡淡应道："嗯。"


一餐饭结束，出于礼貌和教养，苏莞起身收拾碗筷，傅维珩却是一手揽下："去休息，我来。"

苏莞不多坚持，放下碗筷跑去客厅待着了。早上睡了大半天，加上那杯红枣茶，她的精神恢复了许多，肚子也没有那么疼了，下午半天的时间她就不想再荒废。

等傅维珩洗完碗从厨房里出来，她凑上前目光清亮地盯着他说道："维珩，我肚子已经不疼了，下午你送我回学校练琴好吗？"

傅维珩挑了挑眉梢，应她："睡了我的床就想走人？"

苏莞："……"

傅维珩拉她去了书房隔壁的琴房："我这里也可以练。"

苏莞眼前一亮，心情愉快地吻了下他的脸颊，笑道："维珩，你真好。"

傅维珩被她瞬间变脸的模样给逗笑，返回客厅替她拿来了琴，说："你好好练，我就在隔壁，有事叫我。"

"会吵到你吗？"苏莞困惑地瞧了瞧和琴房只有一墙之隔的书房。

"不会。"他走进去替她取出琴和乐谱，"琴房的隔音是我专门找人设计过的。"

苏莞心安了："好！那你好好工作。"

一直到吃过晚饭后，苏莞才回学校。

送了苏莞再回公寓，已经八点多，傅维珩有些困倦，冲了澡，掀开被子坐上床，无意间发现枕头底下躺着部手机，银灰色的外壳，自然不是他的。

他拿起手机，顺手按了下Home键，屏幕一闪，界面上占满了提示消息。他没打算窥视苏莞的手机内容，只是……顶端那两条来自陌生人的未接来电，引起了他的注意。

这个电话号码，有几分熟悉。为了确认，他捞过自己的黑色手机，翻出"联系人"一栏的某个号码，和苏莞手机里的对比过是一样的后，用自己手机拨了出去。

没多久，电话被接通，那头传来一阵慵懒的嗓音："维珩？"

傅维珩幽深的眸子陡然沉了下来："我们聊聊，之炎。"

挂下电话，傅维珩重新换上大衣，将苏莞的手机往大衣兜里一揣，神色冷峻地出了门。

地点约在Magic的包间，傅维珩推门进去时，江之炎已经在了，这会儿靠在沙发上，端着杯红酒，悠然自在。

傅维珩大步迈到他面前，从钱夹里掏出一张银行卡扔到他面前的桌子上，"啪"一声响，利落清脆。强势又沉冷的态度，颇有几分宣示主权的意思。

江之炎把烟咬在嘴里，笑了："傅总这是在向我炫耀你财大气粗？"

傅维珩神色冷然："我的女朋友，不需要花别人的钱。"

江之炎觑起眸，一吐白烟："怎么，怕我抢了你女友？"

"你还没那本事。"傅维珩神色不变地睨他一眼，提醒说，"之炎，别忘了你这次回国的目的。"

"呵……"江之炎嘴角挑起一抹嘲弄的笑，似自言自语般轻声说，"能忘吗？"

傅维珩没再搭理，转身准备离开。

江之炎却忽地站起身，正色缓缓说道："苏莞，她是我姑姑的女儿，是我之前跟你提过的……表妹。"

偌大的包间里，一时间如同死灰般沉寂，只有一阵来电震动声在傅维珩的衣兜里响了许久。

他恍然回神，从大衣口袋里掏出手机，屏幕上的来电显示是陌生号码，他滑动接起："喂。"

"维珩，是我，我吵到你了吗？"

温软熟悉的嗓音从电话那头传来，傅维珩一瞥坐回沙发上的江之炎，转身走到窗边，语气变得格外温柔："怎么会？"他顺势看了眼腕表，快要十二点了，"还没睡？"

苏莞："那个……我的手机，好像落在你床上了……"

话音刚落，傅维珩还来不及接腔，那头便传来一阵稀稀朗朗的坏笑声。

傅维珩哑然失笑，望着窗外的夜景，温声说道："嗯，我看到了，明天早上给你带去。"

苏莞："好，那你早点儿休息，晚安。"

傅维珩却没有打算挂电话："不打算给个晚安吻吗？"

苏莞脸一红："……这是许丞阳的手机。"

他笑了笑说："去睡吧。"挂下电话，傅维珩又恢复一脸的冷峻，回身往沙发走去。

江之炎抿了口红酒："维珩，你变了很多。"

傅维珩不作声，伸手拿过那瓶昂贵的红酒，给自己倒了一杯。

江之炎打趣说："你以前可不会笑得像个痴汉。"

话没说完，傅维珩一个凌厉的眼风就扫了过来。

江之炎沉吟半会儿，缓声说："维珩，和她好好在一起。"

"这种事不需要你来说。"傅维珩一口饮完手里的那杯，睨了他一眼，轻哂，"之炎，你自己做的孽，可别指望我来替你偿还。"

# 第八章　流言蜚语

翌日，苏莞起了个大早，到宿舍楼下的时候，傅维珩还没有来，她看了眼时间，又一望尚为冷清的车道，背着琴就匆匆往宿舍楼后面的便利商店跑去。

等苏莞买完早餐再回来时，傅维珩已经站在车前等着了，手里把玩的银灰色东西，正是她的手机，于是苏莞提着两份早餐开始加快脚步。

傅维珩这时抬眸，见她穿着件藕粉色的呢大衣，里头只着圆领毛衣，雪白的颈项暴露在这寒冷的空气中，不禁眉心一蹙。他将手机放回兜里，从车内取出一条深灰色的羊绒围巾，大步朝她迈去。

苏莞见他走来，不自觉放慢了脚步。他腿长步子大，很快就站在她面前，把手里的围巾往她脖子上绕了个严实，语气微凝："怎么也不带条围巾？"

苏莞下巴轻抬，把围巾往下压了压，笑笑说："出门的时候太急，忘了。"

"以后这些事我来就好。"他顺手接过她手里的早餐，牵起她的手往轿车走去，"天冷，你在宿舍乖乖等着我。"

苏莞不免动容，抬手挽过他的手臂："平时工作、练琴你已经很忙了，这些都只是小事，不能总是让你来。"她抬头又笑吟吟地看他，"放心，以后我一定记得带条围巾！"

到了公司，时间尚早，傅维珩就带着她直接上了三十三楼办公室。吃了早饭从楼上下来，正好接近上班的时间点，所有人都是从一楼上到十七楼，唯有她是从三十三楼下来的。

当她从电梯里出来的时候，正好撞见从旁边电梯里出来的温禾。看着电梯显示器上的楼层数字，温禾一愣，有些困惑："莞莞？你什么时候来的，刚刚在楼下等电梯怎么没看到你？"

"……我刚刚发呆，电梯按错层坐过头了。"苏莞从容不迫。

温禾不疑有他："哦。"

练习室里大部分的人都来齐了，温禾坐下后，突然说道："莞莞，你昨天迟到了吧？"

"……迟到？"苏莞怔了片刻，昨天不是休假吗？

"是啊。"温禾说，"昨天都已经到点了，张秘书突然来说休假一天。"

苏莞忽地想起昨天早上入睡之前傅维珩说的放假一天，心下一愣，原来是专门为了自己啊……

温禾继续说："我本来想等你来了再走的，结果等了十多分钟你都没来，想着你是睡迟了就给你发了微信，你没收到吗？"

苏莞回忆了一阵，模模糊糊地记起好像是收到过这么一条微信，不过她还没来得及点进去回复，就被群里的消息给顶掉了。

于是苏莞惭愧地看着温禾说："我看到了……不过我忘了回……"

"没关系，我懂！"温禾浑不在意地挥挥手，目光转到她脖子上的围巾，笑得意味深长，"莞莞，这条围巾不是你的吧？男朋友的？"

苏莞摸了下围巾这才想起来忘了把它还给傅维珩，有些心虚，含糊不清地"唔"了一声。

温禾暧昧地挑了挑眉："可以啊莞莞，这可是今年的男士新款，看来是个大财主，恭喜恭喜！"

苏莞莞尔，她看得出来这条围巾价格昂贵，毕竟傅维珩总是一身名贵的着装，何况是条小小的围巾。虽然如此，苏莞却从不觉得自己和傅维珩是两个世界的人，他家世富贵也好清贫也罢，她不在乎。

傅维珩那么高高在上的人，却总是能处处顾及她的感受，默默为她付出，给她足够的安全感，苏莞觉得，这样就够了。她爱傅维珩从来不是因为他是谁，而是因为在他面前她可以是谁，所以，为了傅维珩，她也可以付出同样的努力。

时间一晃，转眼就到了深冬。

周六去傅宅授课，苏莞正准备背上琴出门，傅维珩的电话就来了，她匆匆背好琴接起："维珩，你已经到了吗？"

"莞莞，今天不用带琴。"那头的声音有些沙哑，闷闷的带着鼻音，"你直接下楼，维瑾应该快到了。"

苏莞一愣，语气里难掩担忧："你怎么了？"

他轻笑一声，沉闷地咳嗽了几声："有点儿小感冒，维瑾怕我受凉加重，就替我去接你了。"

苏莞鼻子一酸，脑子蒙糊糊地说不出话来，他总是这样，就连生病了也还想着她。

"莞莞？"见她没应声，他开口叫她，结果忍不住又咳起来。

苏莞被他的咳嗽声唤回神，闷沉沉地应道："维珩，我可以自己去的……"

"我不放心。"他轻声打断。

苏莞的手指缠着琴套背带："嗯，那我现在下楼。"

"不用带琴。"他又哑声嘱咐了一遍。

"好。"苏莞没有多问，依言照做。

放好琴，她匆匆出门下楼。

傅维瑾已经等着了，那辆宝蓝色的轿车在这人来人往的校园里极为醒目。苏莞四下张望了一圈，好像有点儿引人注目……车里的傅维瑾这时正好瞧见她，落下车窗朝她挥手："莞莞，过来。"

苏莞大步跑过去，伸手拉开车门迅速钻了进去。

她顺手系上安全带："傅小姐，让你久等了。"

傅维瑾嫣然一笑，一双眼深邃又漂亮，噙着笑："还跟我客气呢，莞莞？"

她前段时间和叶胤桓去欧洲出了趟差，直到前几天才回来。关于苏莞和傅维珩交往的事也是昨天才从自家女儿口中得知。她心里自然是高兴的，瞧着傅维珩今天身体不舒服，二话不说就拿了钥匙来接苏莞去上课。

苏莞明白她什么意思，羞赧地垂下了头。

傅维瑾踏下油门："吃过饭了吗？"

苏莞点点头，后又想到什么，忙问："维珩感冒好点儿了吗？要不要给他买点儿药？"

傅维瑾笑了："放心，医生来家里看过了，我看着他吃了药才出门的。"

宿舍楼下，顾铭看着那辆绝尘远去的车，内心顿时如晴天霹雳般沉痛、错愕。

前段时间，他从苏莞同学的口中无意得知苏莞有了男朋友，他难以置信，因为这几年他一直在苏莞身边，从未看过她与哪个男孩子亲近，更别说突然间就有了男朋友，内心经过几番挣扎，他决定来找苏莞询问清楚，不论结果如何，至少他能求个心安。

却不想刚走到宿舍楼下，就见苏莞匆忙而去的身影，他注意到不远处的豪车，心存不安。果然，她在车前驻步，拉开车门倾身钻了进去。驾驶座的车窗被关上，他还未来得及走近，那辆宝蓝色的车就在这校园车道里扬长而去。

一瞬间，脑子里突然涌上的想法令他心灰意冷，难道她总拒他于千里之外，就是为了找到更大的财主？


到傅宅的时候，傅维珩正在客厅陪叶帆画画。他坐在沙发上，长腿屈着，臂肘搭在膝盖上，匀称微躬的背脊在铁灰色的羊绒衫下若隐若现。

苏莞站在玄关处，只听他嗓音一沉，又低低地咳嗽起来。她忙脱下鞋子，拖鞋也顾不上穿，匆匆跑到他面前。

傅维珩掩唇咳嗽着，抬眸见苏莞不知何时站到身前，脚上还没穿拖鞋，正准备说话，却先被涌上来的一口气呛到，咳得更猛了些。

苏莞慌起来，抬手轻拍着他后背给他顺顺气，另一手端了茶几上的温水递到他唇边。

饮完那一大杯温水，傅维珩总算是缓和了些，目光落到她没穿拖鞋的脚上，眉心皱紧："怎么又没穿拖鞋？"说着就脱下自己脚上的棉拖打算让她穿上。

苏莞见状，早他一步转身跑回玄关，嘴里碎碎念着："我去穿我去穿我去穿，你坐着你坐着你坐着……"

叶帆听了不禁咯咯笑："小舅妈你是在念经吗？"

停好车进来的傅维瑾恰好听到叶帆的话，接腔问了句："念什么经？"

"妈妈！"小姑娘立马眉欢眼笑，嗒嗒嗒地迈着小短腿扑到母亲怀里撒娇。

傅维珩也起身走过来，拉着苏莞："去琴房。"

进了琴房，傅维珩径直走到书柜旁，提着个大家伙放到苏莞面前。

苏莞看着这突然出现的大提琴盒，愣了一下："这……"

"打开试试琴。"他拍拍琴盒，将它放倒。

苏莞打开琴盒，轻拨四根琴弦，醇厚的琴音随即荡开来，这是把新琴。她抚了抚琴身，做工十分精细，琴体的颜色是偏向棕红色的。她拿起琴握住琴弓，就那样站立着随手拉了段音阶，音色十分清澈，琴码的高度刚刚好，按弦时并不会很费劲。按照苏莞以往挑琴的经验，她知道，这把琴不便宜。

除了叶帆外，傅家没有其他人会大提琴，叶帆年纪尚小，用的琴是小尺寸的，那这把琴……她似有所觉，抬头看他："这……"

傅维珩猜到她要问的话，没等她开口就抢先说："琴太沉，你背来背去太累，这把琴给你上课用。"

苏莞眉目舒展，松了口气，放下琴，伸手抱住他，低声说道："维珩，你真好。"这句话，她似乎说过太多太多遍，但除了这一句"你真好"她真的不知道还能再说些什么了。

傅维珩顺势揽她入怀，嗓音沉闷地提醒："我感冒了。"

"没事。"苏莞浑不在意，作势要亲他，门外忽地传来两声轻咳。

傅维瑾一手抱着叶帆，一手捂着叶帆的眼睛，拿腔捏调地说："少儿不宜，帆帆不能看。"

苏莞吓得从他怀里蹦出来，离开老远。

傅维珩有几分不悦，没好语气："傅维瑾，你很闲吗？"

傅维瑾理直气壮地反驳："哎哎哎，讲点儿道理，傅总，莞莞今天可是来给我家帆帆上课的。"

叶帆一本正经地板起脸来，音色软糯地学着母亲的腔调说："是啊，小舅你要讲点儿道理，小舅妈是来给我上课的。"

傅维珩、苏莞："……"

傅维珩万般无奈，拖着傅维瑾出了琴房。

虽说是把新琴，苏莞上手却极快，一堂课下来，把位和音准都被她摸索得一清二楚，没有丝毫的不习惯。结束后，她把琴收好放回原处，牵着叶帆去了客厅。

傅维珩不在，只傅维瑾独自一人在客厅里插花，听到脚步声，她手里的动作没有停，转过头来看了一眼："莞莞下课啦？他在楼上呢，应该是睡了，你上去看看。"

苏莞顺着那铁艺楼梯向上看去，踌躇了一会儿，强调："那我上去看看就下来。"

傅维瑾笑着把叶帆牵过来，催促苏莞："去去去。"

苏莞迈步拾级而上，上回在这儿住过，她知道他在哪间房。等她站到他房间门口时，心跳开始不自觉地加速，莫名紧张，明明都睡过他公寓的床了……

她轻轻敲了敲门，等了会儿，里面没有回应。她小心翼翼地拧开门锁，一鼓作气迈进去，再迅速转身关上门，平息了下呼吸才慢慢回身。

傅维珩就躺在那张大床上，微微侧着身，棉被掩到肩膀，似乎睡得很熟。她蹑手蹑脚地走到床边，蹲下身，看着他的脸。

清俊的面容因为生病显得有些憔悴，这么近的距离，可以清楚看到他深邃的眼窝和浓密纤长的睫毛。如此安逸沉稳的睡颜，与他平时那副生人勿近、清冷孤傲的样子简直是大相径庭。

鬼使神差地，苏莞伸手上去摸了下他的脸，皮肤可真好。顺着轮廓的线条，往下抚向他略微干燥的嘴唇，苏莞脑海里蹦出个想法，不自觉滚了两下喉咙。

亲一下，就亲一下。

她缓缓直起身，屏息凝气地靠近他，轻轻覆上，停留了片刻。

温凉又干燥的触感。

然而，当她正准备离开时，本在熟睡的傅维珩却突然睁眼，吓得苏莞整个人抖了一下，下意识就要站起身。

傅维珩眼疾手快，抢先一步抓住她的手往怀里一扯，迫使她倒在自己身上，抬头重新吻了上去。

偷亲被抓个正着，苏莞羞得无处遁形，在他怀里挣扎了两下想起身，傅维珩长腿一勾，将她整个人揽进被窝里抱了个满怀。

"还学会偷袭了？"他喑哑的嗓音有些不稳。

苏莞感受到他灼热的体温，提醒他："你在发烧。"

"不碍事。"他亲了亲她额头，低哑的音色带着恳求的意味，"莞莞，晚上留下来好不好？"

苏莞顿时觉得自己的脸比他身上都要烫，想了一会儿，她答："好。"

傅维珩怔然，对于她的干脆有些意外。

"不过，你得先吃药，你发烧了。"温软的嗓音从他胸前闷闷地传上来，傅维珩心情愉悦，自是什么都答应："好，听你的。"

看着傅维珩把药吃完后，也差不多到了饭点，傅维瑾送了粥上来。吃过晚饭，苏莞送了碗筷到楼下后，又回房间给傅维珩测了下体温。虽然没有刚刚烧得那么厉害，但还是有点儿低烧。苏莞皱皱眉，拉上被子把他裹得严严实实："你不要出来，就这样捂着，出点儿汗就好了。"

傅维珩眼眸幽深，沉沉说道："莞莞，要出汗还有另一种方法。"

张了张口，苏莞还没来得及询问是什么，傅维珩就一把拉过她，抱在怀里："躺下来，一起睡。"

苏莞："……"

陪他躺了一阵，苏莞起床去洗了个澡。出来后，给宿舍微信群里发了条消息："我晚上不回去了，维珩生病了。"

许丞阳秒回。

傅"大神"的腐竹小丞阳："大神"生病了？

Swan：嗯，发烧了。

是姚曳不是摇曳：现在怎么样？

Swan：还有点儿低烧。

傅"大神"的腐竹小丞阳：既然如此，苏美人，朕允许你夜不归寝，你必须把"大神"给朕照顾好了，别辜负朕的一番美意。

是姚曳不是摇曳：苏美人，辛苦了。

苏莞心有不甘："你们怎么就不担心我？"

是姚曳不是摇曳：担心什么，你又不会把"大神"吃了。

傅"大神"的腐竹小丞阳：要吃也是他吃你，再说，就算你被他吃了，那么极品的男人，不吃白不吃啊，莞莞！

Swan：……

到了睡觉时间，傅维珩的烧退得差不多了，苏莞放下心来准备回客房睡觉，然而病好了的傅维珩可没打算就此罢休，一把将她拉回被窝里，揽得紧紧的，无赖地说道："我睡不着，你陪我说说话。"

苏莞有些困倦，靠在他怀里，温暖又踏实，她更抵不住睡意了，眼皮沉沉的就要塌下来，喃喃说道："嗯，你说……"

傅维珩沉默了许久，缓缓说道："莞莞。"

她含糊不清地应道："嗯……"

他说："我爱你。"

冬日的晨光总是很晚才破晓，苏莞这一夜睡得极为安稳，被窝里一直是暖烘烘的，就连枕头也比平常更舒适。

动了动身子，苏莞想翻个身，却意外被挡住了，她不快地皱起眉，眼睛还闭着，下意识伸手摸了前面的障碍物，有点儿弹性，温温热热的手感也不错。

她忍不住多掐了一下才缓缓睁开眼，入目是陌生的环境，脑袋蒙了下，接着顺着手中的温度偏头看去。

一张近在咫尺的英俊睡脸！

苏莞手霍地往回一缩，连忙掀开被子往里瞧了瞧，见衣服还在，她松了口气，嘴里碎碎念："还好还好，衣服在，衣服还在……"

傅维珩出了一身汗，使得他烧退了，感冒也全都好了。

见他无恙，苏莞吃过早饭，就打算回校，傅维珩却不想这么早就放她离开，问："今天周末，我们不去约会吗？"

苏莞犹豫了会儿，一瞥手机上日期，扯谎说："我今天约了许丞阳她们练习，你知道，马上就要举行元旦晚会了……"

傅维珩无可奈何，叹声气："那走吧，我送你。"

苏莞愧疚地扯了下他衣袖："对不起。"

傅维珩失笑说："没关系，来日方长。"


苏莞带着早餐回到宿舍时，她们俩已经起床了，一袋早餐才放下桌，就被她俩扫荡个彻底。

许丞阳极度满足："'大神'病好了吗，莞莞？"

苏莞："嗯，好了。"

"昨晚就没有什么实质性的进展？"姚曳坐在椅子上脚下一蹬，连人带椅顺着滚轮滑到苏莞身边，笑得意味深长。

苏莞顿了一秒："没有。"

许丞阳和姚曳两人，俨然一副我信你我就是狗的表情。

苏莞无视，从柜子里取出一套衣服，破天荒地开口询问："你们有时间吗？要不要去商场逛逛？"

许丞阳："我没听错？你叫我们去商场？"

姚曳："你不是最懒得逛街的吗？"

苏莞套上一件高领毛衣："今天不懒了。"

闻言，许丞阳和姚曳两人二话不说换上衣服，拖起苏莞风风火火地去了商城。

已是年底，元旦将至，商场里节日氛围极为浓郁，随处可见精美的装饰。

许丞阳和姚曳立在专卖店门前，抬眼一望门面上的标志，见苏莞径直奔向男士袖扣专柜，先是一脸惊讶，继而恍然大悟。

"莞莞！说是找我们来逛商场，原来是醉翁之意不在酒！"姚曳冲过去揽住她脖子，眉梢高挑，"给'大神'挑礼物来的？"

苏莞讪讪，没应声。

许丞阳悠悠地荡着脚步走过来，小臂撑在柜台上，说："下周，我们'大神'的生日快到了。"

姚曳拍拍手，也突然记起来："啊，'大神'的生日马上要到了，难怪你这么着急，啧啧，这可不便宜呢。"

"暑假的时候我打工存了点儿钱。"苏莞轻描淡写，后又猛地回头看向许丞阳，沉声喝她，"不准发朋友圈！"

许丞阳一愣，极度委屈："我正准备发呢！"

姚曳："你瞒着'大神'来的？"

"嗯，我说今天要跟你们练习。"

最后，苏莞买了对宝蓝色银边袖扣，样式精致小巧，在灯光的映衬下，泛着银光，简约又大方。对于经常穿衬衫的傅维珩来说，这对袖扣再适合不过了。只是付款的时候，苏莞心如刀割了一下，卡这么一刷，她两个月的工资就没了……但是想想傅维珩为她付出的那些，顿时就觉得她这些只是九牛一毛，根本算不上什么。

带好东西，苏莞她们去买奶茶和鸡蛋仔，付款等待的时候，她意外地接到了傅维瑾的电话："莞莞，你在哪呢？"

奶茶店里人很多，吵吵嚷嚷的，苏莞只好走到门口才应道："我在外面。"

傅维瑾："有空陪我逛逛吗？维珩的生日快到了，我还没给他准备礼物。"

苏莞心下一愣，还真是巧了，随后她回应说："我现在就在东湖区的商场，我还有两个朋友在，你要过来吗？"

傅维瑾觉得再好不过了，坐进车里系上安全带，爽快应道："行，你们找个地方等我，我十五分钟后就到。"

周末人满为患，她们足足等了二十多分钟才取到奶茶。苏莞向她们提了傅维瑾要过来的事，两人极度热情，许丞阳激动得手舞足蹈："'大神'的姐姐，那就是仙女了，我得沾沾仙气！"

苏莞、姚曳："……"

她们找到个甜品店坐下等傅维瑾，等人来了以后，苏莞又叫来服务员点了些餐点。

许丞阳性子外向，从来都是最会活跃气氛的人，尤其面前这位还是超级大美女，对于"颜控"的许丞阳，她更是耐不住想要搭话的心，最先开口："傅姐姐，你也是来给'大神'挑礼物的？"

可能因为是姐弟的关系，傅维瑾的眉目神态和傅维珩一样，乍一眼看上去都有几分寡淡疏离，难以接触，但从性格上来说，他俩却是大相径庭，傅维瑾为人较随和，常常笑脸相待，也更好相处。

傅维瑾抿了口温水，听了许丞阳的话，似有所觉地挑了挑眉梢，笑问："也？"

"莞莞刚刚给'大神'买了生日礼物。"许丞阳努嘴指了指沙发上的包装袋。

"真的吗？"傅维瑾惊喜地说道，迫不及待想要看看苏莞挑的礼物，"能给我瞧瞧吗？"

苏莞把包装袋推到她面前，傅维瑾打开包装盒一看，由衷地赞叹："很漂亮呀，莞莞，花了你不少钱吧？"

苏莞忙挥手表示："没什么的……跟他做的那些比起来，这些都只是小事。"

傅维瑾一笑，心里欣慰极了。

这时服务员端着餐点上来，许丞阳把姚曳那份递过去的时候，注意到她神色凝重地盯着手机，像是有什么大事。

苏莞也察觉到了，以为她家里出了什么事，忙就询问："姚姚怎么了？"

姚曳这才从手机里抬头，眼里有几分愠怒："莞莞，去看班级微信群。"

班级群里的消息已经刷到了三百多条，第一条消息是来自"旺仔小菜头"的校园论坛分享帖，接着在群里"艾特"了许丞阳、苏莞和姚曳。

那帖子的标题是：世风日下，人心不古！某音乐学院女学生被大金主包养，宿舍楼下上豪车！

苏莞心里腾起一丝不祥的预感，但仍保持镇定地点进去。页面很快显示，那条极为醒目的标题后面是一串照片。她往下一滑，照片上的内容正是她昨天在宿舍楼下上傅维瑾车时的情景。镜头正对着车头，正好拍到她拉开车门倾身而入，那车前的三叉标志十分惹眼，甚至还有几张拉近了距离，将她一张脸拍得清晰无比。

发帖的博主还在照片下附上了一段话："想不到吧？平日里看上去高冷清纯的音乐系女学生不过如此，看她成天自视清高的样子，还以为有多不食人间烟火。"博主的一段话并不友好，句句带刺，照片上并没有拍到司机的样子，只凭着几张上车照片恶意揣测，显然是故意针对。

帖子已经被火爆的点击量置顶，评论接连不断，有落井下石的，也有出声维护的。

……

247L：这美女我见过，音乐学院管弦系的，本人是真的漂亮，只是没想到，知人知面不知心啊。

248L：现在还有哪个美女是真清纯？算不上什么新鲜事了。

……

851L：昨天我在现场啊，司机明明是个美女，博主言论过激了吧？

852L：我说她怎么老拒绝钢琴系的顾铭呢，原来啊……

……

1178L：一个两个的都太闲？你们又知道人家什么样了？你们接触过人家吗？没接触过不了解就闭嘴！

1179L：话说得这么酸，博主看来你是注意我们管弦系花很久了啊。

……

"这人谁啊？"许丞阳握着手机被气得不行，"莞莞是招她惹她了？"

傅维瑾见许丞阳这么大反应，敛色问道："怎么了？"

姚曳默不作声地把手机递给傅维瑾。

帖子下的评论没断过，苏莞退出来后就没再看了，只是顺手翻了翻群里的聊天记录。

老班长：这人谁？皮痒呢？专挑我们系老实人欺负？

帕格娜娜：这博主的ID地址我去找人给她扒出来。

旺仔小菜头：娜娜，你帅爆了！

莫扎特他小弟：虽然"女神"有了男朋友，但还是不能阻止我护短。

……

意外的是，班级里的人不约而同地都相信她，不问分毫，都在竭力维护她。苏莞忽然就觉得再可怕的流言蜚语又怎样，了解她的人相信她就好，清者自清。

傅维瑾只翻了两页帖子，那张漂亮的脸就完全沉了下来，愠怒地说道："这发帖的人真是好笑。"

苏莞倒是极为平静，微微一笑："维瑾姐，不要让维珩知道。"

苏莞的嘱咐，傅维瑾不意外。她很早就认识苏莞，虽然她表面上乖巧温顺、寡言内敛，但实际上却是思想独立、冷静沉着的人。既然这么说了，那她一定有自己解决的办法，她只要在苏莞需要帮忙的时候帮她一把就好。傅维瑾答应下来："好，不过有什么要帮忙的一定要跟我说。"

许丞阳非常愤怒，她家世好，爸妈从小宠着她，仗着家人的宠爱，她一直都是没心没肺的，说话从来没个度，一般人同她相处几个月就会觉得反感，但苏莞不一样，不嫌她吵不嫌她闹也不嫌她娇。宿舍里苏莞年纪最小，但三年下来，苏莞却是最照顾她的人。于是许某人揣着满腔怒火在微信里到处找人扒这个ID。

群里的消息一条一条的不曾停下。

大志洋：我再弱弱地问一句，为什么大家都觉得这是有人故意针对？难道没想过……

桥子：@大志洋，你是这届的新生吧？

大志洋：是。

桥子：难怪了，大学这么几年下来，苏莞的好脾性在系里是出了名的，乖顺得连系主任都敬她三分。

哔哔哔：来了，那个ID我扒到了，用户名是呼叫天才李。

一句话出来，群里所有人都了然，因为这个ID曾经因为一则表白贴在学校论坛上火了一把。

是姚曳不是摇曳：李佳媛？那个声歌系的李佳媛？

哔哔哔：没错，是她。

苏莞看到后一脸茫然："这个李佳媛……我认识吗？"

许丞阳、姚曳："……"

群里的讨论还在继续。

帕格娜娜：我说呢，这么酸溜溜的语气。

大志洋：？

门德尔紧：那个李佳媛，大二那年在学校论坛上跟顾铭表白过。

苏莞彻底恍然大悟，原来是顾铭的追求者。

旺仔小菜头：不过后来顾铭直接拒绝她了。顾铭从苏莞大一第二学期起就开始公开追苏莞了，我们系的人都知道，李佳媛随便一打听就知道顾铭喜欢谁了。

阿敏：但是对于顾铭的追求，苏莞一直都是保持拒绝的，这点我们所有人都看在眼里，但顾铭还是锲而不舍地追了她三年……

许丞阳气急败坏地扣下手机，喝了一大口奶茶："说到底都是因为顾铭！"

傅维瑾没有看到群聊，自然是一头雾水："那是谁？"

许丞阳："莞莞的追求者，还是那种死缠着不放的追求者。"

"我们和苏莞这么多年，都要被他烦死了。"姚曳咬着吸管，眼神幽怨，"也就莞莞每次还能保持礼貌地打招呼。"

苏莞默默喝奶茶，毕竟人家之前没有真正跟她表白过，她也不好莫名其妙地就连招呼都不打。

傅维瑾侧头看她："你们接触过？"

苏莞摇摇头："没有。"

许丞阳补充道："莞莞一直都是跟他保持距离的，这几年明里暗里早都拒绝过好几次了。"

傅维瑾笑了："真不愧是维珩喜欢的人。"


晚上回去的时候，三人刚走进宿舍区没多久，远远就见一抹高挑的身影徘徊在宿舍楼前。楼外的路灯老旧，光线晦暗，三人直到走近，才看清那道身影。

顾铭在这里站很久了，一直在犹豫着要不要让人去找苏莞下来。这会儿他刚决定要给系里的学妹打电话，就见三人从夜幕中走来。

许丞阳和姚曳因为论坛的事还气着，况且所有言论的源头都来自面前这位顾师兄，此时见着人，两人更是没好脸色。

苏莞神色淡淡，礼貌性冲他一颔首。

论坛上说的事顾铭看到了，若不是那天亲眼见到那辆绝尘而去的豪车，他是无论如何都不相信的。此刻，面对苏莞，他心里像在打鼓，忐忑不安，他必须要问清楚。顾铭沉吟半会儿，出声："苏莞，你……是不是有什么困难？"

闻言，许丞阳一怔，下一秒火气噌地一下就腾了起来，开口就要骂他。苏莞却伸手拦在许丞阳身前，抬眸看向顾铭："顾师兄，你确定你是喜欢我吗？"她莞尔，目光平静，"不，我应该问，你真的了解我吗？"

她的眼里静得毫无波澜，透彻幽深，没有丝毫的杂质，顾铭心下一凛，莫名地说不出话来："我……"

苏莞不打算与他多说，迈步最先进了宿舍楼。

回到宿舍，姚曳不放心，再去看了眼论坛，本以为这场风浪会渐渐平缓，未料，却是一波未平一波又起。

姚曳干脆打开电脑登了网页版论坛，刷了两下，惊呼："莞莞，这不是你跟'大神'吗？"

许丞阳和苏莞闻声过来。

就在一个小时前，博主又贴上了几张照片，是傅维珩那天在宿舍楼下给她系围巾的照片，镜头是背对着傅维珩的，他穿着西服，一身黑，外头还套了件羊绒大衣，身影修长俊挺，一旁的苏莞手提早餐，被围巾掩住三分之一的笑脸极为灿烂。

再刷下来就是几张苏莞上傅维珩车的照片，与下午的那几张照片大致相同，都没有拍到车主的正脸，只是刚好把苏莞的脸拍得一清二楚。想来就是为了针对她而特意拍的。

说来真是巧，傅维珩来学校接她那么多回，把车开进宿舍楼下也仅有那么两次，都被人这么偶然地拍到了。

博主又加了一段话："瞧瞧你们口中的清纯系花，迎来送往的都是豪车，金玉其外，败絮其中，手段高得很啊。听说之前还跟过体院的人，我算是开了眼界了。"

4538L：体院？我们院啊？哪个哪个？

4539L：话说，这个男人的背影真是有型啊……

……

8432L：前面的4538L，我知道，是你们院的李煜！之前我在操场上遇到过他们俩一起！

8433L：我也发现！这个男人背影还特别眼熟！

……

刷到后面的时候，有个网名叫这是朕的天下，发了一段评论。

这是朕的天下：前面的同学，你所谓的在操场遇到过我们一起，也仅仅那一次而已，我在路上把她堵了表白，结果就是被她拒绝了，之后我们再也没有见过面。还有，这位博主，造谣说人是非的同时，请你摸着你的良心，别把话说得这么肮脏。

有人看到这个网名，有所发觉地问："@这是朕的天下，你是体院的李煜？"

这是朕的天下：是。

姚曳又看了遍那段澄清文字："这个李煜还算有点儿良心。"

许丞阳把手里滑着的鼠标一摔，怒喊："这个李佳媛还没完了！"

苏莞双唇紧抿，一言不发地坐在电脑前翻了翻那几张照片。她觉得，网络上的这些东西不过就是过眼云烟，几天后有了新鲜事物，大部分人都会渐渐淡忘。她没有做过的事她不在意别人怎么说，但傅维珩是她的底线。他那么优秀高贵，那么好，却被这些人在网上评头论足，这对一身辉煌的傅维珩来说，不公平。

苏莞问："姚姚，我可以用你的账号发几句话吗？"

姚曳知道她没有学校论坛上的账号，爽快地说："用吧，用吧。"

于是苏莞在帖子上发了一条评论。

是姚曳不是摇曳：这位李佳媛同学，我不认识你。表白被拒后，如果要靠这些网络言论报复我，从而满足你内心一时快感的话，那你可真是个目光短浅、毫无追求的人。另外，你可以议论我，但请你不要牵扯我身边的人，他的一切都不是你这张嘴能谈论得了的。最后，我有个建议，你不太适合音乐这个专业，新闻系系主任是个和蔼热情的女老师，如果你愿意，我可以帮你跟她提一下转系的事。


苏莞心情不好，发完评论后她就洗澡回床上了，论坛里的回复也没再去看。

微信群里还在不间断地弹消息，苏莞开了免打扰，点进与傅维珩的聊天界面。盯着输入栏里的光标，苏莞的指尖悬在键盘上迟迟没落下去。想和他聊天，却不知能说些什么。

傅维珩不知道这件事，她不清楚自己如何面对他。她叹了声气，没想好要发什么，这时，聊天界面上突然弹出来一条消息。

Neil：在做什么？

明明就是一如往常的简单问候，苏莞却莫名鼻尖一酸，眼眶都跟着滚烫，一瞬间就模糊了视线。

她从来都觉得自己很坚强，只要不涉及母亲，她一切都能独自扛下。没想到，如今竟有个人能轻易触及她内心最柔软的一处，哪怕是一声关切的问候，都能让她内心的防线全然溃败。

苏莞无声地吸了吸鼻子，慢慢回道："在想你。"

下一秒，傅维珩的电话就过来了。

苏莞清了清嗓子，尽量不让他发觉自己有任何异样："喂，维珩。"

"莞莞，要不要下来看看我？"

他熟悉的嗓音从那头传来，平静、沉稳。

苏莞心下一愣："你……"

"我在你宿舍楼下。"傅维珩指尖轻抖烟灰，仰头望向二楼的窗台，"怕你睡了，没敢吵你。"

寒冬腊月，苏莞的心只觉得如沐春风："好。"

她匆匆下床换衣服，许丞阳见状，便问："莞莞，你要出去啊？"

"嗯。"苏莞换衣服的动作不停。

许丞阳和姚曳心里了然，并没多问，只嘱咐她注意安全。

苏莞点头应下，套上大衣关门出去了。

刚走到一楼，她就清楚听到由远及近的谈话声从楼外传来："看到外面那个男人了吗？天，那腿也太长了。"

"这么晚在女生宿舍楼下站着，估计是等女朋友的，羡慕啊。"

"我刚刚特地凑近看了下，那张脸还有点儿眼熟，好像在哪见过……"

苏莞停在楼梯口，等着那俩女生从她身边擦身而过，才红着脸小跑出去。

男人依旧是立在那棵梧桐树下，昏暗的灯光被树荫遮挡，他英俊的轮廓和俊挺的身姿在夜色里半明半暗。

苏莞大步跑去，在他的注视下，不由分说地扑进他怀里，贪恋着他的温度。

傅维珩顺势抚上她的脑袋，敞开衣襟将她整个人拢进大衣里。

苏莞贴在他身前，心头所有的压抑感顿时烟消云散。她动了动鼻尖，无意嗅到一阵淡淡的烟草味，从他怀里抬眸："你抽烟了？"

傅维珩坦然："心情不好，就抽了一根。"

苏莞叹息，他们俩算不算心有灵犀？连坏心情都是一道而来的，她问："怎么了？"

傅维珩一抚她眼梢，触到一道风干的泪痕，再凝眸细看，询问："哭了？"

苏莞垂下头，掩饰说："进沙子了。"

"要不要给你揉揉？"他不戳破也不多问，只顺应她。

她笑笑说："好啊。"

下一秒，吻便落了下来，在她眼皮上，轻浅温凉。他顺势低头去寻她的唇，苏莞却缩脖子躲开："有人……"

楼里的宿管阿姨这时正好出来，提醒门外的人到门禁时间，苏莞抬眸看他一眼，匆忙道："那我先上去了，你回去小心些。"

傅维珩没作声，苏莞疑惑地偏了下脑袋，转身准备离开。身后的人却突然抓住她的手腕，清冽的嗓音被忽来的寒风稍稍掩住，却依旧能听清楚："莞莞，跟我走吧。"

夜空下，苏莞回身，对上他一双比星河还要晶亮璀璨的眼眸，心尖颤了下，不由自主地答应了下来："嗯，跟你走。"

说话不过脑的结果就是，站到傅维珩公寓的电梯里时，苏莞开始后悔："……那个，我还是回去好了……"

傅维珩眼皮都没抬："门禁时间过了，你打算留宿街头？"

苏莞闭了下眼，有几分难为情，小心翼翼地问："你不会……对我做什么吧？"

傅维珩面不改色："我不知道。"

苏莞："……"什么叫不知道！！

进了公寓，傅维珩搁下车钥匙，拉着她进房间，给她拿了一件长T恤和一条宽松的休闲长裤，问："洗澡吗？"

苏莞看着他手里的衣裤，顿时觉得暧昧极了，一下红了脸，垂眸不敢看他："洗……洗过了。"

"嗯，我的衣服比较大，你先穿着睡一晚，下次我去买一套新的给你。"傅维珩把衣裤递到她手边，又说，"时间不早了，你早点儿睡，我去洗个澡。"

"那个……"苏莞扯了扯他衣袖，盯着眼前仅有的一张床，期期艾艾，"没……没有其他房间了吗？"

傅维珩："没有。"

苏莞："……那有被子吗？我睡沙发好了……"

傅维珩解领带的手一顿，睨她一眼："你不放心我吗？"

傅维珩进了浴室，很快，淅淅沥沥的淋浴声传来。

她口干舌燥地滚了滚喉咙，拍拍脸颊让自己保持清醒，迅速换衣服爬上了床。虽说是第二次睡他公寓的床，但此刻她仍是忐忑不安，闭着眼怎么也睡不着。

没多久傅维珩穿着丝质睡衣从浴室里出来，看到裹着被子蜷缩在床角的身影，嘴角微扬，走过去掀开被子的另一角坐下去。

感受到床另一边明显的下陷，藏在被子下的苏莞越发地慌乱，默默往床沿挪了挪。

傅维珩关了灯，整个身子钻进被窝，伸手一捞，直接将苏莞整个人从床沿带到了怀里，音色沉沉，浅含笑意："躺那么远是嫌床太小不够我睡？"

苏莞吓得在他怀里一瑟缩，脱口而出："够大了够大了，都可以滚上三四圈了。"

话落，一道轻笑从头顶传来。

苏莞还没来得及暗骂自己愚蠢至极，一掀起眼帘，就撞进他漆黑的瞳仁中："那……要滚滚看吗？"

苏莞瞠目结舌："傅……傅维珩！你你你……"

沉沉的笑声在房间里荡开："莞莞，别慌，开玩笑呢。"

昨晚是临时起意去的他家里，吃过早饭，苏莞见时间充裕，就想着回宿舍拿琴。

傅维珩却说："团里有多余的琴，我让张霖放到休息室了。"

苏莞"哦"一声，他真是什么都能替她想好。

中午午休，苏莞接到许丞阳的电话："莞莞！快看学校论坛！"

苏莞看了眼正在办公的傅维珩，默默去了洗手间。一点开论坛，倒是出乎意料，所有针对说她被包养的帖子一概被删光，取而代之的是另一则令人震惊的消息。

帖子的标题是：扒一扒前两天公然造谣别人的声歌系女学生求潜内幕。

这则帖子的博主倒是什么话都没说，只是一味地放图。图上的内容很明了，是聊天记录，其中有一方被博主打了马赛克，聊天界面上的备注，则是李佳媛。

苏莞点开。

李佳媛：晚上有空吗？

XX：怎么？晚上有排练。

李佳媛：人家想你了，排练后要见一面吗？

XX：才两天就又想见了？行，还是老地方。

李佳媛：歌舞团的位置，你帮人家安排了吗？

XX：有些不太好弄，最近上头看得严。

李佳媛：怎么会呢，你那天可不是这么说的啊，你再试试嘛！

XX：那就看你晚上怎么表现了。

底下的评论是一如既往的精彩。

678L：我天！局势逆转啊……

679L：先不说前两天的事是不是造谣，就说这李佳媛做出这种事还好意思说别人？她不羞吗？

……

3488L：这样看来，我宁愿相信管弦系花是被冤枉的。

3489L：呵呵，一个两个的，现在被打脸了吧？

3490L：全是墙头草。

这反转的局势让苏莞极为诧异，她打开微信，在宿舍群里敲了条消息。

Swan：阳，你做的？

傅"大神"的腐竹小丞阳：不是我，我还没出手呢。

是姚曳不是摇曳：不会是傅"大神"吧？

Swan：不是他，他不知道。

苏莞难以置信地走出了洗手间。

办公室里的傅维珩已经处理好事务，看她推门进来，瞥了一眼时间，距离苏莞上班还有一个多小时，便问了句："要不要睡会儿？"

苏莞见他神色如常，想着他应该是不知道论坛的事，于是点点头："好。"

一觉醒来，为了避免大伙多疑，苏莞特意提前十五分钟去到练习室。温禾进来看见苏莞独自一人在里头拉练习曲，有些意外："莞莞中午没回去吗？"

苏莞翻了翻乐谱，脸不红心不跳地瞎扯："嗯，学校太远我就在楼下休息区待了会儿。"

温禾拭着手里那支金色的长笛走过来，瞄了眼她腿间的琴，这才发现："咦，你换琴啦？"

苏莞接着扯："我的琴拿去修了，这把是团里的琴。"

温禾："……哦。"

没多久人来齐了，大家又开始一下午紧张的练习。经过两个月的相处和配合，苏莞大致适应了团里的进度和练习模式，一首曲子也能跟着大家完整地演奏下来，只要平时再多打磨细节部分，三月份的演奏会对她来说应该不成问题。

下午练习结束，苏莞收拾了琴放回休息室，见所有人都走光了，才匆匆地搭乘电梯到地下车库。

傅维珩在车里等她的时候，重新翻了下手机里江之炎昨天发来的截图。直到苏莞拉开门钻进来，他才不动声色地按下锁屏，把手机放到中控台上，问她："饿了吗？"

苏莞"啪嗒"一声扣下安全带："有点儿。"

车子驶出地下车库，傅维珩径直带着她去了餐厅。

天色将晚，苏莞沿途望着窗外拥堵的车道，思绪不知不觉又飘到中午在学校论坛上爆出的那则帖子。到底会是谁呢？应该不会是傅维珩，从昨天事发到现在他没提过一句论坛的事。

想了一路，苏莞毫无结论。再一回神，车子已经驶到了一家粤菜餐厅。

停好车，两人进去找了个靠窗的位置落座。趁着傅维珩点餐的时间，苏莞随手打开手机刷新动态，班级微信群里还是一如既往的活跃，不外乎是在议论下午刚爆出的内幕。苏莞兴致全无，退出了班级群界面，掀起眼帘看向坐在对面的傅维珩，鬼使神差地打开相机功能，对准他五官精致的俊颜，连拍了好几张照片。

点完餐，服务员抱着菜单走远，傅维珩抿了口温水，目光落在瞅着屏幕一脸愉悦的苏莞，问她："好看吗？"

苏莞笑着从手机里抬头，直言："好看呀。"

他放下水杯微微朝前一凑，指了下照片里被偷拍的自己："那是照片好看还是你手机壁纸好看？"

苏莞闻言，垂头瞧了瞧手机屏幕上的卡通壁纸，笑着如实说："照片好看。"

"嗯。"傅维珩满意地又饮一口柠檬水，面不改色，"那就拿我照片当壁纸。"

苏莞："……"莫名其妙地被套路了。

一顿饭吃到最后，苏莞去了趟洗手间。

傅维珩正欲去拿手边的柠檬水，餐桌上那部银灰色的手机突然振动了一下。屏幕亮起来，消息横在上头，显示来自顾铭。

傅维珩眉目一沉，准备握向水杯的手伸向了那部银灰色的手机。苏莞的手机密码他知道，偶尔他打电话谈公事谈到自动关机，就会借苏莞的手机来用。

傅维珩熟练地解锁点开顾铭的微信，花白的聊天壁纸上，只有顾铭一分钟前发来的一句话："莞莞，你吃饭了吗？我们谈谈好不好？"

傅维珩冷笑一声。莞莞？他长指一滑，无声无息地将这条消息删除。

从洗手间回来，苏莞问："要走吗？"

傅维珩起身走过来在她身边坐下，拿过她的手机打开相机功能，言简意赅："莞莞，我也需要一张手机壁纸。"

话落，趁苏莞还没反应过来，搭上她的肩举起手机迅速按下了拍照键。

苏莞盯着成片，她被傅维珩搂在怀里，因为太过突然，她看向镜头的表情有些木讷，转而再看傅维珩，抿唇微笑，俊朗非凡。

苏莞不太满意地皱起鼻子，想夺过手机："我还没准备好。"

傅维珩不紧不慢地把手机举过头顶："你怎么拍都漂亮。"

苏莞被他说得脸颊一红，无奈妥协，以后找机会再拍好了。

傅维珩掏了钱夹递给她，视线还在照片上："你去买单，我手机没电了，借你的打个电话。"见她走远，傅维珩直接打开她手机微信，先把合照发给自己，接着点开她的朋友圈，上传刚刚的合照，编辑文字，发布，最后，他打开自己的微信，发了有史以来的第一条朋友圈。

做完这一切，他拿过苏莞的背包，若无其事地起身走到收银台，将手机放回她兜里，牵着她离开了。

车子驶上马路，傅维珩沿着街边开得极慢。

苏莞侧目，见他面无表情似有不悦，正要开口说些什么，兜里的手机突然连续嗡鸣了好几声，催得她不得不先掏出手机。

一看屏幕上跳出的一条又一条消息提示，苏莞点了进去。

傅"大神"的腐竹小丞阳：苏莞！太过分了！居然跟"大神"合起伙来秀恩爱。

是姚曳不是摇曳：简直是暴击！

苏莞一脸蒙，正打算回复却不小心手滑退出了群聊界面，结果就被底行那里的78条红色消息通知给吓得手一震。点进去一看，点赞的来源是她二十分钟前发的一条朋友圈——是和傅维珩刚刚在餐厅的合照，以及文字"傅维珩"。

下面的评论异常热烈：

旺仔小菜头：这是傅维珩吗？！男朋友是傅维珩？！

阿敏：郎才女貌，好一对璧人！

傅"大神"的腐竹小丞阳：你这是在秀恩爱？

是姚曳不是摇曳：扎心了，莞莞，猝不及防的"狗粮"。

瑾：哈哈，莞莞，终于舍得和他秀恩爱了啊。

秦俨：……

沐沐宝宝：……姐，我能说什么？

温温温禾：莞莞？你们？你和傅总？

苏莞从一堆评论里抬头，震惊地看向正在开车的男人，男人已有所觉地侧眸瞧她一眼，云淡风轻："怎么？"

苏莞举起手机屏幕，把那条朋友圈亮在他眼前："是你发的吗？"

车子已经开到延大门口，他低低地"嗯"了一声，接着缓缓停车，走到她这边拉开车门。苏莞从车上下来，极小声地嘀咕了一句："不是说先不公开的吗……"这样，公司的人不就都知道他和她的关系了吗？

傅维珩眉目淡淡，抬手撑在车门上，将她围在他和车之间，这才正式回答："再不宣示一下主权，你就要被他们误会死了。"

见她郁闷不减，傅维珩无力地叹了口气，拥她进怀里，终是忍不住问她："莞莞，论坛上的事为什么不告诉我？"他语气里是难掩的心疼与无奈。

苏莞呼吸一滞，心里本就脆弱的那道防线顷刻间崩了，眼里涌起热意，再一眨眼，泪珠就不争气地滚了下来。他知道，原来他一直都知道。

"我之前说过，今后不管发生任何事，希望你第一个想到的人是我。"他说，"莞莞，我一直在等你告诉我。"

"我知道你有你自己的解决方式，你不愿告诉我，是觉得自己可以独自承受这一切。可是，莞莞，现在不一样了，你还有我，你可以依赖我，你可以不用那么强大，只需要躲在我身后，一切让我来扛就好。我不知道你遇到我之前有多少的痛苦和辛酸，我只希望在你有了我之后，在我有生之年，能一直护着你无忧无虑地走到最后。"

昏黄的路灯一字排开，矗立在街边，一动不动的，仿佛将夜空烫出了几个洞。他沉润的嗓音将这寒冷空气一点儿一点儿暖化，温柔轻缓地敲击着她的心房和耳膜。

一瞬间，苏莞泣不成声。

曾经的她，哪能承受得住这样的流言蜚语？这么多年，她几乎都快要忘了依赖的感觉是什么样了。自父亲去世后，她一直都把自己的心藏起来，她不想让人看到她的软弱。直到遇见傅维珩，他的温柔强大、他的体贴入微、他的真诚相待，逐渐让自己敞开心扉。

苏莞不是没想过依赖他，只是习惯了独立的日子，一时之间，难以适应和转变，下意识就先担忧自己的烦心事是否会给他带来负面的影响。

也许是隐忍多时，突然被触发出底层最糟糕的情绪，苏莞哭得一发不可收拾。夜风寒凉，傅维珩将她裹在大衣里紧紧搂着，沉默着，任由她埋头发泄。

许久，苏莞平复了心情，稍稍抬头，在瞅见傅维珩衬衫前那一大片濡湿时，一下噎住了声："……"

感受到怀里人的动作，傅维珩垂头，见她满面的泪痕以及衬衫被浸湿的地方，浑不在意地笑了笑："不碍事。"

苏莞睁着那双湿漉漉的眼睛看他，声音闷闷的，带着鼻音："你什么时候……知道的。"

他语气平静："昨天晚上。"

苏莞："然后你就来宿舍找我了？"所以他心情不好抽烟，是因为自己的事？

"嗯，怕你委屈。"

苏莞点点头，这会儿倒是很坦然："……是挺委屈的。"但更多的是替他感到不平。

"那你还不提？"莫名地，他又绕回最初的问题上。

"提了又如何呢？"苏莞嘀咕了一句，"总不能跟她们开撕吧。"

傅维珩原本还柔和的脸色随着他的嗓音一道沉了下来："欺负了我的人，你觉得我能忍？"

苏莞愣了阵："所以……中午那则帖子真是你发的？"

"不是。"傅维珩抬手拭掉她脸上的泪痕。

"那会是谁啊？"

傅维珩脑子里浮现昨天江之炎跟他说起这件事时那阴沉的脸，然后牵着她进校园，淡淡地说："某个罪孽深重的人。"


回了宿舍，苏莞一进门，许丞阳就注意到她红肿的跟个核桃似的眼睛，她疑惑地扑过来，惊呼："莞莞，你这眼睛怎么了？"

姚曳转头也看见了，猛地一愣："哭了？"

许丞阳更加不得其解："不应该啊，昨天网上那样骂你，你都没哭，今天论坛上绝地反击了，你居然哭了？"

苏莞拍拍她的肩，轻叹一声："喜极而泣。"

许丞阳："……"

洗过澡爬上床，苏莞打开微信，一下子就弹出了好几条未读消息。

秦沐："苏莞！两个月前，是谁跟我说不认识傅维珩的？"

秦沐："两个月后的你在做些什么？"

秦沐："姐，过年把他带回来，我要从上到下，从左到右把他看个遍！"

苏莞盯着这一屏幕的消息，甚是无语。退出界面再一看，才发现将近两个月没有联系的表哥秦俨也给她发了微信。

秦俨："男朋友？"

苏莞："嗯。"

秦俨："过年带回来给哥哥看一下。"

苏莞："哥，你俩年纪差不多。"你这一副长辈的语气是怎么回事？

秦俨："他就算三十五，我也是他大舅子，最后成了的话他怎么都得叫我声哥。"

苏莞："……"

秦俨："他真三十五？"

苏莞："……二十六。"

秦俨："比我小两岁，那更得叫了。"

还没等她退出界面，秦俨又发来消息。

秦俨："苏莞，自己机灵点儿，别被欺负了。真被欺负了就告诉我，我帮你出头。"

苏莞心间一暖："谢谢哥。"

秦俨："不客气，过年回去帮我挡挡相亲就好。"

苏莞："……"

再退出界面，底下的"新增联系人"不知何时多了个红色的"1"，苏莞点进去，发现依旧是前几天那个ID，空白的头像，昵称：江，不过底下多了条打招呼消息：江之炎。苏莞点击同意。

临睡前，她打开朋友圈，动态刷到后面的时候，她才发现，原来傅维珩也发了朋友圈，一模一样的合照，文字内容却是"被包养的人，是我"。

底下的评论没有她那么多。

江：不以结婚为目的的秀恩爱都是耍流氓。

瑾：喔唷，两个人一起秀。

Ivan：百年好合。

是姚曳不是摇曳：噗——被秀出一脸血。

傅"大神"的腐竹小丞阳：嗷嗷嗷，"大神"你简直帅爆了，我可以截图发到论坛吗？

傅维珩倒是破天荒地回复了许丞阳一句："去。"

不是"可以"，也不是"随便"，而是一个"去"，带有几分命令的口吻，像是非得如此这么做般，许丞阳一个膨胀，乐呵呵地截了图去论坛肆虐了。

苏莞无奈扶额，也懒得搭理，关手机睡觉。

隔壁床深埋在被窝中的许丞阳，此时此刻刚在论坛上发布了新帖，深夜贴："谁被包养？谁？"

皎月高挂，万籁俱寂，看似平静的延大里，所有窝在被窝里的夜猫子都在学校论坛上炸开了锅。

许丞阳发帖不到五分钟，评论就已经一千多条。

245L：我的妈，这是傅维珩吗？所以，那位管弦系花是在跟这位小提琴家傅维珩恋爱？

246L：傅先生实力护短。

……

846L：我们系花想跟"大神"低调地谈个恋爱都这么难。

847L：哈哈哈，傅"大神"一针见血，直接反打你们的脸！
……

3457L：半夜刷出一波"狗粮"。

3458L：粉了傅维珩五年都没见过他一张高清无码的正脸照……今天一下子，别说了，血槽已空。

3459L：钢琴系的顾师兄扎心了……

3460L：实力打脸李某某。

第二天一早，苏莞梳洗完从洗手间出来，看到许丞阳第五次关掉闹钟后，无奈地叹口气，走过去摇了摇她的床："阿阳，快八点。"

三秒后许丞阳顶着乱糟糟的鸡窝头，从枕头里一脸迷糊地抬起脑袋，那眼底下浓重的黑眼圈是昨晚熬夜通宵的后果。呆愣五秒，许某人终是一个支撑不住再次把脸搁到了枕头上，哀怨道："我能不能不去练琴啊……"

苏莞走到自己书桌前，想起今早起来在群里看到许丞阳昨晚凌晨三点二十五分分享的帖子，开口提醒道："你的帕格尼尼冠军不想要了？"

许丞阳愤恨地把枕头一摔："这个月我快被帕格尼尼摧残死了，再这样下去，我总有一天得帕金森综合征！"

苏莞："……你再不起床，老查理就要从琴房杀过来了。"

姚曳此时从厕所出来，一句话说得别有深意："莞莞你别管她，让她昨晚不睡觉，放心，老查理绝对不会让她再拉五——十遍帕格尼尼。"

姚曳拉长音，特意在"五十"两个字上咬字加重。

许丞阳闻声，从床上猛地掀开被子起身，恨恨咬牙，哼哧哼哧地下床梳洗。


自昨天秀过恩爱、公之于众之后，傅维珩是完全不避讳了，直接把车停在了她宿舍大楼的正门前，车窗半落，露着半张脸往里看，简直是招摇过市。以至于苏莞从楼上下来时，周围都是一阵窃窃私语的谈论和一道又一道羡慕嫉妒恨的眼神。

众目睽睽之下，她难为情地拉开车门钻了进去。等傅维珩驶出校门口后，她迟疑了会儿，问道："你不是一向都很低调的吗？"

他目光直视前方，反问："谁说的？"

"大家都知道啊，"苏莞掰手指给他细数，"没有演奏会录像，不接受采访，也没有宣传照，连专辑都是一张黑漆漆的图，还不是低调？"

傅维珩熟练地打着方向盘，不假思索地回答："演奏会禁止录像，是为了让他们专心听演奏，尊重演奏的人。不接受采访拍照，是因为没有宣传的必要，我参加比赛，举办演奏会，只是为了给自己一个交代，并不是为了取悦任何人。至于专辑，我就是录着玩玩。"

苏莞："……"录着……玩玩？

"就个人来说，我更偏爱高调。"他似笑非笑，"尤其是在恋爱期间。"

苏莞："……"行，你长得帅，你说什么都是对的。


苏莞一直都觉得和傅维珩这种非凡人的恋爱是需要承受来自全世界迷妹的眼神虐杀的，果不其然，当她走进练习室的那一刻，那些聊得热火朝天的人都不约而同地静默了三秒。

来乐团两个多月，苏莞有团里部分人的微信，她平常不爱发朋友圈，也没有屏蔽人的习惯，所以昨天傅维珩发的那条朋友圈，凡是与她为微信好友的人都看得到，看到的告诉不知道的，一传十十传百，用不了多久，团里人就都知道了。

应该不是她的错觉，今天团里同事看着自己的目光，十分微妙。向来沉着冷静的她，莫名感到后颈有几分凉意，不自觉咽了下口水："早……早上好。"

练习室不大不小，为了更好的隔音效果，墙上还贴了吸音材料，那些窃窃私语，几乎都入了苏莞的耳。

"她居然跟傅先生在一起了？我的天！"

"令我意外的是，从来不近女色的傅先生居然也会有恋爱的一天。"

"呵呵，我听说她进团面试那天，傅先生亲自去听她的面试演奏。"

"不会吧，这样说来，难道她是靠跟傅先生的关系空降来的？"

"莞莞，"温禾从她后头走上来，笑得意味深长，"原来围巾男士就是傅先生呀？"

苏莞心不在焉地摆弄琴弓，别开眼："不好意思，瞒你这么久。"

温禾笑出声来，一只手搭在她肩上，浑不在意："道什么歉，你谈恋爱还要跟我交代？"

温禾话才刚说完，旁边忽地传来冷嘲热讽："呵，不就是有张脸，谁知道她这团里的位置是怎么来的。"话音尖锐，十分刻意，哪怕是无心去听的人都入了他们的耳，更何况说话的人就坐在她们旁边。

"郭谣，都是一个团里的，说话要不要这么刻薄？"温禾向来看不惯那个拉贝斯的郭谣，在团里这么多年，永远是一副趾高气扬的样子。温禾直起身，走过去稍稍打量了一下郭谣那张算不上漂亮的脸，嘲讽说："人家莞莞就是有张漂亮的脸，你呢，你有吗？"

"你……"郭谣急了，却哑口无言，作势就要从椅子上站起身。

身边同是拉贝斯的女生见情况不太妙，忙就按住郭谣的肩劝阻说："谣谣别跟她吵……"

苏莞也站起来拉了拉温禾，小声说："温禾，我没关系。"

温禾朝郭谣狠狠地翻了个大白眼，甩头跟着苏莞坐回自己的位置。

坐在温禾身后的是个吹小号的年轻男孩，他瞥一眼郭谣，凑上前来安慰："苏莞，你别理她，她一向都这样，说话没谱。"

前面的中提琴女孩也转过头来轻声说："是啊，那个郭谣以前在德国的时候约过傅先生去听音乐会，结果她被拒绝碰一鼻子灰，现在你又跟傅先生在一起，她当然不痛快就拿你说事了呗。"

苏莞恍然，原来是他的追求者，怪不得……

中提琴女孩又说："而且，对于你和傅先生，不知道为什么我是极度看好的，可能是因为都是俊男美女，我看着养眼！"

小号男孩接腔："我也是！"

温禾忍不住笑："所以莞莞，必要的时候还是需要你来安抚傅先生，我们以后的休假就靠你了。"

"靠你了！"

苏莞赧然，指指自己的座位转身："……我回去了。"


中午吃饭的时候，苏莞收到了一条陌生短信，内容是"苏莞，你够狠啊！"

苏莞不明所以，敲了个"？"过去。

那头五分钟后回："我跟你道歉，你能不能把帖子删了。"

苏莞一顿，眉目轻抬，立马猜到了发这条短信的人。关于李佳媛的帖子不是她发的，她也不知道发帖人是谁，所以删帖子这种事她自然是做不了主。再说，她不傻，才不做以德报怨这种事，慢条斯理地敲了几个字发送后，她放了手机继续吃饭。

对面正夹菜的傅维珩抬眸瞅见她的小表情，问："怎么？"

"唔。"苏莞抬头一笑，"没怎么，心情愉悦。"

这边李佳媛刷着论坛上的那几张聊天记录和底下一条又一条的谩骂评论，满腔怒火地灌了口汽水。

收到信息，她迅速抬手捞过，只见锁屏面上的提示上亮着明晃晃的几个字："苏莞：'自作孽，不可活。'"

下一秒，只听"嘭"一声响，宿舍里一直沉默的另外三人下意识转头，只见一部玫瑰色的手机落到地上，屏幕支离破碎。

# 第九章　年年今日

时间飞逝，论坛上的事算是告一段落。

在苏莞忙于元旦晚会和乐团演出的日夜练习下，时间转眼就到了十二月二十四日，傅维珩的生日。

那天正好是周六，不需要上班，苏莞前一晚临睡前给傅维珩发了微信，和他约好明天下午一点见面。

第二天中午在宿舍解决完午餐，苏莞换了前阵子买的新衣服，穿上仅有演出时才出山的高跟鞋，在许丞阳和姚曳的怂恿下，甚至还化了个淡妆。

当她磨磨蹭蹭地倒腾完自己后，傅维珩的电话恰好也拨了过来。苏莞忙不迭地背上包："你到了是吗？"

傅维珩一手握着手机，一手打着方向盘："嗯，刚到你学校门口。"

苏莞："那我走出去就好，你在车里等我吧。"

傅维珩："我走进来。"

苏莞点头"哦"了一声，正准备挂电话，忽又想到什么，忙问："你今天……穿衬衫了吗？"

傅维珩垂眸看了眼里头的白衬衫衣领，说："穿了，怎么了？"

"嗯，没怎么。"苏莞不自觉地笑起来，语气温柔地坦白道，"觉得你穿衬衫最好看了。"

傅维珩莫名被撩到，耳根子一阵酥软，哑然失笑。

挂下电话，刚走出楼梯间，苏莞就见宿舍大门口站着个熟悉的身影。她微微一怔，选择视而不见，拢了拢大衣的衣领，径直走出去。

顾铭靠在墙角，听见由远及近的脚步声，下意识抬头，看清来人后，立马上前拦住她，嗓音里带着些许恳求的语气："苏莞，我们聊聊好不好？"

自他在论坛上看见苏莞和傅维珩的合照后，每天中午都会来她宿舍楼前等上那么一段时间，几日下来，都是无果，这会儿好不容易等到人，他说什么也不能不明不白地离开。

苏莞没有看他，神色淡漠地往后退一步与他保持距离："没什么好说的。"

顾铭垂下眼眸看她，这才发现，今天的她有些不一样。她穿了一件颜色清亮的印花连衣裙，外头套着乳白色的毛呢大衣，脚下搭配着裸粉色的高跟鞋。一头乌黑莹亮的长发披散在肩，掩住她雪白的颈项，一向素面朝天的脸，今日上了淡淡的妆，顿时更衬得她皮肤白皙细腻，娇嫩如兰。

几日不见，她似乎更加明艳动人了。

可那又怎样？顾铭无奈地在心里自嘲一笑，这样美艳绝伦的女孩，却不能是他的。

顾铭沉吟半晌，缓缓说："苏莞，是我误会了，对不起。"

"你不需要跟我道歉。"她侧过身，打算绕过他离开。

顾铭却一把抓住了她的手腕："莞莞……"

苏莞忙挣扎了两下，声线沉冷："顾铭，你放手。"

顾铭置若罔闻，力道收得更紧。

"放手。"阴沉的嗓音在身后响起，两人偏头望去，傅维珩一张俊脸沉郁愠怒，锐利的目光一扫那只紧握不放的手后，直直逼向了顾铭，沉声强调，"放手。"

顾铭被那迫人的视线看得心里"咯噔"一下，不自觉就松了手上的力道，苏莞趁机及时缩回手，跑到傅维珩身边，见他一脸不悦，担心生出什么是非，忙挽上他，嗓音温软："我们走吧。"

傅维珩收回视线，顺势揽上她的肩，柔声问："手怎么样了？"

苏莞摇摇头："没事。"

声音远去，顾铭望着他们亲密无间的样子，忽觉得心被狠狠地掷在地上。他爱的人，终究没有爱他。


坐进车里，傅维珩发动起车子，清亮的小提琴曲便随着一阵启动声传开，顿时打破了车内的沉静。

苏莞系好安全带，见傅维珩面色沉沉，莫名心头一乐，她明知故问："怎么了？"

傅维珩扣上安全带，手搭上方向盘："坐好。"

话音刚落，一阵清香好闻的气息涌进傅维珩的鼻腔，他诧异地扭头，下一秒，温软的唇覆上，轻轻一下，便离开。

傅维珩的呼吸一瞬间便乱了。

苏莞笑着，一双盈盈如水的眼眸清透明亮："我没事的，别生气，维珩。"

傅维珩的心顿时就软了下来，伸手抚上她的脖颈，在她额上吻了一下，嗓音温润："想去哪里？"

苏莞掏出手机点开App举到他面前，笑说："我们去看电影。"

车子汇入车流，因为是周末，马路稍有些拥堵。傅维珩把车开得很慢，苏莞手撑着脑袋，透过半落的车窗，偶尔望望沿途街景。

兜里的手机嗡鸣两声，有消息来，苏莞摸出来一看，是傅维瑾的微信，她瞄了眼正在开车的某人，点开微信。

瑾：莞莞，我已经让胤桓给你准备好Magic餐厅的包间了，为了让你们有个愉快的生日晚餐，我特地让人布置了一下。

Swan：谢谢维瑾姐，爱你。

瑾：蛋糕我一会儿去取了放到餐厅，你们今晚好好享受，我就不掺和了，不过我估计维珩应该没想起来今天是他生日。

瑾：他一向对这些事不太上心。往年的生日，他不是忙着准备演奏会就是忙着工作，基本没有庆祝，今年有了你，他总算是能过上个正经的生日，莞莞，你有心了。

看完傅维瑾的话，苏莞回复了一句后退出界面。再从手机里抬头，车子已经驶入电影院的停车场，苏莞收了手机，倾身拿过后座的外套，等车停稳后，穿上外套下了车。

傅维珩落了车锁，抬眸望见站在车头前的苏莞，才发现她今天似乎特意装扮了一番，连衣裙小淡妆，甚至还穿了高跟鞋。这么一瞧，傅维珩原本有些阴郁的心情渐渐明亮起来，上前拉过她的手往电影院走去，问："怎么突然想要看电影了？"

苏莞沉吟半晌："上次不是欠你一个约会吗？今天补给你。"

"莞莞，"他抚了下她柔顺细腻的长发，眉眼柔和，"你今天很漂亮。"

苏莞耳根子一热："……谢，谢谢。"

到电影院取了票买了零食后，距离开场时间差不多了，两人前后站着排队检票，如此俊秀的一对璧人，毫无疑问吸引了身边男男女女的目光。

苏莞看着周围女孩子们不断投来的爱慕眼神，稍有那么一丁点儿不舒坦，对着傅维珩闷哼一声："傅先生真是魅力无限。"

傅维珩淡淡地睨她一眼："比起夫人，在下自愧不如。"

苏莞："……"

电影散了场，距离晚餐还有一段时间，苏莞就拖着傅维珩去了影院楼下的电玩城。说到电玩城，傅维珩从没来过这种地方，一是因为工作忙没时间，二是因为他有时间也只练琴，甚少出门。

苏莞就不同了，以前在沂市念高中时，秦俨就经常带着她去姑姑家附近的电玩城，秦俨爱玩投篮和推币机，每次到了那里，拿十个币打发给苏莞去抓娃娃后，自己就蹲在推币机前待上一下午。

娃娃机爪子可以人为设置，苏莞当年并不知道，所以她从来都没抓到过一个娃娃。某次，她又一次花光十个币仍是一个娃娃都没抓着，心有不甘地拖来了秦俨。

秦俨抛了抛手中的游戏币，得意扬扬地挑了挑眉梢，夸下海口："等着，哥哥给你一举歼灭这些小东西。"接着，苏莞默不作声地看着他把篮子里所有的币都投完了，也愣是一个娃娃都没抓上来。

秦俨气急败坏，沉声说："不玩了，什么破玩意儿！"再一转头，撞进苏莞幽沉沉的目光中，秦俨莫名头皮发麻，摸了摸鼻尖，想给自己找回点儿面子，"你哥哥的手是用来参加柔道赛的，哪能用来抓这鬼东西，是吧？"

话落，他拉着苏莞出了电玩城。等坐上"小电驴"，刚发动起车子，他就听到后面传来一道嫌弃的碎碎念："娃娃机都使不好，还参加什么柔道赛。"

秦俨："……"

就这样，对于娃娃机，苏莞一直有一个执念，甚至想着今后有了男朋友一定要带他来抓上一次。于是，今天，她带着男朋友打算来一雪前耻！

"要哪个？"傅维珩从篮子里取出刚换来的游戏币，自信从容地偏头看了眼苏莞。

苏莞戳了戳那道透明屏障："那个，那个猴子。"

接下来发生的事，是苏莞怎么都料想不到的。傅维珩的一双手可不止会拉琴。只见他一双灵巧的手，握着控制器一扭一移，再摁下按钮，连续几个回合，轻而易举地给她抓上来好多个。

苏莞两眼放光，一脸崇拜地仰视他。

傅维珩一瞥空了的游戏币篮子，再瞧苏莞怀里多得要抱不过来的娃娃，问了句："还要吗？"

注意到傅维珩身后一脸慌张的老板，苏莞忙就摇头："不要了，不要了。"

于是，傅维珩去前台要了个大纸袋把娃娃装上后，一手提着袋一手牵着她出了电玩城。

苏莞盯着那满袋的娃娃，频频震惊，不禁感叹："维珩，你真的是第一次来吗，也太厉害了吧！"她和秦俨抓了这么多年都没抓上来一个过。

傅维珩漫不经心："连这东西都使不好，我还拉什么琴？"

苏莞："……"这话，怎么听着有点儿耳熟呢。

傅维珩抬手瞧了眼腕表，问道："晚饭想吃什么？"

苏莞不假思索："去Magic吧。"

傅维珩脚步一顿，有些意外："不是不喜欢那里吗？"

"没有哇。"苏莞不自觉皱了下鼻头，有些心虚，"那里的牛排很好吃。"


到Magic会所时，天色已经完全暗下来了，灰沉沉的天空中挂着轮明月，稀朗的几颗星被掩在薄雾后，若隐若现。

电梯一路直达餐厅，站在餐厅门前，苏莞莫名紧张地捏了捏手心，傅维珩瞧她忽地停住，笑问："又不想吃了？"

苏莞忙说："吃啊，当然吃，包间我都订好了。"说着，撇下傅维珩自顾自地往包间走去。

等到包间门口，苏莞确认了门上的包间号，却没推门进去。后头的傅维珩见她愣在门口，几步上去抬手覆在她脑袋顶，无奈弯了下唇角："怎么不进去？"

面前的人侧过身，掀起眼帘瞧他，问："维珩，你知道今天是什么日子吗？"

见她一脸认真，傅维珩蒙了下，片刻后倏然意识到什么，正要开口，苏莞伸手推开了包间门。

墙上用铝膜气球拼成的"生日快乐"第一时间闯入他的视线。

房门被全部打开，苏莞两三步迈进去，站到铝膜气球下，笑着送上祝福："生日快乐，维珩。"

为了烘托这浪漫的氛围，包间里添上了几盏昏黄柔亮的星星灯，灯圈下，柔润的光泽打在她脸上，衬得她一双眼眸纯粹又透彻，漂亮极了。

傅维珩心潮悸动，迈开步子缓缓走到她面前，倾身拥住她，声音里是难掩的雀跃："准备很久了？"

碍于身高的差距，苏莞被迫在他怀里仰脖，环住他的腰身，微微摇了下头："包间是维瑾布置的，我只负责带你来。"

包间门忽然被带上，苏莞偏头看去，一辆小推车不知何时被推到了餐桌前，上面摆着点着蜡烛的慕斯蛋糕。

苏莞眸光一亮，拉着傅维珩走到蛋糕前，忙说："维珩，快吹蜡烛许愿，蜡烛快灭了！"

傅维珩笑笑，俯身吹灭，低声说："生日愿望……"

话还没说完，嘴便被捂住，苏莞："不行不行，愿望不能说出来，说出来就不灵了，在心里说！"

傅维珩不能理解地瞧她半晌，在心里默念一阵后，说："好了。"

苏莞这才满意地打开小挎包，从里面掏出个丝绒盒，缓缓打开，一对精致的宝蓝色袖扣映入眼帘，苏莞眉欢眼笑地开口："送你的生日礼物。"

傅维珩盯着那对袖扣半晌，伸手接过来，微笑着说："刚刚那个架势，我还以为……你要跟我求婚。"

闻言，苏莞脸上飞过一抹红晕。

他脱下大衣，娴熟地在衬衫袖上系上那对袖扣，而后，垂头吻她。

当晚，许丞阳刷微信朋友圈，猝不及防地被喂了一波"狗粮"。

莞莞的傅"大神"：生日愿望：有个傅太太。

配图是苏莞垂头切蛋糕时的身影。

Swan：维珩，生日快乐。

配图是蜡烛已被吹灭的慕斯生日蛋糕。

评论逐渐疯狂：

傅太太的小丞阳：祝傅先生生日快乐，和傅太太幸福美满，子孙满堂！

是姚曳不是摇曳：祝傅先生生日快乐，和傅太太幸福美满，子孙满堂！

沐沐宝宝：无端被撒了波"狗粮"，先吃个苹果压压惊……

江：屠狗。

……

当晚碍于门禁，傅维珩不得不餐后就送苏莞回宿舍。

这餐晚饭，苏莞鼓鼓的荷包最终还是没有瘪下去，因为人家傅维珩是股东，在此消费无须买单，记账就行。

夜幕中，傅维珩将车停在宿舍区外不远处的车道上。苏莞垂头去解安全带，正要拉开车门，驾驶座上的男人却"嗒"的一声落上了锁。

苏莞收回拉门的手，转头不解地看他："怎么了？"

傅维珩不作声，将驾驶座的座椅往后调了调，随后伸出双手环住她的腰，一用力将她提了过来，让她坐在自己大腿上。

苏莞惊呼一声，再抬眸，冷不防撞进他那双漆黑幽沉的眼眸中，她双手压着他的肩想要起来，傅维珩一收力道，将她牢牢箍在怀里。

车附近经过几道窸窣的脚步声，苏莞羞得耳朵都要滴血了，她瞥了眼远处的行人，咬着唇垂眸不敢看他："维珩，你松开。"

"别动——"他说，苏莞顿时身子一僵，不敢动了。

也不知道过了多久，他埋首在她颈窝间，说了声："莞莞，搬出来和我一起住吧。"

他细碎的头发时不时蹭到她的鼻尖，嗅着他身上清冽好闻的气味，苏莞面红耳赤地婉拒："我还没有毕业……"

男人抬起头来，抵着她的额头，没有多劝，只低低地"嗯"了一声："听你的。"

苏莞："那……我回去了，门禁时间快到了。"

傅维珩："再让我抱会儿。"

送了苏莞到宿舍楼前，傅维珩回到车上，刚开锁坐上车，一直搁在中控台上的手机忽地响了，一条微信消息弹了出来。傅维珩一手发动起车子，一手拿过来解锁，见是傅维瑾发来的微信。

瑾：维珩，多送你个生日礼物。

后面发来的是一张聊天记录的截图，傅维珩顺势点击大图。

瑾：他一向对这些事不太上心。往年的生日，他不是忙着准备演奏会就是忙着工作，基本没有庆祝，今年有了你，他总算是能过上个正经的生日，莞莞，你有心了。

Swan：我会陪着他的，一直。

最后的短短八个字，让傅维珩一时喜不自胜。

寂静的夜色中，男人坐在车内，一时间，笑得像个少年郎。

第二天，苏莞一早去傅宅给叶帆补上昨天的课。傅维珩在傅宅给她准备了琴，她少了个背琴的负担，一路上走得很轻快。

傅维瑾一早就起了，这会儿在琴房陪着叶帆练琴。客厅里没有人，厨房里倒是传来一阵炒菜的声音，应该是林嫂在准备午餐。

听见琴声，苏莞换鞋去了琴房。

叶帆正在拉练习曲，傅维瑾坐在窗边的躺椅上翻着书，一派悠闲。

刚到琴房门口，叶帆一眼就瞧见了她，甜甜地叫了声："小舅妈！"傅维瑾闻声抬头，面露悦色："莞莞来啦？今天这么早呢？"

苏莞被叶帆那声"小舅妈"喊得有些羞涩，微微颔首走了进来："嗯……想着早点儿来给帆帆上课。"说着，她又揉揉叶帆毛茸茸的脑袋，"要是累了，其实是可以停一周不上的。"

傅维瑾把书放椅子上站起身："可不能让她停一周，最近帆帆练琴老不积极，要是停课一周她更散了心了。"

苏莞听着也是，点点头放下背包："那我们现在开始？"

"现在吗？"傅维瑾看了眼腕表，想了想说，"十一点多，莞莞，你今天还有事吗，要不吃过午饭再上课？"

苏莞点点头："可以。"

傅维瑾笑了笑："维珩在书房，你去叫他下来，我去厨房看看午饭好了没。"

苏莞依言上了二楼。书房门虚掩着，她轻推而入，密密麻麻的乐谱零散地摊在桌面，那把斯特拉第瓦里琴静静躺在贵妃椅上，黑色的谱架立在一旁，架上夹着本有些老旧的帕格尼尼二十四首随想曲。

书房稍有些凌乱，她四下张望，明明桌面上还放着他的手机，却没见到手机的主人。

苏莞倒也不急，拿过那本帕格尼尼粗略翻阅了一下。

书上的每一页都写满了记号，每个小节、每句乐章，包括每个强弱节拍以及感情收放的点，都记得极为详细。这时，腰间一紧，一双手自身后环住她，温热的胸膛随之贴上她的背脊，呼吸间满是熟悉的清冽气味。

苏莞下意识偏头，柔软的唇恰好就碰上傅维珩贴上来的脸。

"什么时候来的？"傅维珩收了收手中的力道，上半身往前倾，将她揽得更近些。

苏莞轻笑一声："刚到没多久。"

傅维珩直起腰将她从怀里转过来，垂头吻了吻她，说："怎么不等我去接你？"

苏莞直言："怕你辛苦。"

触碰到她冰凉的双手，他蹙眉说："手怎么这么凉？我去倒杯热水。"

苏莞应声，见他转身进了里头的茶水间，自己又拿起桌上那几张零散的乐谱端详。

桌上的手机突然嗡嗡地振动起来，苏莞从乐谱里抬眼一瞄，见屏幕上来电提示"穆女士"三个字，朝茶水间喊了声："维珩，你电话响了。"

傅维珩这边刚烧完热水，他清洗着水杯，淡然自若地应了一声："你帮我接一下。"

苏莞顿了顿，放下乐谱，拿起手机按了接听，声音轻柔细腻地先打了个提醒："您好，这是傅维珩的手机，他现在不太方便听电话。"

电话那头沉默了半晌，随后响起道略微惊喜的女声："你是莞莞？"

苏莞一愣："您是……"

那头语含笑意："我是维珩的妈妈。"

苏莞："……"她身子一僵，瞬间紧张到说话都不太利索，"阿……阿姨，您好。"

穆清笑出声，声线婉转悠扬如山泉流水："我常听维瑾提起你，下个月我和维珩爸爸回国，到时候记得和维珩回来一起吃顿饭。"

苏莞心想，这就要见家长了吗……

傅维珩这时端着热水从里头走出来，她听到动静忙回头看向他，指了指话筒无声地说了句："你妈妈。"

"小心烫。"他走过来把水递给她，不紧不慢地接过手机，"妈……"

苏莞接过他手里的水，局促地转身，遁到沙发上去了。

那头不知道说了些什么，苏莞只见傅维珩偏头望着她，笑意浅淡地说："嗯，她比较怕生，等你们回国我再带她跟你们见面……"

苏莞捂着那杯热水，羞涩地垂头一点儿一点儿抿着。

傅维珩挂下电话走到她旁边坐下："我爸妈下个月回国，到时候一起吃饭？"

该来的总是要来，苏莞知道推脱不掉，"嗯"了一声答应下来。


几天后，元旦即将到来。

晚会是在十二月三十号晚，趁着最后几天，苏莞和许丞阳一行人都在紧张地排练她们的四重奏。

转眼到了晚会的前一天，她们四人照旧约好早上十点在琴房见面，结果，发生了一点儿小意外。

"什么？你住院了？"许丞阳握着手机，惊呼出声。

"那你现在怎么样，好点儿了没？"

"你身体没事就好了，晚会的事我看着办，你先休息……"

"哎呀，没事没事，我临时找个人，实在不行就三重奏……你歇着吧！"

挂下电话，许丞阳瞬间就像个漏了气的气球，瘫坐在钢琴椅上背靠琴键，重重叹了口气："阿敏来不了了……她昨天把脚扭了，虽然不是很严重，但是医生让她这两天最好别下床。"

桥子："……那怎么办？"

许丞阳快哭了："我现在去哪找个中提啊！"

桥子摊摊手："我们系仅有的几个中提都有节目了。"

苏莞思忖片刻，说："要不，我帮你问问傅小姐？傅小姐的先生会中提。"

许丞阳："那你快问快问……"

二十分钟后，傅维瑾推了个微信名片过来。

瑾：胤桓说可以，明晚他刚好有时间，他说中午午饭的时候去跟你们合一合，你加上他微信，方便联系。

苏莞回复了句"谢谢"后，加了叶胤桓微信。片刻，"好友通过"的消息弹了出来，叶胤桓不多废话，直问："什么曲子？"

Swan：莫扎特，《G大调弦乐小夜曲》。

Ivan：我去取琴，大概半小时后到。

Swan：麻烦叶先生。

Ivan：一家人，不用客气。

看到最后一句话，苏莞红着脸关了手机。

许丞阳从洗手间回来，跑到她面前，急得直跺脚："怎么样，怎么样？"

苏莞："嗯，叶先生说他半小时后就到。"

许丞阳喜极而泣："莞莞，我都有点儿舍不得你嫁出去了，没有了你，我可怎么办！"

二十分钟后，叶胤桓驾着辆黑色的轿车进了延大的校园停车场，苏莞和许丞阳为表诚意特地到停车场去接他。

当叶胤桓提着他那有些许老旧的提琴盒从轿车上下来时，许丞阳的眼睛都要看直了。

男人穿着件黑色的牛角大衣，里面的浅灰色圆领毛衣下还衬着件暗色的格子衬衫，搭配黑色牛仔裤和白色休闲鞋。和煦的阳光下，整个人看上去温润如玉，儒雅谦和。

许丞阳是个不折不扣的"颜控"，来这么一大帅哥，第一时间就笑着上去打招呼："叶先生您好，太感谢您了。"

苏莞打了声招呼："麻烦叶先生了。"

叶胤桓颔首微笑："没什么，只是小事，去琴房吧。"

许丞阳笑嘻嘻地应了声，伸手给他指路。看着叶胤桓身高腿长的背影，许丞阳咬牙在苏莞耳畔低语："莞莞，你也太幸福了吧，江律师，叶先生，加上你老公，身边全是帅哥！"

苏莞被那句"你老公"喊得红了脸："还好吧……"

许丞阳接着碎碎念："叶先生有傅小姐，'大神'又有了你，也不知道江律师还有没有主……"

苏莞突然想起第一次在便利商店遇见江之炎时，无意间瞥到他钱夹里的证件照，夹在钱夹里，必然珍贵，想来是他放在心尖上的人。

苏莞略感为难地开口："虽然不知道江之炎有没有女朋友，但是他应该是有心上人。"

许丞阳做抱头痛哭状："为何上天不赐我美男！"

苏莞回顾了一下许丞阳近年来所交往的男朋友，毫不客气地揭穿："大学这四年来，上天已经没少赐你美男了。"

许丞阳："……"

翌日下午，是元旦晚会前的彩排。

延川大学音乐学院是国内数一数二的重点艺术院校，每年最重视的活动便是校艺术节，以及一年一度的元旦晚会。学院人才济济，今天的晚会除了古典乐、民乐、流行乐，还有话剧、舞蹈、音乐剧等多种多样的演出。

经过昨天临时的合奏，许丞阳的《G大调弦乐小夜曲》也有了着落。

叶胤桓同傅维珩一样，都是柏林音乐学院硕士毕业，本科期间，他在柏林音乐学院管弦系就读，是傅维珩的同系师兄，专长中提琴，考研后就转报了指挥专业，一直到硕士毕业。叶胤桓底子扎实，专业拔尖，简单的四重奏对他来说简直易如反掌。

虽说今晚的晚会叶胤桓可以临时救场，但下午的彩排他却磨不开身来参加，所以她们仨就随意地配合灯光走个台面，应付了彩排。

距离晚会还有两个小时开场，苏莞从自己的演出专用服里挑了一件烟青色的抹胸轻纱长裙，随后去剧场后台找化妆师给她化妆。

排队等待期间，她刚开了一局"消消乐"，就接到了傅维珩的电话。

苏莞一瞧排在她前头正在擦粉底霜的女孩子，想着应该没那么快轮到她，便起身提着长裙摆去了外面的楼道："维珩，怎么了？"

他沉稳的嗓音从听筒里传来："演出几点开始？"

"六点，你要来吗？"

"嗯，你的节目在第几个？"傅维珩抬手瞧了眼腕表。

"第十七个。"苏莞摆弄着裙子，顺便问了句，"你要和叶先生一起过来吗？"

傅维珩翻文件的手一顿，平和的语气里有了些起伏："胤桓？"

"啊，我好像忘记告诉你了，"苏莞说，"我们原来的中提出了点儿事，所以我昨天就托傅小姐帮我找了叶先生来救场。"

傅维珩挑挑眉，思量半响，说："我大概半小时后出发。"挂了电话，傅维珩合上手里的文件，起身去衣帽间换了一套黑色的定制西服，而后迈步去了叶胤桓和傅维瑾的房间。

房门虚掩着，傅维珩敲了两下，推门进去。

叶胤桓正在衣帽间里换衣服，为今晚的演出做准备，听到门外传来动静，偏头恰好见傅维珩立在房门边盯着他。

叶胤桓被吓了一跳，打着领结的动作顿住，睨他一眼说："你是猫吗？走路没声的？"

傅维珩："我敲门了。"

"晚上延大元旦晚会，你是要去的吧？"叶胤桓扫了眼他那身做工考究的西服，继续扣扣子，"苏莞应该跟你说了，我去救个场，不过我的车被维瑾开走了，车库里别的车我开得不太惯，正好你顺路就……"

后半句话还没说完，傅维珩沉沉打断："你待着，琴借我。"话落，他转身走到矮柜前顺走了那个老旧的提琴盒，带上门离去。

叶胤桓："……"


六点，晚会正式开始。

剧场里已是座无虚席，两位穿着光鲜亮丽的主持人一前一后走上台，一段开场白过后，演出正式开始。

苏莞、许丞阳和桥子都已经化好妆，这会儿正坐在休息室里等叶胤桓赶来。

许丞阳看了眼时间，心里有些着急："莞莞，叶先生不会放我们鸽子吧？"

苏莞试了下琴的音准，笃定地说："不会，叶先生跟傅维珩一起来的，这会儿应该在路上，我再发个微信问问他们到哪了。"

苏莞打开微信，给傅维珩发了条消息："维珩，你们到了吗？"

那头几乎是秒回："停车场。"

苏莞忙放下琴，匆匆跑去大门迎接。

等她赶到剧场门口时，那道熟悉高挑的身影也提着琴盒从远处走来。

苏莞疑惑地多看了两眼，怎么只有傅维珩一个人？叶先生呢？她等不及地跑到傅维珩面前，再次探头望了望他身后，空无一人。

苏莞一脸茫然地抬头问他："叶先生呢？"

傅维珩垂眸看着她一脸精致的妆容和一身华丽的装扮，心尖一悸，脸上却是波澜不惊："他临时有事，来不了了，我替他。"

"什……什么？"苏莞半信半疑，"你，你会中提？"

傅维珩蹙蹙眉，面无表情睨了她一眼，冷哼一声："呵，你的男人，无所不能。"


剧场后台，许丞阳拖着那极其不便的大长裙从洗手间出来，抬眼恰好望见傅维珩提着琴盒，一身正装，英姿俊挺地走来……就是脸色有些阴沉。

反观苏莞垂头提着那宽大的裙摆就像个小跟班似的嗒嗒嗒跟在傅维珩身后，一副小心翼翼的模样。

许丞阳一愣，这是，吵架了？

等他们俩走过来，许丞阳几步走上去跟傅维珩打了声招呼："嗨，

'大神'。"

傅维珩微一颔首，默不作声地进到休息室里调琴。

人满为患的休息室里，顿时就因为傅维珩突然的出现而炸开一片谈论声。

"那是傅维珩吗？他怎么来后台了，难道他晚上也有演出？"

"不会吧，他都隐退这么多年了……"

"我的妈，实在是帅得要瞎了。"

另一边，许丞阳拉着苏莞到身前，低声问她："怎么回事，你们吵架了？一股低气压。"

桥子匆匆凑上来："叶先生呢？"

苏莞不明所以，悠悠地说："叶先生说他有事，让傅维珩来替……"

"'大神'还会中提？"许丞阳惊呼，视线偏向傅维珩英挺的身影时又忙虚了声，语气里还是难掩的诧异，"'大神'会中提，你昨天怎么不找他来啊！"

苏莞这不也是才知道吗……

"我估计'大神'是不高兴了。"许丞阳掂量着，"自尊心受到伤害了。"

苏莞和桥子一脸蒙。

许丞阳翻了个白眼："啧，你想，自己女朋友有麻烦第一个想到的人不是自己，而是其他男人，换你能高兴？"

苏莞恍然大悟，他这是吃醋了啊？

"我也是刚刚才知道他会中提，"苏莞深觉无辜，"而且，那不是他姐夫吗？"

许丞阳"啧啧"两声，不以为然："对于男人来说，除了自己以外的男人，就是其他男人，哪怕那是他亲儿子。"

桥子推推苏莞："去哄哄吧。"

此时，苏莞口中的他姐夫，恰好来了条微信。

Ivan：我临时有事，维珩去了，放心吧，他的中提可不赖。

苏莞心里腾起几丝雀跃，收了手机几步走到傅维珩身边，小心翼翼地唤了声："维珩……"

傅维珩不作声，面不改色地给琴弓上松香。

"你在吃醋吗？"苏莞憋着笑，伸出两根手指揪住他西装下摆，轻轻晃了晃。

傅维珩淡淡地瞥了她一眼。

苏莞踮脚凑到他耳边，轻声哄着："维珩，我爱你。"

他微愣，擦松香的动作随之顿住。一时间只感觉她温热的气息扑洒在自己耳郭，呼吸间满是她身上好闻的味道。

傅维珩目光落在她深陷的酒窝上，莫名就觉得口干舌燥，脑子里只有把她摁在墙上狠狠吻一通的想法。

他收拾好情绪，继续手里的动作，说："嗯，那下次吻我的时候记得卖力点儿。"

苏莞："……"这么淡定？

许丞阳在一边看傅维珩眉目舒展，立马上前谄笑着提议："'大神'，我们要合一合谱子吗？还有点儿时间。"

傅维珩从容地拨了下琴弦："不用，到时候你们按照平常练的拉，我会看着配合。"

"真是神啊，莞莞！"许丞阳热血沸腾，晃着苏莞的肩激动地说道，"怎么办，我无法淡定，我居然要跟我的偶像同台！我居然，拿了他复出的处女秀！"

桥子："……"

被晃到眩晕的苏莞："……"


时间一分一秒地过去，节目已经到了第十五个，晚会的负责人风风火火地赶来后台催人。负责人是学生会里的人，也就是微信名叫门德尔紧的那位大兄弟，全名杨尔锦，与许丞阳相交甚好，算得上是自己人。

当他举着节目单跑到休息室门口，注意到站在苏莞身边一身正装手里还拿着中提琴的傅维珩时，先是难以置信地揉了揉眼睛确定自己没看错，再惊呼："傅'大神'！"

许丞阳眉飞色舞地站到杨尔锦身边，兴奋得嗓音都在颤抖："你没看错，他给我们拉中提哈哈……"

杨尔锦："怎么回事，阿敏呢？"

许丞阳："阿敏昨天摔了，这会儿在医院躺着，我就临时找了傅'大神'来救场。"

杨尔锦鄙视般说道："许丞阳你太不厚道了，居然利用系花来钓傅维珩给你做陪衬？"

许丞阳不以为然："怎么说话呢，那是我未来妹夫，我用用怎么了？"

杨尔锦嗤笑说："得了吧你，蹬鼻子上脸。"

许丞阳笑得有点儿猥琐："我估计连老查理都想不到傅维珩会上台，让我给他来个意外大惊喜，哈哈哈……"

杨尔锦眼角抽了抽，拿节目单敲了下她脑门："赶紧去前头，马上要到你们了。"

许丞阳心情很好，嘿嘿一笑比了个OK的手势，走到里面叫苏莞和傅维珩。

"下面，让我们欣赏由管弦系许丞阳等同学带来的弦乐四重奏《G大调弦乐小夜曲》……"

肤白貌美的主持人报幕完毕，台下观众响起一阵噼里啪啦的掌声，灯光渐渐变暗。待工作人员匆匆上台放好一把椅子后，许丞阳领头带着他们仨迈步上台。

聚光灯随着他们的步伐而摆动，当他们四人在台上站定，灯光完全亮起时，观众席的人群随即躁动起来，议论声、惊呼声四起。

"我的天，那不是傅维珩吗？节目单上没说他会来啊！"

"这本事也忒大了，请到傅维珩来做陪衬？我曾经想听他一场演奏会都不容易，今天居然不花一毛钱就能看到他演出？"

"你没看大提是那个苏莞吗，傅维珩是她男朋友，估计是她请的。"

就坐在舞台底下第一排的老查理不可置信地搓了下他那双老花眼，这真的是傅维珩吗？真的是那个自己耍了各种手段才把他骗来学校开讲座、开演奏会的得意门生傅维珩吗？

第三排的姚曳也是惊呆了，不是找的叶先生吗？这会儿怎么突然变成傅"大神"了！

台上，四人礼貌地朝观众席微微鞠躬后，各就其位。

除了苏莞，其他三人都是托琴站着。按从左到右的顺序，最左边的是第二小提琴桥子，接下来是第一小提琴许丞阳，而后是大提琴苏莞，排尾则是中提琴傅维珩。

台下的观众已经自觉噤声，傅维珩托起琴，沉着声用只有她们三人能听见的音量指挥道："从第五拍开始。"

三人点头均是明了，在傅维珩用脚轻轻打了四拍节奏后，一阵明亮开阔、节奏鲜明的重奏声在这舞台上响起。

一切如同傅维珩所说，许丞阳根本不需要担心他们的合奏有任何的违和。这首曲子，对于演出经验丰富的傅维珩来说，简直是烂熟于心，所以整场演出下来，他全程都是跟着她们的旋律、节奏来配合，每段旋律和节奏都分外契合，没有丝毫的差错。

曲目到最后一小节，四人齐齐扬弓收尾。全场静默三秒后，顿时响起如雷般的掌声，四人再次鞠躬表示感谢，在观众们意犹未尽的欢呼声中陆续下台。

"啊啊啊，傅'大神'真的好好看，拉琴都那么清冷！"

"听了他那么多年的小提琴，今天第一次听他拉中提，真的是全能型，什么都能拉好。"

"唉，我的男朋友如果有他十分之一就好了……"

走到剧场后台，苏莞手里拿着琴，空不出手提裙摆，走路的时候就不太方便，在这人来人往的走道里走走停停了多次。傅维珩一直跟在她身后，见她再次站到一边，直接上去将她宽大的裙摆提了一些，语气平和："不方便怎么不开口？"

身下一轻，苏莞抬眸见他提着裙摆的手，笑着轻声说："嗯，谢谢维珩。"

到休息室时，苏莞第一时间就去更衣室换下这身长裙子。一下台就赶着去厕所的许丞阳也恰好回来，见傅维珩正蹲身替苏莞收琴，于是她拉着桥子一起感激涕零地向他道谢："'大神'，谢谢你，真的太谢谢你了！"

桥子接腔："是啊'大神'，谢谢你救场！无以为报！"

傅维珩站起身，拉上琴套链子，笑意淡漠："小事，受人之托。"

站在休息室门口的老查理恰好听见傅维珩这句话，心里忍不住腹诽："哼，不是你傅维珩心甘情愿要做的事，谁能托得了你！"

苏莞换好衣服从更衣室出来，见老查理幽怨地盯着化妆台前收琴的傅维珩，上前唤了声："Mr. Charlie?"

声音不大不小，他们都不约而同地侧目看过来，老查理扯了扯领口上的小领结，朝苏莞微微一笑，走到傅维珩面前，摆出一副为人师表的样子："维珩。"

傅维珩淡漠地瞥他一眼，颔首："Mr. Charlie."

老查理被傅维珩淡然自若的神情给激得急了："你不是说，不干吃力不讨好的活吗？"

傅维珩："现在又想干了。"

老查理："……"

苏莞、许丞阳、桥子："？"

老查理恨恨地说："我诚挚邀请了维珩来我们的元旦晚会做嘉宾，被他拒绝了。"

闻言，许丞阳拍了拍老查理的肩，话说得意味深长："老查理，这你就不懂了，要请'大神'，你关键得看看是——"她目光一转，直直地落到苏莞身上，"谁！去请。"

苏莞："……"

一旁的桥子踌躇许久，问道："主任，你跟'大神'很熟吗？"

老查理甩头一哼，一张脸扬得贼高："哼，就是个我教过最不可爱的学生！"

苏莞、许丞阳、桥子："……"

活了二十多年，许丞阳实在是没想到，原来自己"粉"了五六年的偶像"大神"，竟然是自己的同门师兄，那么想来，自己将来也有可能会是傅维珩第二？

想到这里，许丞阳不禁大笑出声。许某人旁若无人，兴奋地越步上前，小心翼翼地握住傅维珩高贵的提琴手，一本正经："大师兄！我，是你的九师妹啊！"

"许丞阳，你干什么呢！"杨尔锦不知何时从前台过来，几步上前直接拿手里的节目单敲掉了许丞阳紧抓着傅维珩不放的手，"别拿你的猪蹄亵渎'大神'。"然后干脆揪着许丞阳去到里间喊人，"剩下几个节目的演员快准备准备，马上上台了。"

许丞阳愤恨的嗓音隐约从里间传来："杨尔锦，你欠打是不是……"

老查理看着这两人朝气蓬勃、精力旺盛的一幕，不禁感慨一声："How nice to be young！（年轻真好啊！）"

对于许丞阳与杨尔锦的打打闹闹，桥子早已习以为常，摆摆手收拾琴去了。


等苏莞卸完妆回来，桥子和许丞阳已经换好衣服在等他们，看到来人，许丞阳收了手机背起琴，笑说："姚姚帮我们占了位，赶紧去。"

苏莞点点头走到梳妆台前正准备拿琴，傅维珩却先一步钩了肩带挂上肩，另一手拎着中提琴盒："我去把琴放车上，你先去。"

苏莞犹豫了一下："我陪你一起吧？"

"不用。"傅维珩抬起空闲的手拢了下她的衣领，"外头冷。"

"那你快点儿回来。"苏莞微微垂着眸，脸上有些发热。

等走到观众席时，恰好一个节目结束，场内灯光亮起，许丞阳和桥子借着光已经往里走去，苏莞这时摸了摸口袋，发现落了手机在更衣室，和许丞阳打过招呼后，又匆匆折返去更衣室取手机。

她径直去了更衣室，一掀开那道厚重的门帘，就看见自己的手机静置在那张塑料凳上。

"菜菜，那鼓手这会儿堵在街上，赶不过来，怎么办呀？"

苏莞拿了手机刚出里间的更衣室，就听到一道焦急的声音从休息室门口传进来。

她侧目一看，一个化着舞台妆打扮前卫的女孩从外头跑进来，站到梳妆台前正在听着Mp3的女孩面前。

闻声，那女孩猛地扯下耳机线："你说什么？"

打扮前卫的女孩气喘吁吁："那个鼓手，赶不及了，嘉禾路那里下午出了车祸，一堆的车堵在那过不来了。"

"啊？再过两个节目就到我们了，我这会儿上哪找鼓手？"

那女孩慌乱地站起身，苏莞这会儿看清她的脸，是她的同系学妹，也就是微信名叫旺仔小菜头的女生。苏莞突然想起上次李佳媛那件事，这个旺仔小菜头替她出了不少力。

踌躇一阵，苏莞几步上去走到她们身边，问："什么曲子？"

两个女孩均是一愣，偏头看去，这才发现是不知何时出现在休息室的苏莞。

"苏莞学姐？"

苏莞又问一遍："嗯，什么曲子？"

打扮前卫的女孩最先反应过来，忙拿过桌上的分谱递上去："五月天的《温柔》。"

苏莞接过谱子大致地扫了眼，发现都是些简单的节奏点，按照她前几年学的一些架子鼓基础，应付这些应该不是问题。

"学姐，你会架子鼓吗？"旺仔小菜头这会儿才逐渐回过神，眉梢爬上几丝惊喜。

"这首歌我可以应付，"苏莞点头轻笑，"只要你们不介意我技艺不精。"

峰回路转，有人上台总比没人上台好，她哪里还会在乎多精湛的技术，于是不禁喜极而泣："只要你会就好了！太谢谢你了，学姐！"

"没关系。"苏莞又有些为难，"不过我已经卸妆了……"

旺仔小菜头浑不在意地摆摆手："不碍事！你这张脸素面朝天就已经压过我们所有人了！"

苏莞："……"自己不是这个意思。


从停车场回来，傅维珩径直去了观众席，刚到走道，就看到许丞阳旁边空出的那个座位。四下望了望，没见到人，傅维珩掏出手机准备拨电话，原本跟姚曳在说话的许丞阳恰好余光一偏看到他，忙说："'大神'，莞莞把手机落在更衣室了，她刚去拿，应该就过来了，你先坐着吧。"

傅维珩思忖片刻，最后在走道边的第一个座位上坐下。

时间大概过去了十分钟，台上又一个节目结束，主持人紧接着上台，傅维珩一瞥身边依旧空着的座位，再瞧手机上十分钟前发出却尚未有回复的微信消息，有些坐立不安。

收起手机，他正要起身，台上的主持人已经报幕完毕走下台，舞台灯随之暗下，一片漆黑，只听舞台上一阵窸窸窣窣的动静。如此，傅维珩无奈地又坐回椅子上等灯光重新照亮。

十秒后，灯光骤然亮起，傅维珩不适应地眯了下眼，准备再次起身离开时，不经意间望见舞台上的架子鼓手。

他神色一怔，意外至极。

"那不是莞莞吗！"隔着他一个空位的许丞阳最先开口，嗓音在这倏然安静下来的观众席中格外突兀。

姚曳一个侧目，瞠目结舌："我的天，还真是！她拿个手机的工夫怎么就上台了？"

桥子一脸蒙："她这是准备敲鼓吗？"

许丞阳大为震惊："我和姚曳跟她同吃同睡三年多都不知道她还会这玩意儿！"

姚曳看着台上淡然自若的苏莞，难以置信："这小妮子居然还有潜藏技能？"

舞台的灯光变成了温柔的暖色调，在收到主唱旺仔小菜头的提示后，所有的乐手齐齐奏出了一阵熟悉抒情的前奏。

傅维珩坐在台下，手肘抵着座椅的扶手，几根手指轻轻撑着下颚，目不转睛地盯着苏莞打着鼓的模样，原本意外的神色逐渐爬上几许得意。

台上，女孩独特的嗓音把这一首歌如其名的《温柔》演绎得淋漓尽致，台下的观众像是被这怅然若失的歌词所感染，不约而同地随着旋律合唱起来，为这场晚会的最后拉上了圆满的帷幕。

晚会结束，所有参加节目的演员都需要集体上台谢幕，苏莞站在最后一排，基本会被人群淹没，干脆趁着所有演员上台之际，一个人悄无声息地溜回了后台休息室。

刚出了后台的安全门，抬眸就见不远处一道颀长的身影缓缓朝她走来。

她迈步迎上去："维珩，久等了。"

傅维珩无声地弯了弯唇角，也不顾这走道里来往的人，直接把她揽进怀里，沉声说道："莞莞，你真是让我意外。"

他醇厚的嗓音里带着几分惊喜，苏莞蹭了蹭他身上面料舒适的西装，原本有些飘忽不定的心此刻安逸至极。

"咳咳……"

身后突然响起一阵轻咳，苏莞从他怀里探头望去，这才发现不知何时站到傅维珩身后的许丞阳和姚曳。

两人立在那处，抿着唇笑得别具深意："莞莞……"

傅维珩侧了下身："我去趟洗手间。"

苏莞点点头，面对面前的两人，有些羞涩地挽了下头发。

姚曳难掩激动："我的天，莞莞你实在是太帅了！什么时候学的架子鼓啊？"

许丞阳上来拉住她的手，摸了摸："真是没想到，我家苏美人还有如此撩妹技能！"

"高中的时候陪着秦沐一块去学着玩的。"毕竟不是什么能拿得上台面的技术，她哪里好意思声张。

许丞阳凑上前直接拿脸在她身上蹭了蹭："嗯，苏美人，朕要爱死你了。"

姚曳看不下去，一把揪住许丞阳衣领把她拎起来，扔到一边："对了莞莞，待会结束我们系有个聚会，你一起去啊。"

"聚会啊……"苏莞很纠结。她喜静，不爱凑热闹，几年来系里大大小小的聚会她仅去过一次，那唯一的一次也是四年前入学仪式后的迎新宴。

许丞阳正色，还没等她开口就抢先说道："一起去啊，莞莞，这几年的聚会你不去就算了，今年都要毕业了你还不打算去？系里的同学每回都盼着你去呢！"

姚曳应和着："是啊，莞莞，去吧，让'大神'也一起，大家肯定更开心。"

苏莞有些难为情，平时系里的同学都挺照顾她的，上回出了事他们也都帮她出声出力，这次要再拒绝聚会似乎真的太不近人情，沉吟半晌，她说："嗯，我去，不过他……"

她正想说就不要叫傅维珩了，因为他也是个嫌吵的人，结果还没说出口，面前的许丞阳先瞥见傅维珩从洗手间出来，直接跑上去跟他提了聚会的事。

苏莞都还没来得及反应，就见傅维珩点头答应了下来，接着几步上来戳了下她眉心："发什么呆？"

许丞阳："莞莞，'大神'，我们俩去找班长问问聚会的地点，待会儿发微信给你们哟。"

话落，她拉着姚曳迅速消失在走道。

苏莞有些不可思议："你，你要去？"

"嗯。"傅维珩瞥她一眼，反问，"不想我去？"

苏莞："你不是不喜欢人多吗？"

"不一样。"他的表情始终淡淡，没有丝毫的情绪，可话却带着暖意，"他们是你的朋友和同学。"

苏莞一怔，看着傅维珩俊朗的面容，顿悟，他这是……爱屋及乌？

# 第十章　恋爱日常

夜晚的气温总是要比白天低上几分，今天出门匆忙，苏莞只套了一件毛呢大衣，里头是单薄的圆领毛衫，一出剧场，寒凉的夜风忽地刮过她光洁的脖颈，冻得她打了个寒噤。

傅维珩见她冻得缩脖子缩脑的，原本下台阶的脚一收，拉着她又折回剧院大厅。

苏莞拢着衣领，不解地看他："不走吗？"

傅维珩："我去开车，外头冷，在这等我。"

"你不冷吗？"苏莞心有不忍，他也只是一身西装，没有外衫。

"不冷，在这等我。"话落，他拉开门没入这寒风刺骨的夜色中。

许是怕她久等，还不到五分钟，傅维珩就驾着车过来了。明亮的车灯在剧院的玻璃大门上一晃而过，车轮碾过小碎石的声响随着汽车轻微的引擎声由远及近，他把车稳当地停在剧院大门前。

苏莞推开那扇玻璃门，见他开了车门打算从驾驶座上下来，忙就匆匆跑出去径直到副驾驶座拉开车门钻进去。

傅维珩看她灵活的身影，无奈笑笑把驾驶座的车门重新带上。凛冽的寒气被阻挡在车外。

车内的暖气很足，洒在她膝盖上，一下子顺着血液暖遍了四肢百骸。

"饿吗？"傅维珩扣下安全带，挂上挡朝车道驶去。

"一点点。"她今晚都在忙着晚会的事，晚饭基本没吃上几口。

手机进来两条微信消息，苏莞打开看了眼，是许丞阳发来的："莞莞，聚会地点在东湖区那家路易斯，我们准备出发，你和'大神'快点儿来喔。"

苏莞倒是没听过这家饭馆的名字，转头请教某人："许丞阳说聚会地点在路易斯，你知道在哪吗？"

"路易斯？"傅维珩微微挑了挑眉，语气淡淡，"东湖区的？"

苏莞点点头，傅维珩："知道。"

苏莞："那我们现在过去吧。"

"嗯。"恰好一个路口右拐，傅维珩打着方向盘，在路边的便利商店门前停下车。他挂了空挡，没有熄火，解开安全带说："我去买点儿热的暖暖身，你在车上等我。"

五分钟后车门再一次被拉开，傅维珩把手里那杯热豆浆和一袋小面包递给她："吃点儿面包垫垫肚子，怕你吃不惯那里的东西。"

苏莞愣了半天才接过豆浆，趁热抿了一口。

车子重新驶上马路，苏莞拆开面包的包装袋，咬了一小口，又偏头看向正在开车的某人，举着面包伸到他嘴边："你吃吗？"

傅维珩直视路况，脖子微伸就着她咬过的那块地方咬了一口。

苏莞盯着那块两人都咬过的地方，脸上莫名地发热。她望向窗外的街景咬着面包，心里忍不住骂自己："害什么羞，又不是没接过吻，没出息！"

车子大概行驶了十多分钟后到达目的地，苏莞原本以为，所谓的聚会，应该就是去烧烤店或是饭馆什么的喝点酒聊聊天，可是面前这灯光诡谲、人群喧嚷的酒吧是怎么回事？

苏莞站在台阶底下，指着酒吧门口那五颜六色的灯光，侧头一脸不可思议地看着傅维珩："你确定，没走错？"

傅维珩不作声，面无表情地握住她的手将她指尖的方向向上一转。苏莞顺着方向抬眸望去，那LED"路易斯"三个大字一览无余。

虽说苏莞有几千几万个不情愿，但毕竟是答应了要参加的，总不能临时反悔离开。反正她不会喝酒，傅维珩开了车也不能喝，那就进去坐一会儿再离开倒是无妨。

苏莞和傅维珩一前一后地走进去，远远就看见许丞阳一伙人坐在舞池前方的那两个大卡座上。

他们俩应该是最晚到的，所有人见他俩过来，一下子齐刷刷地站起来要给傅维珩让座。苏莞惊了下，沾光了。

傅维珩朝他们微微颔首，拉着苏莞在卡座的角落里坐下。许丞阳和姚曳立马就跟别的同学换了位置坐到苏莞旁边，两人各手拿一杯刚调好的酒，分别放到了傅维珩和苏莞的面前，意思很明确。

苏莞看她俩那贼兮兮的笑脸，没好气："不喝！"

"哟哟哟，还有脾气。"许丞阳拿着酒杯调转枪头看向傅维珩，"'大神'，喝一杯呗？"

傅维珩今晚倒是破天荒的爽快，挑挑眉，抬手要接过那杯琥珀色的酒，苏莞伸手拦下来，扬声道："别喝，你开车呢！"

"莞莞别捣乱。"姚曳倾身按下苏莞的手，"你还心疼呢？开车了就叫代驾！"

"就是，这我大师兄，说什么都得喝一杯！"许丞阳一本正经，沉声强调。

傅维珩笑了笑，凑到苏莞耳边，低沉的嗓音带着磁性："老婆放心，我，是众醉独醒。"

话落，他扬杯一饮而尽，喉结随着吞咽的动作上下动了动，性感至极。

苏莞不禁脸一红："……"

这会儿灯光一晃，照到台上那位早已大汗淋漓的DJ，他掐着烟嗓极有技巧地喊了两声麦，一下子调动了全场的气氛。背景音乐已经换了一首节奏感极强的热辣舞曲，舞池上的人群顿时就像打了鸡血，跟着这震耳欲聋的音乐一齐摇摆起来。

许丞阳一伙人早就随着这一阵又一阵的浪潮站到那舞池中央在群魔乱舞了。苏莞内心百感交集，想不到这一群看似正儿八经的音乐生们也有这样豪放不羁的一面，看来是平时在琴房憋得太久，按捺不住了。

再看傅维珩，他安安静静地靠那皮质沙发上，姿态慵懒，晃动的LED舞台灯投射在他英挺的鼻梁上，那双漆黑深邃的眸子透亮得如同一潭清泉，深不见底。

苏莞一时间口干舌燥，回头拿过那杯兑着绿茶的酒抿了一大口。

傅维珩瞧着她的动作，无声地弯了弯唇，倒不阻止她。

苏莞抿着抿着，就喝完了一杯。一旁的酒保看她见了底的酒杯，主动上来又给她添上半杯，如此反复几次，苏莞不知不觉下肚了五六杯，加上之前喝的那杯豆浆，她现在是满肚子的水……

"那个，维珩……"醉意上头，苏莞有些晕乎，捏了捏他手，碍于这振聋发聩的音乐，不得不凑到他耳边，拔高了声调说，"我去趟洗手间。"

苏莞一走，傅维珩就有些百无聊赖，掏出手机开了一把"消消乐"打算解闷。

许丞阳和杨尔锦在一边玩起了骰子，一声比一声大，喊得比什么都要起劲。姚曳这时在舞池里跳累了，也坐了回来，喝口酒润了下嗓后也加入了摇骰子行列。

原本满座的沙发，此刻就剩下他们四个人。

"要不要叫'大神'一起玩？"杨尔锦凑到许丞阳耳边问了句。

许丞阳摇骰子的手顿了顿，侧目朝傅维珩看去。

后者面无表情地握着手机在通关，和刚刚苏莞在身边时一脸温柔的样子比起来，这会儿就是一副"别靠近我"的冷峻神情。

许丞阳扬手摇头："别，你没看'大神'周身自带的冷空气吗？他能来就已经很出乎意料了，咱们别去烦他。"

姚曳举着骰盅在半空中甩了两下，"啪"地落桌："没错，他的眼里只剩咱们系花了！"

话音刚落，身边忽地卷过一股浓郁的香水味。许丞阳灵敏的鼻子嗅了嗅，再抬头，只见一位长卷发的高挑女人踩着细高跟，坐到了傅维珩旁边。

那女人穿着一件低胸亮片吊带短裙，浓妆艳抹，纤细的长腿上下搭着，眉眼妩媚，别具风情。她举着酒杯，往傅维珩耳边凑了凑："帅哥，一起喝一杯吗？"

傅维珩眼皮都没抬。

姚曳手里的骰盅差点儿被震掉，三人面面相觑，许丞阳忐忑不安地扯了扯两人的衣袖，一个劲儿地使眼色："怎么办？莞莞马上就要出来了。"

姚曳拽回自己的袖子，反瞪一眼："你倒是上啊！"

许丞阳直起身："我怎么上啊我，我又不是正主！"

于是两人齐齐侧目望向杨尔锦，他摊手："别看我，我更不知道。"

这时，苏莞一个人晃晃悠悠地从人群里挤回来了。

姚曳见了，猛地晃了下许丞阳的腿："完了，莞莞回来了！"

杨尔锦和许丞阳不约而同地转头看去。半晌，杨尔锦道："目测友军还有十秒到达战场。"

许丞阳、姚曳："……"


"先生？"见傅维珩无动于衷，亮片裙又唤了一声，"留个联系方式吗？"

傅维珩毫无回应，戳屏幕的手没停过。

亮片裙的脸色有些难看，可她又不愿放弃。从这男人进来的那一刻，他英气挺拔的形象瞬间就吸引住了她，那张脸，如雕刻般精致，气质沉稳，丰神俊朗。唯一遗憾的是他身边还有个清秀漂亮的女孩，不过没关系，有些男人喜新厌旧，有了新欢自然就会摒弃旧爱，况且凭她的姿色，还怕入不了这男人的眼？于是趁着那女孩离开的空隙，她抓住机会坐到他身边。

亮片裙锲而不舍，扯了扯唇准备再开口，一道细腻的嗓音从她后方传来。

"维珩……"洋酒较啤酒来说后劲更大，苏莞本身酒量就不太好，这会儿已经有些上头，脑子晕乎乎的。她扶着头站到桌前，看了眼坐在傅维珩旁边的女人，意外地没有任何不悦，只是问了句："你朋友？"

一旁的姚曳、许丞阳、杨尔锦："……"他们的系花这是迟钝还是蠢？那是要钓你男人的心机女啊！

听到声音，傅维珩立马抬眸，见苏莞脚步飘飘然，便收起手机起身上前，揽住她的腰，眉目温和："醉了？"

苏莞揉了揉太阳穴："有点儿晕……"

"回家吧。"傅维珩把她带进怀里，俯身拿过她的背包。

苏莞拦住他，抬了抬下巴看向沙发上脸色难看的女人："不是你朋友吗？"

傅维珩蹙蹙眉："谁？"

"她啊……"苏莞伸手指了指亮片裙。

他目光横扫，眼神空荡荡的："那里有人吗？"

一边围观的三人各怀心思。

姚曳："果然，'大神'的眼睛里只能看到莞莞。"

许丞阳："真不愧是我'男神'，一针见血啊，哈哈哈！"

杨尔锦："厉害了，我的神……"


深夜，零点过后的街道因为这寒冬腊月的天气更显冷清。

虽说只喝了一杯，但傅维珩还是叫了代驾。一路开到公寓，等搭电梯上楼时，苏莞才回过神来，她抬手戳了戳他的肩膀，后知后觉："维珩，那个亮片裙看上你了喔。"

傅维珩侧目瞧她一眼，笑了："吃醋了？"

苏莞口是心非："……没有。"

"怕什么？"他俯身，唇瓣蹭着她耳郭，"只要你愿意，我整个人都是你的。"

苏莞暗笑，打趣说："那我不愿意呢？"

"你的意愿只能作为参考，不算是最终结果。"他说，"我愿意就行了。"

苏莞："……"这人！太不讲理！

到了公寓门口，傅维珩按开密码锁，推开门朝靠在门边的苏莞使了个眼色，示意她先进，后者抬眸瞄他一眼，走了进去。

屋内一室漆黑，傅维珩不紧不慢地关上门，将室外唯一的光源隔绝在了门外。苏莞转头正欲开灯，结果还来不及抬手，腰上一紧，傅维珩结实有力的手臂揽住了她，紧接着，将她抵在了白墙上。

苏莞一愣，还未回过神，嘴就被人堵了个严实。

这时有云雾恰好散开，月光如流水般，透过阳台的落地窗静静地泻了进来。

良久，他退开。苏莞面红耳赤地喘着气，无力推了推他，声如蚊蝇："我困了……"

"嗯。"他低低应了一声，搂在她腰上的手却没松开。

苏莞气急败坏，一下拔高了声调："傅维珩，我要上床睡觉！"

他抬起另一只空闲的手撩着她耳边的发，望着她眸色渐深。

苏莞拨开腰上的手，借着微弱的月光径直走向卧室。

傅维珩无奈笑了笑，跟着她进了卧室开灯，说："柜子里有睡衣和换洗的衣裤。"

苏莞偏头看他一眼，茫然无措。

"前几天新买的。"傅维珩几步上去拉开柜子拿出那套新买的棉质睡衣，又顺手拈了一件女士内衣叠在睡衣上递给她。

苏莞伸手接过，垂眸看到上头的内衣时，耳根子一热，抱着衣服遁进了浴室。


夜已深，万籁俱寂。

当傅维珩洗完澡从浴室出来时，苏莞已经睡着了，蜷着身子背对着他，如瀑的长发散落在黑白格子的床单上，睡得香甜。

寂静的卧室里，她的呼吸声平稳浅淡。

傅维珩放轻脚步走到床头，轻轻掀开被角，他坐上床正欲关了那盏壁灯，柜上的手机突地嗡鸣一声，进来一条短信。

傅维珩侧目看了眼依旧睡得很熟的苏莞，伸手拿手机滑开了锁屏。

江之炎："维珩，我姑姑后天回国。"

傅维珩盯着那则短信片刻，回复一句后关灯躺下床。


翌日一早，苏莞睡到自然醒。

醒来的时候脑袋是埋在傅维珩的怀里，她仰头看向那张熟悉的睡颜，居然又在他的床上睡过去了，真是越睡越肆无忌惮……

她稍动了下身子，从他怀里退开，结果一只脚才刚着地，就感觉手腕一紧，傅维珩暗哑的嗓音低低传来："去哪里？"

苏莞回头看他睡眼惺忪、一副没睡醒的模样，轻声说："起床。"

被窝里的人侧了下身，一瞄柜上的闹钟，回身二话不说将她拉上床搂进怀里："才八点，再睡会儿。"

苏莞："……睡不着了。"

话落，身边的人忽地欺身覆了过来，音色沉哑："真睡不着？"

苏莞一惊，一刹红了脸，赶紧闭上双眼："睡……睡着了。"

傅维珩忍俊不禁，低头在她唇上亲了一下，翻身躺回去搂着她继续睡觉。

苏莞被他这么一闹，连动作都不敢有了，窝在他怀里没多久，又睡了过去。

苏莞再醒来，身边已经空荡荡了。

日光高照，透进卧室里有些刺眼，苏莞眯了下眼，好一阵适应过来后，瞄了眼床头的闹钟"9:15"，她霍地从床上坐了起来，不过很快反应过来，团里假期是从今天放到二号，这才松了口气。

外头传来脚步声，苏莞抬眸看去，傅维珩一身清爽地站在房门口："梳洗一下来吃早餐。"

苏莞梳洗完从房里出来，闻到一股浓郁的香味，她摸了摸瘪下去的肚子，踩着碎步去了厨房。

桌上的食物色香俱全，苏莞有些惊讶："你做的？"

傅维珩递给她一副碗筷，淡淡说："楼下买的。"

苏莞："……"

"中午想出去吃还是在家里吃？"他剥了个茶叶蛋，放进她碗里。

在家里吃？苏莞舀粥的勺子顿了顿，眼神一亮："你会做饭吗？"

傅维珩抽纸拭了拭手，挑眉给她一个眼神："你觉得可能吗？"

你觉得我这高贵的提琴手用来做饭，有可能吗？

苏莞忍住笑，小声咕哝："明明就是不会做。"

"……"傅维珩晃了晃手机，直言，"外卖。"

苏莞咬了口茶叶蛋："附近有超市吗？"

"附近有一家，怎么？"

"买菜做饭。"

解决完早饭，傅维珩收拾了碗筷，统统扔进洗碗机。洗了手出去客厅，他一揉苏莞的头发，说："穿上外套，我们出去。"

苏莞抬头看他："去超市吗？"

她乖顺的样子让他心动，情不自禁地低头在她唇上吻了吻："嗯。"

苏莞对于傅维珩的日常偷袭早已习以为常，点点头准备出门。

临近元旦，街道车水马龙，繁华热闹。

时间还早，傅维珩最后开车去了漳和路那家大型超市。

进了门，两人推了辆购物车径直去了果蔬区。

傅维珩不会做饭，对于挑选蔬菜瓜果自然是一窍不通。苏莞看着上头还沾着露水的新鲜蔬菜，问傅维珩："你吃蘑菇吗？"

他一扫那些新鲜的蘑菇，倒是不挑："都可以。"

苏莞笑了笑，拿起袋子挑了些蘑菇后，又走到另一头拿了些西兰花、胡萝卜和白萝卜。

"维珩，鱼汤可以吗？"

"嗯。"傅维珩伸手从超市阿姨手里接过称好的西兰花，"你做什么我就吃什么。"

超市阿姨闻言，一瞧这对长相俊秀的小两口，一张脸笑开了花，说："姑娘真是好福气，现在这么体贴老婆的男人可不多了啊。"

听见"老婆"两个字，苏莞低眉垂眼地笑了笑。

傅维珩接过最后的蘑菇放进车里，应声："是我的福气。"

苏莞耳根子莫名一热，跟阿姨说了声谢谢后，忙就拉过傅维珩去了鲜肉区。

她看了眼左边的排骨，再看了眼右边的牛腩，问某人："吃牛腩吗？"

某人自然是："吃。"

买完肉又挑了些虾仁，最后去调料区买了些做饭用的调味料，确认几遍没漏买什么，两人才推着车去收银台结账。

等收银员报完金额，苏莞打算扫码付款，可后头的傅维珩已经把卡递到收银员面前。她讪讪回头看了他一眼，最后默默把手机收了起来，还是不要在金主面前甩钱了……

后来提着东西坐电梯去地下停车库时，苏莞起了逗弄的心思，装腔作势地睨他一眼："不是说了我养你吗？"

傅维珩反睨她，云淡风轻："嗯，所以今天付的钱，从你工资里扣了。"

苏莞："……"

车子不疾不徐地驶上马路，为了避免他分神，苏莞坐在副驾驶座静静地玩手机。点开微信刷新了下，宿舍群里异常安静，她有些意外，看了眼时间，十一点。昨晚那样一放纵，这会儿两人估计还在卷着被子睡觉，不到下午都不会醒，也难怪一点儿消息都没有。

路口红灯，傅维珩放慢车速停下，偏头看她："打算做什么菜？"

"萝卜炖牛腩。"苏莞瞧他一眼，脑袋被车里的暖气吹得一时有些发闷，伸手按下半截车窗，面朝窗外，"西兰花炒……"

话到一半，戛然而止。

原本专注看红灯的傅维珩下意识侧目，她的食指还抵在车窗键上，侧着脸，视线似是被什么吸引了去，一动不动。阳光投射在她小巧秀气的鼻尖上，逆着光，看不清她的神情。

傅维珩放远视线，顺着她的方向望去，蓦地一怔。

公交站点的广告牌上，是一张大幅海报。海报上的女人坐在昂贵锃亮的三角钢琴前，姿态优雅，风韵犹存。

"聆听大自然般的琴音。国际著名钢琴演奏家，江蕴。一月七日，延川剧院，开年首演。佳音，静候。"海报上的字，一时间，被阳光映得格外刺眼。

傅维珩的目光回到那抹纤瘦的身影上，她静坐着，原本抵在车窗键上的手指不知何时放到了裤腿上，紧紧揪着布料。

傅维珩默不作声地回头，望向那还剩十五秒的红灯，握着方向盘的指尖不自觉也跟着收紧。明明他看不到她的表情，读不到她的情绪，心却被这一抹隐忍的背影，扎得生疼。

短短的六十秒红灯，仿佛被拉长了一个世纪。

车窗合上，嘈杂的声音被隔绝在外，车内蓦然间静如潭水。

"维珩，绿灯了。"傅维珩被那阵略微沙哑的嗓音唤回神，再侧头看去，身边的人若无其事般地指着路口处的红绿灯。

后头的车在催促，傅维珩挂上挡，踩下油门左转平稳地过了这十字路口。

"刚刚说到一半。"苏莞抿唇轻笑着，像是中间没有过任何多余的情绪，"萝卜炖牛腩，西兰花炒虾仁，炒蘑菇，还有豆腐鲫鱼汤，怎么样？"

傅维珩顿了一秒，笑了笑："很棒。"

"那就好。"

后来的那段时间，苏莞打开了车载音乐。车内除了那首像是荡漾着水声的大提琴曲，两人一路静默着到了公寓。

"莞莞。"站在家门口准备按指纹解锁时，傅维珩突然的开口让苏莞愣了下神："……怎么？"

"给你录个指纹。"他修长的手指熟稔地在上头摁了几个数字，门锁随即响起提示音。

苏莞心不在焉地点点头，伸指录入。

进到屋里，苏莞扔了手机在沙发上，说了声："那我去洗菜了。"

傅维珩跟着她一道进厨房，动手帮衬起来。

苏莞从袋子里拿出一卷牛腩，开了水清洗。

水花四溅，傅维珩伸手把水柱调小，柔声说："系上围裙吧？"

苏莞魂不守舍，傅维珩已经取了挂在壁上的围裙过来："脖子。"

苏莞暂时关了水，伸出脖子。后者将围裙套入她的脖颈后，走到她身后，伸手将裙绳绕到后头打了个牢固的结，顺手捋了捋她的长发，问道："头发要不要扎起来？嗯？"

苏莞把套着头绳的右手伸到他面前："要的。"

他接过来，撩起她柔顺的头发，笨拙地把它系起，松松垮垮地搭在她后颈。

"要我做些什么？"傅维珩站到料理台前，一扫形状各异的蔬菜，开口询问。

苏莞想了想，笑笑说："那就麻烦傅先生把柜里的砂锅取出来洗洗？"

傅维珩："好。"

一时间，他们彼此像是不约而同地忘了在等红绿灯时的那段小插曲，一如往常般说笑。

她不提，他便不问。

一个小时后，屋子里饭菜飘香。

"什么时候学的做饭？"傅维珩给她递了个小味碟，好奇地问了句。

苏莞笑吟吟地接过来，若有所思地说："初中的时候。那时候我爸爸身体不太好，在外忙了一天回来还得给我做饭，我不想他那么辛苦，就偶尔去隔壁李婆婆家偷偷师。有时候爸爸做琴加班到很晚，我就自己动手尝试，久而久之，我就会得差不多了。"

她拿汤匙在锅里轻轻搅拌，舀起一点儿在味碟上试了一口，分外满意地弯了眼："维珩，很好喝。"

傅维珩勾唇一笑："是吗？我尝尝。"

苏莞顺势递上手里的味碟，他却一个偏头避开，覆上她的唇角，表示赞同："嗯，很鲜，很甜。"

苏莞脸色红润地回头盛汤，嗓音细细的："……准备吃饭了。"

傅维珩拿出碗筷摆上餐桌，交代说："汤盛好了放着，我来端。"


饭后收拾了碗筷，苏莞坐在沙发上看电视，没一会儿，电话响了，是姑姑的来电。

苏莞喜上眉梢，立马就接了起来："姑姑。"

苏玥："莞莞，吃饭了吗？"

还没等苏莞开口，就听那头又传来一声号叫："姐！快回来！我想死你了！"

苏玥："嚷嚷什么秦沐，还不给我滚去写卷子！"

那头的秦沐说了什么苏莞没听清楚，倒是听到一阵幽怨的哀号，隔着电话她都能感受到秦沐同学的怨念。

苏莞没忍住"扑哧"一声笑了出来。

傅维珩倒了两杯温水出来坐到她身边，见她笑得开怀便不做打扰，默默握住她的手。苏莞反手抓住傅维珩修长的手指，又问："姑姑，你们吃饭了吗？"

苏玥微笑着说："吃了吃了，最近实习怎么样，会不会太辛苦啊？"

苏莞下意识地瞅了眼坐在身边的老板："不辛苦，每天就是练练琴。"

"也别老坐着，你这拉琴的一天坐上十几个小时可别把腰给整坏了，偶尔也得出去走走玩玩，钱不够就跟姑姑说。"

苏莞："嗯，姑姑放心。"

苏玥又说："莞莞，秦沐今年高考，我和你姑父不放心留她一人在家，所以明天就得麻烦你一个人去了。"

苏莞轻笑："姑姑，这本来就是我该做的，你们今年就不用过来了，我自己可以的，放心姑姑。"

苏玥的语气忽然微妙："莞莞，听秦沐说……你交男朋友啦？"

苏莞一愣，一瞥身边的男朋友："嗯。"

这可把苏玥高兴坏了，一下说话的嗓门都提了起来："那放假的时候记得带回来给姑姑、姑父看看，他是哪儿的人啊？"

"也是延川的。"

"好好好，过年的时候带回来一起吃饭！好了，姑姑到点儿上班先不跟你说了，你自己好好照顾自己啊！"

苏莞："嗯好，姑姑路上小心，再见。"

挂了电话，苏莞有些蒙圈，就这么糊里糊涂地被要求带某人……回家了？

这边被要求带回家的某人给她递上了一杯温水，问了句："晚上的新年音乐会，去吗？"

苏莞靠在沙发上的背脊立马直了起来。

他又说："日本NHK交响乐团。"

苏莞："去！"

音乐会是晚上七点半开始，共三个半小时。

两人到延川剧院时已经过了七点，此刻剧院的人尤其多。傅维珩大概是一早就准备好了，进了剧院大门没多时，一位身穿西服的男人便带着他俩提前进了前排的特邀专座。

苏莞四处望了望，发现提前进来的不止他们两人。如果她没看错，刚刚坐在第一排的好像是当红小生项其琛，而项其琛旁边的则是女星姜蔚，另外还有坐在她斜对面的国内著名大提琴家何悠悠。

这场音乐会……不得了……苏莞承认，她的内心已经是万马奔腾了。

何悠悠，音乐圈里数一数二的大提琴手，师出名门，毕业于柏林音乐学院……

她忽然意识到什么，转头看向坐在一边的傅维珩，盯着许久。

察觉到视线的傅维珩从节目单里抬眸："怎么了？"

苏莞："……差点儿忘了你是国际著名小提琴家傅维珩。"

傅维珩："……"

前头的人突然似有所觉地转头看来，在瞧见傅维珩那张清俊熟悉的脸后，脸上一惊。

苏莞忽地就愣住了，何悠悠……转过来了……在看他们。

"傅维珩，好巧。"何悠悠喜上眉梢，心间悸动不已，"你也是主办方邀请来的吗？"

傅维珩神色淡漠，微微颔首表示回应。

苏莞内心惊呼，忍不住轻声问："你们……认识？"

傅维珩"嗯"了一声："校友。"

何悠悠这才发现傅维珩的身边还坐了一位清秀明丽的姑娘，向来敏感的她能猜到他们的关系，可还是不死心地问了句："傅维珩，你朋友？"

傅维珩抬起眼皮，沉声道："未婚妻。"

话落，苏莞和何悠悠均是一愣。

苏莞看向何悠悠脸上倏然僵住的笑容，再一瞧蹙着眉有几分不耐烦的傅维珩，愣是再过迟钝，她也明白了个中缘由。

想不到有一天，她会成了何悠悠的情敌。

等苏莞视线再转回去时，何悠悠已经回头面朝舞台了。

场内的席位逐渐坐满，乐团的成员也都陆续上台就位。音乐厅内灯火通明，所有人都在静静等待指挥上台。

很快，在观众热烈的掌声下，一位中等身材的中年指挥从舞台的另一侧缓缓走上了指挥台，他领着乐团全员向在场所有的观众起身表示感谢后，开始了今晚的演奏。

由弗兰茨雷哈尔作曲的《尼赫莱蒂进行曲》是今晚第一曲，选自歌剧《维也纳的女士们》，曲幅较短，曲风硬朗跳跃，是一首极度适合开场的曲子。

第二曲轻歌剧《黑桃皇后》序曲，是由浪漫主义时期的作曲家弗朗茨·冯·苏佩创作，里面运用了勃拉姆斯第二十一号匈牙利舞曲的片段。整首曲子下来，旋律时而悠扬、时而舒缓、时而雀跃、时而明朗欢脱，清晰地呈现了轻松抒情的主基调。

接下来，从埃米尔·瓦尔德退费尔的《溜冰圆舞曲》到小约翰·施特劳斯的《梅菲斯特的地狱呼声圆舞曲》，再从奥地利作曲家卡尔·齐雷尔的《闲庭信步圆舞曲》到《蓝色多瑙河圆舞曲》，最后，再以那首"拍手曲"《拉德茨基进行曲》结尾，表演就此拉上帷幕。

演出结束，观众们有序散场。

傅维珩因为是主办方的特邀嘉宾之一，所以离开时依旧有一位穿着工作制服的男人带着他们从另一条通道离开。

出了剧院，苏莞想起明天的日子，扯了扯傅维珩的手臂，说："维珩，你送我回宿舍吧，明天我有些重要的事要办，我的琴，就暂时放你那里，好吗？"

傅维珩心里虽有些不乐意，但苏莞的要求他不会拒绝，便点头答应下来："好。"

上了车，苏莞把手机开了机，刚连上网络，界面就突然一连跳出十几条微信提示。

她点进去，有宿舍群的消息，有秦沐的消息，还有傅维瑾的消息。

苏莞挑挑眉，最先点进傅维瑾的聊天界面。

瑾：莞莞，元旦我和胤桓带帆帆去上海迪士尼，这周你就不用来傅宅上课了。

瑾：元旦放假，文森叔和林嫂我都让他们回家休息了，所以，维珩就拜托你来照顾啦（比心）。

苏莞一愣，看了眼正在开车的男人。

真是什么都不说……

苏莞点开秦沐的微信：

沐沐宝宝：姐！我真的不是故意说漏嘴的！

沐沐宝宝：那天我妈突然说要把隔壁家刘阿姨的儿子介绍给你认识，我一急就说你有主了，让她别瞎操心。

沐沐宝宝：后来她再问我，我就什么都没说了！真的！你要相信我！

沐沐宝宝：姐……我错了。

苏莞忍俊不禁，敲了几个字过去："我知道了。"


夜幕低垂，在即将迎来跨年的时刻，街上的行人比往常多了许多。

车子驶进延大宿舍区，苏莞放眼望了望依旧是灯火通明的宿舍楼，边解安全带边说："维珩，你在车里等我一会儿可以吗？"

傅维珩挂上空挡，倒是没想多问，只答："可以。"

"好，那你关上窗，外头冷。"她拉开车门回头看他一眼，这才跑进宿舍楼内。

姚曳听到开门声，从书里抬头看过来时倒是一愣："莞莞？你居然回来了！"

在游戏里被对方杀死的许丞阳抬眸："今晚跨年夜，你居然不跟你男人一起过？"

苏莞："……"

姚曳看着苏莞拉开衣柜，收拾行李，倏然起立："你你你……你要跟'大神'同居了？"

许丞阳："嗯？！"

苏莞忙说："没有！维瑾姐一家这几天出去旅游了，他们家里没有人，我怕傅维珩一个人太闷，就过去陪他两天。"

姚曳恍然："啊……那不也还是同居吗？"

许丞阳点点头："短期同居。"

苏莞一边打包行李，一边问道："你们怎么没出去？"

许丞阳又开始马不停蹄地戳屏幕："出什么去，没男人出去找虐？"

姚曳坏笑说："找你的尔锦哥哥呀。"

许丞阳破天荒地小脸一红。

苏莞收东西的手一顿，神色讶异："什么情况？"

"杨尔锦跟她表白了。"姚曳一蹬地板，连人带椅滑到苏莞身边，笑得意味深长，"就昨晚。"

苏莞挑挑眉："啊……"

许丞阳气急败坏："姚曳你闭嘴，明天我就砸了你的破管！"

姚曳戏谑："哟，许汉子，你还会害羞呢。"

苏莞笑了笑，拉上行李箱，说："喜欢的话就试着好好相处。"

许丞阳把手机往桌上一放，伸手搂住苏莞的腰，一张脸贴在她胸脯前蹭了蹭，极度不正经："可是我喜欢你啊，莞莞。"

姚曳看不下眼，几步上去拉走苏莞："莞莞，你别理她，过两天她就跟杨尔锦在一起了，她耐不住寂寞的，你放心。"

想着傅维珩还在楼下等，苏莞不好逗留："那我先走了，傅维珩还在等我。"

许丞阳："去吧去吧，我们爱你！元旦快乐！"

姚曳："元旦快乐，莞莞！"

"元旦快乐。"她轻轻带上门，拖着箱子朝楼下跑去。

傅维珩坐在车里等了一阵，听到急促的脚步声，从手机上抬眸看去。

苏莞已经换了一件保暖的羽绒外套，手边还多了个小行李箱。

他脸上一怔，拉开车门走到她面前，接过她手里的行李箱，眉目带笑，且带几分惊喜："答应跟我同居了？嗯？"

苏莞红着脸瞪他："维瑾姐怕你一个人在家闷得慌，让我来陪你两天。"

傅维珩但笑不语。

距离新年还有五分钟，江边聚满了许多观赏燃放新年烟花的人群，此刻的延川，人声鼎沸，热闹非凡。

傅维珩把车子开得很慢，苏莞半落下车窗，任风打在脸上，有些凉意，她抬眸看天上稀朗的几颗星，想到父亲，一时间失了神。

"嘭"的一声巨响，空中升起一道华光熠熠的焰火，在这夜空里硕然绽放，落下姹紫嫣红的余光，一团团地点亮了这清冷的黑夜。

傅维珩不知何时停下了车，伸手握住她的手，一望那绚烂的焰火，说："元旦快乐，莞莞。"

她从烟火里回神，偏头看了他许久，浅浅一笑："维珩……明天带你去见见我爸爸，好吗？"

城市里的烟花燃放盛宴还没有结束，耳边充斥着噼里啪啦的烟火声。

不知是紧张还是激动，傅维珩握着她的手心竟出起了汗。

他倾身将她揽入怀里，那低沉醇厚的嗓音里是掩饰不住的雀跃："好。"

一月一日，是苏景升的忌日。

新年的第一天，他们俩起得很早。

苏莞对于今天的日子向来都很注重，对于傅维珩来说，这天也是意义重大，这是苏莞主动敞开心扉邀他走进她内心的一天，是他心底深处最渴望的一天。

清晨，阳光还被掩在晨雾中，茫茫一片，空气似夹着碎冰，寒凉彻骨。

到墓园的时候，已是九点多，太阳升起，那微弱的阳光，在这寒气逼人的山里一点儿都感觉不到暖意。

下了车，傅维珩走到后备厢取出今早刚买的一篮百合花，跟着苏莞进了墓园。

保安亭里的何叔远远瞧见苏莞和一个男人走过来，心里一愣，脸上已是掩饰不住的笑意。

苏莞笑着打了声招呼："何叔。"

"姑娘，我就知道你今天会来。"他看了眼苏莞身边长相极为英俊的男人，问道，"男朋友？"

苏莞赧然地点点头。

傅维珩微笑着朝他颔首："你好。"

"你好你好。"他笑眯眯的，"快进去吧，山里太冻。"

大概走了五分钟，他们到了一片墓区，苏莞领着傅维珩在一个墓碑前停下。

苏莞蹲下身，伸手拭去照片上的灰尘："爸爸，我来看你了。"

她直起身，扭头看着傅维珩："维珩，这就是我爸爸。"

傅维珩上前一小步，将那篮百合花放在碑前，抬眸看清那张似曾相识的笑脸后，蓦地怔了下。

察觉到他微变的神色，苏莞问："怎么了？"

"没什么……"前者抬了抬眉，嘴角含笑，"叔叔你好，我是傅维珩，莞莞的男朋友。"


离开的时候，已经将近十一点。

新年第一天，鲜少有人上下山，但碍于山路蜿蜒，傅维珩不得不放慢车速。

山里寒凉，苏莞不敢开窗，只落了点儿缝隙透气，望着窗外一成不变的景色，她掩唇打了个哈欠，忽觉得有些困倦。

"困了就睡会儿。"傅维珩目不转睛地注视着前方，顺手关上了窗户的小缝隙，柔声说道，"盖件衣服。"

苏莞依言从后头拿过他的羽绒服，掩在身前将脖子也一起缩进去后，闭上眼渐渐入睡。

沉稳浅淡的呼吸声很快传来，傅维珩瞄了眼她安静的睡颜，伸手调高了车内的暖气。

前方弯道处，不疾不徐地驶来一辆黑色的轿车。

下意识地，傅维珩瞥了一眼那由远及近的车牌。

延AL6889，他再熟悉不过。

眉心一蹙，他抬脚松了松油门，减下车速，趁着两车擦身而过之际，再次侧目看去，下一秒，他握着方向盘的手忽地一收，差点儿分了神。

远去的黑车里，江之炎把着方向盘，望见倒车镜内逐渐变小最后宛如一个黑点的车，忽然有些坐立难安。

他没看错，那是傅维珩的车，既然如此，那么苏莞……是不是也看到了？

心里一躁动，他烟瘾上来，浑身都不舒坦。透过后视镜瞅了眼正在闭眼小憩的江蕴，他准备掏烟的指头顿了顿，转而抬手降了点儿车窗，通风透气。


到市区时已经是中午，苏莞这一觉睡得迷迷糊糊，这会儿感觉到车身一顿，似乎是停了下来，她才慢慢睁眼，直起身，嗓音倦懒："到了吗？"

"还没有，路口红灯。"傅维珩指了指前方不远处的红灯，从车门把下拿出一瓶完好的矿泉水，拧了瓶盖给她递过去，"中午想吃什么？粤菜？"

苏莞接过矿泉水抿了一大口："好。"

到了餐厅点完餐，傅维珩忽然说："什么时候请你的室友一起吃个饭吧。"

苏莞差点儿被水呛到，有些慌乱："怎么突然间……"

傅维珩笑了笑，眉目温柔："毕竟在没有我的时候，她们照顾了你三年多。"他往她杯里添了些水，又说，"这一顿自然是不能少的，你找个时间请她们出来。"

苏莞脸上飞过一抹红晕，细声细语："那这样算来，我也得请维瑾、叶先生，还有江律师吃顿饭了。"

"那倒是不用。"他抬手抚了下眉梢，"你嫁过来，他们就是自己人了。"

那漫不经心的语气听得苏莞不知是该当真还是该一笑而过。

服务员这时恰好端着托盘来上菜，苏莞趁此干脆掏出手机装聋作哑，打算混过去。

打开手机，她顺便点开微信群给许丞阳和姚曳说了傅维珩要请客吃饭的事。两人估计昨晚又熬夜，这会儿怕是还没醒，她消息发出去五分钟，均是没有回复。

苏莞按了锁屏，拾筷夹了块叉烧肉放到傅维珩碗里，笑着打哈哈："吃饭吃饭。"

傅维珩看着碗里那块颜色鲜艳的叉烧肉，笑得有些无奈，得，小姑娘以为他在说笑呢。不过他也倒不急于一时，她还没有毕业，他只是想到了就顺便提一嘴而已，怎么说也得正式求婚才行。

一餐饭吃了将近一个小时，苏莞是撑得不行。

傅维珩瞧着这人来人往的商场，开口询问："要不要逛逛？好像从来都没有陪你逛过街。"

苏莞没意见："可以啊。"就当散步助消化了。

没什么想买的东西，两人随意逛逛就回了车上。苏莞再打开微信时，宿舍群里已经有了回复。

傅太太的小丞阳：去！必须去！我大师兄请客，我不给你面子我也得给我师兄面子不是！

是姚曳不是摇曳：一定要去，拐了朕的苏美人，朕必须要有粮食上的安慰！

傅太太的小丞阳：莞莞，择日不如撞日，趁着大家都休假，就今晚吧。

是姚曳不是摇曳：附议。

沉默了半晌，苏莞侧目瞧了眼神色自如驾着车的傅维珩，慢悠悠地开口："维珩，关于你说的要请我室友吃饭……择日不如撞日，今晚怎么样？"

他只想了一秒："可以，问问她们想吃什么。"

苏莞甚觉惭愧地挥挥手："不用啦，你随便找个餐馆就好，她们都不挑的。"

"那就去Magic吧。"他拿了中控台上的手机递到苏莞手前，"发个微信给胤桓，让他在Magic安排个包间。"

苏莞愣了下，伸手就想把手机推回去，他又说："乖。"

于是某人脸一红，乖乖接过手机给叶胤桓发消息。


晚上的餐会订在六点，大概五点的时候，苏莞在微信群里发了条消息，打算和傅维珩去学校接她俩，结果两人是难得的口径一致——不用接！

苏莞有些意外，但看两人坚持倒也不再多说，大致地准备了一下便跟傅维珩提前出了门。

到Magic没多久，姚曳和许丞阳也打车过来了，苏莞怕她们找不着包间，特地下楼到门口等着。

等她们从出租车上下来时，苏莞彻底被她俩一身靓丽的装扮给惊艳到了。

苏莞："你们俩，还精心装扮一番了？"

许丞阳提起她那件甚为满意的格子短裙，转了半个圈："如何，有没有美到你？"

姚曳一扯有些歪斜的针织圆领，挑挑眉："来这种高档餐厅吃饭，不打扮一下可惜了。"

许丞阳抬手摁了下电梯上行键，"啧"了一声："这是姚曳说过的唯一一句人话了。"

苏莞："……"

这不是第一次和傅维珩一起吃饭了，许丞阳和姚曳都不是拘束的人，上菜没多久就活跃了餐桌上的气氛，相谈甚欢。

苏莞忽然就想到几个月前她带着傅维珩出现在一品轩的包间时，两人那窘迫惊讶的模样。那时候，她未曾料到，在后来的几个月里，她和傅维珩之间会有如此出乎意料的进展，从互不相识到亲密无间。

时间，真的会带来很多的惊喜。

"'大神'，其实莞莞第一次带你来一品轩吃饭的时候，我们就觉得你有目的了。"许丞阳笑得意味深长。

姚曳控诉说："我们问莞莞你是不是看上她了，她还斥我们胡说。"

傅维珩举起桌上的红酒抿了一口，眼里满是笑意，十分坦然："是看上了。"

许丞阳不淡定了，放下刀叉抓住姚曳的手直晃："啊啊啊，我就知道，'大神'这种多金的高岭之花怎么可能会无缘无故地腆着张帅脸来蹭饭！你说！还有什么能逃过本大人的双眼！"

苏莞的脸一下就烧了起来，她瞧着傅维珩云淡风轻的神色，心里腹诽："真是只奸诈狡猾的老狐狸！"

# 第十一章　护你周全

四人饮了酒，饭吃到最后，都是微醺。

包间里开着暖气，加上饮了酒，苏莞觉得胸闷犯晕，便出包间去了趟洗手间。洗了脸，脸上的温度降了许多，抽纸拭净手后，苏莞推门出了洗手间。

走廊的通道铺了清雅的花色地毯，在这富丽堂皇的高级餐厅里，别致又高雅。走到拐角处右面的包间时，苏莞抬手正要拧门锁，忽听一道开门声在身侧响起，隔壁包间的门被打开。

苏莞下意识侧目，只见一个女人走了出来，侧着身子带上房门，再一正过身来，猛然怔住。

走廊上灯火通明，女人风韵犹存，熟悉又陌生的身影，清晰地映在苏莞的眼里。

她穿着一身名贵的黑色长裙，半长的卷发搭在肩头，那张脸一如当年见到的那般，明艳依旧。

苏莞的记忆倏然就回到二十年前，母亲在雨幕中决绝远去的身影，这一瞬间，苏莞的心，像是被抽空了。

"莞莞，我并不后悔与你母亲结婚，即便她弃我而去，但这不能否定她是我最爱的人。"

"莞莞，你妈妈没有错，终归是不够爱我罢了……"

"莞莞，她是你妈妈，别怨她，别怨……"

父亲生前说过的话忽然一遍又一遍地在耳边浮现。

苏莞立在原处，心里有如惊涛骇浪在翻涌，可目光却一如既往的平静，没有丝毫情绪的波动。

面前包间的门突然被拉开，许丞阳嬉戏调笑的声音传来，苏莞一刹被拉回神。

傅维珩抬眸见人就在门口，正想开口，注意到她失色的脸，下意识就朝她前方望去。

江蕴一惊："维珩？"

苏莞出来许久不曾回去，傅维珩放心不下，打算出来看看，却不想，一开门竟是这样的场景。

他走出来，轻掩上门，将里头的说话声隔绝，朝江蕴微微颔首："江老师。"

江蕴的目光不自觉又看向他身后的苏莞，对于他们俩之间的关系感到好奇，她莞尔一笑："来吃饭？"

傅维珩点点头。

"之炎也在，要不要进去打个招呼？"江蕴指了下自己身旁的包间门。

两人相识，苏莞不觉得意外。同是音乐圈子里的人，一个小提琴家，一个钢琴家，彼此还都似与江之炎相识，关系想必也不疏远。但此刻，她心里是有十万个想远离，一扯傅维珩的衣袖，轻声说："我想回家了。"

傅维珩垂眸眸落在揪着他衣袖的手，以及她不耐烦的神色，了然地握起她的手，笑着对江蕴婉拒："不麻烦了，江老师，下次您有空我再请您吃饭。"

注意到他们相牵的手，江蕴恍惚地点了下头："那……那好。"

"那我们先告辞了。"傅维珩道了别，和苏莞转身朝外走去。

江蕴在原处怔了许久，甚至都没发觉身后的包间门被打开。江之炎顺着江蕴发愣的视线望去，瞥见那两道消失在拐角处的熟悉身影，不禁眉心一蹙，开口出声："姑姑。"

江蕴猛地回神，有些局促："怎，怎么……"

江之炎递上那部响铃的手机："你的电话，响了很久。"


傅维珩喝了酒，不能开车，趁着等电梯的时候，叫了代驾。

苏莞默不作声地站在电梯门前，空洞的目光盯着显示屏，心不在焉。

傅维珩这时开口："手机给我，打电话跟你室友说一声。"

苏莞讷讷，从兜里掏出手机递给他。傅维珩接过手机解了锁，点开"联系人"里许丞阳的号码拨了出去，电梯抵达，傅维珩也刚好挂断了电话，拉她进电梯："走了。"

出了电梯，两人牵着手不紧不慢地走到会所大门前。

"等等——"还未迈出门，身后传来一道女声，紧接着，是高跟鞋匆促走来的清脆声响。

两人驻足，下意识地回头望去，看清来人，苏莞眸光一滞，握着傅维珩的手也不自觉收紧。

江蕴小跑着到两人面前，晦涩的目光望着苏莞，沉吟半晌："莞……"在对上苏莞冷漠疏淡的眼神时，她将要吐出的两个字蓦然止住，改口，"苏小姐，可以聊两句吗？"

苏莞眉目沉沉，正欲拒绝，身边的傅维珩先一步开了口："我去抽根烟。"话落，便迈长腿径直去了隔壁的便利商店。

苏莞："……"

"莞莞……"

"叫我苏莞。"她眉头拧起，细腻的嗓音里满是淡漠。

江蕴苦涩地扯了下唇角："这几年，你过得好吗？"

苏莞没有看她："如您所见，很好。"

江蕴深觉自讨没趣，但对于这个自己多年未见的女儿，她必然是愧疚的。她露出个勉强的笑容，问道："你和维珩在恋爱吗？维珩是个好男人，"她顿了顿，又说，"莞莞，关于你父亲的事，我……"

"够了。"苏莞觉得光是这样心平气和地站在这里和她谈话就已经耗光自己所有的耐性。她无法理解，这个曾经抛夫弃女的女人，此时此刻和自己提起爸爸又是意欲何为？

半晌，苏莞开口："我不恨你。"江蕴眸光一喜，刚要说什么，又听她冷漠地说，"但也不想原谅你。"

话落，苏莞转身出了大门。

江蕴眼底的惊喜只持续了一秒，失落感随之而来。呆愣了良久，她转身准备返回餐厅，却见江之炎不知何时站到了身后，江蕴愣了下，一时间说不出话来。

"姑姑，我都知道。"江之炎缓缓开口，"今早去墓园，是去看苏莞的父亲吧？"

挣扎一阵，他又说道："当年，苏莞曾给你打过一个电话……"

"江律师？"

突然，谈话被一道女声打断。

江之炎转身看去，迎面而来两位面色红润的女孩，思绪恍惚了一下，他想起来，她们是苏莞的室友。

"你们好。"江之炎抿笑打了声招呼。

"你好，你好。"许丞阳也是意外在这遇到江之炎，笑说，"莞莞和'大神'比我们早下来，你没有遇到吗？"

江之炎神色不变："没有，他们可能走得比较急。"

许丞阳若有所思地点点头，视线转向江之炎身后的中年女人，拉着姚曳准备告辞："那我们不打扰你了，先走了，拜拜。"

姚曳挥挥手："江律师再见。"

江之炎："好，路上小心。"

两人相挽着出了大门，姚曳后知后觉地扯了扯许丞阳的衣袖，皱眉问了句："你有没有觉得刚刚江律师身边的那个女人很眼熟？"

许丞阳一惊："你也发现了？我第一眼就觉得眼熟，但想不起来是谁。"

姚曳伸手拦了辆出租车，鄙视说："就你那脑子，能想出什么？"

许丞阳不服："……喊，你不也没想起来！"


从会所出来，苏莞脑子里那根紧绷的弦才松懈下来，她深呼吸几口气，顺着傅维珩刚刚离开的方向走去。

不一会儿，就看见五米开外电线杆下那道俊挺熟悉的身影。他立在电线杆前，身上那件卡其色的羊绒大衣随性地敞开着，里头衬着藏蓝色的高领毛衣，一张清冷俊秀的脸半掩在高领下，只露出一双黑亮深邃的眼睛。

苏莞瞧见他手中摆弄着的那盒香烟，小跑过去一把夺过，鼻尖凑到他怀里嗅了又嗅，眼神凌厉地瞪他，质问道："真抽了？"

傅维珩失笑，拉开大衣将她抱入怀里，用下颚蹭了蹭她的发心说："哪敢。"

苏莞戳戳他："那你买烟做什么？"

某人云淡风轻："买着玩。"

苏莞："……"

抱了一会儿，傅维珩拉着她往车那处走："我叫了代驾，应该快到了。"

苏莞沉默许久，扯扯他的衣袖，轻声问了句："维珩，你没有什么想问我的吗？"

他脚步稍顿，走到车后座的门前，替她拉开车门，语气温柔："先回家。"

苏莞坐进去，傅维珩也跟着坐了进来。五分钟后代驾赶到，从傅维珩这里拿了钥匙，发动车子平稳地朝公寓开去。

回到家里，傅维珩倒不心急，走到卧室，开灯脱了外套，对苏莞说："先去洗澡。"

等苏莞进了浴室，傅维珩也脱了所有衣服去了外头的洗手间冲澡。

大约过了十五分钟，苏莞带着一身雾气从浴室里出来，抬眼就看见衣柜前十足的男色。

傅维珩也是刚洗完澡，发梢没全干，沾着些许水珠，回了房没来得及穿上衣，下身只套了件宽松的运动裤。裸露在外的身材匀称消瘦，肩宽腰窄，流畅的人鱼线……

苏莞不自觉咽了下口水，脑门一热，只觉得浑身的血液从底蹿到头，好似下一秒，鼻血就要喷涌而出。她下意识地捂住鼻尖，收回视线走向床头，嘴里念念有词："祸水为患，非礼勿视，非礼勿视……"

傅维珩："……"


傅维珩留了盏床头灯才上床。他撑开被子，虚张着一只手，示意角落的苏莞主动滚过来。

苏莞脸色一红，挪了挪屁股，乖顺地贴进他怀里："你可以问了。"

傅维珩把身子往下缩了缩，侧躺着与她平视，抬手撩了下她耳边垂落下来的头发，轻声问："想说了，嗯？"

"嗯……"她沉吟许久，才说道，"维珩，她是我妈妈。"

他把手搭在她腰际，应声示意她继续。

苏莞垂眼，语气落寞了几分："你认识她，我也跟你提过，你一定知道她现在有了新的家庭。"

喉咙忽地酸胀，再回想起来她还是会觉得心痛："你知道吗，父亲去世的前一个月，我给她打过一个电话，希望她回来见见父亲，可最后，我只等来她参加父亲的葬礼。"

"父亲总跟我说，不是她的错，所有的一切只是因为不够爱……让我别怨她……"她的声音开始颤抖，哽咽着，"维珩，我不恨她，可是我做不到原谅她，也不想原谅她。"

她吸了吸鼻子，凑到他怀里闷声问了句："维珩，我是不是很坏？"

傅维珩将她抱得更紧了些，低头吻去她眼角的泪，醇厚的嗓音沉了几分，却比什么都要温柔。

"怎么会？"他说，"就是再坏，也是我惯的。"

苏莞脸上还挂着泪，一时没忍住破涕为笑，一瞬间，她心都软了："嗯，怪你。"

"怪我。"他抬脚压住她腰身，往里带了带。

她忽然兴起，从他怀里抬眸，目光灼灼："维珩，给你看看我爸爸的照片吧，他很帅的。"

他笑笑说："那天在墓园不是见过了？"

苏莞说着就从被窝里伸出手去捞桌上的手机："那上面的照片太严肃了，我爸爸的生活照更好看。"

她翻着相册，找出一张二十几年前和父亲合影的旧照，递到傅维珩眼前："这是我一岁多的时候，你看我爸爸，是不是很好看？"

傅维珩接过手机凝眸细看，灵秀可爱的小女孩坐在老旧的儿童自行车上，脸蛋胖嘟嘟的，笑起来时，腮边的两个酒窝显得很娇憨，那一口还没长齐的牙更是抢眼无比。

视线一转，他看向照片中站立在女孩身边的男人，五官英俊，而那亲和的笑脸，熟悉无比。傅维珩心头颤了下，忽然发出愉悦的笑声，低低沉沉的，连带着胸膛都在上下起伏。

苏莞愣住了，夺过手机盯着那张相片看了又看，没瞧出来所谓的笑点在何处。

"……怎么了？我爸爸他长得很好看啊……"苏莞迷惑地抬起屏幕看了眼，"我长得……也不滑稽啊……"她瞥见照片里自己还没长齐的牙，最后的一句话说得毫无底气。

傅维珩这会儿困意来袭，浅浅打了个呵欠，嗓音倦懒："还记得我跟你说过我当年遇到过一位和善的人？"

苏莞点点头："你说他用你的琴给你拉了《天赐之声》。"

"嗯，"他说，"那个人，是你父亲。"

苏莞大吃一惊，抬头就要看他，他却一手在她脑袋上按得牢牢的，她感到非常不可思议："不会这么巧吧，况且，我都不知道我爸爸还会拉小提琴。"

他挪动了下脑袋，换了个舒服的姿势："第一次在墓园见到你父亲的照片，我觉得很眼熟，但是没记起来是谁，直到你刚刚给我看你父亲年轻时的照片……我不会记错，那年我遇见你父亲，正是你照片里的样子，他那一脸亲和的笑我这辈子都不会忘。"

"至于见他拉小提琴，"傅维珩蹭了蹭她发心，轻笑了一声，"或许是我这个女婿独有的福利。"

苏莞默然，只是笑了笑。

许久，他都没再出声。苏莞本以为他快睡着，结果下一秒，那道沉润的音色在耳畔响起："莞莞，你爸爸，是个很好的人。"

他把你，带到这个世上，带来我身边。

元旦假期一过，傅维瑾一家子回来，苏莞便打算住回宿舍。然而傅维珩不乐意了，面无表情地睨着她说："住过了，你还想走？我这里是你想走就能走的？"话落，劈手就夺过她还没来得及收拾进衣服的行李箱，"行李箱，没收！"

苏莞无奈，就留下来多住了两天。

临近年底，Endless的业务增多，傅维珩开始四处出差，忙得不可开交，就连乐团的练习都抽不出时间来旁听，因此两人半个月下来，基本都是靠手机来维系感情。

后来，苏莞干脆就住回了宿舍，不过她是空手而回，因为那个行李箱……真的被某人没收了。

小年夜前一天，姚曳回广州老家，许丞阳也在小年夜当天下午买了机票飞回沈阳。

许丞阳前脚刚打车一走，傅维珩驾着车就到了苏莞宿舍楼下。

团里今天开始放假，只是这几天回沂市的车票早被抢光，苏莞只买到三天后的车票。学校放假，室友回家，傅维珩不放心她一人住在宿舍，让她收拾东西跟他回去。

收拾完行李，关好门窗，她背上琴拎着大箱子下楼。

傅维珩昨日刚从上海出差回来，小半月没见，再见他苏莞莫名就脸红心跳，又有种和他刚恋爱时的青涩感。

他应该刚剪过头发，两边理得很短，前额的碎发零散，整个人神清气爽。傅维珩穿着深灰色毛呢大衣，里头衬一件黑色的高领毛衣，习惯性地把唇掩在领下，黑色长裤包裹着他的大长腿，高挑俊挺的身子就倚在车门上，微微垂着头，英气十足，风度翩翩，俨然一位贵公子。

听到动静，傅维珩抬头看去，见苏莞背着琴拎个大箱子出来，皱了下眉头，急忙走进楼内接过她的箱子，掂了掂重量说："怎么不让我上去接你？"

苏莞笑着钩了下大提琴滑落下来的肩带："才一层，我拎得动。"

他拎着箱子下楼梯，按开后备厢锁："作为你的男朋友，最高兴的莫过于你事事都依赖我。"

苏莞红着脸垂头："……嗯。"

阳光正好，车子徐徐驶出校门，苏莞半落着车窗，任由光线倾泻进来。

半晌，傅维珩忽地开口："我爸妈明天从意大利回来。"他偏头瞧她，挑了挑眉梢："见见？"

"……"有这么询问人的吗！

"这也太突然了吧……"

傅维珩笑笑说："我以为我妈前阵子打电话来的时候跟你提过了。"

说起这个，上次在他家偶然接到傅妈妈电话的事，她一直记着，对方还十分热情地提了要一起吃饭。

苏莞局促地说："可是我什么都没有准备……"

某人不假思索："对于我这个单了二十六年的儿子，你已经是穆女士最好的礼物了。"

苏莞无言以对，该来的总是要来，还是要勇敢面对。片刻，她又问："可是我一点儿都不了解你的家人。"

"我的家庭很简单。"他打着方向盘，缓缓道，"我妈妈曾经是个演员，拍过一些小电影，现在息影了，常居国外；我爸爸是个画家，脾气和善，为人随性，很好相处；我爷爷毕生从商，亲手创办了Endless，前几年退休了。他虽然看着严肃，但实际上就是个和蔼善良的老人家；我奶奶在我出生没多久后就因病去世了，除了照片，我对她基本没有太多的印象；至于维瑾，就不需要我多说了。嗯？"

苏莞默默听完，内心惊叹，好……好不简单的一家子！画家爸爸，演员妈妈，商人爷爷，CEO姐姐，加上自己还是个著名小提琴家……他到底是如何做到这样轻描淡写地说"我的家庭很简单"？

苏莞："……你们一家子，都……太厉害了。"

"不。"路口红灯，他停下车，侧目看她，笑得意味深长，"等你嫁给我，我才是厉害了，所以，"傅维珩凑过来吻她，"你什么时候嫁给我？"

苏莞："……"一言不合就求婚？

后头响起催促的喇叭声，苏莞推了推他，脸色绯红，尴尬说道："……绿灯了。"

某人倒是从容，挂上挡位，踩油门前行。

车子一路驶向郊区，苏莞看着渐宽的大道，询问："去傅宅？"

傅维珩："嗯，这两天都住傅宅。"

苏莞点点头："那正好趁着我回去前给帆帆上节课。"

傅维珩沉吟："小舅妈不用太辛苦了。"

苏莞："……"

到傅宅时已经四点多，苏莞背着琴，傅维珩拎着箱子一前一后进了门。

换鞋之际，苏莞似乎很久没见到文森了，便忍不住好奇问："怎么没见文森先生？"

傅维珩抽出双棉拖放到她脚前："前阵子去照顾爷爷了。"

苏莞："哦。"

客厅里只有叶帆一个人，抱着玩偶在看动画片。把箱子和琴放到一边后，傅维珩最先走了过去："帆帆。"

叶帆从电视里回神转过头："小舅，小舅妈！"

"……"苏莞还是无法习惯这个称呼，她走到沙发边坐下，"帆帆一个人吗？"

小姑娘咧嘴笑得很开心："爸爸在书房，林阿姨回老家了，今天妈妈做饭。"

苏莞忙起身："那我去厨房帮忙。"

原本在切肉的傅维瑾听到有脚步声，侧头看一眼："来了，莞莞？"

苏莞"嗯"了一声："需要我帮忙吗？"

傅维瑾想了想，指着水池子里的那篮芥蓝说："洗菜？"

苏莞："好。"

"莞莞，我爸妈明天回来。"半晌，傅维瑾笑着开口，"维珩跟你说了吧？"

苏莞："……说了。"

傅维瑾瞧她一脸拘谨，宽慰说："不用紧张，我爸妈很喜欢你。"

"不紧张。"就是慌……

傅维瑾手上切肉的动作没停，又问："维珩跟你求婚了吗？"

"啊？"

"看样子是求了。"

"……"不算吧，不过随口一提。

"答应了？"

"……"还能不能愉快地聊天了！

傅维瑾又说："如果没答应就先别答应了，你还年轻，这么早结婚干吗，你看看我，才二十七岁就已经是个五岁孩子的妈了，自由日子都没了。"

她叹息一声，凑过来小声在苏莞耳边说："别答应他，磨磨他性子，急死他，哈哈哈……"

苏莞："……"画风新奇的姐弟俩。


晚饭过后，大家在客厅看了会电视，没多久就各自上了楼。苏莞依旧是住在上次住过的客房，也就是傅维珩卧房的对面。

一门之隔，傅维珩是极度不乐意，明明在公寓都同床共枕了！

苏莞拒绝说："那也不行，我们俩毕竟没有结婚，老是共居一室不太好。"

傅维珩眸色渐深："我非常乐意明天就跟你去领证。"

苏莞关门："……我要睡了。"

留了盏壁灯，苏莞钻到被窝里打开微信，宿舍群里有几条新消息。

锦锦的小丞阳：啊，我大东北的雪味道就是好啊。

是姚曳不是摇曳：许汉三你的微信名真油腻。

锦锦的小丞阳：略略略，"单身狗"闭嘴！

Swan：……

锦锦的小丞阳：苏美人，有没有想朕啊！

Swan：……明天见家长。

是姚曳不是摇曳：！

锦锦的小丞阳：！

Swan：我该准备些什么？

锦锦的小丞阳：什么都不需要准备，保持原状！你的乖顺，无人能敌。

是姚曳不是摇曳：穿条端庄秀丽的裙子就行了！

Swan：朕要你们何用？

锦锦的小丞阳：……

是姚曳不是摇曳：过分了。

关了手机，苏莞正准备伸手关灯，就听到房门口一阵窸窸窣窣的声音，偏头看过去时，门锁"嗒"的一声响，傅维珩手里抛着把钥匙，神色自若地推门而入。

苏莞："……"

某人从她右侧钻进来，抬手一按"啪"地关了灯，侧过身来搂她，一套动作干脆利索。

屋内沉寂了半分钟，苏莞抬手抵在他胸前，拉开距离，低呼："傅维珩！"

傅维珩置若罔闻，抬脚直接缠住她腰身钩进来吻了一阵，说："你不在我睡不着。"话落又亲了亲她的眉心，语气温柔，"睡吧。"

苏莞都没来得及反应过来，正想从他怀里抬头，就听他悠悠说道："别乱动。"

瞬间，安静。


翌日一早，天微亮，晨光从未拉紧的窗帘小缝中透进来，照亮了毛绒地毯上柔软的一角。

房门外"笃笃"地响起两道敲门声，傅维珩一向浅眠，听到敲门声，不耐烦地睁开了眼。

"莞莞，你起床了吗？"轻柔的女声隔着一扇木门从外头传来。

傅维珩眉心一蹙，并没有完全清醒，但终是轻手轻脚地下了床去开门。

就当傅维瑾准备二次敲门之际，那道房门霍地就从里头被拉开了，傅维瑾噙着笑抬眸，在看到面前高了她一大截、发梢凌乱、眉头深锁、满脸起床气的傅维珩后，嘴角的笑顿时就僵住了。

后者低沉富有磁性的嗓音里透着几分烦躁，低眸看傅维瑾："做什么？"

傅维瑾猛地回神，惊呼："你怎么在莞莞房间？"

傅维珩即刻就捂住了她的嘴，下意识偏头看了眼床上熟睡的人。

好在，她只是微微皱了下眉，依旧安安静静地睡着。

傅维珩关上了门，转过来冷冷地睨了傅维瑾一眼："喊什么？"

傅维瑾拍掉他的手，朝里头瞄了一眼，放轻语气，笑得意味深长。

"想什么呢。"傅维珩没好语气，"一大早你敲门干什么？"

傅维瑾这才想起正事："哦！叫莞莞一起去逛街买衣服呀，你下午不是要带她去机场接爸妈吗？我带她去挑些衣服化个妆，漂漂亮亮地去见穆女士。"

傅维珩再次蹙眉拒绝："不需要。"关门前又补充道，"我老婆已经是绝色了。"

傅维瑾："……"

傅维珩钻进被窝里搂着苏莞继续睡了。最近他忙着出差谈业务，一天睡不上五个小时，住在外地又认床，睡得不太好，好容易回了家，自是要把之前的觉给补回来。

再一觉醒来，已经九点多了。

傅维珩回自己的卧室洗脸刷牙，苏莞也去行李箱里取了东西去浴室梳洗。

五分钟后，苏莞神清气爽地从浴室里出来，对着摊在地面上的行李箱发呆。见未来公婆……穿什么？

片刻，又慢吞吞地反应过来："不对！什么未来公婆！想什么乱七八糟的！"

过了十分钟，傅维珩来敲门："莞莞，好了吗？"

苏莞这时刚套上一件毛衣，头发因为静电翘得乱糟糟的，她顺了顺头发，朝门外应了声："维珩，你先下去吧，我过一会儿就来。"

外头沉沉应道："好。"

等苏莞下楼时，只见傅维珩一个人坐在餐厅里，端着咖啡抿着，在看手机。听到脚步声，他扭头望去。

苏莞穿了一件褐色的过膝高领毛衣，外头套着白色的羊绒大衣，长发微卷，散落在肩头，精致小巧的脸上化了淡妆，整个人看上去清新秀丽。

傅维珩弯唇微笑，心情愉悦地又抿口咖啡。

嗯，天姿绝色。

察觉到傅维珩打量的目光，苏莞垂头从下到上地审视了自己一番，走到他面前，纠结地问了句："这样……可以吗？"

某人："嗯，可以，坐下吃饭。"

苏莞拉开椅子坐下。

傅维瑾刚好从院子里回来，看见餐厅里相对而坐的两人，走过去说："睡得好吗，莞莞？"

苏莞抬眸，撞进傅维瑾满是暧昧的眼神中。

她点头微笑："睡得很好。"

傅维瑾眼里笑意更深，视线从傅维珩脸上掠过，拉开苏莞旁边的椅子坐下凑到她耳边，轻声问："昨晚跟他睡一个屋的？"

"咳咳咳……"苏莞冷不丁就被嘴里的牛奶给呛到了，咳得面红耳赤。

傅维珩凌厉的眼风立刻就扫了过来："傅维瑾……"

傅维瑾讪讪一笑，抬手抚着苏莞的后背替她顺气："慢点儿，慢点儿。"

半晌，苏莞缓和下来，她捂着唇一脸坚定："我们什么都没做，真的。"

傅维瑾眨眨眼，显然不信："我知道，我知道。"

苏莞："你不知道……"

傅维珩蹙眉："傅维瑾，你闭嘴。"

后者无动于衷，撑着脑袋又笑："我早上去敲你房门，想约你去逛街买衣服，打扮一番然后去见我爸妈。"

苏莞眼神一亮，她也是有此意的！

傅维瑾："不过你家傅先生说你倾城绝色，不需要了。"

苏莞下意识就朝她家傅先生看去，与他撞个四目相对，脸色一下又红了："……傅先生抬举了。"

傅维珩笑着点头："实话实说而已。"

傅维瑾："……"什么鬼！一大早秀什么恩爱！


穆清和傅亦远的航班在下午四点抵达延川国际机场。按原先说好的那般，傅维珩和苏莞先一步去机场接机，傅维瑾一家则是晚些直接从家里出发去酒店安排今晚的饭局。

车一路无阻地在大道上行驶着，苏莞坐在副驾驶座，忽然间就开始紧张了，正襟危坐，一动不动。

傅维珩瞧她神色紧绷的模样，忍不住问："紧张什么？"

苏莞心头一虚："啊……我没有啊。"

傅维珩："他们很喜欢你。"

苏莞小声咕哝："……我知道。"可是就是莫名地紧张。

然而事实是，她完全没有紧张的必要！

到机场，已经过了四点。傅维珩看了眼尚为冷清的到达口，想着两人应该是刚下飞机在等行李，便说："我去一下洗手间。"

苏莞忙催他："你快点儿，我不认得你爸妈。"

目送了傅维珩进洗手间，苏莞就见到达口的自动门徐徐打开，一大批乘客推着行李车从里头陆续走了出来。

独自一人站在安全栏外，苏莞有些局促，她没见过他父母的相片，只知道他的母亲姓穆，万一错开了……这么想着，她又转头望了眼洗手间方向，没见傅维珩出来的身影，一下子左右为难。

思忖了会儿，苏莞摸了手机出来，打算给傅维珩打个电话，与此同时，面前经过的行李车上忽然掉下一顶秀气的女士帽，苏莞见那推车主人并没有发现自己帽子掉落的样子，忙就俯身拾起帽子大步朝前走去。

清贵纤瘦的女人在咨询台前停了下来，拿着手机正欲打电话。苏莞即刻加快脚步跑到她面前递上："您好，您的帽子掉了。"

女人回头看来，那张美艳熟悉的脸令苏莞一愣。

苏莞脑袋里瞬间就浮现几年前在电影里看过的一张脸，明眸皓齿，肤白貌美；着旗袍持油纸伞在长巷里回眸一笑的身影，仪态万方、楚楚动人。

下意识地，她讷讷地开口问道："请问，您是穆清吗？"

女人掩唇笑了笑，眼角的细纹随之一显："被你认出来了？"

还真是……苏莞内心万分惊喜，脸上也是掩饰不住的雀跃："我看过您的电影《油纸伞》，很喜欢您在里面的角色，所以印象深刻了些，您很漂亮。"

由穆清主演的电影《油纸伞》在全国公映后，她细致秀雅、独具风味的长相和气质，一下就吸引了影迷的心，尤其是那双眼，生得极其撩人，她也因为在这部电影里杰出的演技成了实至名归的影后。

苏莞是上初中时看的这部电影，穆清那时已经开始慢慢退出娱乐圈，和丈夫移居国外。那时候，愣是她一个十几岁的小姑娘，也被穆清那张脸迷得不行。

穆清掩唇笑了笑，优雅极了："那都是十多年前的事了，现在啊，已经老了。"

"不不，您还是很漂亮，我第一次见到您本人。"苏莞难掩内心的兴奋，从包里掏出一支圆珠笔和一本记事簿，做了一件她人生中从未想过的事，"可以请您给我签个名吗？"

穆清笑得合不拢嘴，接过她的笔十分爽快地签了两个字，然后说："你也很漂亮。"

苏莞脸一红，唔，被喜欢的明星夸了。

"莞莞！"一道熟悉的声音在穆清身后响起，苏莞和穆清都齐齐放眼望去，在看见傅维珩高挑的身影后，苏莞猛地一回神，天哪，她居然把他的爸妈给忘了！

傅维珩快步走到两人面前，见苏莞一脸尴尬，再一侧目，瞧见穆清后一愣："妈，你对她做什么了？"

苏莞瞬间"石化"："……妈？"

穆清一怔，笑得更开了："哎。"

苏莞："……"所以，所谓的小演员妈妈，是国际影后——穆清！

穆清用肩膀撞了撞傅维珩，调笑道："维珩，小媳妇儿跟照片上一样漂亮，可爱又讨喜，还是我的影迷。"

傅维珩目露得意，牵过苏莞，单手去推行李车："爸呢？"

穆清："在外头抽烟呢。"

三人走到候机楼大门前，行李车止于此，苏莞这才从刚刚发生的事情中抽回神，忙伸手帮着拎箱子，看向穆清的目光有几分难为情："阿姨好，我是苏莞。"

穆清莞尔一笑："怎么又改口了？叫妈比较好听。"

苏莞："……"

在停车场和傅亦远会合时，傅爸爸一脸和善，笑脸相迎，和傅维珩倒像是两个性子。

傅维珩："爸。"

苏莞跟着喊人："叔叔好，我是苏莞。"

傅亦远笑着点头："你好。"

到了车旁，苏莞主动地走到后座，刚准备拉开车门，就听穆清说："莞莞你坐前面。"

傅亦远跟着附和："对，莞莞你坐前头，我们俩喜欢坐后面。"

傅维珩拉开副驾驶座的门，瞥了她一眼："上来。"

苏莞："……谢谢叔叔、阿姨。"

傅亦远拉开车门坐进去，笑说："小珩，你对象还挺客气。"

穆清接腔："他对象是我影迷呢，刚要了签名。"

苏莞简直害羞得无所遁形了。

傅维珩在一旁看着她脸红的样子，扣上安全带："爸妈，我对象容易害羞，你们别逗她。"

苏莞："……"

车子不疾不徐地驶上机场高速，傅维珩专注着道路前方，开口说道："维瑾和胤桓已经去饭店了，我订了桌，等吃过饭再回家。"

穆清："好。"

傅维珩又问："爷爷今年不打算回来？"

傅亦远："他说晚些再回来，他想先去找翁叔叔叙旧。"

苏莞手抓着安全带，默默地听他们谈话。

蓦地，穆清唤她："莞莞。"

苏莞偏头看去："嗯，阿姨。"

穆清："还在上学吗？"

苏莞答："今年夏天就毕业了。"

穆清："现在在实习？"

苏莞："嗯，在傅……在珩衍实习。"

穆清目光紧接着看向傅维珩，突然问："你们打算什么时候结婚？"

傅维珩不假思索："我时刻准备着。"

于是问题又抛向了苏莞。

后者磕巴："我，我……不知……"


到酒店的时候，天已经全黑了。

从车上下来，穆清挽着傅亦远走在前头，苏莞看着身边俊挺的男人，想起刚刚他在车上替她回应的那句话，忽地又耳热了。

"妈，我比较希望在正式求婚的时候听莞莞告诉我答案。"

所以，他是打算正式求婚？

那自己的答案是？

嗯……愿意。无疑的。

包间很大，装潢精致大气，大直径的圆桌足够坐下十人。一进包间，一向乖巧伶俐的叶帆便一一礼貌地喊了人。

这餐饭，或许因为傅维珩就坐在她旁边，苏莞原本慌乱的心此刻安稳了些，不再拘谨，对于穆清时不时抛出的话题，她可以淡然自若地笑着接话。

傅维珩盛了两勺鱼汤到苏莞碗里，又夹了一块鱼肉剔干净刺后才放到她勺上，说："别光顾着说话，多吃点儿。"

穆清看儿子如此体贴入微不免一愣，暗自笑了笑。生养了二十六年的儿子，有多高冷傲气她自己比谁都清楚，属实没想到有一天他也会对一个女孩这般上心，想来是喜欢极了。

回到傅宅，已经八点多，傅亦远和穆清坐了十多个小时的飞机已是十分疲倦，到家后便径自提着行李上了楼。

傅爸、傅妈一回来，两人再亲密苏莞也不好意思在此时此刻和他同房而居。在阳台上和傅维珩聊了会儿天，再被他圈在护栏上吻了一阵后，她便回了房间。

洗了澡躺回床上，苏莞打开手机微信，发现秦沐发来了信息。

沐沐宝宝：我终于放假了！

沐沐宝宝：秦俨明天下午的飞机回来！姐你呢，你什么时候回来？

Swan：后天回去。

沐沐宝宝：那我到时候跟秦俨一起去接你！

沐沐宝宝：对了，姐，你带姐夫回来吗？

苏莞想了片刻："他最近应该没什么时间。"

沐沐宝宝：好吧。

手机又嗡嗡震动两下，是宿舍群的消息。

锦锦的小丞阳：见家长的少女，今晚如何了？

Swan：算是成功？

锦锦的小丞阳：婆婆美吗？给你下绊了吗？甩支票要求你离开她儿子了吗？

Swan：……

是姚曳不是摇曳：莞莞，你继续说！

Swan：你们知道穆清吗？

锦锦的小丞阳：知道知道！影后！美得简直不可方物！

是姚曳不是摇曳：虽然不是我们这个年代的，但是我看过她的电影，我妈当年可迷她了。

Swan：嗯……是傅维珩他妈妈。

是姚曳不是摇曳：天啊！这果真是神一般的家庭啊……莞莞，相信我，未来你和"大神"女儿的长相一定堪比天仙。

锦锦的小丞阳：我是天仙干妈一号。

是姚曳不是摇曳：我是天仙干妈二号。

Swan：……睡了。


两天后，苏莞踏上回家的旅程。

动车是上午十点十五分，苏莞起得很早，梳洗后开始收拾行李。敲门声在苏莞合上行李箱时响起，她扣上箱扣，应了声："请进。"

傅维珩应声而入，他穿了件宽松圆领毛衣，明亮的姜黄色，衬得他皮肤越发白皙似玉，精致的锁骨掩在领下，若隐若现。

他关门走过来，径直把苏莞揽进怀里，埋首在她颈窝间，闷着声说："把车票退了吧，我送你回去。"

他温热的气息扑洒在她侧颈，恹了吧唧的语气像是小孩耍赖般，带着明显的小情绪。苏莞扬了扬唇，还是头一次见他如此，抬手回抱住他的腰，抚着他线条流畅的脊骨，说："你是在撒娇吗？"

他应得懒洋洋："嗯。"

前阵子因为工作出差，两人被迫小离了半个月，好不容易忙完了工作，回来温存了一日不到，爸妈便回来了。苏莞碍于两老在家，总是有些难为情，即使这几天两人住在同一屋檐下，真正独处的时间也是少得可怜。这次她回去，又是大半个月见不着面，傅维珩有些舍不得。

"送我到车站就好。"她仰头亲了亲他，"你这样来回奔波，我心疼。"

傅维珩被那句"我心疼"给取悦了，原本还沉郁的脸爬上了一丝悦色。他抬手将她耳边的碎发挽至耳后，指尖往下捏住她的下颚，垂头吻了下去。

刚刚刷过牙，他的嘴里还残留牙膏清新的薄荷味，混着清冽的气息涌进鼻腔，教苏莞一瞬激灵。她微微踮起脚，双手攀上他的脖颈，主动地朝他贴近一步。

良久，他恋恋不舍地退开，目光落在那嫣红的唇上，呼吸还有些粗重："等你回来。"

从傅宅到火车站大概需要三十分钟，两人用过早饭，在穆清和傅维瑾的目送下离开前往火车站。

车内，傅维珩专注着驾车。

苏莞扭头看了眼后座堆在她大提琴上大大小小的袋子，为难地叹了口气。那些东西是出发前穆清给她的，说是从意大利给她家人带回来的礼物。当时苏莞看着袋子上的名牌标识，一下子就愣住了，伸手推了回去，忙说："阿姨，我不能拿，太贵重了。"

穆清笑笑："都是些小东西，给你姑姑、妹妹的。"

苏莞摆摆手："那也不能拿，我姑姑她们都不常用这些的。"

穆清："不常用也总是会用，拿去，只是顺道带的小礼物，别推了。"

傅维瑾在一旁笑着附和："收着吧莞莞，只是小东西，你不收我们也是放着。"

此刻，苏莞盯着那些名牌标识，再次叹气。

傅维珩瞧她一眼："怎么了？"

苏莞纠结了半会儿，才说道："那些东西我还是不拿了，你待会儿带回去给你妈妈吧。"

傅维珩脸色如常："都是自家人，收着吧。"

"可这……"还没结婚呢……

"就当新年礼物了。"他弯了弯嘴角，忽然惭愧地说道，"好像我从来都没给你送过礼物。"

"我不缺。"

苏莞咕哝着，又听他自顾自地说道："失策了，得补上。"

两人到火车站时，距离检票时间还有十分钟。因为是过年放假，火车站内人来人往，过安检的乘客极多。

送客站外止步，傅维珩抱了抱她，嘱咐了几句才把自己肩上的大提琴取下，给她背上，依依不舍地目送她进安检。

人潮涌动，苏莞背着琴，小心翼翼地随着这拥挤的人群往进站口里去。

傅维珩看着人潮涌动，想起又背琴又提箱子的苏莞，自责地皱起眉头，忽然就后悔了：没有坚持让她退了车票，自己开车送她回去。

站内，人声鼎沸，苏莞好半天才听到电话响，看到来电提示上的人，忙不迭接起："维珩，怎么了？"

傅维珩："检票了吗？"

苏莞"嗯"了一声，把手中的袋子挂到行李箱上："在排队。"

傅维珩拉开车门坐上去："背着琴会不会太累？"

苏莞笑笑说："不会，我习惯了。"

他盯着中控台上搁置已久的香烟，又说道："莞莞，明年过年带我一起回去吧。"

苏莞没有犹豫："好。"

动车在下午一点二十五分准时到达沂市车站，下车之前苏莞就收到秦沐的消息，说是已经和秦俨在出站口等着了，苏莞回了个"好"后，退出界面给傅维珩打电话。

电话来的时候，傅维珩正在琴房里练琴，起伏跌宕的琴音被手机铃声打断，他放下琴走过去接电话："到了？"

那头"嗯"了一声。

傅维珩把琴收进琴盒，合上琴盖往外走去："有人来接吗？"

苏莞被人群涌着往站口走，周围吵吵嚷嚷的，她怕傅维珩听不见，特意扬声道："我哥和我妹在站口等我。"

傅维珩怕她举着手机在车站内行动不便，又说道："先回去，到家了给我发微信。"

一出站口，苏莞远远就望见秦俨那高大英俊的身影，以及站在秦俨身边矮了大半截的秦沐。

她迈步穿过人群，朝两人走去。

秦沐最先看见她，后者穿着裸粉色的羽绒服，一张小脸白皙漂亮，肩上背着个黑不溜秋的大家伙，出挑得很。

还隔着五米远的距离，秦沐直接拔腿冲了过去，一把搂住苏莞，激动万分："姐！我想死你了！"

秦俨不紧不慢地走过来，一掌拍上秦沐脑袋，睨了她一眼："大庭广众的，像什么话。"

秦沐吃痛地捂脑袋瞪着他碎碎念。

苏莞神色平静地颔首："表哥。"

秦俨瞅她一眼，顺手拉过她的行李箱，语气淡淡地"嗯"了一声，往前走了几步，忽然说："你怎么跟秦沐一样？"

秦沐："？"

苏莞走在他旁边："……什么？"

他面带嫌弃地蹙了下眉："啧，还这么矮。"

秦沐："……"

苏莞："……"自己明明165！

上了车，苏莞因为自家表哥刚刚的"人身攻击"，莫名地就有小脾气，于是决定，找机会呛回来。

车子驶上马路，秦俨透过后视镜看了一眼苏莞，又闲不住心思地打趣："男朋友呢？"

坐在副驾驶座的秦沐也偏头看向苏莞。

后者望着窗外，视线不动："在家。"

秦俨："我的意思是怎么没跟你一起回来。"

苏莞："不方便。"

秦俨扬扬眉："怎么不方便，陪女朋友回家怎么了？会不会谈恋爱？"

知道他是有意挑衅，苏莞面无表情地透过后视镜觑了他一眼，轻哂："二十八岁都没谈过女朋友的人，没有资格说这句话。"

秦沐"扑哧"一声，仰天长笑。

秦俨气急败坏地顶了顶腮帮子，冷冷的一个眼色朝秦沐扫了过去。

后者瞬间噤声。

面对这个表妹，秦俨无可奈何。这么多年过去了，他身高长了，能力长了，怎么唯独跟她呛声的本事丝毫未见长！

秦俨侧眸透过后视镜看向苏莞，忍不住问道："苏莞，你能不跟我抬杠吗？"

苏莞果决说道："不能。"

秦沐笑到打嗝："哈哈哈，秦俨，人家才不给你面子！"

下一秒，她后脑勺毫无意外地又一次被秦俨赏了一掌："闭嘴！"

多年后三人再次聚首，互怼，依然是他们的日常。


到家时，已经两点。

苏莞本以为秦俨和秦沐是在家用过午饭后才出门接她，结果不想，进到家门看见一桌子饭菜，愣了下："你们还没吃饭？"

秦沐抱着她的琴走进来，说："没呢，妈妈特地等你回来一起吃。"

苏玥听到动静从厨房里出来，眉欢眼笑的："回来啦莞莞，东西放着来吃饭。"

苏莞讪讪说道："其实你们先吃就好了。"

"说什么呢，难得一家子都聚齐，当然要一起吃饭才像话！"苏玥晃了晃手里的汤勺，"你们先盛饭，我去给汤调调味。秦沐，叫你爸出来吃饭。"说着又看了眼尚未关上的家门，"秦俨呢？"

苏莞放下包跟着苏玥进厨房："哥他去停车了。"

苏玥"哦"了一声，拧开那锅装着排骨汤的电饭煲，一阵浓郁骨香的汤味扑鼻而来，勾起了苏莞肚子里的馋虫，忙就拿碗开始盛饭。

苏玥往汤里下了勺盐，舀起丁点儿试了试味，眼带笑意地看一眼苏莞，问道："莞莞，男朋友什么时候来？"

苏莞盛饭的手顿了顿，目光闪躲："他爸妈常年在国外，这几天刚回来，他得陪他爸妈，应该没什么时间过来。"而且，她现在还没做好带傅维珩见家长的心理准备……

"那孝顺爸妈是应该的。"苏玥点点头，又问，"男朋友做什么的？"

苏莞想了想，闪烁其词："算是个拉琴的吧。"

"什么拉琴的！"秦沐不知何时从里头冒出来，义正词严地打断，"我姐夫明明是个丰神俊朗、高贵冷艳的小提琴家！"

苏莞："……"

苏玥一愣："什么家？"

秦沐掏出手机戳屏幕，正色重复说："小提琴家，就是那种古典音乐圈的名人，闻名欧洲的！"

苏玥眼神一亮，原本惊喜的神色很快又皱起了眉，担忧地说："真的假的？不会是骗子吧？"

秦沐眼角抽了两抽，直接翻出一张照片递到苏玥面前："妈！你见过这么帅的骗子吗？"

苏玥放下碗勺，接过秦沐的手机开始研究。上头的照片是从苏莞微信朋友圈翻出来的两人合照。苏玥年岁大了，眼睛有些老花，不过此刻哪怕是一张小图她也看出来照片上的男人气质不凡，她伸指在屏幕上放大傅维珩的脸，感叹："哟，还真是俊呢，跟莞莞一起真是对璧人。"

苏莞合上电饭煲盖子，红着耳尖端饭去了餐厅。

秦沐连声赞道："是吧是吧，我也觉得。"

苏玥把手机还给她，想了半会儿又觉得不对劲："好看是好看，可这世上也总有些表里不一的人啊。"

于是，秦沐又极有耐心地再次掏出手机打开"百度百科"，输入"傅维珩"三个大字，点击搜索，瞬间，界面上都是关于傅维珩的词条，她点开其中一条，递到老娘手里后去餐厅吃饭，让她慢慢考察。

老秦进厨房将那刚出锅的排骨汤端了出来，笑眼眯眯："莞莞，男朋友对你好吗？"

苏莞送了口米饭红着脸点头："嗯。"

老秦拍了拍苏莞的肩："对你好就成。"

苏玥是琢磨透了，拿着秦沐的手机从厨房里走出来，百感交集："莞莞，这小傅，真是不得了啊……"

小傅……这就叫上了？

秦沐抿了口排骨汤，收起手机，得意地朝苏莞扬了扬眉，仿佛在寻求表扬。

苏莞心领神会，默默地加了块糖醋排骨到秦沐碗里："你太瘦了，多吃点儿。"

苏玥拉开椅子坐下，叹了口气，又说："明明秦俨长得也够帅，人又高，这会儿钱赚得也不少，怎么就是带不了一个女朋友回来？"

秦沐翻了个白眼："妈，有你这么自吹自擂的吗？"

苏玥一筷子拍掉秦沐费半天劲才夹上来的鸡翅膀，厉声说道："我说错了？你哥难道不高不帅不富？"转而看向埋头吃饭的苏莞，"莞莞你说，你哥帅不帅？"

苏莞咽饭，老实答："帅。"

说实话，秦俨的外貌长得很好，轮廓清晰，五官俊朗，一双眼狭长如墨，锐利清透，因为长年练习柔道，身材壮实，浑身都透着一股凛然的正气。虽没有傅维珩长得那般极致惊艳，却也是耐看的。

苏玥得意地扬下巴。

秦沐当即把说话声提到最大："帅帅帅！秦俨天下最帅！"

老秦哑然失笑。

这时，被夸天下最帅的当事人提着袋果汁回来了。他换了鞋径直走到厨房放下饮料洗手，跟着到餐厅坐下扒了一口饭后，给苏莞和秦沐一人夹了个鸡腿，不紧不慢地说道："都很会说话，赏你们了。"

秦沐、苏莞："……"

半响，苏玥看着坐在自己面前埋首吃饭的儿子，开口说："秦俨，你爸那同事的女儿听说今年国外进修回来了，我看了照片，挺漂亮一姑娘，你什么时候抽个空见见面？"

苏莞明白，传闻中给秦俨安排的相亲，来了！

"不见。"秦俨拒绝得很干脆。

苏玥眉头一蹙，心有不悦地放下碗筷："你都二十八了，还不打算结婚？"

秦俨面无表情："我不急。"

苏玥火气上来："嘿，我说你这木头是不是……"

苏莞眼见情势不妙，立马抬头出声："姑姑，表哥他跟我说了，明年过年一定给你带个女朋友回来。"

秦沐一脸震惊地看向秦俨，厉害了我的哥。

秦俨凉飕飕地看过来，挑着眉梢，使着眼色："我什么时候跟你说的？"

苏莞抿唇微笑："不是你让我帮忙挡相亲？"

秦俨恍然大悟，随后应声："嗯，明年过年给你带回来。"


吃过饭，苏莞便提着箱子回了房间。

她看了眼挂在行李箱上的品牌袋子，这才猛然想起，到家这么久居然忘记给傅维珩发微信。

顾不上收拾箱子，她忙从包里取出手机，果不其然，界面上显示着三条未读消息，均是来自傅维珩。

Neil：到家了吗？

Neil：（对方已取消视频聊天）

Neil：？

看时间，是半小时前。

她直接点击"视频通话"。

提示音只响了十秒钟，那头"叮"的一声接起。

映入眼帘的，是傅维珩近在咫尺的俊颜，他坐在书房的椅子上，把手机立在一旁，镜头从原本的特写切到了中近景："吃饭了吗？"

他身上依旧穿着今早那件姜黄色的圆领毛衣，此刻镜头偏下，那精致性感的锁骨在苏莞看来极为醒目，不由得耳根子一热，她把视线转到他清俊的脸上，低低地"嗯"了一声："刚刚在吃饭，所以没有看到你的消息。"

傅维珩笑了笑："没关系。"

苏莞见他镜头前稍有些凌乱的桌面，询问："你在忙吗？"

傅维珩捋了捋桌上的A4纸："忙完了。"

话音刚落，门外响起一阵敲门声，紧接着秦沐推门而入。下意识地，苏莞一掌把屏幕上的傅维珩反手扣到了桌面，连通讯界面都来不及挂断。

这边的傅维珩见着忽然变暗的屏幕，愣了一下，只听一道清亮的嗓音从那头传笑说："姐，你在干吗？"

苏莞瞄了眼被她扣在桌面的手机，面不改色道："准备整理箱子。"

秦沐"哦"了一声，拿过床尾的椅子搬到苏莞面前坐下，贼兮兮地笑着："姐，我姐夫有微信号吗？"

苏莞瞧她一眼："有，怎么了？"

秦沐激动地抬高声音："我想加我姐夫的微信！可以吗？"

张了张口，苏莞还没来得及回应，第三道声音响起："可以。"

秦沐呆了半晌，神色警觉地四处张望："什么声音？"

苏莞："……"

"你姐夫。"

同样的一道男声再次响起，秦沐视线一晃，落在了苏莞手边被反扣在桌面的银灰色手机上。

秦沐一惊："姐你你你……你在跟姐夫打电话吗？"

苏莞无奈，重新拿起手机立在眼前，傅维珩保持原来的位置坐在椅子上，姿态慵懒地靠着。

秦沐不淡定了，瞬间被傅维珩那张英俊的脸帅到抱头惊叫："姐夫好！我是苏莞的妹妹秦沐！"

傅维珩微一颔首："你好，我是苏莞的男朋友，傅维珩。"

苏莞："……"

秦沐异常兴奋地尖叫两声，突然说："姐夫，我姐刚刚跟我妈说，你就是个拉琴的！"

傅维珩眉梢一挑，淡淡的目光一瞥苏莞，后者心虚地移开视线，又听秦沐絮絮叨叨地说，"然后我就跟我妈说，你是个拿过很多奖的小提琴家，我妈不相信，以为你是个表里不一的骗子，我又给我妈科普了你的'百度百科'，所以她老人家现在对你……极度满意！"

傅维珩抿唇一笑："嗯，谢谢。"

"客气了，客气了。"秦沐摆摆手，受宠若惊。

气氛忽然就安静了下来，秦沐瞅着苏莞脸色淡淡的神情，十分有眼力见儿地开口："我去看电视了，你俩慢聊。"出去关门之际还不忘提醒，"姐，记得给我姐夫的微信号！"

"嘭"的一道关门声后，房间里又陷入了沉寂。

苏莞盯着屏幕里的他许久，正准备出声缓解一下尴尬，就听傅维珩那沉缓的嗓音冷不丁地响起："我在你眼里就是个拉琴的？"

波澜不惊的语气，苏莞却分明听出了一丝微妙的小脾气，于是她亡羊补牢："……你在我眼里是无所不能的。"

"呵……"

半晌，她再接再厉："我很想你。"

"维珩，我爱你。"

"……"


第二天下午，家里只有苏莞和秦沐两人。

练了两小时琴后，苏莞百无聊赖地去客厅跟着秦沐看电视剧。

这部《弦动你心》是在去年暑假首播的，收视率极高，一到假期，各大卫视又开始纷纷重播。

苏莞瞅着秦沐那一脸入迷的样子，难以理解，这部剧她不是都刷三遍了吗，还这么痴迷？

等苏莞视线再回到电视上时，镜头正好切到一位身姿英挺的男人身上，阳光倾泻，毫无保留地映着他硬朗英俊的眉目。

记忆一晃，苏莞脑子里忽然蹦出前段时间在延川剧院偶然瞧见的男人——项其琛，娱乐圈当红"小鲜肉"，秦沐的……"男神"。

电话铃声在这时候响起，苏莞愣了愣，拿出手机瞧了眼来电提示后接起："维珩。"

"在干什么？"清冽的嗓音带着几分倦懒，闷声闷气的，莫名撩得苏莞心头一跳。

苏莞十分坦然："看项其琛。"

那头沉默了会儿，语气冷了几分："好看吗？"

苏莞一怔，他不会是吃醋了吧？她又瞥了眼电视上形象俊雅的男人，直言："没你好看。"

"哦……"某人清冷的语调里是难掩的小脾气，"喜欢他？"

苏莞不紧不慢："秦沐的'男神'。"

一旁的秦沐听到自己的名字，便从电视里回神，偏头见苏莞一脸笑意地握着手机听电话，用脚趾头想都知道电话那头是谁。秦沐笑嘻嘻地挪了挪屁股，坐到苏莞旁边："姐，你跟姐夫说，谢谢他妈妈送的东西，我们很喜欢。"

苏莞点点头张嘴正准备出声，傅维珩已经先她一步说："我听到了，喜欢就好。"

苏莞转达："他说喜欢就好。"

秦沐眉欢眼笑地指了指电视上俊挺的男人："你们慢聊，我继续看'男神'。"

苏莞起身往房间里走去，又问："你吃饭了吗？"

傅维珩："嗯。"

苏莞："……哦。"

电话里又莫名其妙地静了会儿，他平稳的呼吸声，隔着听筒传来，苏莞仿佛都能感觉到他的温热气息，无形中使得她耳垂发热。

"他的琴技，一般般。"傅维珩忽然开口，不咸不淡的语气听似无意，却是有着分明的不屑。

苏莞坐在床头，愣了愣："谁？"

他顿一阵才答："项其琛。"

"……"这醋劲儿还挺大……苏莞忍俊不禁，"你怎么知道？"

傅维珩挑了挑眉梢："那部剧男主角的小提琴指导，是我。"

苏莞不免一惊："有些难以想象，你会和电视剧扯上关系。"

傅维珩语气淡淡："受人所托罢了。"那部剧的最大投资方恰好是叶胤桓公司旗下的。

"小提琴特写时的手替是你吗？"她又问。

"呵，"傅维珩冷哼一声，感到荒唐，"你觉得可能吗？"

你觉得我这高贵修长的提琴手可能纡尊降贵来给这个演员做手替吗？

苏莞默默地在脑海中补全他后半句话，答案自然是："……不可能。"

# 第十二章　我很想你

除夕的前一天，苏莞一早出门乘地铁去市中心的书城，直到午饭前才乘地铁返家。年关将至，街上满是年味，挂满了灯笼和红联，地铁站依旧人多，下了地下通道，苏莞刚摸出地铁卡，肩上就感觉被人轻轻拍了两下。

苏莞下意识看去，是个神采奕奕、满头鹤发的老人家，他穿着件普通的黑色棉袄，背脊微躬，笑得很和善，问道："姑娘，这里头是乘地铁的吗？"

苏莞笑着给他指了指路："您直走就行了。"

"好，谢谢姑娘。"

前头恰好有几级台阶，他笑着点头道过谢后，抬起那只不太利索的脚往下走，明明才下了一级的台阶，他却看上去有些吃力，步履蹒跚。

苏莞见状，上前小心翼翼地在他手臂上搭了把力，细声说道："您慢点儿。"

老人家讪讪笑道："年纪大了，腿脚不太好使了，姑娘麻烦你了。"

苏莞莞尔："没关系，我也是去乘地铁的。"

到了入站口，苏莞瞥了眼前头进站刷票的机器，开口询问："爷爷，您有地铁卡吗？"

老人家指了下几米外的售票窗口："我去买票就行。"

苏莞想了想，又问："您去哪个站？"

老人家："好像是四合广场站，我要去平和北路。"

"好，那您在这等等，我去给您买票。"话落，苏莞也不等老人家多说，径直跑向自动售票机迅速地投币买了票。

老人家看着苏莞递到他手里崭新的地铁票，脸上的笑容敛了敛，有些不好意思："太麻烦你了姑娘，这车票多少钱啊，我得给你。"说着从兜里摸出一个钱夹，从里头取了张百元大钞递给她。

苏莞摆摆手："不用的，就两块钱。"

老人家不依，硬是要将那张红钞塞到她手里："拿着拿着，咱们素不相识的，哪能莫名其妙让你花钱。"

苏莞尴尬地捏着那张钞票："可是我也找不开给您啊……"

老人家倒是颇为豪气："那就别找了，拿着吧，我们赶紧进站。"说完捏着那张车票走去过安检。

苏莞无奈地扶了扶额，将钞票捏在手心迈步跟上，心中忍不住暗叹，这随心所欲的性子怎么这么似曾相识呢……

从安检处到地铁上，苏莞一路都搀着他陪同，脑子里却是想着如何趁隙将这钱偷偷放回他口袋里。

两人找了座坐下没多久，车就开始缓缓开动了。

老人家坐在最边上，手搭着扶手，笑眯眯地问了句："姑娘去哪个站？"

苏莞："跟您一个站。"

老人家眼神惊喜地亮了亮："哟，真是巧了。"

苏莞不自觉瞧了眼老人家坐在椅子上还在微微发颤的双脚，蹙了下眉，忍不住问："您腿脚不便怎么还独自一人出来？您家人呢？"

"我家不在这，来沂市就是想去平和路瞅瞅我那老朋友，我昨天刚回国，儿子孙子他们也不知道我来这儿。"他拍了拍自己的腿，"今天天气好，我想出来走走，本来这腿就不利索，再不多走动走动将来我老头子就得坐轮椅喽。"

苏莞掩唇浅笑，出了个主意："您可以去看看中医，调理一下。"

老人家摆摆手："唉，我是半截身子都入土的人了，还瞅什么医生，我现在能看着我孙子成家，抱抱曾孙就好了。"说起自己的家人，他忽然笑得极为开心，一下子打开了话匣子，"我孙子啊，年轻有为，这阵子听说谈了个女朋友，真教我高兴。"

苏莞静静地听着，见他红光满面，也禁不住替他开心："恭喜您了。"

老人家又问："哎姑娘，你谈男朋友了吗？"

苏莞愣了下后点点头。

"哟，那你的男朋友可真有福气。"老人家咧嘴笑开，那额上饱经风霜的皱纹一瞬间舒展开来，一双眼又眯成了弯弯的月牙。

苏莞被夸得有些难为情，只是垂了垂眉眼，笑而不语。

刷票出站后，苏莞搀着老人家上了扶梯，她抬腕看了眼时间，十一点三十分。

老旧的手机铃声忽然响起，老人家不紧不慢地掏出那部有些年月的手机，眯起眼看了来电号码后接起。

那头的声音有些急促，苏莞并没有听清说了些什么，只见老人家从容地笑了笑说："好了，你直接开到老翁他店里等我就行。"便挂了电话。

出了站口，苏莞这才问："爷爷，您朋友的家在哪个方向？"

老人家这会儿可是再不好意思麻烦人家了，忙就伸手指了指前头不远处的器乐店说："就那家器乐店，我老朋友开的。"

苏莞一望前方那熟悉的器乐店，讶然说："你跟翁爷爷是朋友呀？"

老人家惊喜地一抬眉："你也认识老翁？"

苏莞"嗯"了一声："我算是翁爷爷的常客吧。"

"真是巧了。"两人朝前走了几步，老人家又问，"那你这会儿也是去他店里？"

苏莞笑着摇了摇头："这会儿就不去了，我家人还在等着我吃饭，我家就在前头的新湖小区，我就顺路送您一程。"

老人家："好，麻烦你了。"

到器乐店时，门前距公交车站牌五米远的临时车道上停着辆黑色轿车。苏莞瞄了一眼，老人家也正好指着那辆车，停下脚步表示感谢地拍了拍苏莞的肩说："姑娘，今天太谢谢你了，我家人刚好来了，你快回家吧，耽误你这么多时间。"

此时驾驶座的车门恰好被打开，车上下来一个穿着工整的男人，距离太远苏莞瞄不清来人的长相，微微颔首准备离开："那我先回家了，爷爷您路上小心。"

"好，姑娘你也路上小心。"

文森走过来时就听老爷子眼带笑意地喃喃道："这年头，又漂亮又心善的姑娘，可不多了！真是个好姑娘啊。"

"董事长，"文森唤了声，视线顺着老爷子的目光放眼望去，脸色一怔，说，"这不是苏小姐吗？"

老爷子没听清身边人说的话，回过身来把两只受冻的手收回衣兜里，轻声问："你说什么？"

布满皱褶的手掌意外在衣兜里触到一丝凉意，傅铨已有所觉，伸手捏住那张硬纸，从口袋里抽了出来。

"苏莞小姐。"文森笑着解释，"就是傅先生跟您说的那位女朋友。"

傅铨怔然，盯着手里不知何时被放进他衣兜里皱巴巴的红钞，好半天才从文森的话里回过神，再一望渐行渐远的娉婷背影，放声笑了出来，中气十足地感叹一声："有福啊，我们小珩真是有福啊！"

　　慢慢悠悠走回家的路上，苏莞接到了傅维珩的电话。

　　那头的嗓音极为温柔："吃饭了吗？"

　　苏莞望见不远处广告牌海报上那位手持大提琴、清丽娇小的身影，缓步走了过去，说："还没有，在回家的路上。"

　　傅维珩疑惑地问："怎么还没到家？"

　　苏莞想起那个腿脚不便的老人家："路上耽搁了，你呢，吃饭了吗？"

　　傅维珩："还没有。"

　　电话里沉默了一阵，苏莞在那广告牌前站定，伸出食指在何悠悠微微抿着笑的海报上戳了戳，突然说："维珩，何悠悠喜欢你。"她温软的嗓音带着许恹恹的酸意，"她很喜欢你。"她看得出来。

　　"莞莞，"他低沉的声线染上些许温情，触及她内心的最深处，一瞬间，心软得一塌糊涂，"我爱你。"

　　时间一晃，转眼就到了除夕。

　　当天一早，苏玥一家子坐着秦俨前两天新购的轿车去了市场买菜。

　　老秦坐在副驾驶座四处摸了摸，连声赞叹："还是大车坐着舒服。"

　　坐在后座中间的秦沐十分悠闲地跷起了腿，长叹一声："终于不是老秦那老旧的车了……"

　　苏玥毫不客气地敲了敲秦沐的脑袋，斥了声："臭丫头，你爸那车从小载你到大，你就这么回报它的？"

　　秦沐捂着头，态度一百八十度转变："老秦的车最棒了！"

　　老秦和苏玥均是忍不住笑。

　　苏莞瞧一眼前头开车的秦俨，漫不经心地问了句："哥，你不回美国了？"

　　秦俨低低地"嗯"了一声，"暂时不回了。"

　　苏玥终是放下心来，离家这么多年的儿子可算是回来了，起码今后再也不用聚少离多。

　　苏莞的手机突然进来微信消息，是傅维珩的。

Neil：在做什么？

Swan：去市场买菜，准备今晚的年夜饭，你呢？

Neil：嗯，在想你。

苏莞禁不住撩，耳尖微红，回复："你们也在家吃年夜饭吗？"

Neil：爷爷回来了，我们去饭店吃。

约莫过了两分钟，手机又一振。

Neil：什么时候回来？

Swan：应该是初八过后……

Neil：莞莞，早点儿回来。


除夕，年夜饭。

苏玥和老秦从下午开始就一直在厨房忙活。

苏莞看时候不早了，起身试图去厨房帮忙，结果被苏玥赶了出来："你们小孩，客厅待着去！"

苏莞无奈摊手，回客厅一瞧正在倒腾电脑的秦俨和正在看电视剧的秦沐，最终转身回了房。

随手点开那栏置顶的聊天界面，她给傅维珩发了条微信："维珩，你们去饭店了吗？"

一分钟后，傅维珩直接一个微信视频甩了过来，苏莞愣了两秒才接起。

屏幕里是他卧室里的场景。手机大概是被他架在床头的柜子上，镜头直对着他的衣帽间，画面里空无一人。紧接着，苏莞听到一阵脚步声从那头传来，一道高挑的身影由远及近。

他应该是刚洗过澡，穿着套黑色的家居服站在床头边用毛巾拭头发，镜头偏下，苏莞所有的注意力都在他那双修长的腿上。

傅维珩随意地拨了几下湿润的头发，朝镜头走近，在床边坐下，声线温和："还没吃饭？"

苏莞讷讷地点点头："你们还没走吗？"

"嗯，跟饭店订了六点半。"傅维珩抬手解了两颗睡衣的扣子，又起身过去拉开衣柜的门取出黑色的毛衣和牛角扣羊绒大衣扔到床上，继续解刚刚没解完的衣扣。

苏莞呆住。他这是要……换衣服？

发愣之际，傅维珩已经解开所有的衣扣，旁若无人般地将上衣脱了下来。镜头从侧面照过去，苏莞可以看到他结实的肌肉。

她脸色渐红，目光倒是没动过，盯着那十足的男色许久，完全没有要挂断的打算。

"好看吗？"某人忽然侧目瞥过来。

苏莞口干舌燥地咽了下唾沫，下意识地点了下头："挺好……"

苏莞脑袋里"轰"的一下，瞬间羞赧得就像老秦刚刚从锅里捞出的对虾，烧得面红耳赤。

她忙垂下眼眸，将镜头移向别的地方："我……我先挂了。"

话落，也不给他开口的机会，直接结束了通话。

傅维珩看着突然被挂断的视频，脸上一愣，哑然失笑。

还是经不起撩。

去饭店的路上，傅铨破天荒地主动提出和傅维珩同去。

穆清和傅亦远便抱着叶帆乘了叶胤桓的车同他们一家先行一步。

傅维珩他们坐的车，是文森开的。

傅维珩坐在后座，侧头看了眼正闭目养神的老爷子，心里从始至终都有些略微的紧张。老爷子一直以来都是傅家的掌权人，哪怕年逾花甲，威严也不减半分，有时执意起来，连傅维珩都敢怒不敢言。

车内不知静默了多久，耳边充斥着的，是一成不变通透有力的风声。就在傅维珩以为这场哑剧会持续到饭店时，傅铨忽然开了口，沧桑略哑的嗓音透着几分不明的意味："那姑娘也是延川人？"

傅维珩自然明白他指的是谁，如实答："是延川人，不过家在沂市。"

傅铨抬起眼帘，望向窗外的街景，又问："听说是江家的孩子？"

傅维珩倒是有些意外，老爷子竟这么快就知晓了苏莞的身世，不过事已至此，也不能隐瞒，便答："是。"

"嗯。"傅铨视线从窗外转到傅维珩脸上，"什么时候结婚？"

傅维珩又是一愣，突然觉得老爷子完全不同于平时的威严，布满皱纹的脸上，还噙着几许意味深长的笑意。不过意外归意外，老爷子的首肯毕竟是他最想要的，一颗心瞬间尘埃落定，他笑了笑："还得看她。"

"小珩，不管她是哪家人，"傅铨抬手拍了拍他的肩，语重心长，"今后嫁到傅家，就是傅家人了，你可要好好待她，别让人家受了委屈。"

傅维珩点点头，那双眼透着分明的坚定和真诚，他说："我会的，爷爷。"

除夕夜，吃过年夜饭，家家户户都围在电视机前看春晚。

苏莞一向对这类晚会节目没有很大的兴趣，在客厅坐了一阵后便回房看书。

晚上十点，距离正月初一还有两个小时，苏莞没有守岁的习惯，靠在床上看了一小时的书觉得有些倦了，起身洗漱后回来关灯准备睡觉。

入睡前，她正打算给傅维珩发条微信，界面忽然弹出一条来自"江"的消息，并未有其他，只有很简单的四个字："除夕快乐。"

出于礼貌，苏莞也同样回复了一条。

那头却是又回了两个字："在家？"

苏莞不疑有他，敲了个"嗯"过去，那头也再无消息了。

退出界面，她给傅维珩发消息："维珩，过年好。"然而，发完消息刚锁上屏，傅维珩的电话便打了过来。

"在做什么？"一如既往的开场白。

苏莞忍不住笑了笑："在想你。"

某人明显被取悦到，话音都带着笑："我也是。"

窗外是噼里啪啦持续不断的烟花、鞭炮声，苏莞拉开窗帘，坐在床头放眼望去："维珩，过年好。"

同一片天空下，傅维珩望着远空的月色，缓缓说："过年好，我的莞莞。"

正月，一家人商量着初二去山上的连音寺祈福。当天，为了赶上寺里中午的斋饭，苏玥起得很早，并且一间房一间房地叫醒了所有人。

然而，就在秦沐顶着满头怨念梳洗完毕时，家里的门铃不合时宜地响了起来，她不耐烦地碎碎念着："这么早谁啊……"

似乎因为长久没人来开门，门铃又锲而不舍地响了一阵，秦沐连忙跑过去："来了来了。"

门被打开，在看清来人后，秦沐大吃一惊。

这个很漂亮的中年女人，哪怕是隔了六七年没见，她眉眼之间的疏淡和清冷也是秦沐忘不掉的。因为那张脸，同苏莞如出一辙。

江蕴愣了愣，好半天才认出面前的女孩："是沐沐？"

秦沐礼貌地颔首："舅妈。"

江蕴笑笑说："这么多年不见，我差点儿认不出来了。"

秦俨大概是听到了门外的动静，走过来一见外头的女人，心下也是一愣。半晌，他抬手把秦沐拉到一边，取出一双拖鞋，淡淡说了句："进来坐吧。"

江蕴道了声谢，拎着手里大大小小的礼袋换鞋进屋。

苏玥在房内倒是没察觉什么异样，风风火火地拿着条围巾边往客厅走边说："秦沐，我这围巾放你书包里，我怕待会上山的时候你爸会冷……"

话说到最后已经差不多没了声，苏玥捏着手里的围巾，注意到面前一身名贵的女人，顿住了脚步。

江蕴就站在沙发边，看见苏玥后，莞尔一笑："玥玥。"

客厅里的气氛忽然变得诡异至极，秦沐立在玄关许久，随后默默走到秦俨旁边扯了扯他的衣袖，后者偏头看来，见秦沐张嘴无声地对他说："哥，怎么办？"

秦俨拍了下她的脑袋，无声地张嘴说："待着别说话。"而后转身进了厨房。

苏玥怔愣半晌，把围巾塞到秦沐手里低声跟她交代了句："去收拾东西。"随后走过去让江蕴在沙发上坐下，"坐吧。"

秦沐看着突然被塞进手里的围巾，再一瞧沙发上这位不速之客，蹙眉往房间走去。

"来看莞莞？"苏玥依旧是抿着笑，对于这个曾经的嫂子，她已经是无感，不排斥但也不欢迎。

当初狠心弃家而去，换作是任何一个人都无法接受，更何况那时苏莞只有三岁。哥哥苏景升去世后，她怨过江蕴，如果不是她的狠心，哥哥不会走得那么早，更何况生为人母，离婚十多年江蕴也从未来看过自己的亲生女儿。

到后来，也许是良心不安，江蕴开始联系她，向她了解一些苏莞的近况，有时还会寄来一些贵重的礼物，到最后更是不定时地往她卡里汇上几笔钱款。关于这些钱，苏玥一分没动，特地申请了一张银行卡一分不差地替苏莞存着，几年下来，也是一笔不小的金额，打算等将来有一天苏莞出嫁时给她置办些嫁妆。

对于早已改嫁他人的江蕴所做的这些事，苏玥无法理解，但理不过亲，终究是母女，她也是断然不能阻止两人见面。

江蕴把搁置在地上的礼物袋放到茶几上，笑了笑："刚好来沂市办点儿事，就顺便来拜个年，这些东西，是新年礼物。"

苏玥一扫上头大大小小的各种名牌，抿唇一笑："客气了。"

秦俨端了茶水放到苏玥面前，一声不吭地回了房。对于这个舅妈，秦俨不太喜欢，他长了苏莞六岁，自懂事以来他每年暑假都会随他妈去延川，他也算是从小看着苏莞长大。也许是那时候年纪小，不太明白大人们的情情爱爱，只觉得那个抛弃自己女儿的舅妈冷血狠心。

十六岁，正值青春，本该是个任性叛逆的年纪，苏莞却是乖顺安静，百般听话，偏就苏莞这样温顺的性子，莫名让秦俨心疼。到底她的心里，藏了多少心事和秘密？以至于后来，为了让她开朗一些，秦俨常常会带着她四处玩乐，即便这个性子乖巧的表妹有一张气死人不偿命的嘴，但他对她也总是偏护的。

所以，从以前到现在，秦俨从未开口叫过江蕴一声"舅妈"。

几步往里头走，秦俨正欲打开房门，隔壁房门霍地被拉开，苏莞大步从里头出来，脸色森冷地走到江蕴面前，沉声下了逐客令："出去。"


天公不作美。

一早阴沉的天，此刻飘起了细雨，笼在这片迷雾中，像雾又似雨，丝丝缕缕地缠绵不断。

江之炎坐在车里，望着前方被罩在雨雾中的小区，取火又点了一支烟。

车窗全落，寒凉的细雨被风卷进来，朦胧间，只见一道落寞的身影从一栋楼内缓缓行入雨中。

心下一愣，江之炎将那支刚燃上的香烟捻灭，取了伞，拉开车门大步跑了过去。"姑姑，"江之炎将她掩入伞下，神色微凝，"怎么样？"

江蕴目光涣散，忽然嘲弄般地扯了扯笑，说："之炎，人这一辈子，可别做什么坏事。"

如今这一切，便是她当年决绝而去的报应。


由于江蕴忽然造访，误了出门的时辰，乱了一家子上山祈福的心情，最后，终是没有去成。

简单地吃过午饭，苏莞一个人闷回了房间，仰面躺在床上，她的脑子一片空白。她不觉得难过，但又不知心中是何滋味。

坐起身，她拉开书桌柜下最底层的抽屉，取出来的，是一个记事本大小的铁盒。

"咔嗒"一声响，那尘封已久的铁盒被苏莞打开，里头静静地躺着张旧到泛黄的照片和一张稍皱的音乐会门票。

那是苏莞两岁时和江蕴在房前的合影，也是唯一的一张。

余光一偏，苏莞注意到置放在里头的门票，票面上的"珩衍"字样极其醒目。心情顿时比上一刻明亮了许多，她拿着那张门票，摸过床头柜上的手机，给傅维珩打了通电话。

苏莞电话来的时候，傅维珩正坐在客厅陪叶帆画画，他看了眼屏幕上的来电提示，有些意外。这会儿不是该在山上祈福吗？

他起身接起电话，上了二楼书房。"怎么了？"低沉的嗓音依旧温柔。

"维珩，你在做什么？"她问。

傅维珩愣了愣，隐约觉得她这轻快的语气有些不对劲，回道："在陪帆帆画画。"他推开书房的门走了进去，"你呢，今天不是要去寺里吗？已经回去了？"

苏莞盯着门票上那一行"珩衍H&Y交响乐团欧洲巡回演奏会——伦敦站"，语气落寞了几分："没有，有点儿事，所以就没去了。"她蜷腿靠在床头，半晌又说，"维珩，你忙吗？可以陪我聊会儿天吗？"

平静的嗓音，隐隐透着几分沉闷的小情绪。

傅维珩知道，她不高兴了，抬眸看了眼壁上的挂钟，他转而回了卧房，柔声说："想聊什么？"

苏莞想了想："我想听你小时候的事。"

傅维珩回忆许久，最后为难地抚了下眉心，无奈笑道："我小时候好像除了练琴就没什么别的事了……"

"嗯，维珩，"苏莞拿起那张门票痴痴地笑了笑，"我四年前还买过你的演奏会门票，在伦敦。"

"嗯？"傅维珩从衣柜里取了件毛衣出来，略感意外，"你也去了？"

苏莞沉吟半会儿："没有……错过开场时间了。"

"嗯。"他放低声线哄她，"那以后就迁就你的时间，等你来了再开场。"

苏莞怔住，哑然失笑："你这样惯我，会惯坏的。"

他却说："惯坏了，就只能是我的了。"

结束通话，已经是两小时后了，困意来袭，苏莞打算睡一觉，结果刚合上眼没多久，桌上的手机又忽地嗡鸣起来，苏莞吓了一跳，忙伸手过去捞手机。

来电显示是个陌生号码，她犹豫了半晌，终是接起："你好。"

那头的环境极静，就像个密封的空间，连空气声都难耳闻。就在苏莞不明所以，准备挂断之际，一道熟悉、清冽的男声蓦地从里头传来，敲得苏莞心头一愣："苏莞，我是江之炎，有空聊聊吗？"

她不自觉地皱了皱眉，隐约明白他想聊些什么，最后出声应允："好。"

傅维珩看了眼屏幕上整整两小时的通话时间，心有不安地点开了秦沐的微信。

Neil：家里发生什么事了吗？

沐沐宝宝：是有点儿事……姐夫，你知道我姐跟她妈之间的事吧？

傅维珩心里腾起不好的预感，回复："知道。"

沐沐宝宝：她妈妈今天早上突然来我们家了，说是来看我姐，后来被我姐直接赶出去了。本来我们今天说好一起去山上的，这么一闹大家都没了兴致。中午吃过饭，我姐就闷声不吭地把自己锁在房间里，到现在都没出来过，她估计这会儿可难受了，我又不敢去烦她。姐夫，她要是联系你，你就好好陪她说说话。

傅维珩顾不上回复了，起身抓过桌上的车钥匙，从柜子里随便取了件大衣，匆匆地往楼下跑，经过客厅时顺便喊了声："妈，我今晚不回来。"

穆清见他慌慌张张的样子，以为出了什么大事，忙就从沙发上起身追上去，语气担忧："外面下着雨，你这急急忙忙地要去哪里？"

傅维珩动作迅速地换着鞋，嗓音却依旧沉稳："去沂市。"

话落，也不给穆清多问的机会，拉开门冒雨跑了出去。

穆清："哎……开车慢点儿。"

傅铨恰好从二楼下来，看着傅维珩步履匆促的模样，见怪不怪地摇了摇头，自顾自地轻叹一声："心浮气躁的，还是太年轻。"

和江之炎见面的地点是苏莞定的，在新湖小区附近的一家咖啡厅，远离街道，坐落巷里，环境幽静舒适。

苏莞到的时候，江之炎已经在了，他褪了外衫，这会儿穿着件鲜红色的圆领毛衣，里头衬着色系相同的印花衬衫，露出尖尖的衬衫领，那鲜艳的装扮衬得他越发英气，在这素净、不算大的咖啡厅里极为耀眼。

江之炎靠在柔软的沙发上，目朝窗外，似乎在看些什么，侧脸十分平静。

苏莞缓步走过去，他察觉到脚步声，抬眸看来，一双漂亮的桃花眼狭长如墨，情绪寡淡。

江之炎站起身，高挑的身形一下就在她眼前笼下了一层阴影，他微微颔首，说："先坐吧。"

他抬手喊来服务员，转而问她："要喝什么？"

苏莞："摩卡。"

服务员走后，两人之间的气氛静默下来，莫名的微妙。

半晌，江之炎淡淡笑了笑，直言："江蕴，是我姑姑。"

苏莞不意外，只是抬起眼皮瞧了他一眼，没有说话。

他的话里带着几分无奈和懊悔，"六年前你打去伦敦的电话，是我接的，我……很抱歉，忘了帮你转达。"

苏莞瞳孔一霎紧缩，只听他又说："前阵子遇到你后，我才忽然想起，再想弥补，已经来不及了……"后来，江之炎再说些什么，她就静静地听着，一声不吭。

离开前，江之炎给了她一本封面老旧的相册："这是我在你母亲的房里找到的。"他嘲弄般地扯了扯嘴角，"真没想到，身为律师，有一天我也会做这种侵人隐私的举动。"

回家后，苏莞捧着那本泛黄的相册，沉思许久，翻开一页又一页，满满的全是她。

从她六岁时第一次参加弦乐比赛获奖到十三岁荣获国际青少年弦乐大赛大提琴组冠军，从小学毕业到十九岁高中毕业，几乎没有遗漏的。

心乱如麻。

江之炎所说的话又开始在耳边回响。

他说："她很后悔，当年若不是我爷爷，也就是你外公，给她的压力太大，她说什么也不会走得那么决绝。"

他说："她去看过你们的，还有你父亲，每年都去。"

他说："虽然她再嫁，但她一点儿都不幸福，她最爱的，终究是你的父亲。"

他说："也许迟了很多年，但在她心里，从没忘记过你这个女儿。"

他说："人生苦短，别被误会缠了一辈子，到最后，散了人又伤了心。"

高速公路上，傅维珩正专注着前方的路况，中控台上的手机忽然连续嗡鸣了两阵，他下意识瞄了一眼，界面微信显示是秦沐。他放慢车速打开手机看了一眼。

沐沐宝宝：姐夫，我姐已经出去一个多小时了！还没回来！怎么办？

沐沐宝宝：姐夫，我姐回来了！但又闷回房间了！

沐沐宝宝：姐夫，她好像哭了！

一条又一条消息，看得傅维珩心烦意乱，直接把手机扔到座位上，脚下加重了油门。

夜幕已沉，窗帘紧闭的房间里昏昏暗暗的，床头柜上的手机嗡鸣了许久，一阵又一阵。

蒙眬睡意间，苏莞蹙眉慢慢睁开眼，这才意识到似乎是自己哭累了不知不觉睡着了。

手机还在锲而不舍地叫唤，苏莞猛地回神，起身捞过手机，连来电提示都来不及看，直接按下了接听键："喂……"那浓重的鼻音把她自己吓了一跳。

傅维珩不知拨了多少通电话，正打算放弃电话冒昧上楼找人时，她却接了，不知怎么的，他忽然有些失落。

听到电话里那道沙哑沉闷的嗓音，他语调微凝："哭了？"

苏莞按开房灯，一时间不太适应光亮，闭了闭眼："维珩……"

"怎么这么久才接电话？"他沉声问道，语气里却没有责备的意思。

她揉了下哭得发肿的眼睛："睡着了。"

"嗯。"傅维珩拉开车门，下车往小区内走去，嗓音温柔沉缓，"要下来，看看我吗？"

苏莞怀疑自己的耳朵出错了："嗯？"

傅维珩笑了笑："我在你家楼下。"

苏莞愣了一秒，忙从床上起身："我现在下来。"

他说："你慢点儿，不着急。"

重新穿上外套，苏莞走出卧室去洗手间洗了把脸。客厅里秦沐和老秦正坐在沙发上看电视，苏玥在厨房准备晚餐，唯独不见秦俨。

秦沐听到里头传来开门的声音，注意力立马就从电视上转了过去。苏莞脸色有些憔悴，一双眼十分红肿，身上套着一件羽绒服，匆匆忙忙地走出来，应该是打算外出。

秦沐从沙发上起身走过去，担忧地问："姐，你要出去吗？"

苏莞浅浅一笑："嗯。"

苏玥听到动静从厨房出来，见她神色不佳，顿时有些心疼，上去拢了拢她的大衣，也不多问，只说："外头冷，衣服穿严实些，早点儿回来。"

老秦也笑说："路上小心些。"

瞥见姑姑黑发里几丝不知何时花白的头发，苏莞忽觉得极度惭愧："姑姑，让你们担心了，对不起。"

苏玥笑着拍了拍她的肩，浑不在意："说什么傻话，出去小心些。"

秦沐也点点头："要是太晚不敢回来就叫我和秦俨去接你。"


下了一天的雨，这会儿已经停了，空气里弥漫着清新的泥土味，气温也低了几分。

从电梯里出来，苏莞迫不及待地迈开步子朝楼外跑去。

远远的，她就见到那抹俊挺熟悉的身影站在小区内的路灯下，穿着件宽松的大衣，长身玉立，指尖还燃着支烟。

苏莞轻喘着气往前迈了两步，忽又顿住，心血来潮地先喊了一声："维珩。"

傅维珩循声望去，她套着一件黑色的羽绒服，长发披肩，立在夜幕中，身姿娇小，尽显伶仃。他最后深吸了一口烟，走到垃圾桶边将烟头捻灭，大步朝她走了过去。

由远及近，他英俊的轮廓终于清晰。

苏莞在原地愣了片刻，蓦地意识到，自己这些天有多么想他。就算他身高、腿长、步子大，她也等不及，迈开腿朝他跑去。

傅维珩见她跑来，干脆就站在原地不动了，双手敞开大衣，开怀迎接。苏莞便顺势钻进他怀里，紧紧地环住他的腰，有些情难自控："维珩，我很想你。"

熟悉清新的发香萦绕在鼻息间，傅维珩就着大衣将她拥在怀里，下颚抵着她的发心，微微摩挲了几下，感受到她温暖、真实的气息后，悬着的一颗心总算踏实了些许："我也是。"

苏莞用脑袋蹭了蹭他，鼻尖嗅到淡淡的烟草味，嫌弃地一蹙眉，伸手在他腰上轻轻掐了一把，闷声说："怎么又抽烟了？"

傅维珩哑然失笑，收紧手里的力道，温凉的唇贴着她的额头，如实说："你不接电话，我一直静不下心。"

低沉的声线带着几分无奈，苏莞鼻头一酸，心生愧疚，把整张脸埋在他胸前，温温软软地说："以后一定及时接你电话。"

皎月被迷上了一层雾，微弱的月光下，是两道紧紧相拥的身影，小区内偶有人经过，不免投来好奇的目光。

蓦地，一道轻微的闷咳声在这静谧的夜色中响起。

苏莞从他怀里稍稍抬头望去，一愣，傅维珩也跟着扭头。

秦俨双手插兜，腕上挂着袋刚买回来的果汁，眉梢轻挑，盯着他们的目光格外直白。

"哥……"苏莞赧然，向旁边挪了一小步与傅维珩拉开距离。

秦俨低低地"嗯"了一声，锐利的眼神从傅维珩身上一扫而过，却没说话。

苏莞的视线在两人之间来回转了转，忐忑不安。

傅维珩也只是静静地站在那里，没有动作，面无表情。

"呃，"最后，苏莞开口打断这诡异的气氛，"哥，这是傅维珩。"而后转向傅维珩，"维珩，这是我哥秦俨。"

话落，空气又开始静默，最终傅维珩向前一步微微颔首，语气淡淡："好久不见。"

秦俨也点了点头："好久不见。"

苏莞："你们，认识？"

傅维珩解释："前两年在美国的时候有过生意上的合作。"

苏莞感叹："……美国也是挺小。"心里同时也纳闷，那秦俨在微信朋友圈看到他们合照的时候怎么没提过？

片刻，秦俨拍了下苏莞的肩，又说："在这干什么，上楼了。"话落便绕开傅维珩往前走去。

苏莞看了眼秦俨大步流星而去的身影，又瞅了瞅眼前的傅维珩，左右为难……

走了一段路都没听到后头的动静，秦俨脚步一顿，回头看去，嗓音清冷："还不跟上来？"

苏莞难为情地垂眼收下巴，纠结半天才期期艾艾道："哥……那个……我……"

秦俨心知肚明，只是起了点儿心思想逗逗她，这会儿见苏莞这般忸怩反倒看不习惯，回身挥挥手不耐烦地说："行了行了，走吧走吧。"

苏莞眉目舒展，雀跃地弯了弯嘴角，冲着他已经转回去的背影轻唤了一声："哥，谢谢你。"

秦俨头也不回地抬手又挥了挥，进了电梯。

唉，姑娘大了，留不住了。

出了电梯，秦俨掏钥匙开门进屋。

苏玥端着碗筷出来正好准备吃饭，偏头见秦俨回来，就顺口问了句："莞莞刚刚下楼，你碰上没？"

秦俨换了拖鞋走过来，懒洋洋地"嗯"了一声，说："她有个朋友来沂市玩，晚上不回来了。"

"不回来？"苏玥惊了惊，追问，"怎么不回来，一姑娘在外头过夜能行吗？"

"她跟她朋友住酒店。"秦俨开锅盛饭，气定神闲，"放心吧，我见过人了。"

车里，正放着首欢快的小提琴曲《春》，苏莞望着窗外因为过年而热闹的街道，肚子不知不觉感觉到有些饿。

目光转向正在开车的男人，苏莞问："你吃过饭了吗？"

傅维珩："还没有。"

苏莞思量了片刻，说："今天初二，街上好像都没什么吃的，你有想吃的吗？"

傅维珩："直接去酒店叫餐吧。"

苏莞一愣，不自觉地红了脸。

维斯酒店，是一家国际连锁的六星级酒店，苏莞是头一次来，盯着这金碧辉煌的酒店大堂，说话的声音都莫名弱了几分："那个……我知道你有钱，不过这酒店据说贵得可怕。"

傅维珩拉着她越过入住前台直接往电梯去，不紧不慢地说："这是Endless旗下的。"

苏莞："……"这一刻，忽然就有了种傍大款的感觉！

电梯平稳地上了顶层的总统套房，苏莞踏在这铺了豪华地毯的走道上，一颗心七上八下。

进了房间，苏莞四下张望一番，默默感叹，真不愧是总统套房啊！她不由得脱口而出："真是傍了好大的款。"

傅维珩："……"

没多久，酒店服务员送来了两份精致的晚餐。苏莞没吃晚饭就跑了出来，这会儿看到桌上的牛排更觉得饥肠辘辘，握起刀叉切了块牛排送进嘴里，入口即化，鲜美多汁，浓郁的酱汁在嘴里回味无穷，苏莞的味蕾瞬间就被这份看上去十分昂贵的牛排给抓住了。她端起桌上的红酒抿了一小口，分外满足地对着傅维珩笑了笑："维珩，你们家酒店的东西真好吃。"

傅维珩抬手拭了下她嘴角残留的酱汁，别具深意地说："嗯，多吃点儿。"

一餐饭吃完，她饮了两杯红酒，这会儿面色红润，微微发烫。

傅维珩伸手抚了下她的脸，声线温柔："你先去洗澡？嗯？"

苏莞哪能不明白他话里的意思，一下子脸烧得更厉害了，垂眸含蓄地点点头："哦。"

半小时后，苏莞从浴室里出来。靠在床头玩手机的傅维珩听见动静，抬眸看去，她穿着宽松的睡裙，长发湿漉漉地披在身后，浸湿了后背的睡裙布料，毫无遮蔽的两只手臂，纤细白皙。

傅维珩走过去，弯了弯唇角："把头发吹干，我去洗澡。"

苏莞点点头。

浴室的门再一次被关上，苏莞本就飘忽不定的心，瞬间加速到快要不能呼吸，手里的吹风机吹得她越发心躁面热。

不知道是不是她太过紧张，无端就觉得傅维珩这次洗澡的速度极为迅速，她才关了吹风机，就听浴室的门被拉开，傅维珩披着宽大的浴袍从里头出来，发梢还在滴着水，凹凸有致的锁骨在浴袍下若隐若现，性感至极。

苏莞捏了捏手中的吹风机，面红耳赤地问他："你要吹头发吗？"

傅维珩直接走过来在床边坐下，说："帮我吹。"

苏莞笑了笑："好。"

偌大的房间里，充斥着吹风机温和的运转声，苏莞半跪在床上，五指穿插在他细致的黑发间，极为轻柔地拨弄着他的头发。

三分钟后，苏莞关掉吹风机，又捋了捋他的头发，说："好了。"

傅维珩转过身来，将她手里的吹风机取走放到一旁的桌子上，抬头对上她的目光。

他坐在床沿，苏莞半跪在床上，两人的高度持平，气氛在对视中逐渐升温，变得暧昧。

外头的雨不知何时又下了起来，滴滴答答地打在窗沿，掩不住一室旖旎。


第二天清晨，天才蒙蒙亮，苏莞就醒了。

眼前的人还睡着，浓密纤长的睫毛在眼底落下一片阴影，硬朗清俊的轮廓真是怎么看都不腻。

她挪了下身子，朝他脸凑近，在他唇上轻轻落下一个吻。然而，就在她还没来得及退开时，搭在她腰上的力道忽地一紧，随着下意识的一声轻呼，她已经被某人拥进怀里，傅维珩不知餍足地又吻了一阵，这才在她身侧躺下。

苏莞平躺着偏过头去看他，忽然极为平静地问道："维珩，你是不是一直都知道她是我妈妈。"

傅维珩沉默了会儿，刚合上的眼缓缓睁开，内心生怕她会生气，犹豫了半晌才轻轻点了点头，实话实说："也是前段时间才知道。"

苏莞侧了个身，面对他："那学校论坛的事……是江律师做的吗？"

他还是点点头。

"有些意外，"苏莞轻笑，"江律师竟然是我表哥。"

傅维珩伸手过来揽住她，语气淡淡："你要是不喜欢，可以不承认。"

苏莞愣了愣，直言："我不排斥。"

傅维珩："都依你。"

言毕，一室沉寂，就在傅维珩闭着眼蒙眬意识间，怀里突然传来一阵温软的声音，含糊不清地："维珩，我不怪她了。"

他依旧闭着眼，嘴角不自觉扬了扬，低低地应了一声："嗯。"

再一次醒来，已经是中午了。

突然，傅维珩的手机屏幕上弹出一条微信消息，来自秦沐，他点开看了眼。

沐沐宝宝：姐夫！我妈说让我姐带你回家吃饭！

傅维珩挑了下眉梢，没做回复，若有所思地退出了聊天界面。

苏莞洗漱完再出来时，傅维珩叫的午餐已经送上来了。

她看了眼那一桌子的菜，惊呼一声："吃得完吗？"

傅维珩淡淡"嗯"了一声，一语双关："多吃些，你太辛苦。"

苏莞："……"

饭吃到一半，苏莞扔在床上的手机忽然嗡嗡地叫起来，她急急忙忙地想起身去拿手机，傅维珩已经先她一步站起来，说："坐着，我来。"而后大步流星地走过去给她取来手机。

接过手机，看到屏幕上来电提示"姑姑"两个字，苏莞差点儿被含在嘴里的一口饭给呛到，忙顺了口温水，接起电话："喂，姑姑。"

苏玥那头的语气如常："莞莞，什么时候回来啊？"

苏莞瞥了眼面前淡然自若的某人，心虚地说："应该晚饭后就会回去了。"

苏玥顿了顿，又说："我听秦俨说你有朋友来沂市玩？你今晚要不要带着他回来一起吃顿饭？"

苏莞踌躇许久，最后吞吞吐吐地说："姑姑，其实……是傅维珩来沂市了。"

那头明显是一愣，又问："就是你那个男朋友？"

苏莞垂眸，声如蚊蝇："嗯……"

苏玥笑得合不拢嘴："那晚上带回来一起吃饭，我待会儿就跟你姑父去买菜，你下午好好带人家逛逛。"

话落，在苏莞还没来得及应声的情况下，苏玥已经挂了电话。

她默默地扒了两口饭，小心翼翼地瞅了傅维珩两眼，组织好语言，试探性地问道："你……想不想跟我回家一趟？"

某人的回答，快而坚定："求之不得。"

于是，午饭结束，苏莞在某人强烈的要求下，陪同他去了趟商场。

当傅维珩领着她进了某品牌男装店时，她悄悄地扯了扯傅维珩的衣袖："维珩，我姑姑他们很随和的，而且只是吃个饭而已。"

傅维珩侧目看了她一眼，不以为然："莞莞，对我来说，这可不只是一顿饭，还有第一印象很重要。"

　　挑过衣服，两人又去了趟附近的珍味铺，捎上了许多大大小小的礼品后，才踏上回新湖小区的路程。

　　车在苏莞所住的那栋楼前停下，两人各自下车，去后备厢取了东西，进楼等电梯。

　　傅维珩一路上都不太说话，苏莞一向习惯了他寡言少语，也没有多想，此刻进了电梯，他却忽然侧过身来，声线略微紧绷，问了句："莞莞，我这样可以吗？"

　　苏莞扭脸去看他，一身铁灰色的长款西装，里头是白色的尖领衬衫，做工精细的黑长裤完美修衬着他的长腿，整个人看上去英气十足，神清气爽。

　　苏莞点点头："丰神俊朗。"许久，苏莞后知后觉，又问，"你在紧张吗，维珩？"

　　紧张得一路上都不说话？

　　电梯门徐徐打开，两人走出去站在那贴着"福"字的大门前，又听傅维珩无奈地笑了一声："有点儿，在想该怎么跟你家人提亲。"

　　苏莞害羞装傻，掏钥匙开门。

　　房门一开，除了秦俨，所有人都侧头朝玄关看来，脸上均是大写的好奇和期待。

　　秦沐从沙发上蹦跶着过来，一眼看到苏莞身后那道高挑俊挺的身影，语气是掩饰不住的激动："姐夫，你好！"

　　这么一称呼，傅维珩想都不用想就知道面前这个娇小的姑娘是秦沐，他笑着回应："你好。"

　　苏莞主动地退到一边，将傅维珩彻底展现在大家面前，莫名其妙就有了种围观国宝的感觉……

　　苏玥和老秦已经从餐厅走过来，苏玥上下打量着傅维珩，笑得合不拢嘴："你就是小傅吧？莞莞跟我们提过你，来来，快进来坐。"

　　傅维珩莞尔，礼貌地打招呼："叔叔、阿姨你们好，我是傅维珩。"

　　老秦在一旁笑眯眯地朝他颔首："你好。"

　　傅维珩把手里那些大大小小的礼物袋递了过去："一些小东西，不成敬意。"

　　苏玥扫了一眼，客气说："来吃饭就好了，带这么些东西，怎么好意思？"

傅维珩："应该的。"

苏玥招呼着他去客厅，热情极了："你们先坐着，饭还没做完，要再等一会儿。"

傅维珩一笑："好，辛苦您了。"

他本来就生得极俊，此刻这么一笑，更加赏心悦目，任是苏玥这么大年纪了都招架不住，忙就说让秦俨、秦沐照顾一下，自己又进了厨房。


客厅里，秦俨悠闲地靠在沙发上看电视，秦沐拉着苏莞在一旁说话，傅维珩则静静坐在一边。

他瞥了眼电视屏幕，倒也不急着跟秦俨说话，掏出手机刷起了商业新闻。

网页刚打开，屏幕上方就弹出一条来自江之炎的微信消息。

江：出来喝酒。

Neil：没空。

江：莞莞一走，你不也就一孤家寡人，还能忙什么？

Neil：提亲。

江：……

结束这短暂的聊天，傅维珩重新回到新闻界面。

身边的秦俨这时按捺不住，瞥了眼他的手机屏幕，沉声问了句："你跟我妹多久了？"

傅维珩划拉屏幕的手指一顿，眉梢轻挑，回说："三个月。"

秦俨觑眸："是认真的？"

傅维珩关了手机，瞭了他一眼，神色严峻："当然。"

秦俨满意地点点头，抬手拍了下他的肩，"不怀好意"地弯了弯嘴角："行，那你叫我声哥，我就应了你俩的事。"

傅维珩冷冷睨过去："你觉得我们俩的事跟你应不应有冲突吗？"

秦俨："……"嗯？！自己都要成他大舅哥了还治不住他？

关于秦俨和傅维珩那点儿事，不过就是两年前秦俨和傅维珩在业务上的合作罢了。那时候秦俨公司进入轨道，发展正旺，恰好需要一家大公司的大单子，将他公司的生意拓展出去，而当年Endless的总裁正好是傅维珩。

第一次见面，秦俨看着人家是个年轻的总裁，初生牛犊，资历较浅，便故意提高了百分之十的价格，结果却没想到，人家是有备而来，得知他急需大笔的单子，一开口就提出在他原来的价格上再降百分之五，并且别无他选。

秦俨无奈，却也只能答应，因为Endless集团在业界的实力是首屈一指的。虽然后来他公司得到的回报比他原来预估得要高，但他还是忘不了当年被这个小他两岁的傅维珩倒坑一道的事。

那时候在微信朋友圈看见苏莞和他的合照，隐隐就有些怀疑是不是他，结果一见，还真就是了。不过事已至此，看在他对苏莞这么上心的份上，秦俨也不想计较了，反正总归是他的大舅哥就行了。

（傅维珩："这就是所谓的自欺欺人了。"）

（秦俨："哼。"）


一顿饭下来，氛围格外融洽和谐。

餐桌上，老秦坐在主座，秦俨坐在他对面，老秦的左手边是苏玥和秦沐，右手边是傅维珩，苏莞则是默默地坐在傅维珩旁边扒饭。

刚开饭时，苏莞怕傅维珩拘束，所以自己夹菜的同时还会给他夹上几回，后来看他和姑父彻底聊上，倒觉得是自己多想了，干脆不管不顾，默不作声地在一旁吃饭。

老秦饮了口白酒，笑得很和善："听莞莞说，你是个音乐家？"

傅维珩夹起一块鱼肉放到自己碗里，谦虚地笑了笑："只是会拉几手琴而已，谈不上什么音乐家。"

苏莞心里哼哼："明明前两天还气我说他是拉琴的！"

苏玥也问："那你现在，还是在做音乐？"

傅维珩慢条斯理地剔着碗里那块鱼肉的鱼刺，回答："因为要接手公司的业务，所以有几年不拉琴了。"

苏莞吞下嘴里的菜，开口插一句嘴："我们乐团三月份在延川剧院有个演奏会，他会上台。"

秦沐惊喜地说："所以姐夫，你这是要重返古典乐坛？"

傅维珩把碗里那块剔好刺的鱼肉放到苏莞碗里，不紧不慢地说："乐团演出，我算是凑热闹，练个手。"

同一时间，桌上的其他四人看着苏莞神色自若地夹起傅维珩剔好的鱼肉吃下去，都不约而同地沉默了。

有意外也有感动。意外的是，傅维珩对苏莞这般细心照顾，后者更是早就习以为常。感动的是，对于苏莞，傅维珩分外珍视。

苏玥把这一切看在眼里，心里对傅维珩更加认可。

老秦笑眯眯地问："打算结婚？"

傅维珩正色说："这是自然。"他顿了一会儿，终是实话实说，"其实这次来，我是打算向你们提亲的。"

"噗——"苏莞刚送进嘴里的一口汤直接喷了，他居然真提了！

秦沐惊讶到无声地张了张嘴，掏出手机佯装若无其事地发了条微信朋友圈。

沐沐宝宝：见证我姐夫提亲的时刻！

配图是一条被吃了一半的鱼，于是一瞬间炸出好多条评论：

A：天，你家那美若天仙的姐姐要结婚了？

是姚曳不是摇曳：不过就是过了一个年！我错过了什么！

锦锦的小丞阳："大神"这是什么速度？！啊啊啊！

……

然而，这些评论，秦沐一条都没看到。

因为她刚发完这条朋友圈，就听傅维珩一脸严肃地补充道："这次来得匆忙了些，东西准备得不是很充分，但是，我要娶莞莞的心是真的，该有的都不会少，等莞莞毕业，我会和家人一起再来正式提亲。"

别看傅维珩从小在国外长大，对于礼数规矩之类的他其实比谁都要讲究。毕竟，只要关于苏莞的，他总是比谁都要认真。

老秦和苏玥有些愣神，还没来得及开口回应，一旁静了许久的秦俨突然破天荒地开口："该有的都不会少？"

所有人纷纷朝秦俨看去。

苏莞隐约觉得秦俨嘴里吐不出好话，伸脚踹了踹他，朝他眨眨眼示意他适可而止，他却视若无睹，直接绕过苏莞，盯着傅维珩："比如？"

傅维珩笑了笑："我已经请人拟好了一份婚前协议，将会转让自身产业股份的百分之九十给予莞莞。虽然我和莞莞的婚姻绝不会有任何意外，但协议上我仍是清楚写明，不论哪一方过错，离婚后，我将无条件净身出户。"

话落，苏莞猛地抬眸看他："你……"

傅维珩却只是抿唇朝她一笑，后又看向秦俨："如何？"

秦俨扬唇耸了耸肩，无话可说。都这样说了，他还能说什么？

苏玥愣怔半会儿，朝傅维珩笑笑："我们并没有多大的意见，一切都是要看莞莞。"

老秦接腔："只要莞莞喜欢，你又真心实意地对莞莞好，就够了。"

傅维珩一本正经地点头："我会的。"

一旁的秦沐被傅维珩感动得泫然欲泣，心里默默感叹："呜呜呜……我姐夫实在太帅了！"

晚饭结束，苏莞带着傅维珩去自己的房间参观，稍作休息。

拉开房门，苏莞侧身让他先进，随后自己进房轻轻带上房门。

傅维珩四处张望了一下，房间很小，不足十五平方米，却很温馨，书架上放置着几本证书和两个奖杯，其余的柜架摆满了书籍。床尾和衣柜之间的空位立着她的琴，放着乐谱的黑色谱架搁置在琴旁边，床很小，只能勉强睡下两个人。

他瞥了眼稍有些凌乱的书桌，懒洋洋地在床沿坐下，朝倚在墙边的苏莞勾了勾手指，示意她过来。

苏莞走过去在他身边坐下。

傅维珩顺势伸手揽住她往怀里带了带，垂头就吻了下来，温柔缠绵。

苏莞揪住他的衣领，主动仰头，动作生涩地回应着。

许久，缠绵的两人分开，苏莞扯了扯他的衣领，垂眸轻声问了句："你刚刚说的那些……是认真的吗？"

傅维珩五指没入她发间，低低地"嗯"了一声。

苏莞抬头："我……"

他知道她要说什么，不等她开口，便打断："莞莞，这是我对你，还有你家人的交代，也是表明我想和你结婚的诚意，等你回去，我们就把协议签了。"

他深邃的眼眸里透着明显的坦诚和认真，仿佛这一切不过是微不足道的小事。

"当然了，"他挑起眉梢，俯到她耳边，"离婚，这辈子是不可能了。"他又放轻声调，扑洒在她耳边的气息挠得她耳根子发痒，"我现在整个人都是你的，不管离不离婚，我所有的钱也都给你。"

"莞莞，你知道的。"他又说，"我爱你。"

那颗心，早就挂在你身上，回不来了。

因为前天毫无交代地就从延川匆忙过来，所以傅维珩第二天不得不回家，毕竟家里还有个老爷子，大过年的，老爷子难得回来，说什么也得在家多陪陪他。

一早八点多，苏莞便出门了，陪他一块吃了早饭，离别的时候两人又是一番不舍。

热烈相拥了一阵，他的唇瓣贴着她耳郭，轻声说道："记得想我，记得给我打电话，每天都要。"

苏莞痒得缩了缩脑袋："……嗯。"

"不要老是等着我打电话给你。"

"嗯……"苏莞回道。

"初六就回去吧？我来接你。"他的吻落在她脖子上，重重一吮，"爷爷想见你。"

苏莞被他吻得目眩神迷，不知不觉间，就应了下来："嗯。"

送走傅维珩，苏莞心不在焉地上了楼。

苏玥一早去了菜市场，老秦去公园晨练还没回来。秦沐刚刚睡醒，正坐在餐厅吃早饭，这会儿见苏莞回来，就开口问了句："姐夫走啦？"

苏莞："嗯。"

秦俨从房里出来，恰好和苏莞打了个照面，他飘荡的眼神扫了眼苏莞，正准备说些什么，视线无意间落到她脖子上，忽然别具深意地扯了下笑。

察觉到他变化的神色，苏莞心里莫名一慌："怎……怎么了？"

秦俨挑了下眉梢，若无其事："……没事。"而后，去厨房倒了杯咖啡，拉开椅子坐下吃面包、玩手机。

苏莞莫名其妙，去餐桌上倒了杯水，面无表情地在秦沐对面坐下。

秦沐瞧她魂不守舍的，把手里的吐司片一口气塞进嘴里，顺了口牛奶，开口安慰说："姐，别伤心，过几天你俩就能再见了，你现在只要……天哪！"

原本平静的嗓音突然拔高音量，正握着水杯的苏莞被她吓得猛地一颤。

下一秒，只听秦沐扬声问道："姐！你脖子上那是'草莓'吗！"

闻言，苏莞下意识就抬手捂住自己的脖子两侧，窘迫地起身去了洗手间。

秦沐捂嘴笑得贼兮兮："啧啧啧。"

秦俨抿了口咖啡，头也不抬地说了声："未成年，闭嘴。"

秦沐："……"

洗手间内，苏莞对镜看着细白脖子上那一块明显的红痕，脑袋里顿时就浮现秦俨刚刚那道微妙的笑容。

一下子，她羞得无所遁形。

晚上吃过饭，苏莞坐在房里犹豫许久，最终去敲了苏玥的房门："姑姑，我能跟你聊聊吗？"

门并没有关，苏玥正在里头叠衣服，闻声便搁下手里的活，起身走过去，笑问："想聊什么？"

"姑姑，"苏莞垂头，眉目淡淡的没有任何情绪，"关于我妈妈她……"

苏玥一愣，有些意外她主动提起江蕴，她瞅了眼外头聒噪的电视声，抬手拍拍苏莞的肩，说："走，去你房里说。"

房门被关上，房里静了一阵，苏莞拉开抽屉掏出那本老旧的相册，递了过去。

苏玥不明就里地盯着眼前这本陌生的相册，接过问了句："是什么？"

苏莞平静地应道："这……是我妈妈的。"

苏玥翻册子的指尖一顿，抬眸看了眼苏莞后，这才翻开相册的第一页。

里头的一切，都是苏玥意料之外的，良久，她翻过最后一页，神色微凝："你刚刚说，这是你妈妈的？"

苏莞点点头。

苏玥又问："怎么在你这里？"

苏莞抿了抿唇，最后把江之炎所说的一切都原原本本地告诉了苏玥，一件不落。

听完苏莞所说，苏玥莫名有些心酸，虽然她对江蕴无感，但没想到，这之间竟隐藏了这么多意想不到的真相。

苏玥静了半晌，然后问："你打算怎么做？"

苏莞对着那旧到泛黄的相册封面沉思了许久，最终缓缓说道："我……不怪她了。"

后来，苏莞终于明白，为什么父亲爱她入骨、为什么父亲从不后悔、为什么父亲连临走之前都心心念念着她、为什么父亲总说："别怨她，她是你妈妈……"

也许当年，父亲早就知道她为何而去。为了让她走得无忧，他不戳破，不挽留，独自承受。父亲对她，永远是宽恕的。

苏玥释然一笑，抬手揉了揉她的头发："莞莞，不论你做什么，姑姑都支持你。"

# 第十三章　如愿以偿

正月初六，傅维珩一早就出了门，到沂市的时候也不过才十一点。

临近午餐时间，他毫无意外地被苏玥留下一起吃了午饭。

关于苏莞提前两日回延川，苏玥有些不舍，但可以理解，两人刚恋爱，看傅维珩那么喜欢苏莞的样子，哪里会经得住这小半月的分离，所以她也不多问，随着他们去了。

毕竟，姑娘总是要嫁人的。

苏玥和秦沐一路送两人到小区楼下，临上车之前苏玥把手里那袋沉甸甸的东西递给苏莞，说："里面有我早上去买的鸡翅，还有一些沂市的特产，你这次去见人家爷爷也不好空手去，都带着。"

苏莞一一接过，不知道说些什么好，只说："姑姑……谢谢你。"

苏玥笑着拍了下她的肩："谢什么，都是自家人。"

傅维珩在后头放好苏莞的行李箱和大提琴，走过来顺手接过苏莞手里的重物，笑说："辛苦姑姑了。"

苏玥摆摆手："应该的应该的。"

秦沐在一旁依依不舍："唉，回来几天又要走了，剩我和秦俨相爱相杀。姐！等我高考完了，就飞奔去延川找你玩！"

苏莞点点头："好。"

车子不疾不徐地驶上高速，为了避免傅维珩分神，苏莞全程都默不作声地靠在车座上发呆。

望着窗外总是一瞬而过的风景，苏莞觉得有些困倦，寻了个舒服的姿势，沉沉睡过去了。

也许是早上起得太早，苏莞在车上睡了一路，醒来的时候，车子已经驶进延川市区了，这会儿正往傅维珩的公寓驶去。

苏莞揉了揉惺忪的睡眼，小小地伸了个懒腰。

傅维珩余光瞥见身边的动静，一边注视着前方路况，一边开口说："醒了？车门边上有水。"

苏莞看向自己的右手边，下头的收纳栏里确实放着瓶完好的矿泉水，她有些渴，便顺手拿起拧开喝了一口，问："我们去哪里？"

傅维珩打着方向盘："今天先回公寓，放了行李休息一晚，明天再带你去见爷爷。"

听他这么说着，苏莞一颗心忽然放松了不少，毕竟对于他家里那位长辈，她总是有些畏惧。

回到公寓，傅维珩拖着她的行李箱进卧室，苏莞跟在他后边走进来。

他脱了外套扔一边，打开她的箱子，将里头的衣服一件一件地取出挂上，与他的西服衬衫并列。

"开学了就去宿舍把你的东西都搬过来。"他说，"新房还没有装修，结婚之前，我们就先住在这里。"

苏莞抿唇看他，还真是什么都准备好了。她羞赧地垂头咕哝着："我都还没答应嫁给你呢……"

傅维珩眉梢一挑，将最后一件衣服挂上，拉上衣柜，走过来把她抵在墙上，居高临下地觑睨瞧她，沉声问："不想嫁给我？"

苏莞讪讪地抬眸："我……唔……"

唇直接覆了上来，再一回神，她已经被拥着陷入了床垫内。

第二天，毫无意外，两人都起晚了。

碍于中午要回傅宅见老爷子，苏莞不得不抓紧起床梳洗。

去傅宅的路上，两人顺路买了点儿汤包垫肚子，毕竟才十点多，距离午饭时间还早。

穆清是知道苏莞要来的，一早便起床拉着傅维瑾进了厨房烤蛋糕，所以他们到的时候，客厅里只有叶胤桓和叶帆在看电视。

傅维珩拉着她去客厅，一看正坐在沙发上的两父女，问："爷爷还没起？"

叶胤桓抿了口热茶，笑着对苏莞颔首，回答："起了，和爸在里头下棋。"

傅维珩瞅了瞅厨房里的动静，牵着她先去见老爷子。

注视着那道越走越近的房门，苏莞忽然心跳加速，越发地紧张。

牵着她的傅维珩感受到她手里泛出的汗，顿了脚步，回身瞧她一眼："紧张了？"

苏莞捏了捏他的手心："有点儿。"

傅维珩替她一挽碎发，笑着安抚："爷爷很喜欢你。"

苏莞张了张口，还没来得及回话，傅维珩已经推开了那道房门。

傅铨和傅亦远相对而坐。刚一进门，苏莞只看到傅铨微躬的背影。

傅亦远闻声看来，浅淡一笑："来了。"

傅维珩点头唤了声："爸，爷爷，莞莞来了。"

苏莞凝住呼吸，一一叫人："爷爷好，叔叔好。"

傅铨抬手落下一个棋子后，才迟迟转过身来。

四目相对，苏莞一愣，这不是……

傅铨站起身笑得很和善："小姑娘，又见面啰？"

苏莞好半天才缓过神，惊讶至极："爷爷，原来您是……"

傅维珩挑了挑眉，看着两人熟稔的样子，十分惊讶。

傅亦远也是一头雾水，侧眸看向傅铨，询问："爸，你们认识？"

傅铨笑眯眯地点点头："嗯。"

苏莞心里松了口气："之前和爷爷在沂市遇到过。"

难怪那随心所欲的性子令她觉得相似，原来都是一家人。

年轻有为的孙子，就是傅维珩了？最近谈了个女朋友，那就是在说自己？绕了一圈，自己和傅爷爷说的其实都是同一个人。

傅铨走过来拍拍苏莞的肩，说话声沧桑有力："姑娘，想不到你那有福气的男朋友，竟然就是我孙子。"

苏莞被傅老爷子夸得有些难为情，忙摇摇头说："爷爷言重了。"

后来一家子坐上桌吃饭的时候，傅铨把那天在沂市的事大概说了一遍。

一家子听后，在感谢苏莞的同时，又忍不住苦恼，傅亦远蹙眉给傅铨盛了碗鸡汤，语气凝重："爸，您腿不好就别老一个人到处晃悠了，这次要不是碰到莞莞，您在沂市真出点儿事可怎么办？"

傅铨那满是皱纹的脸沉了沉："能有什么事，我这腿脚可利索着呢！"

傅维瑾也劝说："爷爷，我们知道您腿脚利索，就是怕您一个老人家在街上不安全，所以想您往后出门都叫上个人陪陪。"

叶胤桓附和自己老婆的话："有个人陪着总是好的。"

穆清提议："或者找个时间去医院看看吧。"

傅铨不胜其烦地摆摆手："行了行了，一群年轻人，比我个老头子还啰唆。"

傅维珩夹了块鸡肉放到苏莞碗里，突然说："爷爷，如果你想抱曾孙就得听我们的。"

傅铨眉目一扬，有几分心动，瞧着坐在傅维珩身边的苏莞笑了："那你们俩就尽快结婚，给爷爷生个曾孙。"

"咳咳……"正在一边听着谈话，一边喝鸡汤的苏莞被突然点名，猝不及防地呛了个正着。

"慢点儿。"傅维珩抽了两张纸递到她嘴边，抬手在她背脊上轻轻顺了顺气，凑到她耳边轻声说，"听见了？嗯？"

苏莞的脸一下子烧了起来，坐在她对面的叶帆把两人这一切尽收眼底，咬着嘴里的肉，嗓音清亮地说："小舅妈，你脸红了。"

饭桌上的人哄堂大笑。

晚上，在老爷子的要求下，两人没有回公寓，直接住在了傅宅。

对于傅维珩和苏莞已经同房的事所有人均是心照不宣，傅亦远两口子和傅铨也是暗自高兴，起码，距离傅铨抱孙子这件事，不远了。

傅维珩洗完澡从浴室出来，苏莞已经吹干头发正靠在床头看书。他钻上床，垂头吻住她的耳垂，哑声说："有些等不及你毕业了，莞莞。"

夜已深，她睡着了，贴在他怀里，蜷着身子，安静温顺。

傅维珩沿着她柔和的轮廓轻轻抚摸着，房里是一室漆黑，面前这个女孩的睡颜却格外清晰地印在他的眼里、心里。

想起今晚在餐桌上爷爷提到和她在沂市偶遇的事情。

傅维珩忽然明白，为何当初，就非她不可了。

他的女孩，乖顺善良得让他怦然心动，又坚强隐忍得令他心疼不已。


学校开学是在元宵节过后，乐团则是初九开始上班。

苏莞和傅维珩都是喜静的人，所以在上班前的最后几天，除了吃饭时间回傅宅外，两人基本上都待在公寓里。

正月初九，开年上班的第一天，苏莞起了个大早，睁眼的时候，傅维珩还在睡，一张睡颜沉静养眼，那只手依旧是雷打不变地搭在她的腰上。

她平躺在床上，稍稍缓和迷糊的意识后，轻轻拿开腰上的手，起床去了浴室梳洗。

傅维珩翻身时，下意识摸了摸身边的位置打算搂进来，结果却意外地落了个空，他原本还闭着的双眼立马就睁开了。

　　身边空荡荡的，只听到浴室传来的水流声。

　　傅维珩侧身看了眼床头柜上的闹钟，掩唇打了个呵欠，掀被起身。

　　苏莞洗个脸的工夫，一仰起身就在镜子里看到不知何时站在她身后的傅维珩，发梢凌乱，睡眼惺忪，明显一副尚未彻底清醒的模样。

　　他俯下身从后头搂住她，温凉的唇贴在她颈窝上，呼吸间扑洒的热气挠得她脖颈痒痒的。

　　苏莞拧干手里的毛巾，侧了下脖子，嗓音还带着刚起床后的温软："你快洗脸，上班要迟到了。"

　　吃过早饭去到公司，已经将近九点，距离上班时间只剩十分钟，苏莞眼看来不及，匆匆忙忙地准备下车，傅维珩忽然伸手拉住她，交代说："午休的时候上来找我，有点儿事情。"

　　苏莞见怪不怪，反正全公司都知道他们俩的事，她也不再忸怩，点点头答应下车取了琴，头也不回地进了公司大门。

　　她是踩着点进练习室的，里头的人基本上已经来齐，苏莞径自背着琴坐到自己位置上。

　　屁股刚一着凳，肩上就被人轻拍了一下，苏莞回头，见温禾一脸深意地对着自己笑："莞莞，我发现你越来越有味道了。"

　　苏莞："……"自己是道菜吗？

　　温禾拉过椅子在她身边坐下："来，给姐姐说说你这个年过得可好？"

　　苏莞记忆一晃而过，短短的一个小长假，似乎就发生了许多改变。她笑了笑："还可以，你呢？"

　　"我……马马虎虎吧！"温禾思虑一阵，又叹息道，"唯一不变的是，我还是没找到一个又高又帅的男朋友。"

　　苏莞："……"

　　屋内忽然静了下，苏莞抬眸朝门外看去，乐团指挥Joseph和傅维珩边谈着话，边从外头走了进来。

　　看到来人，所有人都自觉噤了声。

　　和Joseph又说了些什么后，傅维珩站到指挥台边，脸色沉峻地开口："演出时间定在下个月九号，剩下一个月的练习时间，我都会和你们一起，最后强调，老样子，直到演出结束，所有人不许迟到早退。"

官方强势到不容拒绝的语气，在场所有人差不多已经习惯。傅维珩一向是个严谨的人，关于演奏会，从来都是精益求精，要求团员们发挥到极致。

所以，对于珩衍这个演出前的传统，大家都是毫无怨言。因为珩衍有个极好的待遇，就是每场重大的演奏会结束后，乐团都会无条件给团里的人带薪休假十天，这也是为何所有人挤破了头都想进珩衍的原因之一。

关于演奏会的曲目分谱，苏莞已经熟悉得差不多。节奏、旋律，以及每个小节、每段乐章的情感把握都在傅维珩的指导下细细地研究了一遍，一个长假之后，她可以做到毫不费劲地跟上所有人的演奏。

整个上午，在傅维珩吹毛求疵的演奏监督下，仅仅一篇《梁祝》的第一乐章，大家就数不清拉了多少遍，但终究，没奏出令傅维珩满意的效果。

以至于所有人午休吃饭的时候都是恹恹的，提不起劲。

苏莞是等傅维珩上了楼后才坐电梯上去的，敲了门被允许进去的时候，明显感受到一阵低气压。

傅维珩靠在那张办公椅上，阖着眼，浓眉紧锁，清俊的轮廓此刻看上去极为疏冷。

苏莞放轻脚步走到他身边："维珩，很累吗？"

傅维珩这才缓缓睁开眼，看见苏莞，眼神柔和了几分。他拉过她手吻了吻，手臂环过她的腰身，轻轻一带，让她在他腿上坐下，用鼻尖蹭了蹭她的后颈，低低应了声："有点儿。"

苏莞沉吟半晌："嗯……维珩，不要把自己逼得太紧，随心而去就好。"

傅维珩怔了片刻，随即哑然失笑："嗯，是我太急于求成了。"他凑上来吻了吻她的唇，"夫人说的是。"

苏莞赧然地垂了垂眸，问："你早上说让我来找你，有什么事吗？"

傅维珩伸手拉开办公桌旁的那格抽屉，取出一个文件袋："嗯，很重要的事。"

苏莞怕他不方便，已经主动站起身立在一边，静静看着。

他慢条斯理地打开文件袋，抽出一叠文件，把笔递给她说："把这些签了。"

苏莞疑惑地凑近一看，那纸面上清晰印着"股份转让书""婚前协议书"等字样，她当即就想起那天在姑姑家里傅维珩承诺过的话，晃了下神，直接推开他手里的笔，目光认真："不用的，我相信你。"

傅维珩心潮一悸，只觉得有股暖流从心底满满地溢出，泛滥成灾。不过最后，他还是坚持地将笔塞到她手里："可是莞莞，这是我对你的承诺。"

绝不负你的承诺。


下午的排练，意外地十分顺利，底下的人看着指挥台边一脸柔和拉着琴的傅维珩，均是……惊呆了！

中场休息的时候，温禾拖着椅子凑到苏莞旁边，神色惊异："我的天，莞莞，傅先生是怎么了，一个午休的时间，他就转性了？"

后头吹圆号的小胖也凑上来："他居然不挑刺了！"

温禾转而又问："莞莞，是你吗，是你对他说了什么吗？"

苏莞下意识否认："不是。"

小胖："那也太诡异了。"

苏莞："……可能脑抽了。"

温禾、小胖："……"傅先生，你可能交了个假的女朋友。


时间一晃，很快就到了开学。

许丞阳和姚曳是同一天返校的，于是三人便约好了晚上在一品轩聚餐。

傅维珩今晚恰好有商务饭局，地点是在一品轩附近的一家酒店，算好时间，他先送苏莞到一品轩，再顺道去他的饭局。

车子稳当地停在一品轩门外的停车场，苏莞解开安全带，正准备拉门下车，却被傅维珩叫住："等等。"

苏莞回眸看他，就见他拉开手里的钱夹，抽出一张银闪闪的卡伸到她面前，一脸的云淡风轻："拿去。"

苏莞："……"

傅维珩见她迟迟不伸手，问："怎么了？"

苏莞挑挑眉："不是说好了，我包养你的吗？"

傅总裁回应得理直气壮："嗯，所以给你工资卡。"

"……"你见过白金信用卡的工资卡吗？

傅维珩不跟她多话，扯开她的包袋，胡乱塞了进去，然后按开车门锁："去吧。"

苏莞幽幽瞥了他一眼，学着他的语气淡淡道："呵，傅总好生大方。"

傅维珩："……"

苏莞在包间坐下没多久，两人就到了。

一坐下，许丞阳就忍不住逗她："哟，苏美人，一个寒假不见，越发漂亮了。"

苏莞抬眸瞧她一眼："嫉妒吗？"

许丞阳气结："你无耻！"

姚曳大笑，幸灾乐祸："你活该。"

苏莞无力扶额："……点菜吧。"

一餐饭结束，许丞阳提议去对面的商场逛逛，结果出了一品轩大门，她们却在门口意外地碰到了一个人。

许丞阳对于帅哥永远是敏感的，第一时间就认出了那道背影："嘿！那不是江律师吗！"

苏莞一愣，朝许丞阳指的方向看去，江之炎正好挂了电话，转身过来就和苏莞的视线撞了个正着，他远远地朝她一颔首，几步走过来打了声招呼："很巧。"

许丞阳笑哈哈："是的是的。"

"来吃饭？"他问这句话的时候是看着苏莞的。

姚曳看了眼江之炎微妙的神色，回答："我们已经吃完了，准备走。"

苏莞这才抬头看他："你……一个人？"

江之炎笑了笑："和一个朋友。"

莫名其妙地静了片刻，江之炎看了看腕表，正准备开口告辞，苏莞却忽然一反常态地道："什么时候有空聊聊吧，我……有事跟你说。"

江之炎怔愣半晌，眼底渐渐爬上笑意，应得很爽快："好，我再联系你。"

苏莞点点头。

许丞阳和姚曳在两人一来一回中一脸诧异地目送江之炎离开。

十秒后，许丞阳不淡定了："莞莞！你这是要'绿'了'大神'？"

姚曳忽地就唱起来了："爱是一道光，如此美妙！"

苏莞叹了口气："江之炎……是我表哥。"

一阵沉默后，"我天！"毫无疑问，是来自许丞阳的惊叫，"短短一个寒假，你不仅经历了提亲，还认了个表哥？"

苏莞强调："他是我妈妈的侄子。"

姚曳已经缓过神："说出你的故事。"

最后，苏莞没再隐瞒，同她们说了个大概。两人一直都知道苏莞的父亲几年前就去世了，至于她的母亲，许丞阳和姚曳却从没听苏莞提过。

大一有一回，姚曳不知情，曾无意识地问过苏莞："那你妈妈是做什么的呢？"

苏莞那会儿和悦的脸色顿时就冷了几分，淡淡地应了句："我不知道。"

两人当即就被苏莞淡漠的神情给惊到了，纷纷噤了声。

自那以后，许丞阳和姚曳是心照不宣，再未在苏莞面前提过她的母亲。


奶茶店里，许丞阳和姚曳安安静静地听完苏莞所说的一切，一时间，竟都不知道该说些什么。

对于苏莞的身世，她们是意外的，从没想过外表看上去温顺乖巧的女孩，有着这般不可言说的家庭背景，当然，也或许是因为苏莞独自承受过太多，才有了如今这般强大沉着的心理。

半晌，许丞阳出声说："所以，那个很有名的钢琴家江蕴是你妈妈？"

苏莞点点头。

姚曳讶然说："我说那晚在Magic见到和江律师在一起的女人那么眼熟呢，只是没想到，她居然是你妈妈。"

许丞阳颇有感触地转头看苏莞："现在想想，你跟她长得可真像。"

苏莞只是一笑。

许丞阳又说："话说，莞莞，你现在是打算认回你妈吗？"

苏莞不假思索："她有家庭，我不会打扰。"

姚曳："那你不就还有个同母异父的弟弟？"

苏莞愣了愣，似乎到这会儿才反应过来。

许丞阳突然想起什么，感慨说："江家啊，听我爸说，可不得了，尤其是那江老头，独断专行得很。"

许丞阳是个富二代，她的家庭在他们老家那处算是户有头有脸的人家，家境殷实，她的父母也只有她一个女儿，对她从小百般宠溺，连出去参加宴会饭局什么的，也落不下她。

大概是三年前，那时候许丞阳刚来延川上大学，许父、许母恰好要来延川谈笔大生意，许丞阳也就一如既往地跟着去了。晚宴正是江家举办的，江家的老头子坐在主座，面色严峻、不苟言笑的样子着实叫人心生畏惧。

"后来晚宴差不多要结束的时候，我跟我爸妈走，忽然就进来个西装大汉，在江老头耳边说了什么，当场就把江老头气的，差点儿掀桌了，还直接就下命令了，说什么抓回去关禁闭。"许丞阳饮了口奶茶，又继续说，"再后来去参加别的饭局时听人聊起，说那晚是因为江老头发现当时在上大学的孙子跟一个他们不认可的女同学经常在一起，认为他败坏家风，第二天直接把他送去了国外。"

苏莞沉默了，抠着奶茶杯上的贴纸，突然有些明白了，为何母亲当初非走不可。

三人聊了一个多小时，傅维珩那边也刚好下了饭局，他打电话询问过苏莞的位置后，便驾着车过来接她们。

车子在宿舍楼前停下，许丞阳和姚曳拉开车门从后座下来。苏莞瞥了眼傅维珩，犹豫了半会儿，伸手准备拉车门，许丞阳却扬声说了句："'大神'、莞莞，你们在这等我们一会儿！"

苏莞愣了愣，一头雾水地转过去看傅维珩，见他对许丞阳微一颔首，仿佛早有所知的样子。

苏莞又蒙圈了："怎么了？"

傅维珩："机密。"

许丞阳和姚曳上楼不到十分钟，两人便一个拖着大箱子，一个拎着个行李袋，跌跌跄跄地从宿舍楼内走出来。

苏莞放眼瞅了瞅，那行李箱，看着……有点儿眼熟？

傅维珩这会儿已经拉开车门下去了，几步上去接过许丞阳、姚曳手里的箱子和行李袋，从大衣内袋里取出两张长条形的门票，一手交钱一手交货般，放到了许丞阳的掌心上。

苏莞这才恍然大悟，不对，那就是自己的行李箱吗！

等她下车走到许丞阳面前的时候，只看见许某人眉飞色舞地举着傅维珩刚递给她的两张演出票在发笑。

她定睛看了看，票上头印着"H&Y交响乐团，VIP座"等字样。

苏莞："……"

许丞阳过来搂了搂苏莞："哎哟，莞莞快看我的VIP门票，第一排哟！"

姚曳喜上眉梢："多谢'大神'，多谢莞莞。"

回公寓的路上，苏莞全程绷着脸，一声不吭。

傅维珩把这一切看在眼里，一进家门，随手把行李往边上一放，将她抵在白墙上，挑了挑眉："生气？"

苏莞稍稍抬眸瞪他一眼，语气微凝："傅维珩，你这种行为，在未经过当事人的同意下，被视为拐卖！"

傅维珩沉吟半会儿，见她真动了气，忙放低姿态道歉："抱歉。"

他这么低声下气，苏莞心一瞬便软了，可又有几分不服气，别过脑袋，嘴里碎碎念着："你至少和我提前说一声。"

微弱的玄关灯下，是两道交错的阴影，他英俊的轮廓被昏黄的灯光映得更为柔和细致。

"是我太心急了。"他又说一声，态度非常诚恳，"是我太心急了，你若是真的不愿意，我送你回去。"

苏莞愣了愣。他的用意，她是明白的，只是觉得害臊不好意思随便答应，这会儿听他说要送自己回去，她又不知道能说些什么，默然着。

"我只是……"傅维珩这时又开口，"想早点儿把你留在身边，照顾你。"

苏莞正过脑袋，对上他无奈的眸光，眉目舒展开来，扯了扯他的衣摆，声若蚊蝇："我困了。"

闻言，他拉起她的手准备往房里带，她却反手一捏，拦住他前行的脚步，垂着头分外赧然地说："你抱我。"

话落，傅维珩一滞，继而笑了笑，伸手穿过她膝盖下方，轻而易举地将她打横抱了起来带进卧室。


宿舍里，许丞阳熄了灯躺上床，回想苏莞临走前那道不悦的目光，不自觉地打了个寒噤，她抬脚踹了踹隔壁床："阿姚，你说咱们拿莞莞的行李换了VIP门票，莞莞会不会生气啊……"

姚曳："感觉……有点儿？"

许丞阳委屈地说："她最后都不看我了，呜呜呜……"

姚曳："反正跟'大神'交易的不是我。"

许丞阳反驳："你是帮凶！你也拿了门票！"

姚曳心里悬乎着，最终提议："咱们还是发个微信给莞莞主动承认错误好了。"

许丞阳抓过手机："朕同意！"

十分钟后，许丞阳看着毫无动静的聊天界面，心慌了："咋办，莞莞不回咱们。我错了，呜呜呜……不该卖队友，呜呜呜……"

姚曳有时真觉得许丞阳那脑袋里装的都是水，她无语地抽了抽眼角，说了句："别嚷嚷！许丞阳，自己看现在几点？"

许丞阳下意识抿住嘴，看了眼手机时间："十一点半。"

"你觉得这会儿莞莞还有时间搭理你？"

在这方面许丞阳的脑子却是一点就透了，惊声："呀！不会打扰到他们了吧？"

姚曳："……快去睡觉，烦人。"


距离演奏会的时间越来越近，团里的练习也越发紧凑，原本还有双休的周六日，被缩减到只有周日一天，因此最近去傅宅给叶帆的授课，也被推到了周日。

傅维珩怕她太过辛苦，曾提过先将叶帆的课暂时停一停，等过了演奏会再继续。可苏莞担心停上那么两节课会让叶帆生疏了，毕竟器乐这种东西，除了天天练习外，也需要老师的监督和指导，否则时间长了，有些拉奏的坏习惯就难改了。

而且，去傅宅总是傅维珩驾车，她花一个小时动手拉拉琴做个教学指导，就能功成身退了，并没有什么辛苦。傅维珩听她这么说，便不再坚持，只提议每周六晚直接去傅宅留宿，这样第二天就不需要匆忙早起，苏莞同意了。

这天周五，苏莞一直记着前两天江之炎打电话来相约见面的事。

那天也如往常一般，中午的时候她和傅维珩一起去那家素味馆吃饭，点餐的时候，她接到了江之炎打来的电话，约她当晚一起出来吃个饭见一面。

苏莞看了眼对面的傅维珩，怕时间太过匆促，提议将时间改到周六晚上。

江之炎没有犹豫，答应了下来。

电话一挂，她跟傅维珩提了这件事，傅维珩虽然有点儿不悦，但江之炎和她的关系摆在那，要谈些什么他也是心知肚明，就勉为其难地接受了。

所以周六晚，苏莞下班后，直接乘电梯下了一楼，出了公司大门后才给傅维珩打电话："维珩，你还在忙吗？"

傅维珩昨晚没睡好，又忙了一天，这会儿嗓音闷闷的："嗯，怎么了？"

苏莞料到他忘了她和江之炎相约的事，开口提醒："你忘了？我今天，要跟江……律师见面。"

傅维珩一愣，抬手看了眼腕表，这才发现已经到了下班时间，他捏了捏眉心，又说："在停车场等我，我送你。"

"不用。"苏莞忙开口拒绝，"你昨晚忙到那么晚都没睡好，我给你叫了外卖，你吃完饭直接回家休息吧，我可以自己去的。"

傅维珩沉默了一阵，先答应了下来："你把琴放到保安室，我给你带回去，背着太沉。还有把地点发给我。"

苏莞笑着顺应："好。"

地点是在恒隆广场的一家粤菜餐厅，苏莞是乘地铁去的，一路畅通无阻，到的时候江之炎还没有来，她找了个靠窗的位置，先点了壶茶等着。

大约十多分钟后，江之炎推开餐厅大门走进来，他外貌出众，进来时引起不少女生的注意，苏莞立马就似有所觉地朝门口看去。男人穿着一件长款的墨绿色风衣，清冷高挑，英俊的脸上却有些苍白憔悴。

江之炎恰好望见她，几步走过来在她面前坐下，没忍住捂唇沉闷地咳嗽了两声，这才开口："抱歉，久等了。"

沙哑的声线带着浓重的鼻音，苏莞一愣："你生病了？"

江之炎又低低地咳嗽了两声："只是受了点儿风寒，不碍事。"

苏莞有些愧疚："其实可以改天的，你不舒服……"

江之炎弯了弯嘴角，抬眸看她："我不想又一次失信于你。"

苏莞哑然，想起那天他说的："六年前你打来伦敦的电话，是我接的……很抱歉，忘了帮你转达。"

面前的人已经抬手喊来服务员点餐，又问她："吃什么？"

苏莞这才回神："云吞面。"

点过单，目送服务员走后，苏莞缓缓说道："我不怪你……"江之炎正欲端茶杯的手一顿，她又继续说，"而且，那不是你的错。"

就算母亲知道了又如何，按照江老爷子的性子，应该也不会让她轻易回来吧。

许久，江之炎如释重负地笑出了声，一双眉眼极为俊俏："谢谢你。"

"不，是我要谢谢你。"她笑笑说，"谢谢你，论坛的事，维珩告诉我了。"

江之炎倒不在意："这是我该做的。"他羞惭回应，"也是为了挽回在你心中我这个表哥的形象而做的补偿。"

苏莞默然，有些不太习惯。

江之炎自然明白一时半会儿要适应两人之间的关系是勉强了，倒也不多说，不过却是意识到了一件棘手的事，他犹豫再三，终是说道："莞莞，关于我爷爷……"

苏莞打断他："我知道。我不怪她，我也不会去打扰她，还有她的家庭。"

江之炎万般无奈地笑了："如果要这样的结果，那我又何必和你说那些话？"

苏莞呆住，对于他这模棱两可的话有些摸不着头脑。

"姑姑既然来找你，就是已经做好了一切的打算，包括我爷爷。"他垂了垂眸，嘴角扬起嘲弄般的弧度，"某种意义上来说，我和姑姑都是一样的人，困在那大房子里，总是一味顺从，从未有过反抗……不过最起码，姑姑还有你，我……"除了一身的空壳，什么都没有了。

最后的话被淹没在餐厅这嘈杂的人声中，苏莞一直很难想象，像江之炎这样看上去总是悠闲自得的人，竟也会有如此寂寞失意的一面。

"抱歉，"他又控制不住地掩唇咳嗽起来，说话断断续续，"说太多了。"

苏莞到底是有些不放心，赶忙倒了杯温水推到他面前，劝说道："你还是赶紧去趟医院吧，这样拖，会严重的……"

"可……"

"我真的没关系，你快去。"

江之炎确实有些撑不住，脑子晕乎乎的，浑身难受，出门前他特地吃了感冒药，现在看来似乎一点儿作用都没有。他无可奈何，捞过桌上的手机，站起身，又说了声："抱歉。"

苏莞摆手再三催促他去医院。

等目送那道身影出了餐厅大门后，苏莞这才重新坐下，她看了眼桌上的菜单，叹了口气。

能怎么办，点都点了，当然是吃光。

没多久，服务员端来菜品，一道又一道，几乎快摆满了这一长桌。

苏莞哭笑不得，这是点了多少啊……她明明，只点了碗云吞面。

就在苏莞垂头打算掏出手机让许丞阳和姚曳来救场时，眼前忽然罩下一片阴影，有人在她的对面坐了下来。

她下意识抬眸，就见面前的男人淡淡地扫了眼这满桌子的菜，似笑非笑地说道："看不出来，夫人独自一人也有如此好胃口？"

苏莞即刻就笑出声来："你怎么来了？"

傅维珩伸手拿过她身前的茶杯抿了一口："路过。"

苏莞："……这里和你家不是两个不同的方向吗？"

傅维珩眉头微微一蹙："……兜风。"

苏莞："……给你叫的外卖，你吃了吗？"

傅维珩嫌弃说："没吃，吃不下。"

苏莞："……"怎么忽然就有脾气了？

其实他是心痒……知道苏莞和别的男人在一起吃饭，他哪里还安得下心？就算那男人是江之炎，他也坐立难安。

苏莞指了指桌上的菜："吃吗？"

某人继续"傲娇"："不吃。"

苏莞："……那我吃了。"

傅维珩："……"

冬末，夜晚的温度依旧低得令人发颤。

江之炎从餐厅出来走到马路边准备拦车的时候，已经有些站不稳了。

他抬手摸了摸自己的额头，热得发烫，毫无疑问，发烧了。撑着晕蒙蒙的脑袋，江之炎刚抬手准备拦车之际，身子却突然不由自主地往后一倒，迷迷糊糊之间，他似乎见到了那令他牵挂多年的人："念念……"


吃过晚饭，两人照旧是回傅宅。

傅铨和傅亦远两口子都还未回美国，按往年来说，他们都是过了元宵节就飞回美国了，但是今年因为三月份傅维珩在延川有演出，他多年后再次上台，作为家人，总是要去支持捧场的。

到傅宅的时候已经将近十点，老爷子向来睡得早，用过晚饭在客厅看了没多会儿电视就回了房。叶胤桓和傅维瑾今晚有个商务晚宴，此刻还未回来。

客厅里只有傅亦远独自一人在一边看电视，一边摆弄着他新到手的紫砂壶。

傅维珩和苏莞一前一后地进了玄关，傅亦远听到动静回身望了望："回来了？"

苏莞礼貌地点点头，傅维珩却是头也不回地直接上了二楼，那一脸沉郁的样子瞧得傅亦远脸上一愣，忙问苏莞："怎么了这是？"

苏莞也是有些纳闷，回来的路上，车内的气氛就压抑得喘不上气，她瞅了眼消失在楼梯拐角处的傅维珩，回头说："叔叔，我去看看他……"

傅亦远："去吧。"

苏莞推开他卧室的房门。

傅维珩正侧身对着她在解衬衫扣子，眉心紧拧着，脸上是大写的不悦。

她轻轻带上门，放下包踱步到他面前，虽觉得有些莫名其妙，但她还是问了句："维珩，你在生气吗？"

傅维珩凉飕飕地睨了她一眼，衬衫的扣子解到一半，结实的胸膛在苏莞眼前若隐若现，令她目光无处安放。

她张了张嘴，还想说些什么，面前人忽然伸手把她揽进怀里，不由分说地吻了下来。

良久，他撤离她的唇，手还牢牢地环在她腰上，喘息声粗重，略微暗哑的嗓音带着幽怨的情绪，他说："苏莞，你就不能哄哄我吗？"

苏莞恍然间明白了什么，他这是在吃醋？

她复又抬眸赧然地看了他一眼，抬手直接捧住他的脸，趁着他还未缓神之际，踮脚吻了上去，动作笨拙又生疏。

傅维珩原本暗淡的眸色缓缓爬上一抹笑意……


三月，早春。

连绵柔和的春雨已经持续了一个星期。三月九日，在这难得放晴的暖阳天里，迎来了众人期待已久的演奏会。

"H&Y珩衍交响乐团，欧洲著名华人小提琴家，傅维珩。万物复苏之音，国内延川首演。"

当晚，延川剧院音乐厅座无虚席。

大部分人都是慕名而来的，因为对于这个神秘兮兮隐退音乐圈三年的小提琴家都颇为好奇，自然，也少不了傅"大神"的"真爱粉"。

演出依旧是傅维珩式欣赏，所有入场人员禁止携带相机、手机等有拍照功能的任何电子设备，大门口的提示牌上也明确表明，如有不满无条件全额退票。

反正，他傅维珩，从不差那几位听众。

剧院后台，团里的人都已习惯了这样的大型演奏，所以哪怕是临近上台时间，大伙儿也都是神色如常。

苏莞就不同了，虽然曾经参加过几次比赛，但都只是校级的小比赛，更何况今日的演奏又是她跟团的第一次演出，紧张自然是难免的。

傅维珩猜到了她会紧张，在自己的休息室换好衣服后便匆匆赶过来看她。

普通休息室里因为傅维珩突然的出现都不约而同地静了一瞬。至于为何傅先生会破天荒地在演出之前出现在这里，大家都是心照不宣地瞥向这会儿正坐在角落里埋头翻乐谱的苏莞。

毫无悬念，他已经迈步朝她走过去了。

原本正对着灯光的乐谱上忽地落下一片阴影，苏莞下意识抬头。

傅维珩穿着一件黑色长款的西装，里头的尖领衬衫熨烫得分外平整，黑色西裤包裹着他笔直的长腿，今日额上的碎发不如往常那般随意地搭着，而是被整齐地往后吹翘起来，清爽利落，看上去宛如一个英俊的绅士。

他蹲下身来与坐着的她平视，轻轻掐了下她的脸颊，问："紧张了？"

苏莞："有……有点儿。"

他伸手覆到她后颈上，捏了捏，语气温柔："按照平常练习的拉就行，嗯？"

苏莞点点头。

"拉错了也没关系。"他又说，"没人敢说你。"

苏莞失笑："假公济私？"

他笑了笑，直言："嗯，假公济私。"


七点半，演出正式开始。

苏莞拿着琴提前跟大伙儿一齐上台，坐下椅子摆好琴位，趁着等待开场的这段时间她朝观众席看了几眼。

舞台前排均是熟悉的面孔。

傅铨坐在第一排正中央的位置，穿着中山装，他两边则各自坐着傅亦远、穆清以及傅维瑾、叶胤桓一家。

再往旁，便是许丞阳和姚曳，两人瞧见她正看着她们，纷纷伸出手指朝她们的左手边比了比，示意她看过去。

苏莞一脸茫然，顺着她们所指的方向看去，不免一愣。

江之炎穿着一身酒红色的西装，姿态英挺地坐在左手边区域靠走道的第一个座位，他的旁边，那个端庄秀丽穿着黑裙的女人，正是江蕴。

此刻正在找寻苏莞身影的江蕴恰好和她望来的视线撞了个正着。眸光一滞，江蕴脸上不敢有任何的情绪，下一刻却收到苏莞远远朝她递来的微笑。

江蕴欣喜若狂，朝苏莞微一颔首，同是一笑，算是回应。

待指挥Joseph伴着场内一阵清脆的掌声缓缓走上指挥台后，所有人都静静等待傅维珩的出场。

一分钟后，厅内后排的灯光被调暗，这仿佛是一个信号提示，观众们似有所觉地纷纷鼓起了掌，望向舞台边的那道安全出口。

果不其然，在一阵热烈的掌声中，傅维珩一手握着小提琴，一手握着琴弓从里头走到指挥台边，英气十足，清俊挺拔。

指挥Joseph和傅维珩先礼貌地握了握手，而后两人齐齐带领所有的团员起身朝观众席鞠躬表达感谢。

这时，场内敲响了开场钟声，在观众们自觉噤声后，音响里传出一阵甜美的报幕女声："请欣赏第一首曲目，由萨拉萨蒂所创作的小提琴协奏曲《卡门主题幻想曲》，演奏者，H&Y珩衍交响乐团全体成员，傅维珩。"

又一阵掌声扬起落下，傅维珩举起琴放在左边锁骨上，台上所有人准备就绪，指挥双手一落，这偌大沉寂的音乐厅里，随即响起一阵悦耳的旋律。

《卡门主题幻想曲》，是萨拉萨蒂汇集法国作曲家比才的著名歌剧《卡门》中最为人熟知的几段具有西班牙民族风格的旋律而写的幻想曲，整首曲目充满萨拉萨蒂特色的各种小提琴技巧，也能充分体现出演奏者的小提琴技艺。

全曲由不间断的四个部分所构成，在第一部分前有一小段序奏，乐队以强烈的节奏奏出歌剧第四幕前奏曲的阿拉贡舞曲，小提琴随后而入，运用颤音、变弦、震音、泛音等各种技巧，再以沉静的拨奏结束了这短暂的序奏。

之后便正式进入第一部分，乐队以跳跃俏皮的节奏奏出著名的哈巴涅拉舞曲的旋律节奏，小提琴立即进入，在这段演奏中，充分体现了小提琴在乐器家族中"女高音"的称号。

第二部分是缓慢的缓板，小提琴以十分柔弱的力度奏出旋律，最后用一连串的泛音轻柔地结束。

第三部分是中庸的快板，先由管乐轻柔地吹奏出赛吉地亚舞曲的旋律，然后小提琴重复这轻快的旋律后，再热烈地展开拨奏、泛音、滑奏、颤音等各种复杂的高难度技巧。

第四部分是中板，由小提琴突然奏出主旋律，而后逐渐加快速度，以狂热的连续震音达到了最强奏时，全曲结束。[①]

随着最后一个强音的收尾，五秒后，全场轰然响起一阵热烈又振奋的掌声，所有观众纷纷站起身，为这首精彩的开场曲而欢呼。

在场所有观众几乎都难以想象，这位年轻英俊的男人，竟会有如此令人惊艳的演出。欢呼声、掌声还在持续不断，台上的傅维珩面对这热烈的场面已经是见惯不怪，站在那处，微微一笑，倾身鞠躬。

场内再次响起三声钟响，又是一道甜美的报幕女声："请欣赏第二首曲目，由俄罗斯作曲家柴可夫斯基创作的《胡桃夹子组曲》，演奏者，H&Y珩衍交响乐团全体成员，傅维珩。"

这首《胡桃夹子组曲》是两幕三场的梦幻芭蕾舞剧，创作者从舞剧中选了八首曲子作为《胡桃夹子组曲》，共分为三个乐章。

演奏开始，傅维珩坐在了首席小提琴的位置上，担任本曲的首席小提琴手，带领乐团为大家呈现魔幻、曼妙、优美、轻快的浪漫舞曲。

又是一曲结束，观众们再次鼓掌欢呼。

钟声再响，字正腔圆的女声报出今晚演奏会的最后一首曲目："请欣赏压轴曲目小提琴协奏曲《梁祝》，演奏者，H&Y珩衍交响乐团全体成员，傅维珩。"

这首《梁祝》宛如美丽的蝴蝶，飞到千千万万人的心上。傅维珩起身再次站到指挥台边，托琴就绪。

小提琴奏出富有诗意的爱情主题，大提琴以浑厚圆润的音调与小提琴的轻盈柔和形成对答，长笛吹奏的柔美旋律与竖琴的滑奏相互映衬，把所有人都引向神话般的仙境。

---

① 以上资料来源于百度百科。

结束后掌声连绵不断，傅维珩今晚的演奏，无疑是极致精彩出众的。

苏莞坐在后面，在她偶尔乐句休憩的时候，她清楚地看到，在这金碧辉煌、万众瞩目的舞台上，他自信沉稳地站在那里娴熟流畅地演奏，在如昼的灯光下宛如星河，璀璨明亮。

演奏会结束，台下的观众差不多散尽，苏莞随着大伙儿陆续下台，她拖着那及地的长裙摆下台阶，抬眸时却意外瞧见倚在安全门边这会儿早该回休息室的男人。

"傅先生。"

过往的团员纷纷礼貌地朝他打招呼，他微微颔首表示回应后迈步过来接过她手上的大提琴，温柔地笑了笑："感觉如何？"

声线带着成熟男人的低沉性感，苏莞有些目眩神迷，仿佛在看过他出神入化的演出后，再见他都有种高贵逼人、澄亮耀眼的感觉。

她不是个自卑的人，但在这一刻，却难以想象，自己何德何能，会成为他爱的人。

思绪恍惚一阵，苏莞望着他俊朗的眉目笑弯了眼，柔声说："激动到难以平复。"

她的第一场跟团演奏，虽不是极致完美，但对于她来说，今晚已经是超常发挥了。

他失笑，抬手揉了揉她的头发，万般宠溺："走吧，爷爷和爸妈在等我们。"

快到休息室的时候，苏莞远远注意到拐角处那一抹熟悉的身影，一身黑裙，立在那里，姿态端庄，似乎等了很久。

傅维珩瞥了眼正朝这边走来的江蕴，顺手接过苏莞手里的琴弓，说："我先进去。"

苏莞点点头。

江蕴走到她面前，抿着唇犹豫了许久，才说："演出很精彩。"

苏莞噙着笑，视线无意间瞥见她两鬓上的几丝白发，忽然有些心酸，但却也只是微微颔首，回应："谢谢你。"

她的回应像是给了江蕴莫大的鼓励，不禁试探般地问了句："饿了吗？有没有空一起去吃点儿东西？"

"不用了。"苏莞开口婉拒。

虽然是意料中的回答，但江蕴仍是免不了一阵失落，她正了正色，打算出声告辞，却听苏莞说："晚上有点儿累，下次吧。"

落寞的目光蓦地腾起一丝惊喜，江蕴愣了几秒，最后再开口时，声线都激动得发颤："好……好。"

苏莞笑着指了下休息室的门："那我先进去了。"

江蕴忙点头："好，你去吧，好好照顾自己。"

"你也是。"她说，"……妈妈。"

江蕴怔住了。

休息室的门已经被关上，面前的人也已离去。

那一瞬间，江蕴鼻子一酸，热泪盈眶。


演奏会过后，苏莞向傅维珩请了个长假。

临近毕业，她需要开始准备论文答辩和毕业音乐会，这一下子，又投入一阵无止境的忙碌之中。

六月，又是一年毕业季。

高考前一天，苏莞惦记着秦沐这个高考生，抽空给她打了个电话。

电话是苏玥接的，两人寒暄了几句后，苏玥便把电话拿给了秦沐。

"姐。"那头的嗓音有气无力，令苏莞有些意外。

她笑了笑，问秦沐："怎么了？"

秦沐清了清嗓子，一本正经："……心慌，怕考得太好。"

苏莞："……"

"姐。"秦沐敛了敛声，"等你忙过毕业后，我去延川找你玩吧？"

苏莞毫不犹豫地答应下来："好，高考要加油。"


几天后，熬过了紧张的论文答辩，又迎来筹备已久的毕业音乐会。

关于毕业音乐会，苏莞最后选了巴赫的六首《无伴奏大提琴组曲》，单纯的独奏，对于表演者演奏技巧有一定的考验，因为每个组曲的表现形式是各有不同的。

这套作为苏莞最喜爱的大提琴独奏组曲，她有信心可以将它所有的情感技巧发挥到最好。

毕业音乐会当天，她起了个大早，和傅维珩一起到学校的时候，意外在学校音乐厅外见到了江蕴。

江蕴也是刚到没多久，几天前从江之炎那里得知苏莞今天参加毕业音乐会，本来打算默默坐在观众席上看完她的演奏就离开，倒是没想到撞了个正着。

经过前段时间短暂的对话，江蕴再也没有顾虑，直接走到她面前，坦然说道："我来看你毕业演出。"

苏莞笑着"嗯"了一声，到底觉得生分，不知能再说些什么。

"江老师，"傅维珩刚好背着她的琴走上来，笑着打了声招呼，"进去吧。"

等苏莞到后台休息室时，发现许丞阳和姚曳早已经到了，两人看上去信心满满，似乎毫无压力。

许丞阳："哎呀，过了今天，咱们真就要毕业了啊。"

坐在许丞阳身边的杨尔锦接腔："是啊，许阿姨。"

许丞阳毫无疑问，一个爆栗赏过去："再给你一个机会，喊我什么？"

杨尔锦咧嘴假笑："许姐姐。"

姚曳鸡皮疙瘩起满身："临近毕业我都要在这里看你们秀恩爱，真是够了。"

许丞阳得意地摇头晃脑，伸手揽过苏莞的肩，问："莞莞，紧张不？"

苏莞很是实诚："不。"

许丞阳："哟，可以啊，小妮子。"

姚曳看向许丞阳，反问："你紧张？"

许丞阳嗤笑："喊，这要是紧张，我还参加什么帕格尼尼？"

姚曳鼓掌："厉害了许姐姐，到时候可别忘谱。"

许丞阳："哼，我忘了你都不可能忘了谱！"

前台的老师这时过来喊人，按照昨天抽签的顺序，苏莞是在第三个，许丞阳在第七个，姚曳在第十三个，杨尔锦则是在下午，第二十个。

每人的演奏时间是半小时，苏莞上台的时候，看见了在观众席就座的傅维珩和江蕴。台下也比之前刚进场时多了许多的人，傅维瑾也带着叶帆来了，坐在傅维珩的旁边，一脸期待和兴奋。

傅维珩坐在底下，脸色淡淡的，一双眼从始至终都落在她身上，不曾挪开。

苏莞坐在舞台的中央，调整好姿势，在得到考官的点头示意后，徐徐奏起了旋律。

巴赫的这六首《无伴奏大提琴组曲》，苏莞早已烂熟于心，每个把位、每个音准、每段旋律和所要表达的情绪，她都是拿捏得极为到位。

从五年前在伦敦意外听到苏莞演奏后，傅维珩就知道，不论从哪个方面来说，她都是个极具潜力的大提琴手。不然，又怎会打动他、令他记挂了五年？

演奏结束，在一阵热烈的掌声中苏莞缓步下台。

回到后台，许丞阳一脸骄傲地竖起大拇指："系花，你的演奏，绝了！"

姚曳拍手赞叹："出神入化！"

苏莞失笑，这会儿算是彻底松了口气："你们加油。"

两人："肯定的！"

换好衣服从更衣室出去，傅维珩已经等在外头了。

听到动静，他侧头看去，几步来到她面前，接过她肩上的琴，性感低沉的嗓音带着明显的笑意："很精彩。"

她笑得眼弯弯："谢谢维珩。"

"莞莞，"他说，"恭喜你，毕业了。"

# 第十四章　爱是信任

初夏，太阳高照。

拍毕业照那天，傅维珩赶巧不巧地去了美国出差。

绿意盎然的延大操场上，随处可见身穿学士服的毕业生们，他们拍照留念，挥泪告别，依依不舍。

四年同窗，转眼就要各奔东西。

傅维珩从美国来电话的时候，苏莞刚拍完毕业大合照，她抬手摘下头上的四方帽，找了个阴凉处接电话："维珩。"

他清冽的嗓音一如既往的动听："拍完照了？"

"刚刚拍完。"苏莞顺势瞄了眼腕表，又问，"你怎么还不睡觉？"美国这会儿应该是凌晨了。

他笑笑说："想你了。"

苏莞赧然一笑："工作忙完了吗？"

傅维珩："还有个项目没有谈妥，大概后天才能回去。"

苏莞抬手拭了下额上被学士服闷出的汗："那你记得按时吃饭睡觉。"

"收到。"他问，"下午准备做什么？"

苏莞没什么头绪："不知道，许丞阳说晚上系里要毕业聚会。"

傅维珩蹙了蹙眉，叮嘱说："别喝酒。"半晌，他又说，"回去那天，要不要来接我？"

他沉缓的声线卷着轻微的底噪声传入她的耳里，语气温柔，让苏莞一颗心蓦然间软得一塌糊涂，她几乎是毫不犹豫地说："好。"

这边，纽约的霓虹灯，将这藏青色的夜幕，渲染得璀璨明亮。傅维珩立在落地窗前，居高临下地望着这似无边际的夜色，耳边是那道温软细腻的声音："维珩……我也想你了。"

当晚的毕业聚会，十分热闹。

明明都是些即将踏入社会的成年人了，大伙儿却宛如脱了缰的野马，任是谁都拉不回来那般，撒了疯地在闹。

唯独苏莞一人默默地坐在KTV包间角落里抿果汁。她看了眼和人摇骰子正欢的姚曳，又瞥了瞧正在跟杨尔锦打情骂俏的许丞阳，忽然就有点儿想傅维珩了，于是搁下饮料，拿包起身准备出去打电话。

结果刚走出没两步，面前就多了道人影堵住她的去路。

苏莞下意识抬眸，是个眼生的人，个头比她高上那么一些，五官端正，白白净净的一个男生。

苏莞没什么印象，但能在这里的肯定也是同级的同学，便礼貌地颔首说："同学，麻烦可以让一下吗，我要出去。"

话落，她又看了他一眼。他应该是喝了不少酒，脸色有些红润，站在那里直直地盯着苏莞，对她的话不为所动。

苏莞蹙了蹙眉，深觉大抵是这里太吵，他没有听到她说的话，打算侧身绕过他，他却往边上一挪，又一次挡住她。

周围的人察觉到这里的对峙，纷纷侧目，姚曳也因为身边人忽然停止摇骰子的动作而好奇地看过去。

苏莞觉得莫名其妙。

恰好坐在旁边的娜娜扯了扯这男生的衣服，扬声问："林修，你干什么？"

这个叫林修的男生忽然朝苏莞面前迈了一小步："苏莞。"包间里的音乐不知被谁给按了暂停，原本喧闹繁杂的音乐声霎时戛然而止，只听林修说，"我要表白。"

话音一落，整个包间又一次陷入沉寂，唯有从隔壁包间传进来的撕心裂肺的歌声。

苏莞岿然不动，脸上没有丝毫的情绪。

一旁的许丞阳霍地起身，抬高声线："林修你闹什么闹？"

林修眼都没抬，一双被酒精染红的眼格外认真："我喜欢你，苏莞。"

许丞阳怒了："林修，你不知道莞莞有男朋友？"

这突然压抑的气氛令所有人大气都不敢喘，饶是谁都想不到，这个平时看上去不太爱说话、性格温顺的男生，竟然会有如此强势的一面。

姚曳默默地掏出手机，打开录像。

"我知道。"林修确实有点儿醉了，否则放在平常，他无论如何也说不出这样的话，"但我还是要说，我憋了三年了。苏莞，大二的时候，我就喜欢你了……"

这是江之炎推开包间门进来时，听到的第一句话。从包间大门到里头有一段盲区，也许是里头的人太过专注于林修的话，没有人注意到江之炎的到来，他轻声关上门，走到拐角口那望了一眼，倚在白墙上听他接下去的话。

"我好几次想找你说清楚，可那时候看顾铭追你追得那么紧你都无动于衷，我连信心都没了。"他抿了抿干燥的唇，有些紧张，"后来经过论坛上的那些事，我再想跟你表白维护你的时候，就听说你已经有了男朋友……也许现在说这些有点儿晚了，但是我知道如果我再不说以后或许连机会都没有了，苏莞，我喜欢你，真的喜欢。"

许丞阳坐不住了："省省吧林修，你还想挖傅'大神'的墙角？"

林修这才侧脸过来看她，冷笑一声："你就那么确定傅维珩会一辈子对苏莞好？"

苏莞不说话。

姚曳看不下去，呛了声："关你什么事？"

娜娜瞧着这越发僵硬的局面正准备开口试图缓和一下，却又听林修道："我亲眼看到，"林修看向苏莞，"我亲眼在咖啡厅看到，他和那个大提琴家何悠悠在一起，就在今年年初。"

许丞阳和姚曳心里坚信对苏莞总是无微不至的傅维珩绝不可能做出任何越轨的事，因此许丞阳只觉得面前这个挑拨关系的林修越发讨厌了："你是亲眼看到他们做什么过分的事了吗？同是一个音乐圈子里的人，见了面还不能聊两句了？"

林修一滞，又说："他如果真的那么喜欢苏莞，就该跟别的女人保持距离。"

许丞阳无语："我真笑了。"

苏莞立在原处，耳边是他们争吵的聒噪声，一时间，心烦意乱，腹部忽地一阵抽搐，开始隐隐发痛。

林修不想再争了，开门见山地问苏莞："苏莞，你说。"

后者不动声色地蹙了下眉，语气极轻："我相信傅维珩。"在场的人均是一愣，只听她又说，"我爱他。"

对于苏莞的回答，所有人都感到意外。

包间内忽然响起两声轻笑，不大不小，但足以落入每个人的耳朵里。大伙儿因为这不知名的笑声而茫然，面面相觑。

林修蓦地觉得自己窘迫极了，偏头就去找笑声的来源，这才发现不知何时倚在拐角处目睹了全过程的江之炎。

姚曳和许丞阳一怔："江律师？"

江之炎直起身缓缓走过来，站到林修身边，个头整整高了他一头。

苏莞也诧异，抬眸看他一眼，张了张口，还没发出声，又感觉腹部狠狠一疼。

江之炎居高临下，那双桃花眼微眯着，瞟了林修一眼，掏出一包烟，语调微扬："你想追我妹？"

林修呆住，倒是没想到苏莞竟还有个哥哥，他老实答："是。"

江之炎屈指抽出一根烟，垂头叼在嘴里，云淡风轻的模样看上去张狂极了，他哂笑一声："就想想吧你。"

林修："……"

许丞阳一个没忍住，"扑哧"笑出声来，恰好被话筒毫无保留地收了音，从音响中传出来，在这包间里阵阵回荡。

林修站在那处，一张脸涨得极红，尴尬到无所遁形。

班长立马上去拉开林修，打破这窘迫的局面："那个……你们接着玩，我带林修去醒醒酒！"说罢也不给人回应的机会，直接拉过他推开门走了出去。

许丞阳笑得不行，越过杨尔锦走到江之炎身边想拉着他喝两杯。

江之炎客气地摆了摆手，取下嘴里那根还没来得及点上的烟，笑说："你们玩，我送莞莞回去。"

许丞阳："这么早？"

江之炎侧眸看苏莞："受人之托。"

苏莞顿悟，怪不得傅维珩要她聚会地址的包间号。

许丞阳明了："那你们路上小心！"


车里，苏莞望着窗外的街景，侧蜷着身子，有些抵不住腹部传来的疼感。

"怎么了？"江之炎瞥见她稍有些苍白的脸色，不放心地问了句。

苏莞眉头一下拧得更深："应该是吃太多，积食了。"

江之炎缓了车速："要不要去趟医院？"

苏莞忙摆手拒绝："……不用，我回去吃个药就好了。"

江之炎沉吟半响："那先找个药店买点儿药。"

买了药回到傅维珩的公寓，江之炎不太放心，扶着苏莞到沙发上坐下后，又去厨房烧水打算等她吃过药再离去。

结果他这刚扣下水壶开关，就听外头传来一阵噼里啪啦的动静，江之炎心里顿觉不妙，他慌忙跑出去，只见到那原本摆在茶几上的水果，连同着他刚买回来的几盒药散落了一地。他忙走近一看，沙发后的苏莞整个人趴在地上，乌黑的长发凌乱地披散着，盖住她半张惨白的脸，一动不动。

江之炎迅速上前俯身将她抱起，顾不上这一室狼藉，大步流星地拉开房门，下楼载她去了医院。

急诊室里，医生详细检查过，给出结果："阑尾炎，需要留院挂点儿消炎药。"

好在没有什么严重的情况，江之炎心里松了口气。

给苏莞安排好病房后，江之炎又匆匆去给她办理住院手续，等真正闲下来想打个电话给傅维珩时，才发现手机已经没了电，自动关机了。

不想打扰苏莞休息，他无奈只得拿了病房里的杂志，坐在沙发上，等她的药水挂完。

第二天早上，苏莞是被一阵有规律的手机铃声吵醒的，她缓缓睁开眼，一室的白净陌生，脑海里倏然涌上昨晚的记忆：那时候她靠在沙发上，想起身拿药看一下说明书，结果肚子疼得太厉害，一个没撑住直接从沙发上摔了下来，接着就没了意识。

她仰起身看了眼这偌大的病房，除了她以外，空无一人，窗子被拉开一半，夏日的热风从外头吹进来，带起了那纯白的窗帘。

床边柜上的手机又突地一阵响，苏莞这才惊觉好像它已经响了很多次。

苏莞拿起手机一看，是傅维珩打来的电话。

她耳边猛地浮现昨晚林修说过的话："我亲眼看到，他和那个大提琴家何悠悠在一起，就在今年年初。"

她眉心一蹙，心里头有些不是滋味。

手机还在不间断地响着，苏莞神思恍惚了一阵，接起："喂……"

傅维珩收到姚曳的微信消息时，美国正是中午时间，提前谈妥了项目后他便离开了饭局，回到住处收拾东西，再看完姚曳发来的一段视频后，他毫不犹豫地让张霖买了下午两点飞往延川的机票。

在美国机场登机的时候，延川还是凌晨，他怕吵到苏莞睡觉，没有打电话告诉她。

因为惦记着视频里那个男生提到的何悠悠的事，他一下飞机便迫不及待地给苏莞打电话，结果接连打了六七个电话都未见她接听，傅维珩心里一下就慌了。

这会儿好不容易接了电话，心下又因为她虚浮无力的嗓音而一紧，忙问："在哪里？"

那头沉默了一阵："医院。"

傅维珩脑子里"嗡"的一下，不安的情绪席卷而来，语气凝重："怎么回事？"

病房里，苏莞靠在床头，一动不动地抬眸盯着这个两分钟前出现在病房里的男人。

他蹙着眉，脸色不太好看，眼下还有黑眼圈，似乎也没比她精神多少。一身衬衫西裤，袖口上还戴着她送的宝蓝色袖扣，格外耀眼。

傅维珩有些生气，但他气的是自己。

偏偏这时候不在她身边，若不是他昨晚不放心让江之炎送她回家，她一个人在家里，接下去会发生什么？他不敢想。

但好在，她没事。

江之炎是在天蒙蒙亮时醒来的。

那时看苏莞的脸色缓和了不少，便嘱咐了值班护士几句，自己就匆匆忙忙赶回家，想冲个澡顺便给手机充上电再过来医院。

开了机第一时间他就给傅维珩打电话，结果傅维珩的电话总是关机，无奈，江之炎干脆给张霖打了通电话，才得知傅维珩昨晚定了美国时间下午两点的机票，这会儿应该快到延川了。

挂了电话，他换衣服出门，拐到隔壁街买了早饭后才去医院。

然而，当江之炎推开病房门时，立在病床旁边的高挑身影让他冷不丁一愣。

这么快就到医院了？

傅维珩听到动静回过身来，瞥了他一眼，脸色淡淡。

江之炎瞅了眼床头的苏莞，一时没搞明白他俩这是什么气氛，眉梢一挑，他干脆把早饭放到床尾的桌子上，言简意赅："你们聊。"而后带上门离开了。

僵持的局面似乎缓和了不少，傅维珩神思恍惚了一下，最终在她床沿坐下，抬手抚了下她干燥的唇，问："好些了吗？"

苏莞轻轻点头。

他的声音低落："对不起。"

苏莞没明白他是在因为什么而道歉，淡漠地应了声："没关系。"

她脸色还有些苍白，原本红润的嘴唇也没了什么血色，明明看上去情绪毫无起伏，傅维珩却觉得她这会儿平淡如水的眼眸十分刺目，连心里都跟被针扎似的，难受极了。

苏莞也不清楚自己为何这样疏淡，不过就是个何悠悠，几个月下来傅维珩对自己如何，自己比谁都清楚，他分明比谁都要爱自己又怎么会伤害自己？

半晌，苏莞见他脸色颓然一声不吭，心又软了些许，抬手整了下他袖口上袖扣的位置，若无其事般打破沉默："你饿了吗？"

傅维珩却反手握住她那只还贴着医用胶带的手，说："因为何悠悠的事？"

苏莞怔然。

他又说："我跟她，什么事都没有。"

也许是因为被他说破心事，苏莞觉得有些窘迫，期期艾艾地应他："我……我知道。"

他突然笑了声："不是说爱我吗？难道不相信我？"

苏莞这会儿更摸不着头脑了："你怎么……"知道自己昨天说的话……

傅维珩倒也不隐瞒，直接掏出手机点开姚曳昨晚发来的视频拿到她面前，这段视频完完全全地记录了昨晚僵持的局面。

苏莞一张脸唰地就红了，那么露骨的话，她对傅维珩不是没说过，只是觉得在视频里播放出来，更觉得难为情，尤其还被傅维珩看到。

苏莞急了，伸手上去就要抢傅维珩的手机，他却以手长的优势抬手举过头顶，另一只手直接揽住她的腰，将她带进怀里，唇瓣贴在她耳郭边，醇厚的嗓音尤为动听："莞莞，我很开心。"

他把手里的手机扔到床尾，抬手抚着她的长发，坦然道："那天只是碰巧遇到……"

其实那天在咖啡厅，只是临时的一个商谈，地点是对方定的，原本让张霖去就可以了，但因为这次合作涉及的面较广，对方也是老客户，他便亲自去了一趟，毕竟有些事，他更愿意亲力亲为。

在咖啡厅谈妥之后，对方因为临时有事就提前离开了，傅维珩难得清闲，就在那里多坐了会儿。

那时何悠悠大概也没想到会在咖啡厅遇上他，她喜欢傅维珩早就是明眼里的事了，又是难得的遇见，便自顾自地走过去在他对面坐下来。

傅维珩下意识抬眸看了眼突然坐到他对面的人，没说话。

"好巧。"何悠悠优雅地撩了下肩头的长发，一张漂亮的脸笑起来更是如沐春风。

傅维珩却不为所动，微微颔首收了手机打算起身离开。

何悠悠见他要走一下就慌了，忙开口叫住他："维珩，有时间聊聊吗？"

"没空。"傅维珩眼皮都没抬，抓了车钥匙直接起身，又扔下一句凉飕飕的话，"我老婆会不高兴。"

何悠悠："……"

至于说看到他们在一起，大概就是林修离开的时候恰好撞见何悠悠在傅维珩对面坐下，于是就脑补出了这一出戏。

苏莞趴在他怀里默默地听他说完，忍不住偷偷扬唇笑了笑，应他："哦。"

傅维珩垂头吻了吻她的唇，又说："所以，你早点儿嫁给我，就不会有这么多的事了。"

苏莞耳根子一热，垂眸避开他的视线："我想回家了。"

他点点头："嗯，回家。"

昨晚挂了消炎药之后，苏莞已经好了许多，身体也没什么大碍，办了手续就出院了。

到家的时候，屋子里的灯光是亮着的，客厅里一地狼藉，都是昨晚顾不上的残局。

傅维珩看着这散落了一地的水果和药，眉心一蹙，心里更加不是滋味。

苏莞收拾完地上的东西，起身见他立在那处一动不动，抬手扯了扯他的衣摆："怎么了？"

他的吻来得很突然，就那么俯身覆下来，箍在她腰上的力道重得让她手足无措。

苏莞挣扎了两下，傅维珩却反手一扣，抱着她直接陷进身后的沙发里。

他吻得又急又凶，仿佛在宣泄什么一般。是因为她昨晚出了意外，他又刚好不在？到后来，苏莞干脆环住他，回应着他的吻，他却忽然退开了。

他的胸膛因为喘息而在剧烈起伏着，望着她的眼眸里满是自责和愧疚，声线喑哑："对不起。"

苏莞抬手抚过他紧拧的眉心，笑靥如花："没关系的，维珩。"

你这么好，我怎么会怪你？

傅维珩顺了顺她凌乱的长发，低头重新覆住她的唇，嗓音低沉又温柔："我很想你。"

过了那晚的毕业聚会，大家似乎就各奔东西了。

姚曳要留校读研，暑假便回了老家。许丞阳九月还有一场重要的帕格尼尼小提琴大赛，她和杨尔锦的感情日渐增好，两方家长见过面后，一致决定让两人一起出国深造，六月底飞巴黎。

苏莞继续留在珩衍上班。

周六，珩衍乐团有个聚会。一是为了三月份那场演奏会而举办的迟来的庆功宴，二是为了欢迎苏莞这个新人正式加入珩衍。

傅维珩自然是要出席的。

因为听温禾说晚上的聚会挺正式，苏莞就特地换上了一件一字肩修身连衣裙，香肩小露，一双细长的手臂白皙嫩滑，为了衬托这件漂亮的裙子，她还特地化了个淡妆。

美艳脱俗的模样，给傅维珩瞧得喉间一紧，心口也像有热焰在燃烧。他站在沙发旁边看着，恨不得将她藏进屋子里，只他一人观赏。

苏莞被他这么盯着有些不自在，脸色红润的她搓了搓小臂，忸怩地开口："是不是不好看？要不……我去换一件好了……"

说罢她转身就要往卧室里去，傅维珩回过神来："不用。"

"啊？"听他出声，苏莞又缓缓回过身来。

他几步上来二话不说直接搂住她的腰，垂头就在她唇上落下一个深吻，好半天才松开，再开口时嗓音都哑了："莞莞，非常美。"

苏莞的脸更红了。

聚会地点是在维斯酒店的二楼宴会大厅。

当苏莞挽着傅维珩出现的时候，毫无疑问，俊男美女，成了众人关注的焦点。

趁着傅维珩离开和Joseph谈话，温禾立马就朝苏莞奔来，一见她，不由分说直接搂住，激动地说："莞莞，你今晚实在是太漂亮了！"

苏莞抿唇笑了笑："谢谢，你也是。"

温禾得意地甩了甩头发，又凑到她耳朵边细声说："你刚刚和傅先生一起进来的时候，郭谣那张丑脸都要扭成麻花了。"

"……"她下意识地朝郭谣坐的地方瞟了一眼，"还好吧……"

温禾"啧"了一声，八卦极了："你看她那鼻子，假的，还有下巴，垫的。"

苏莞讶然地睁大眼："哇，感觉很痛。"

温禾大笑："你真可爱。"

傅维珩今晚被拉着喝了不少酒，他虽然酒力不错，但从刚刚到现在基本没吃多少东西，空腹喝了酒，一下子有些招架不住。

加之苏莞是今天晚宴的主角，大家都前来向她敬酒。碍于苏莞前几日刚输过液，傅维珩为了照顾她的身体，便一一替她挡了下来。

平时在团里见傅维珩严肃高冷的样子惯了，今晚难得见他这么温和亲近，大家也就肆无忌惮了些，时不时地就来同他喝上一杯。

苏莞坐在他旁边，抿着果汁，只看他唇角微扬，那双被酒精熏红的眉眼带着浅浅笑意，英俊清晰的轮廓在厅里金黄色灯光的映衬下，多了几分柔和，苏莞顿时有些心猿意马。

察觉到她的目光，傅维珩侧眸看来，苏莞避之不及，差点儿洒了手里的果汁。

傅维珩忍不住轻笑出声，伸手过来握住她，带着醉意的嗓音尤为诱人："偷看我？嗯？"

苏莞："……没。"

他抓着她的手指开始把玩，漫不经心地问："会开车吗？"

苏莞愣了愣后，点点头。他有些意外，挑了挑眉梢，又问："什么时候拿的驾驶证？"

苏莞："高三毕业……"就是没怎么上过路。

于是晚宴结束，苏莞战战兢兢地坐上了那辆车的驾驶座。

傅维珩醉意浓重，但总归意识还是清醒的，他靠在车座上，瞧着在驾驶座正襟危坐的苏莞，开口提醒："安全带。"

苏莞木讷点头，伸手拉过安全带，她有些紧张，搓了搓手掌握上方向盘。

傅维珩倒是不慌不忙，沉声说道："放心，从这儿到家的路很宽敞，不难开。"

苏莞点点头，然后起步。大约驶出一段路程后，苏莞渐渐适应些，没有原先那么紧张，就松了松紧绷的身子。

傅维珩一直安安静静地靠在她旁边，一双眼在这昏暗的车内看上去格外明亮。醉意上头，傅维珩忽然间就起了烟瘾，心痒难耐，他舔了舔干燥的唇，哑声道："莞莞，想抽烟了。"

苏莞一愣，见前方有个路口红绿灯，便缓了车速，一本正经地问："忍不住吗？"

"嗯……"他说，"忍不住了。"

车子停下，苏莞扭头看他，正想说"那你抽吧"，眼前忽地罩下一片阴影，还未等她回神，温热的唇猛地就吻了上来。

信号灯变了，后头响起两道突兀的喇叭声，苏莞被吓得呜咽两声，抬手轻轻拍了拍他的肩示意他退开。

回去的路上，苏莞被傅维珩热切的眼神给盯得连方向盘都握不稳了。

到公寓后，他们乘电梯上楼，傅维珩几乎将整个人的重量都压在她身上，一米八五的高个子，苏莞扶着他每一步都走得跟跄跄跄。

好不容易进了家门，苏莞才刚带上门，灯都还没来得及按开，就感觉腰上一紧，身边的男人直接将她抵在了后头的白墙上。

苏莞被吓得倒抽口凉气，再抬眸看他时，撞进那双在朦胧的月光下清透深邃的眼，直直地要看进她心里去。

她抬手撑着他的肩，想哄劝着他去睡觉："去房间……"

他却别有深意地弯了下唇，瞧得苏莞心尖忍不住颤了颤，还没来得及再次开口，就见他身子一屈，弯腰将她打横抱起，大步流星地朝卧室里走去。

他抱着她，一步一步踩得极稳，哪里还有半分的醉意。

苏莞这才恍觉似乎被耍了，握拳捶了他两下，动了动身子想挣扎一番，就感觉后脊一软，自己被稳稳地压在了大床上。

屋子里还没来得及开灯，落地窗的窗帘半掩着，皎洁的月光从窗外透进来，好似一盏明灯，将他眼里的柔情蜜意映得很清晰。

苏莞抬眼瞪他："你没醉。"

"嗯，不是说过，你夫君我……"他压低身子，贴在她耳畔，"众醉独醒。"


七月，烈日当空。

延川热到快要窒息，连迎面扑来的风都是热的，吹出人一脸黏腻的汗。

练习室里，一首曲子练习结束，中场休息。

空调房里的空气干燥，长时间在空调房里练琴会导致琴体崩裂。原先练习的时候苏莞就觉得自己琴的声音有些不对劲，便趁着这会儿休息连忙举起来四处检查一番。

温禾拭了拭长笛上的手汗，挪椅子坐到苏莞旁边："莞莞，你是延大的对吧？"

苏莞抬眸瞅她一眼，手里继续倒腾琴："嗯。"

温禾笑了笑："我有个小堂妹，今年刚高考完，这两天出了高考成绩，分数够上延大，她喜欢摄影和画画，我就想问问延大的美院和摄影系如何？专业够硬吗？"

苏莞敲了两下琴背，想了想说："延大的美院挺好的，虽然延大最为出名的是音院，但美院的专业教学师资也是国内顶尖的。至于摄影系，我就不太了解了。"

温禾若有所思地点点头："好，那我到时候直接陪着她去学校了解了解。"

苏莞："如果到时候需要帮忙的话，可以找我。"

温禾："那太谢谢你了！"

苏莞这会儿摸琴的手一顿，脸上的笑容忽地僵住。

温禾愣了一下："……怎么了？"

她清秀的眉眼颓然耷拉了下来，翻过琴身，撇嘴说："……裂了。"

温禾朝她手里的大提琴看去，只见琴柱上方有道微不可察的小裂痕，于是拍了拍她的肩，轻声安抚："……节哀。"

晚上下班，苏莞因为琴坏了得拿去修整，傅维珩碰巧要加班，苏莞打了通电话同他说过后，便自己乘地铁去学校附近的琴行了。

把琴留在那儿后，苏莞找了家餐馆简单解决了晚饭便回了傅维珩的公寓。

到家也不过才七点多，傅维珩还没有回来。天气太热，她冲了个澡，而后遁进傅维珩的书房开电脑查资料。

傅维珩回来的时候，已经将要凌晨。客厅里只留着一盏小灯，屋子里极静，只有空调嗡嗡的运转声。

傅维珩猜想她大概是睡了，放了钥匙轻手轻脚地去卧房推开房门。

屋内乌漆麻黑，窗帘拉得严实，蓝灰色的床单却是整齐地平铺着，空无一人。

傅维珩挑了下眉梢，这才注意到隔壁书房的门缝底透出的微光。

他转身两步走过去，将手搭在门把上，轻轻推开。

书房里只有书桌上亮着台灯，笔记本电脑屏幕的亮光清晰地映照在苏莞那张沉静精致的睡颜上。

他放轻脚步走过去，在她沉稳的呼吸声中越靠越近。

傅维珩站到她面前，俯身将她贴在脸颊上的长发撩到耳后，正准备弯腰将她抱起时，余光却恰好瞥见电脑屏幕上的网页："第32届克莱恩国际弦乐比赛，线上申请表已提交。"

傅维珩脸上一怔，抬手正打算滑动这条报名界面，原本趴着的人似乎听到动静，缓缓睁开了眼。

她看了眼立在身边的傅维珩，直起身揉了揉惺忪的睡眼："回来了？"

傅维珩"嗯"了一声。

苏莞这才注意到他正盯着屏幕上的比赛报名界面，神色专注。

半晌，他侧身过来吻了吻她饱满的额头，嗓音温柔："什么时候决定的？"看着这上头要交的报名材料，大概也是准备了两个多月了。

苏莞坦然："嗯……大概四月的时候……"

"怎么不告诉我？"他抱起她往房间里去，"那时候不是还在准备论文？怎么有时间去录CD？"

苏莞顺势抬手环住他的脖子，声线细腻："时间挤挤就有了。"

他动作轻柔地把她放到床上，拉开壁灯，坐在床沿抚着她的脸颊："怎么突然想去比赛？"

苏莞垂了垂眼眸，有些难以启齿：因为你这么年轻就有了如此辉煌的成就，我又哪能总是追在你的身后。

空气安静了良久，两人都不作声。

傅维珩见她眼里明显的闪躲，忽地开口问了句不着边的话："那为什么每次我一提结婚你就扯别的？嗯？"

苏莞一愣："我……没……"

"莞莞，告诉我。"他握着她细白的小手，指尖轻轻摩挲着，低沉的声线徐徐地想将她引入他的话里，"你怎么想的？"

苏莞沉默良久，次次话到了嘴边又说不出口。

他不追问了，吻了吻她的唇，终是说道："不想说就别说了，睡觉吧，很晚了。"

他转身进浴室时的背影高挑、俊挺，可在苏莞眼里，却是疏淡、清冷。

淅淅沥沥的淋浴声从浴室里传来，苏莞钻进被窝里，背过身闭上眼，却怎么也睡不着了。

大约过了十多分钟，浴室的门开了，带出一阵清新的沐浴乳香味。

苏莞背对着他，心跳开始不由自主地加快。

床沿明显地下陷，接着只听"啪嗒"一声，他关了壁灯，掀开被角钻了进来，他侧头望了眼她的背影，没有其他的动作，就那么平躺着，两人之间恍如突然隔开了一条洪流，分外生疏。

这是他头一回，没有搂着她共眠。

就这样不知过了多久，就在傅维珩打算一夜无眠到天亮时，身旁的人忽然翻了个身，紧紧地将手箍在他精瘦的腰身上，胸膛上随之而来的是她温热熟悉的依靠。

"维珩……对不起。"温温软软的嗓音蓦地就触到他心里最柔软的一处。一下子，胸腔涌起惊涛骇浪，他久久不能平息。

傅维珩抬手揽住她的腰，微一侧身将她牢牢贴在自己怀里，柔声问："怎么了？"

"维珩，我没有要躲，我只是……顾虑得太多。"她说，"你这么优秀，我不想就这样一片空白的和你结婚。我不是自卑，我只是想要心安理得地站在你身边，最起码，有了点儿底气……"有了无论是谁都不能把我们分开的底气。

傅维珩颇感意外，向来沉着聪明的她竟然会有这种想法。

他稍稍退开身子，在昏暗中与她平视，坦然说："莞莞，我从来都没要求你要站多高。在我心里，你比什么都重要，能留你在身边，已经是我这一生所求，我又怎么会要你为我去改变？你想往高处走我会支持你，为你铺路，哪怕失败了你也有我在，我会替你扛替你挡，但我希望，你做的这一切一切都是为了自己的成就，而不是为了我。"

他又忽地笑了笑，说："莞莞，我一直都在你身边，至死不渝。"

云雾飘过，遮住了姣好的月光。

苏莞躺在他身旁，所有的情绪被他一番话搅得溃不成军。

到底几时开始，她竟然也这么多顾虑了？

她重新靠上他胸膛，羞赧地闷着声说："维珩，我爱你。"

半个月后，苏莞收到了克莱恩比赛半决赛的入选通知邮件。

于是接下来的时间，她除了日常去乐团练习，剩余的时间大部分都投入到曲目的练习中。

周五晚傅维珩加班回来已经八点多，一拉开家门，就听到从琴房里传来一阵动人心弦的琴声。

他换了鞋，径直朝琴房走去。

傅维珩推门的动静打断了苏莞的练习，她甩了甩拿弓的右手，这才注意到已经八点多了。不停歇地练了五个多小时，她确实累得不行。

傅维珩走过来看了眼她谱架上写满记号的一叠乐谱，随口问了句："吃饭了吗？"

苏莞："……没。"

傅维珩毫不意外，拿起那些厚厚的乐谱翻了翻：巴赫的《无伴奏大提琴组曲》、贝多芬的《G小调第二号大提琴奏鸣曲》、肖斯塔科维奇的《第一大提琴协奏曲》。"有些难度吧？"傅维珩挑眉问道。

苏莞略微皱眉说："嗯，有些地方老是拉不好。"

傅维珩若有所思，放下乐谱，接过她手里的琴和弓，小心翼翼地放到地上，语气温柔："先去吃饭，休息一晚，我明天再给你指导指导。可以吗？"

苏莞目光灼灼："走！吃饭！"

两人在附近找了家面馆，环境良好，在前台点了餐后，找了个靠窗的位置坐了下来。

傅维珩一瞥她因为长时间练琴而印下弦痕的指尖，开口问："那些是半决赛要拉的曲子？"

"嗯，要求一首巴赫，一首奏鸣曲，还有一首协奏曲。"苏莞抿了口温水，"明天练习的时候，你能做一下我的钢琴伴奏吗？我想听听效果。"

傅维珩自是不会拒绝，沉吟半响，又问："紧张了？"

苏莞抿了抿唇，坦然说："有点儿，以前没有参加过这么重大的比赛。"

傅维珩沉默了一阵，忽然说："要不要让你先适应一下？"

苏莞有些没反应过来他说的话："啊？"

他却视线一转，看向苏莞身后端着面走过来的服务员，说："先吃吧。"

苏莞不明就里地挑挑眉，接过他递来的筷子，对于他的话也没再深究，埋头吃面。


翌日，两人都起得很早，用过早饭后，便一齐进了琴房。

傅维珩打开那台搁置较久的立式钢琴，试了试音准，又弹了段音阶练了下手，然后拿过钢琴伴奏的分谱，试奏了一段后，朝苏莞颔首："可以了，来吧。"

苏莞点点头，校了下琴姿，在傅维珩的钢琴伴奏下保持原来的状态拉了遍《第一大提琴协奏曲》。

作为在音乐圈摸爬滚打多年的音乐家，傅维珩的耳朵可以说是极度灵敏，对于曲目自有一番独到的见解。一曲下来，他心里对苏莞的演奏状况大致了解了。

曲目弹奏结束，他从琴椅上起身，走过去拿了苏莞的乐谱，随手拿了支铅笔在几处小节和音符上圈点了几下，然后说："我圈起来的几个地方，你拉的时候适当加重点儿力道，揉弦的时候尽量平稳持久些，这首曲子比较激进，最好着重将每个音符表现出来，到后头的时候，该弱还得弱，你按我说的，再来一遍。"

苏莞内心惊叹，傅维珩不愧是混迹音乐圈多年的"大神"，只听了她这一遍的拉奏就能将她的不足明确地指出来。

她点点头，双眼满是崇拜之意地说："好。"


周日，傅维珩临时去了趟上海签项目合同，当晚便可回来。

他是一早七点半的飞机，苏莞也就连带着一同早起。吃了早饭送走傅维珩，苏莞又继续一天的练习。

经过昨天傅维珩的几句提点，苏莞今日的练习顺畅了许多，但关于比赛的钢琴伴奏，却是她近期最大的懊恼。虽说傅维珩可以充当她的钢琴伴奏，但这段时间他在工作上基本是忙得不可开交，平日里在公司上班已经分外疲惫，她又哪里舍得让他下了班还陪着她练习？

这么想着忽然就走了神，手里的弓子走到一半，当即就忘了拉到哪里了……苏莞抬手揉了揉眉心，放下琴出去倒了杯水。

再回来的时候，就听钢琴面上的手机铃声响起。她放了水杯，不慌不忙地走过去接电话。

来电显示是个陌生号码，她瞄了两眼接起："喂，您好。"

"莞莞，是我。"

苏莞微愣，随后轻轻地"嗯"了一声。

江蕴顿了片刻，试探性问了句："有时间一起吃个午饭吗？"

苏莞抬手看了下腕表，想了想说："好。"

地点是江蕴定的，在东湖区的一家高档餐厅。

苏莞换了身得体的无袖连身裙，给傅维珩发了条信息后，拿包出门。

从傅维珩的公寓到东湖广场有直达的地铁3号线，苏莞出了地铁站口约莫走了十分钟才找到江蕴说的那家餐厅。

推开餐厅大门，苏莞四处张望了一番，见到依窗而坐的江蕴。

江蕴从窗外的街景回过神，看着面前坐下的人，笑得异常欣喜："来了。"

苏莞抿着笑回应，虽说两人已解开心结，但也只叹分离太多年，她们之前的相处总是显得生分。

即便如此，江蕴却感到了极大的满足，她不敢奢求太多，就像今天能与女儿同桌吃饭，她已经心满意足了。

点过餐，苏莞目送服务员离去，语气如常地开口："你……没有回伦敦吗？"

江蕴莞尔："近期没有演奏会，所以想在延川多住一段时间。"

苏莞抿了口柠檬水，随口问了句："一个人吗？"

江蕴敛了敛脸上的笑颜："嗯……他们没有回来。"

苏莞自然是明白"他们"是谁，她并未有多大的芥蒂，只微微一笑，又沉默了下来。

半晌，江蕴看着她沉静的侧颜，忽然开口："听说……你最近在准备参加比赛？"

苏莞怔了一秒，默认。

江蕴又问："是什么比赛？"

苏莞："克莱恩弦乐比赛。"

江蕴："挺好的，曲子准备得怎么样？"

苏莞："差不多，还需要加强练习。"

江蕴："有什么要帮忙的就跟妈说。"

苏莞手上的动作一顿，送到嘴边的水杯又放回桌面，她握了握杯身，踌躇了半会儿，开口说："妈，你……方不方便当我的钢琴伴奏？"

江蕴怔住了，在心里反复确认多遍她说的话，好半天没回神。

苏莞见她一脸疑惑的神情，只以为她是不方便，赶忙开口收回："如果不方便也没事的，我就是提一下……"

"方便的。"江蕴这才回神，语气里是难掩的喜悦，"妈妈也想为你做点儿事。"

苏莞扬扬唇："好……谢谢妈。"

午餐结束，苏莞坐着江蕴的车回傅维珩的公寓拿了琴，而后一道去江蕴住的地方。

把琴放到后座，苏莞重新坐回副驾驶座。江蕴望一眼面前的高档小区楼，问了句："你和维珩住一起吗？"

苏莞拉安全带的手顿了顿："嗯。"

"维珩对你很好。"江蕴换挡徐徐驶出小区，又问，"你们什么时候结婚？"

苏莞脸上一热，随口搪塞："……还没。"

江蕴瞥了眼她微红的双颊，没再多问。

这次回延川，江蕴因为不想面对江老爷子，就没有回江宅住，她同江之炎一样，对于那个家没什么真正的感情，所以哪怕难得回国一趟，她也不愿回去。

车子逐渐远离市中心，继而拐上一处驶向郊区的大道，苏莞看着道路上这似曾相识的风景，疑惑地张望了两眼，直到距前方那一片熟悉的小区越来越近，苏莞这才有所觉地偏头望向驾驶座的江蕴："这……"

江蕴料想到她的反应，这一片小区，留下了太多的回忆，她和苏景升从这里开始，也是从此处结束。

当车子停在那幢苏莞再熟悉不过的老房前时，她后知后觉地问了句：

"你……住在这里吗？"

江蕴"嗯"了一声，熄火下车到后座替她取琴。

直到苏莞跟着江蕴开门进去的时候，她都有些不可思议，时隔七年，再回到这曾经与父亲同住的地方，已是不同的心境。

屋内的置物摆设似乎没有多大的变动，宛如当年一般温馨惬意，但少了家的感觉。

"当年，是我托人从你那里买下这房子。"江蕴说，"这里的一切，除了一些搁置多年而残旧的东西，其他的基本没有动。人虽已去，可我见不得楼空……"

苏莞哽咽，这里的回忆太多，复杂的情绪一下子涌上心头，眼泪也止不住地往下掉。

这么多年过来，苏莞从没想过，还能有和江蕴重聚在这里的时候。

苏莞回身四处望了望，那台原本立在白墙旁的立式钢琴已经换成了一台施坦威三角钢琴，琴身锃亮华丽，放在这旧式的老房子里，似有些格格不入。

江蕴顺着她的目光看去，开口解释："原来放在这儿的钢琴因为搁置太久，里头的弦和音板受潮得厉害，基本上报废了，我就让之炎替我换了一台。"

苏莞回头笑了笑，一时间不太想说话，拿了琴直入此行的主题："练琴吧。"

经过一个下午的练习，两人已是相当默契。

晚饭过后，傅维珩出差回到家里意外地没有见到人，便掏出手机拨了个电话，温软细腻的嗓音分外悦耳："维珩，我晚上想和我妈妈一起……"

傅维珩一愣，继而笑道："嗯，明天早上我来接你上班。"

当晚，时隔多年再一次住在同一屋檐下，苏莞难免有些不适应。

经历了这么多，苏莞心里是希望同江蕴重修旧好的，可又怕自己的出现会破坏江蕴此时的家庭，一时间心思紊乱，她忽然有些后悔晚上留宿于此了。

夜已深，室内冷气很足，江蕴怕她受凉，进来给她送了床空调被。

"晚上被子盖严实些，或者如果觉得太冷，就把空调温度调高些。"江蕴一边给她铺着床，一边嘱咐着。

苏莞站在她身后，只是默默注视着。

她俯着身，动作熟稔地铺着床，原本及肩的短发被她扎起，身上穿着宽松的家居服，那道纤瘦的背影有些清冷，有些孤独，也有些辛酸……褪去华丽的外表，她其实也只是个心系孩子的母亲罢了。

　　苏莞眼里一阵滚烫，低声回应："嗯，我不冷，妈。"

　　"好了。"江蕴把枕头往床头轻轻一抛，起身拨了下垂在前额的头发，回头看她，"你早点儿休息。"

　　"嗯。"苏莞目送她往房门口走去，忽然又问，"妈，你现在的先生……对你好吗？"

　　江蕴握着门把的手一顿，侧目看过来，沉吟一声："……挺好的。"

　　苏莞沉默了半晌，终是笑道："嗯，妈你早点儿休息，晚安。"


　　第二天一早，苏莞还在梳洗时，傅维珩就来了，顺道捎来了早餐。

　　开门的人是江蕴，傅维珩颌首打了招呼，拎着那一袋子的早点随江蕴进了屋。

　　苏莞换好衣服从房间里走出来，看到客厅里正在四处打量的傅维珩，脸上一愣，踱步过去："这么早？"

　　傅维珩闻声回身过来，笑得别具深意："你不在，我睡得不好。"

　　苏莞害臊地瞥他一眼，径直往厨房走去。

　　傅维珩随后跟上来，江蕴已经把东西都盛了出来，又取了三副碗筷摆到餐桌上。

　　苏莞拉开椅子坐下，接过江蕴递来的筷子，轻声说："谢谢妈。"

　　傅维珩过来坐到苏莞对面，分外客气地冲江蕴一笑："麻烦江老师了。"

　　江蕴失笑："不用这么客气，以后都是一家人。"

　　吃过早饭，两人一道回公司。

　　车内一如既往的静默，苏莞翻了翻收纳夹里的CD，最终又是挑了傅维珩的那张专辑。

　　傅维珩瞥了眼她的动作，不紧不慢地开口："八月中有个演奏会。"

　　苏莞的手一顿："下个月中？"

　　傅维珩："嗯。"

　　苏莞一头雾水："什么时候决定的？"

　　傅维珩语气随性得很："前两天，待会儿团里会下通知。"

"……"苏莞掏手机看了眼今天的日期，"今天都……二十九号了啊……"这个决定也太突然了吧。

傅维珩："来得及。"

到了练习室，苏莞和温禾聊了几句后，傅维珩便同指挥一道推门进来了。

苏莞噤了声，所以……是来下通知了吗？

傅维珩站到指挥台边，不多废话，直接进入主题："下个月九号，在延川剧院，要举办一场演奏会，我亲自担任小提琴首席。"

众人讶然，还没来得及从这突如其来的通知中缓过神，只听傅维珩又说，"另外，本次演奏会的演奏曲目皆为大提琴协奏曲。"

话到此处，苏莞心头一跳，似有所觉地朝他看去，果然，"协奏曲的大提琴主旋律部分，由苏莞拉奏。"

一句话，沉稳有力。

所有人纷纷侧头看向苏莞，一瞬间，议论声四起。

苏莞愣在座位上，脑子忽然蹦出周五晚上他说的"要不要提前适应一下"，恍然。

通知下了，傅维珩扫了眼坐在底下的人，说："曲子分谱待会儿分发，现在先练习。"

话落，傅维珩在一片窃窃私语声中离去。

他一走，温禾忙就凑上来了，拍了下她的肩将她唤回神。

温禾说："看你这样子，也是才知道？"

苏莞木讷地点点头。

"惊喜吗？"温禾笑问。

"是惊吓。"他怎么都不提前知会自己一声？

温禾忍俊不禁，还想开口说什么，就听身后传来一道嘲讽意味明显的女声："呵……不过就是个刚毕业的本科生，竟然让我们给她做陪衬开演奏会，傅先生是色令智昏了吗？！"

旁边的人见这话说得不大中听，开口提醒："谣谣，你少说两句……"

"我就要说，我说错了吗？"郭谣被旁人这么一劝反倒更来劲，声线一下子拔高了几个度，整个练习室都不约而同地静了下来。

"她要是凭本事进来珩衍，我一句话都不会说，呵，你看看咱们团的大提首席，一开始创办乐团的时候他就在了，在团里也五六年了，他有过这么特殊的待遇吗？"

突然被点名的大提首席也深觉无奈，神色微妙地望了苏莞一眼，没有说话。

郭谣见无人反驳，又说："她不过就是个刚毕业的学生，有什么资格让我们这么大的乐团给她做陪衬？还是傅先生亲自担任小提琴首席？"郭谣"哦"了一声，视线落到苏莞的脸上，"听说你要参加比赛了，是吧？所以，我们这还是给你当试奏的陪衬？凭什么？"

"凭我。"低沉的嗓音，带着几分沉郁，几分怒意。

众人闻声而望。

傅维珩站在练习室的门边，那双凌厉的眼眸越过众人，扫向了郭谣。

后者不禁心头一颤，又听他冷然说道："你又算什么？"

偌大的练习室，静到只剩下空调的运转声，室内阴凉的冷气瞬间将这压抑的气氛降到极点。

傅维珩缓步走到苏莞身边，对着郭谣质问道："我为我的未婚妻举办演奏会，你拿着我的工资，你又有什么资格说三道四？"

郭谣一瞥苏莞，大惊失色："未……婚妻……"

苏莞不发一言，抬眸看着站在她身边的男人，俊秀、清冷、温柔、强大……在他身边，似乎无时无刻都是心安的。

一室默然，没有人敢出声制止，郭谣这回，倒是成了出头鸟。

傅维珩扫了眼身后的贝斯手，语气清慢疏淡，透着几许迫人的情绪："如果觉得珩衍埋没了你的才华，那郭小姐大可另谋高就。"

话落，郭谣那张上着精致妆容的脸骤然变色，她抬眼看着傅维珩深沉的眼眸，脚下不由得一软，登时说不出话了。

傅维珩眼皮都没抬，牵着苏莞出了练习室。

办公室里，苏莞坐在沙发上，接过傅维珩递来的水杯，问："维珩，你怎么突然……"

傅维珩脸色如常地侧眸看她："嗯？"

苏莞深觉他是故意的，明知道她想问的是什么，却装傻充愣，她抿了抿唇，最后干脆不说话了。

傅维珩瞧了一阵，哑然失笑，说："让你多点儿舞台经验，这个说法可以吗？"

苏莞放了水杯，反问他："不怕我弄砸了吗？"

傅维珩："你会吗？"

苏莞："怎么会？"

"嗯，莞莞，我不做没把握的事。"他说，"我了解你的实力和技术，你的努力我一直看在眼里，你什么都有了，唯独缺了机会，而我正好又有为你创造机会的能力，为你铺路，何乐而不为？"

对于他的用心，苏莞动容。她不自恃，更不自轻，也从未怀疑过自己的能力，所以哪怕郭谣如何拿她的学历来说事，她的心都不为所动，来日方长，她不怕没有时间证明自己。

傅维珩挽了下她散落下来的长发，又说道："况且，在我眼里，你的实力从始至终都是无人能及的。"


两日后，这场专属苏莞演奏会的宣传海报在珩衍乐团的官方微博上发出，延川街头的公交站牌上也陆续换上了这场演奏会的宣传海报："这是一场音抚人心的诉说，抒意又富有生命力。世界著名交响乐团——H&Y珩衍，最具潜力大提琴手——苏莞，八月九日邀您一聚。"

如此一来，苏莞这个名字，一下子传遍了古典音乐圈。

当事人也在微信、短信上不断收到许多来自同学、亲友的祝福和支持。

锦锦的小丞阳：莞莞！你这是要火了啊！

是姚曳不是摇曳：人生第一场演奏会，我这个粉丝团长必须要去！

沐沐宝宝：姐！！你开演奏会怎么都不跟我们说！！

锦锦的小丞阳：等等，发现一个亮点。莞莞，演奏会当天是你的生日啊！

苏莞一愣，八月九日，还真是。

是姚曳不是摇曳：难不成"大神"送个演奏会给你当生日礼物？

沐沐宝宝：刚刚跟秦俨商量了一下，我们俩一致决定，九号当天带着爹妈去延川出席你的演奏会，而且刚好你生日，我们可以一起庆祝！

是姚曳不是摇曳：车票已出票。

……

看着大家的消息，苏莞心里涌起一阵暖意。同时距离正式演奏会的时间越来越近，苏莞每天都要马不停蹄地排练。

三月份的一场演奏会，令傅维珩和珩衍交响乐团在延川名声大噪，所以此次珩衍交响乐团的演奏会宣传海报一出，门票的销售量在几日之内便迅速飙升。这也就表示，当天来听苏莞演奏的人，将有很多。

苏莞顿时就有些无所适从，甚至紧张到演奏会的前一晚，都翻来覆去睡不着……

夜已深，被窗帘掩得严实的落地窗，透不进一点儿月光。

凌晨两点，苏莞放轻动作又翻了个身，面朝枕边的傅维珩。

为了她的演奏会，这段时间他忙得够呛，每夜基本一回来都是倒头就睡，今晚也是，冲了个澡沾枕头就睡着了。

他清隽的睡颜正对着她，呼吸沉稳，睡衣扣子有几颗没扣上，大概是睡得匆忙没顾得上。

苏莞抿了抿嘴唇，看着他清晰的轮廓以及那若隐若现的锁骨，莫名口干舌燥，耐不住地想亲他。

这么想着，她也就这么做了，反正……他睡得很熟。

她挪动两下身子，脑袋偏了偏，轻轻贴了上去。

也许因为室内开着冷气，他的唇有些温凉干燥，熟悉的触感像带着股无形的电流，一瞬贯穿苏莞的四肢，不自觉地就心跳加速。

正当她留恋于他唇上的温度时，眼前本该熟睡的人，竟缓缓睁开了眼。

昏暗的房间里，他那双眼眸，漆黑清透，深不见底。

苏莞身子一凛，下意识缩到了床沿：“你……你怎么……还没睡……”想起自己刚刚的样子，她害羞到想直接钻到床底下。

傅维珩弯唇一笑，伸手捉住她的手腕，用力一扯。

苏莞一声轻呼，只感觉身上一沉，他已经亲密无间地覆了上来。

五指埋入她发间，他轻声问了句：“睡不着？”

苏莞缓慢点了下头。

他压低脑袋，蹭了蹭她的鼻尖，语带笑意：“最近好像有些冷落你了？嗯？”低沉暗哑的嗓音透着成熟男人的魅力，尤其最后一个微微上扬的尾音，像是低音贝斯拨过的弦，沉沉地在她耳畔嗡鸣。

“没……”苏莞忙又摇头。

“是我疏忽了。”他在她眉心落下一吻，“该罚。”

而后的吻，一个又一个，炙热又温柔，缠绵又缱绻。

# 第十五章　浪漫终章

一觉醒来，已是中午。

苏莞缓缓睁眼，愣了半晌，这才发觉床头柜上的手机正在振动个不停。

她起身捞过手机，原本掩在身前的被子不经意往下滑了滑，一阵凉意袭来，苏莞下意识扯住被子，按下接听键："喂……"

"姐，我们到延川了！"清亮的嗓音从听筒里传来，苏莞一愣，随即忆起今天姑姑一家来延川听她演奏的事。

苏莞一阵慌乱："你……你们怎么这么快？"

"十一点半了啊姐，哪里快了？"秦沐似有所觉，"你不会还没起床吧？"

"我昨天晚睡，所以……"苏莞心虚地转移话题，"你们还没吃饭吧？"

秦沐："没呢，刚下高速，我哥开车来的。"

苏莞："那你们先找个餐厅坐一会儿，我很快就来。"

秦沐："没问题！"

挂了电话，苏莞套好睡裙正要下床，身后的人便一把给她拉了回去，傅维珩也是刚醒，他抬手拨了下散下来的碎发，声线沙哑："姑姑来了？"

苏莞"嗯"了一声："你松开，姑姑在等。"

傅维珩不依，又用力一扯揽了过来，说："慌什么，让维瑾先替我们招待一下。"说着，他伸手摸过床头的手机，拨了过去。

大致交代了一下，苏莞顺便将秦沐的电话给傅维瑾发了过去，方便联系。

梳洗的时候，两人争分夺秒一道刷牙，洗漱台很宽，并排站着两个人都绰绰有余。

傅维珩吐掉嘴里的泡沫，漱了口，而后接水洗了把脸，仰起身时，忽然说："爸妈和爷爷今天下午的飞机到延川，趁这机会，我们家长明天见一面，商量一下婚事？"

最后一句话其实是陈述的语气，苏莞一呛，脱口而出说："这么快？"

傅维珩面无表情地睨了她一眼："你已经毕业两个月，不快了。"

"……"苏莞擦了把脸，跟着他走到衣柜前，期期艾艾，"可是我还没比赛呢……"

"那正好。"他拉开衣柜从里头取出一件白衬衫，"先结婚，去比赛的时候顺便度蜜月。"

苏莞："……"还真是……够顺便的。

他套上衣袖，不紧不慢："现在办婚礼可能有些太仓促，先找个时间把证领了。"他将最后一个衣扣扣好，这才挑眉看她，"有何提议？"

苏莞扯笑说："……既然都安排好了，我还有何提议？"

傅维珩："嗯，那就出发吧。"


吃饭的地点是在维斯酒店。

苏莞和傅维珩赶到的时候，傅维瑾已经带着秦沐一家坐下好一会儿了，现在和苏玥正聊得火热。

见着他们俩来了，秦沐忙拉着苏莞到她旁边的空位落座。

傅维珩一一打了招呼，最后拉苏莞旁边的椅子坐下。

苏莞一瞅坐在正对面的苏玥和老秦，礼貌唤人："姑姑，姑父。"再看向坐在傅维珩旁边垂头按着手机的秦俨，"哥。"

秦俨头也没抬："嗯。"

苏玥见她明显刚睡醒的样子，出声戳破："才醒？"

苏莞难为情地垂了垂眸，点点头。

苏玥"啧"了一声："你这孩子，今天晚上还要演出，怎么也不上点儿心？"

傅维珩持壶给苏莞倒了杯茶，语气轻缓地开口替她解释："姑姑，莞莞有些紧张，昨晚没睡好，早上就晚了些。"

戳着手机屏幕的秦俨听这话手指一顿，挑眉瞥了眼傅维珩："你们同居了？"

苏玥和老秦齐齐看来，苏莞羞得垂头含胸，不作声。

傅维珩倒是一派淡然："嗯，莞莞一个人在外头住，我不放心。"

秦俨这会儿起了心思："确定不是别有用心？"

苏莞和秦沐挺着腰杆正襟危坐，一言不发地瞧着这两人明里暗里的争斗。

傅维瑾背脊靠着椅背，手里端着茶杯，一脸悠闲地看好戏。

傅维珩放下手里的茶壶，端起茶杯抿了一口，淡淡地睨了秦俨一眼，如实说道："其实是心怀不轨。"

秦沐"噗"的一声笑喷："哈哈哈！"

秦俨登时一个眼神过去。

……噤声。

谈话间隙，菜差不多也上齐了。

傅维瑾舀了碗汤到自己碗里，笑问："莞莞，听沐沐说，今天是你生日？"

秦沐顿悟："哦，对对对！刚刚还记着，这会儿突然忘了！"秦沐举起杯子跟她碰了碰，"姐！祝你生日快乐！"

苏莞一愣，这才恍然想起，这几天因为忙于演奏会，她差不多都忘了个干净："嗯，谢谢。"

傅维瑾瞟了眼傅维珩，撇撇嘴："维珩没跟我提过，所以我没来得及给你准备礼物……"

苏莞侧眸看他，后者正淡然自若地给她剥虾，她回头朝傅维瑾笑了笑："不用的，我不太注重这些。"

苏玥也笑："话是这么说，不过我和你姑父给你封了个红包，你生日先不说，今天要上台演出，怎么也得讨个好彩头。"

秦沐笑着附和："对的，对的。"然后从身后的背包里取出两个红包递到苏莞手边，"这两个红包，一个是我娘和我爹的，还有一个是我和秦俨的，我零用钱不多，所以就找秦俨凑了。"

苏莞抬手推开，"不用的……"

"拿着吧，前几年你生日我也没送过什么给你。"秦俨这时发话了。

"对对姐，难得秦俨这铁公鸡这么大方，你赶紧收。"秦沐一边说着，一边将红包塞到苏莞包里，不容推拒。

"所以……"秦俨直起身双肘搭在桌沿，意味分明地瞧着身边的傅维珩，"傅先生有何表示？"

苏莞怔了怔，朝傅维珩看去，瞧他刚刚那幅样子大概是最近忙过头给忘了，不过苏莞也不恼，她一向不在意这些仪式，莞尔一阵，她抢先替他开口："他送了。"

秦俨视线直愣愣地盯着他，打破砂锅问到底："送什么了？"

苏莞蹙眉瞥了眼身侧面不改色的男人，有些难以捉摸他此刻的情绪和想法，脑子里顿了几秒，她蹦出一句："卡！他……送了我一张白金卡。"

话落，傅维珩颇为意外地瞅她一眼，不动声色地勾了勾唇角。

秦俨冷哼："敷衍。"

苏莞："……"

饭后，傅维珩和苏莞提前去了音乐厅彩排今晚的演奏会。

期间，江蕴来了个电话："莞莞，在彩排吗？"

这时正好是彩排的中场休息时间，苏莞饮了口矿泉水："嗯。"

江蕴笑了笑："今天是你生日呢，妈晚上提前去，给你送个红鸡蛋。"

"谢谢妈。"苏莞声线轻柔，"妈辛苦了。"

"不辛苦。"江蕴顿了顿，"你姑姑他们来了吗？"

苏莞："嗯，来了。"

江蕴："那妈不吵你练习，等你演奏会结束再找你姑姑、姑父一块吃饭。"

"好。"

挂了电话，看到手机屏幕上的几条微信消息，苏莞就顺便点了进去。

锦锦的小丞阳：莞莞！虽然我没办法飞过去了，但祝福要送到！祝你生日快乐！演奏会一定大成功！

苏莞微微一笑，回复了感谢。

消息发了出去，群里又弹出一则提示。

是秦沐发来的一张图——她和姚曳的合照。

沐沐宝宝：跟着姚姐姐混。

苏莞笑着看了两眼，还没来得及回复，傅维珩便从外头进来提醒中场时间结束，于是苏莞又匆匆放下手机跟着出去了。


晚上，演出前一小时。

苏莞换上一件红色的抹胸长裙，浓重的颜色更衬得她的皮肤宛如凝脂，乌黑莹亮的长发今日扎了起来，露出精致漂亮的脸蛋，明艳动人。

傅维珩进来休息室，看她撑着下巴在发呆，缓步过去，柔声说道："又紧张了？"

苏莞愣了愣，回身看他，乌黑潋滟的眉目嵌着淡淡的柔和，她摇摇头："不紧张了。"

她这是实话，毕竟准备了这么久，对曲子，她已经很有把握。

傅维珩甚感欣慰，又说："爸妈和爷爷来了。"

苏莞："在外头？"

傅维珩："嗯。"

"我去打个招呼吧……"苏莞说着便要起身。

傅维珩抬手拦住，从身后拿出一个保鲜盒："他们在和你家人聊天，咱妈给你送了红鸡蛋，让我给你带过来。"

咱妈……

苏莞看着那一颗颗红彤彤的鸡蛋，脸色微红地接过，打开取出一个，剥开蛋壳，递到他嘴边："吃吗？"

他瞥了眼她手里的红鸡蛋，俯身想吻她，苏莞却下意识偏头躲开了，细声提醒："口红……"

傅维珩失笑，嗓音低沉："莞莞，生日快乐。"


七点半，演出正式开始。

所有观众提前入席，乐团成员包括傅维珩这个小提琴首席也都已在台上就位。场内的灯光变了变，随即响起三声钟响，指挥阔步上台，侧身迎接本场演奏会的主角。

掌声四起，苏莞站在那道安全门后，握着手里的大提琴和弓子，深呼吸一阵，提着裙摆缓步上台。

按照礼仪，她最先向观众鞠了个躬，又侧身分别和小提琴首席以及指挥握手示好，最后在指挥台边的钢琴凳坐下，将琴柱驻进防滑垫内。

台下的姚曳激动到难以言喻，扯着秦沐的衣袖，咬着牙在那里低语："我的妈，沐沐，你姐实在是美爆了！"

秦沐兴奋地跺了跺脚："真的要美爆了，还有坐在她后头的姐夫，也要帅飞了，绝配啊！"

姚曳："嗯嗯嗯！"

一切准备就绪，指挥落下指挥棒，苏莞当即由弱到强地奏出肖斯塔科维奇的《第一大提琴协奏曲》的主旋律。在经过这段时间的练习后，苏莞对于每个乐章的演奏和情绪表达，可以说都把握得极好。

第二首曲目为海顿的《C大调大提琴协奏曲》，这首曲子是海顿最为得意的作品，不仅具有维也纳古典音乐派所共有的典雅曲风，还在演奏的技巧方面有着相当大的难度，苏莞却仍演奏得流畅富有情感，充分向所有观众展现了她的技艺和实力。

　　最后一首曲目则是圣桑的《A小调第一大提琴协奏曲》，乐曲在小调上委婉忧伤地歌唱，经过乐队由弱渐强地间奏后再次出现乐曲的同名大调，它一反伤感，激昂满怀地放声高歌，把音乐推向高潮后戛然而止。

　　全曲结束，琴弦震动出的最后一个尾音在这偌大的厅里久久回荡。场内轰然响起一阵阵热烈持久的掌声。

　　所有人对于苏莞这位大提琴手的演出，均是感到难以置信。

　　对于在场所有人的肯定，一时之间，苏莞的内心激动到难以平复，她抬头朝观众席一笑，握着琴把起身深鞠一躬，良久才直起身来。

　　她回身看了眼身后的傅维珩，正准备提裙下台之际，指挥台上的指挥忽地又落下手里的指挥棒，场内随即响起一阵轻柔的伴奏。

　　苏莞一怔，怎么还有曲子？

　　台下的观众看了眼手里的节目单，均感意外，不是已经演奏结束了吗？

　　苏莞提着裙摆立在钢琴凳前，一脸茫然正无所适从之际，只听一阵悠扬曼妙的小提琴声在乐队轻盈的点缀下奏出一段她再熟悉不过的旋律。

　　苏莞怔住了，猛地回头，傅维珩不知何时从椅子上起身，立在她身侧，托着小提琴，娴熟温柔地拉奏着。

　　坐在观众席第二排的江蕴当即一愣，是《天赐之声》。

　　半响，琴音结束。傅维珩将手里那把斯特拉第瓦里小提琴轻放到钢琴凳上，在全场观众的瞩目下，从西装口袋里掏出一个藏蓝色的丝绒小方盒。

　　观众席上的姚曳被这庄严郑重的一幕震惊到了，她张了张嘴，似有所觉："'大神'他……这是要求婚了吗？"

　　话音刚落，只见傅维珩单膝下跪，将那方盒缓缓打开，一枚钻戒展露在这金黄的灯光下。

　　蓦然沉寂下来的音乐大厅中，响起一道清冽低沉的嗓音，温柔清慢："莞莞，嫁给我。"

　　看着眼前这个单膝而跪的英俊男人，一瞬间，苏莞的眼泪难以控制地掉了下来。

　　他一向寡言，甚至连求婚，也都只有这五个字。可是，她都明白，这五个字里涵盖了他对自己所有的感情。如果不是因为此刻手里还拿着琴，她一定早就扑到他怀里了。

台下是一片欢呼声。

苏莞吸了吸鼻子，将手里的琴小心翼翼地放在地上，仰起身抬手拭了下泪痕，嗓音温软地应他："好。"

富丽堂皇的音乐大厅，场内所有人都不约而同地起身，为这幸福浪漫的时刻拍手欢呼。

姚曳和秦沐感动得热泪盈眶，只怪手里没有手机，恨不能将这感人的一刻毫无保留地记录下来。

苏莞看着那枚闪烁的钻戒缓缓滑入自己的无名指根，一下子，噙在眼底的泪又倏地滚了下来。

等傅维珩替她戴好戒指重新站起身时，苏莞也不顾众人的瞩目，伸手就环住他的脖颈，拥了上去。

气氛瞬间高涨，傅维珩从未体验过像今天这般满足和心安，他抬手贴住苏莞的后脑勺，另一手紧紧环在她的腰身，一张清隽的面容上是止不住的笑意。

当晚的音乐厅里，有一些延大的学生，所以哪怕当场没有手机、相机记录这画面，傅维珩这段突如其来的浪漫求婚，也逐渐在延大的校园论坛上流传开来。

夜里，回公寓后，苏莞刷着十分钟前姚曳给她分享过来的校园帖，目光落到无名指那枚闪耀的钻戒上，脑子里顿时浮现今晚在音乐厅里的那场求婚，心花怒放地把脸埋到枕头下，只感觉自己的内心像是沸腾的热水，咕噜咕噜冒着泡，满到快要溢出来，幸福到不能自已。

傅维珩洗过澡从浴室里出来，就见苏莞满脸笑意地搂着被子在打滚。

他拭了下还有些湿的发梢，将毛巾往边上一扔，直接从她背后覆了上去，环手拥住。

原本趴在枕头上狂喜的苏莞感觉到后头突然贴上来的热度，猛地一凛，笑声立马噎住。

她回头看了眼在她背上的男人，脸色一红。

他线条流畅的手臂结实有力，从她这个位置看去，还能隐约瞥到他那性感的锁骨。

"咕咚"一声，苏莞咽了下唾沫，抬眸望着他墨黑的瞳孔："你……你怎么不出声……"

傅维珩侧了下脑袋，温凉嘴唇有意无意地蹭了蹭她的耳郭，一脸享受的样子，说："你笑得太投入了。"

苏莞口干舌燥地舔了舔嘴唇，忙一个翻身从他身下撤离，脸红得要滴血："我去洗……洗澡。"

第二天，趁着苏玥一家还没有回沂市，双方家长见面，包括江蕴，主要为了商量婚礼事宜。

因为昨晚在音乐厅提前认识了一番，所以今日的这场家庭聚会格外融洽。苏莞安安静静地坐在傅维珩身边，抿着茶依旧一言不发地听着大人们谈笑。

反正……对于这些事她总是插不上嘴的。

傅铨今日的心情大抵很好，整场下来，精神饱满、笑眼眯眯的，满面红光。他欣慰地看了眼和傅维珩并肩而坐的苏莞，笑得合不拢嘴："莞莞，想要个什么样的婚礼啊？"

苏莞放下杯子想了想："……都好。"

傅维珩持壶给她添了些茶水："爷爷，莞莞九月初要去美国参加比赛，在这之前准备婚礼有些仓促，所以我打算等莞莞比赛后再办婚礼。"

穆清觉得有理，笑道："没错，婚礼自然要办得隆重些，不能委屈了莞莞。"

傅铨若有所思地点点头，应了下来。

于是，两家人经过一餐午饭时间的商议后，一致决定，两人先领证，婚礼时间则安排在十月一日，国庆节。

再者，关于婚房，傅维珩早在年初的时候就已经买好了，是近几年新建的一处高档小区，位于市中心的位置，从年初买下之后，傅维珩就着手安排了装修，一直到上个月才竣工。

房子是一套复式住宅，约莫三百平方米，从主卧、琴房、书房、客房到婴儿房，傅维珩都想得分外周到。苏莞第一次跟着他去看房时，被里面精湛豪华的装修给震惊到了。

傅维珩这是……蓄谋多久了？

"这几天就把东西搬过来吧。"他站在新房的露台上，侧眸看了眼身边的苏莞，说，"找个时间我们去把证领了，那边的公寓就留着，以后你的朋友来，也有个住的地方。"

苏莞抬脚一挪，往他那里凑了凑，笑着说："好。"


领证那天，阳光明媚，据姑姑苏玥说，还是个黄道吉日。

傅维珩由于内心过于激动，一夜没睡好，所以几乎是天一亮便起床了。

等他穿戴整齐后，苏莞才迟迟醒来。

某人仰起身掩唇打了个呵欠，睡眼蒙眬地看了眼面前人一身正式的装束，茫然地问："今天怎么穿得这么正式？晚上有酒会？"

傅维珩扣扣子的手一顿，回过头来的神色沉了几分，挑眉看她。

苏莞被他这沉沉的目光吓得一个战栗，立马挺直腰杆："怎……怎么了？"

傅维珩干脆连扣子都不系了，转头眯眼盯着她："你忘了？"

苏莞："……忘……什么……"

后头的两个字基本是没了声，苏莞瞅着眼前越发危险的目光，脑子里顿了顿，回忆渐渐明晰。

傅维珩弯唇一笑，压低身子贴在她耳边，咬字格外清晰："领证。"

苏莞这会儿是回忆起来了，今天周五，他们要去领证，她居然……

"真忘了？"傅维珩坐下身，一张英俊的脸上毫无情绪。

苏莞抿了下嘴唇，有些心虚。

傅维珩瞥了她一眼，而后默不作声地起身出了卧室。

那一眼，眉目皆淡，透着失落和无奈。

苏莞深觉不妙地眉心一蹙，忙掀开被子追上去拉住他，声音温软："我错了……"

傅维珩背对着她，没动。

苏莞咬了下下唇，干脆绕到他面前，抬手抱住他，整张脸都贴在他胸前，闷声连说："维珩，对不起，我真的错了。"

"错哪了？"沉沉的声音从头顶传来。

苏莞脸蹭着他的胸膛："错在忘记了今天这个神圣重要的日子。"

傅维珩垂眸："嗯，所以呢？"

"所以……"苏莞抬眸，踮脚亲了下他光洁的下巴，清透的眼眸染上笑意，"所以，请傅先生随小女子去民政局走一趟？"

傅维珩被安抚成功，垂头吻了吻她的唇，应声："如此甚好。"

小插曲过后，两人驱车踏上了领证之途。到的时候九点多，人不多。他们俩一个俊雅淡逸，一个温婉漂亮，所以排队等候的时候，吸引力极强。

　　填表、拍照之际，工作人员瞧他们俩这颜值极高的一对，忍不住夸道："哎哟，你们这小两口啊，是我照过最漂亮的一对了，真登对。"

　　傅维珩看着那张颇为顺眼的结婚合照，难得回应："谢谢，你眼光很好。"

　　苏莞："……"

　　出了民政局大楼，苏莞捏了捏手中的本子，不可思议地说："这就结婚了？"

　　"嗯，结了。"他伸指朝苏莞手里的结婚证勾了勾，示意她拿过来。

　　苏莞愣了愣，递过去。

　　他举着两本红证书拍了张照，而后将本子往自己怀里一揣，不打算还了。

　　苏莞："你不还我？"

　　"你拿着做什么？"他警惕地斜眼过来，语气强硬，"尘封了。"

　　苏莞："……"

　　车内，苏莞闲着无聊刷微信朋友圈，手指动了两下，就瞧见一个极为眼熟的微信名。

　　Neil：傅太太，新婚快乐。

　　配图是两人的结婚证，底下的评论立即热烈起来。

　　锦锦的小丞阳：傅先生新婚快乐！演奏会我不在！求婚我不在！领证我也不在！伤心！

　　瑾：你怎么也不提前说一声？

　　穆女士：怎么都不跟妈提一嘴？

　　沐沐宝宝：你终于成我名正言顺的姐夫了！

　　苏莞无奈笑了笑，这才想起好像得和妈妈说一声，于是她翻到"联系人"，给江蕴拨了过去。

　　"妈妈，"电话接通，苏莞直接说明来意，"我今天和维珩领了证。"

　　傅维珩打着方向盘，趁隙瞧了她一眼，一心二用地听着她说话。

　　"嗯，刚从民政局出来。"

　　"他在开车，不太方便。"

　　"维珩说晚上要回傅宅吃饭，告诉爷爷领了证。"

"好，那明晚我们再一起吃饭。"

"妈妈再见。"

挂了电话，她转而又给苏玥打了过去。

苏玥大概在忙，电话是秦俨接的，语气淡淡："我妈在洗衣服。"

苏莞想了阵，说："哥，那你跟姑姑、姑父说一声，我今天和维珩领了证。"

那头默了半晌，秦俨："哦。"

又静了一阵。

然后苏莞听到秦俨在那头替她传话："妈，苏莞说她领证了。"

接着，嘟嘟嘟……

"怎么了？"傅维珩顺口一问。

苏莞回神摇摇头，看了眼前头的信号灯，又侧目过去，说："维珩，下午我想去看看我爸爸。"

傅维珩毫不犹豫地说："好。"


山路蜿蜒，远山重重叠叠，像起伏的波涛，在夏日的阳光下，明晰壮观。

中午在外头吃过饭，两人直接去了墓园。

照旧是买了百合，放在父亲的碑前，傅维珩蹲下身子，对着碑上的那张黑白相片仔细端详了一阵，忽然有些百感交集地弯了弯唇。

苏莞瞧他兀自笑了起来，好奇地问了句："怎么了？"

"没什么，"傅维珩抬手用方巾拭了下相片上的灰，起身望她，笑了笑，"只是觉得，我们注定是会在一起一辈子的人。"

苏莞莞尔，回头朝墓碑微一鞠躬："爸爸，我今天结婚了。"她抬手指了指身边的傅维珩，"和他。"

傅维珩倾身，神色恭肃："爸，我会护她周全，在我有生之年。"

清冽的嗓音如往常般平淡，却包含了千言万语。

苏莞看着他清雅淡逸的眉目，又是一笑，轻声说道："嗯，爸爸答应了。"

八月的风，带着些许热潮，吹歪了她的马尾，午后的阳光斜斜地映在她身侧，拉长了她的影子，那张白皙漂亮的小脸上漾着酒窝，笑起来时，温婉动人。

心间一悸，傅维珩伸手将她拥进怀里，贴着她的耳畔沉声唤了下："老婆。"

温热的气息在耳郭拂过，一下子，顺着耳根晕红了她的双颊。

傍晚回傅宅吃饭，傅铨得知两人领了证，高兴得不行，不由分说地要苏莞一人跟着他去书房一趟。

苏莞依言，撇下傅维珩搀扶着傅铨上了二楼。

进了书房，傅铨径直走到矮柜后的一个保险箱前，从里头取出个锦盒递到苏莞手边，说："打开瞧瞧。"

苏莞照做，抠开那小锁扣打开盒面，映入眼帘的是一块碧玉透亮的翡翠镯子。

她不明所以地抬眸望向傅铨。

后者一笑，饱经风霜的皱纹展露出来："是小珩奶奶准备的，这个镯子是她老太婆要送给孙媳妇儿的。"

苏莞愣住了。

"上次你来的时候我就想给你，只是我年纪大了，老记不住事，刚刚才突然想起来。"傅铨眼底的笑意渐深，"莞莞，拿着吧，现在都是一家人了，就别想着推脱了。"

经他这么一说，苏莞原本要拒绝的话到了嘴边又咽了下去，转而笑了笑："谢谢爷爷，谢谢奶奶。"

傅铨欣慰地拍拍她的肩作势要往门外去，苏莞忙腾出一只手搀着他。

他说："现在啊，爷爷就希望你和小珩赶快给爷爷再添个曾孙，趁着爷爷还在……"

苏莞顿住脚步，正色说道："爷爷，你会长命百岁的。"

见她忽然神色凝重，傅铨一愣，继而笑出声，嗓音沙哑："爷爷就借你吉言了。"

苏莞："嗯。"

当晚，两人直接留宿在了傅宅。

苏莞洗了澡从浴室里出来后，发现傅维珩已经在客房洗过澡，穿着件棉质短袖和运动裤，靠在床头看书。

她立在浴室门口半晌，突然意识到……今晚，是他们的新婚之夜。

刚吹完头发，被吹风机带过的地方还有些燥热，脑子蹦出这么个想法，那原本浮在皮肤表面的热度瞬间渗进骨子里，连带着浑身的血液都在沸腾，哪怕室内开着冷气，她都觉着十分不自在。

苏莞挠了挠脖子，若无其事般走到床的另一头，掀开薄被钻进去。

空调的风口在床的侧面，这会儿坐到床上，被凉风这么一吹，退了热气，倒是舒坦了许多。

傅维珩侧目过来看她："和爷爷聊了什么？"

她伸手拿来床头的手机，想了想，答："秘密。"

傅维珩眯了眯眼，倒也没再追问，视线重新落回书上。

苏莞这时点开微博，恰好瞧见一个热门话题"说一说你是如何喜欢上你对象的"。

苏莞指尖顿住，还真是认真想了一阵子……随后她瞅了眼身边俊逸非凡的男人，心血来潮地问了句："你是什么时候喜欢上我的？"

傅维珩翻页的手一顿，偏过头来，整理了下大脑中的回忆，不紧不慢："……第三次见你的时候，你说我资本家，非良配。"

苏莞一愣，回忆了一阵，好像确实是说过。她追问："这就引起了你的征服欲？"

征服欲？傅维珩蹙了下眉，纠正说："不，我在伦敦的时候就喜欢上你了。"


第二天中午，傅维珩和苏莞应约同江蕴一道吃饭。

为图个方便，江蕴把地点定在了Magic，特地点了些苏莞爱吃的菜。

他们俩到的时候，服务员恰好准备上菜，今天的一餐饭只有他们三人，到底是一家人，就没再客气。

一餐饭吃到一半，江蕴忽然开口："莞莞，妈明天要回一趟伦敦，Albert（阿尔伯特）他最近身体不太好……"

Albert，就是苏莞同母异父的弟弟。

苏莞抬眸看她，倒是没什么别的情绪："嗯。"

江蕴抿了抿唇，继续说道："你比赛那天我会过去，不过这几天就不能陪你练习了。"她转而又看向傅维珩，"维珩，到时候去美国，你多照顾照顾她。"

傅维珩笑着颔首："这是必然的，妈，您放心。"

交代完，江蕴放下心来，只是见苏莞闷不作声，心里倒有些堵得慌。

苏莞往嘴里送了口米饭，这才开口："妈，路上小心。"她垂了垂眸子，语气有些生硬，但却出于真心，"……等弟弟身体好些了，可以带他来延川玩。"

江蕴脸上一怔，继而欣喜地笑开了唇："好好！"

一周后，苏莞和傅维珩踏上去美国旧金山的比赛之途。

随之同行的还有傅维瑾、叶帆、穆清、傅亦远和傅铨，傅维珩离开的这段时间，Endless业务就暂由叶胤桓打理，虽然叶胤桓极为不乐意同自己的老婆分开，但碍于近期他自己公司有个重要的项目需要跟进，脱不开身远行。

出发当天，晴空万里，无风，适合飞行。

这阵子大概是练琴过度，太疲乏，一上飞机苏莞便靠着傅维珩睡着了，从起飞到降落这十几个小时睡得格外昏沉，除了期间被傅维珩强迫叫起吃了顿午饭。

九月初的旧金山，温度较低，不比延川，哪怕到了九月底，都能热到活似个大火球。

比赛时间是在九月七日，他们提前三天来，是为了倒好时差，适应一下这里的环境，以最好的状态去参加比赛。

出了机场，便看到两辆一早就候着的车，苏莞不可思议地瞅了眼傅维珩，最后拉开车门坐了进去。车子大约行驶了一个多小时，最后在一家外表看上去分外豪华的酒店门前停下。

下车时，苏莞仰头望了眼矗立在云间的大厦，眼梢一瞟，瞧见了一个分外眼熟的标志。

维……维斯？

去替她取琴的傅维珩这时走上来，苏莞偏头过去难以置信地看他："这是……你们家的，维斯？"

傅维瑾从车上下来听见她的话，轻声笑了笑："莞莞，Endless的产业可是不容小觑喔。"

苏莞："……"

坐了十多个小时的飞机，傅铨那身子骨早就累得受不住了，进了酒店直接就让傅亦远带他去房里休息。

此刻美国时间正好是下午三点左右，苏莞在飞机上睡了十多个小时，现下倒是不困了，回了房正想给姑姑打电话报平安，又忽地想起国内这会儿是凌晨三点多，便转而打了江蕴。

江蕴此时正在希思罗机场办理登机飞去和苏莞会合，接到苏莞的电话时她刚过了安检。

"莞莞，你到了？"江蕴迈步往登机口走。

苏莞站在酒店窗台前，望着这车水马龙的街道："嗯，刚到酒店。"

江蕴找了个位子坐下："妈在机场，伦敦时间十一点的航班飞旧金山。"

苏莞："大概多久到？"

江蕴看了眼腕表："到美国大概要晚上十点了。"

苏莞回身朝浴室走去："那我让维珩找人去接你。"

江蕴顿了一下，而后答应下来："好。"

苏莞："那妈你自己小心。"

挂了电话，苏莞阔步走到浴室，趴在门沿看着正在俯身洗脸的傅维珩，说："维珩，妈妈她晚上十点到机场，你能让人去接一下她吗？"

他又往脸上泼了把水，仰起身时那水流顺着他脸上分明的轮廓滑下没入衬衫的领口，苏莞抽了两张面巾纸给他递过去。

傅维珩顺手接过拭干，将纸团抛入垃圾桶，往床那边走去："你觉得我会连这点儿准备都没有吗？"

苏莞跟在他身后："啊？"

他抬手解衬衫扣子："我已经安排好了，时间差不多的时候，酒店的人会去机场接妈妈。"

苏莞喜出望外地笑了笑，站到他面前替他解扣子："谢谢你。"


三天后，半决赛正式开始，地点在音乐厅。

一早，苏莞和傅维珩便同江蕴先一步去了比赛的音乐厅抽签、做准备。

傅铨等一行人则是在比赛开始前半小时抵达音乐厅。

这次进入半决赛的共有九人，包括苏莞在内的中国人有三位，另外两位均是男生，演奏的乐器都是小提琴。

傅维珩和江蕴的名声在音乐圈无人不晓，所以，当两人陪着苏莞齐齐出现在比赛后台之际，自然是吸引了不少人的目光。

其中一位拉小提琴的中国男生手足无措，深以为傅维珩也是来参加比赛的，一下子颇为紧张。毕竟，傅维珩的实力，在圈内是数一数二的，曾经那么些个辉煌的奖项可都不是白拿的。

那位男生最终还是坐不住，走过去朝傅维珩打招呼，吞吐了半天才试探性地问了句："傅先生……也是来比赛的？"

一旁的苏莞听到这个问题，一愣，偏头看过去，这位高高瘦瘦的男生，穿着黑色礼服，一双修长的手紧揪着西装裤的一侧，眉头轻锁，原本自信的神情此刻消失得无影无踪。

苏莞思绪一恍，忍不住在心里轻笑，看来这个男生是以为傅维珩要来比赛，被他的气场给震慑到了。

她视线转到傅维珩脸上，只见后者脸色淡淡地说了声："不是。"

男生瞬间如释重负地松了口气，对着傅维珩笑了一下后，脚步轻快地朝原来坐的位置走去了。

苏莞这会儿才敢笑出声，她轻拍了下傅维珩的肩，一本正经地说道："傅先生，你这样突然出现在赛场会无意间扼杀青少年们的自信心的。"

傅维珩侧目过来，抬手拨了下她前额的头发，故意语带无奈地回她："有什么办法，为了陪老婆。"

十分钟后，开始抽签。

对于顺序先后这种事，苏莞一向不太在意，随手抽了一张拆开。

她抽到了七号，倒数第三位。

抽签过后，就直接进入比赛环节，所有参赛者的陪同家属都必须回到观众席。

傅维珩从始至终相信她的实力，所以从未替她担心过，临走前抱了抱她，一言不发地就去了观众席。

江蕴是她的钢琴伴奏，则留了下来。

苏莞看着前头步伐从容的傅维珩，弯唇一笑。

还真是……对她放心极了。

等傅维珩回到观众席后，傅铨等人都已经在了，傅维珩侧身径直走到座位的里头，挨着叶帆坐了下来。

叶帆今天穿了一件米白色的小短裙，梳了一个清爽的丸子头，那娇小稚嫩的样子可爱极了，见到小舅坐到自己旁边，颇有礼貌地主动叫人，嗓音软糯甜腻："小舅，你来了！小舅妈要出场了吗？"

傅维珩笑笑回应："还没有。"

傅维瑾这时看过来："莞莞抽到几号？"

傅维珩："七号。"

穆清笑了笑："挺好的，太前头了容易紧张。"

而后不久，比赛正式开始。

等到了七号苏莞上台时，她已经换上了一件藏蓝色抹胸长裙，提着琴托、裙摆上台的时候，面色如常，从容不迫。

调好琴柱，整好琴姿，她朝评委们礼貌地一颔首，开始了第一首曲目的演奏。

依旧是她烂熟于心的巴赫无伴奏曲，拉奏起来行云流水，流畅富有情感。

第一首曲目结束，评委们各有所思。

第二首是贝多芬的《G小调第二大提琴奏鸣曲》，这首曲目需要钢琴伴奏，于是江蕴便从后台缓缓上来。

底下的观众和评委见到江蕴均是一愣，一下子都分外关注这个参赛者的身份。

由钢琴的一道重音和弦引出大提琴的旋律，开头的慢板较为低沉阴郁，明确体现出各个音符的强弱程度，基本上第一乐章都是伴着明亮的钢琴声，而大提琴则是低低地在底层铺垫，再由低音到高音的一个琶音演奏，这也是贝多芬奏鸣曲的一个特色，结尾的时候就慢慢转为轻柔。

第二首曲目结束，这一曲的演奏，大概是有些出乎评委的意料，从始至终都默不作声的评委们竟开始交头接耳。

而后是第三首曲子肖斯塔科维奇的《第一大提琴协奏曲》，苏莞已练习过多遍，加之傅维珩的指导，对于此曲她有了更深的理解，演奏效果，不用说，自然是惊艳了全场。

所有的演奏结束，除了观众，就连评委们都是颇为震撼地纷纷鼓起了掌。

最后，待所有参赛者演出结束，评委们将会当场宣布进入决赛的名单。

亮堂的大厅内，站满了参赛者以及陪同的家属，当其中一位评委拿着话筒站上台时，全场不由自主地噤了声，屏息而待。

"The finalists are...（进入决赛的选手是……）"

评委的嗓音有些细腻，那官方的语气更是令苏莞一颗心忽起忽落，一紧张，她抓着傅维珩的手便越撮越紧，不自觉地就紧闭上了双眼。

"Contestant number two, Natasha.（第二位参赛者，娜塔莎。）"

随后，苏莞就见到一位身材娇小的女孩兴奋地一跃，搂着自己的家人一道欢呼起来。

一阵唏嘘，评委又继续道："Contestant number five, Hugo...（第五位参赛者，雨果……）"

"And from China...（还有来自中国的……）"

当苏莞听到"China"时，忐忑的心一下子提到了嗓子眼，傅维珩瞧她一张涨红的小脸，无奈地笑了笑，揉了下她的脑袋，给予安抚。

"Contestant number seven, Su Wan. These three players.（第七位参赛者，苏莞。恭喜以上三位。）"

最先欢呼出声的是江蕴，虽然她能预料得到这样的结果，但还是禁不住雀跃，当场抓着穆清的手感动得眼眶发红。

全家人都为她高兴，叶帆站在苏莞旁边笑得非常甜美，圆润的小手揪了揪她的裙摆，说："苏老师，小舅妈，你真厉害！"

傅维瑾："恭喜啦，莞莞！"

苏莞惊住了，在听到自己的名字从音响里传出来后，那一瞬间激动得难以呼吸，她瞧了眼身旁的叶帆和傅维瑾，心里一暖，这种从天而降的喜悦感当即就让她酸了鼻子，眼泪一下就涌了出来。

她脸皮薄，在场的人如此之多，可她又控制不住这喜极而泣的眼泪，干脆揪着傅维珩衬衫的前襟，把脸贴在他胸膛暗自呜咽。

傅维珩哭笑不得地抿了抿唇，揽住她肩膀随她哭去了。

傅铨转头过来一看苏莞这副样子，原本笑得合不拢嘴的神情一敛，眉头皱了皱："哟，怎么了这是？"

傅维珩拍拍她把脸深埋的脑袋，回道："高兴的。"

话落，全家人都不禁笑了起来。


翌日，便是决赛，对曲子的要求，是在半决赛拉奏的曲式前提下，再加上一首钢琴伴奏的协奏曲。

按照入选名单的顺序，苏莞第三个上场。今日的决赛，是本次克莱恩比赛的最终之赛，甚为重大，连观众都比昨天多了三倍，整个音乐厅座无虚席。

因为是最后的一场比赛，苏莞这会儿不如半决赛那般淡然了，虽说曲目她都滚瓜烂熟，但终究是免不了一阵紧张。

第一位选手已经上台，苏莞看了眼坐在她隔壁同是很紧张的五号参赛者，突然就有点儿想傅维珩了。

这一路走来，从入选半决赛开始到此时此刻，傅维珩总是耐心陪伴，不分昼夜地陪她练习，给她指导，甚至默默替她筹备演奏会。

所有的一切，苏莞看在眼里，记在心里。

傅维珩这个人，总是做的比说的多，从明确恋爱关系开始到后来，他都是如此，从来没有说过他自己想要什么、想做什么，永远都是在迁就她，替她着想。

现下这么一想，她似乎真的，从未为他做过什么。

时间一分一秒过去，直到第二名选手演奏完毕。

苏莞深呼吸一阵，待情绪平复后，起身握着琴一步一步朝舞台中央迈步而去。

坐在琴凳上，即便台下坐着千人，她也能一眼就在人群中寻到他的身影。

他穿着深色的西服，前襟的扣子扣得一丝不苟，短发依旧利落清爽，一张清隽精致的脸隐约掩在交错的灯光下，被深深浅浅的阴影挡住看不清轮廓。

苏莞知道，这一场比赛，并不单单只是属于她一人的。同是属于，他的荣耀。

琴弓落下，大提琴明亮的高音呼之而出，响彻整个音乐大厅。

这场演出，她耗尽了全力，几乎是在用每个音符来诉说她此刻的心境，由强渐弱，由弱至强，每个节奏和乐句都包含着这段时间以来她和傅维珩共同努力的成果。

此次决赛，苏莞的表现简直令全场的人叹为观止。

最后的冠军，她拿得毫无悬念。

当评委将那沉甸甸的奖杯递到她手上时，苏莞那紧绷的脑神经一瞬间便松了下来。

下台之际，在后台恭候已久的记者们蜂拥而至，一瞬间，苏莞的面前出现了十多个话筒。

她不太善于应付这些，一心只想赶紧到傅维珩身边，第一时间和他分享此时的喜悦和成就，可看着这水泄不通的记者们，她捧着奖杯，有些无所适从。

"Su Wan, can you tell me about your acceptance speech? （苏莞，可以请你谈谈获奖后的感想吗？）"

苏莞无奈，脑子里斟酌许久，最终说道："No him, no me. （没有他，就没有我。）"

在场的记者们感到讶异，就在他们好奇苏莞口中的"他"是何许人时，苏莞余光一偏，瞧见立在人群外的傅维珩。

他眼底噙着笑，在发现她看见他时，抬手鼓了两下掌，而后张开双臂，迎接她归来。

苏莞鼻子一酸，干脆奋力挤开人群，抓着奖杯朝他跑过去，一下便扑进他怀里，哽咽着说："维珩，我做到了。"

傅维珩垂手环住她："实至名归，莞莞，你做到了。"

簇拥在一块的记者立马就将镜头调转了过来，待看清了苏莞揽着的这个英俊男人时，顿时反应过来，他便是她口中的"他"。

有曾经去过傅维珩演奏会的记者认出他来，不可思议地同身边的伙伴议论起来，没一会儿，几乎所有的记者都知道面前这位男人就是欧洲著名的华人小提琴家Neil Fu。

当即所有的话筒都转向了这总是不接受任何采访的傅先生。

"Neil Fu? Are you the violinist Neil Fu? （你是小提琴家傅维珩吗？）"

"When will you have another concert? （你什么时候还会再举办演奏会呢？）"

"What dose Su Wan have to do with you? （苏莞和你又是什么关系呢？）"

面对这些零零碎碎的提问，傅维珩只回答了一个："She is my wife. （她是我妻子。）"


当晚全家人一齐为她庆祝过后，苏莞接到了许丞阳久违的来电："Mrs. Fu! （傅夫人！）恭喜你！我的冠军莞！"

她们大概是太久没见了，这回听到她依旧中气十足的嗓音，苏莞顿时颇为想念她。

她笑着问："这么快就知道了？"

许丞阳哼哼两声："网络版的音乐时报都登出来了！你和'大神'的合照简直是虐人一脸血！还有那个采访视频……"说着她又忽然压低声线，学着傅维珩的语气，"She is my wife……'苏'炸了！"

苏莞听着她这天花乱坠的模仿，脸色微红地轻咳一声，问："你呢，比赛准备得怎么样了？时间是在下周？"

许丞阳抿唇顿了顿："还……可以吧。"

她说得模棱两可，苏莞不明就里："什么叫还可以吧？"

许丞阳嘿嘿一笑："就是差不多了，是骡子是马到时候遛遛就知道了！"

苏莞："加油。"

许丞阳又说："嘻嘻，比赛结束刚好是十一，我回国参加你的婚礼，伴娘服记得给我准备好。"

苏莞失笑："好。"


两天后，傅维珩他们回国。

远出多日，Endless的业务堆置不少，傅维珩刻不容缓，下了飞机便直接去公司，苏莞则随着穆清他们一道回了傅宅。

时间飞逝，距离十月一日越来越近。

关于婚礼的事宜，苏莞基本……没插上手，全权由傅维瑾和穆清负责。

苏莞有点儿不太好意思如此坐享其成，某次试图帮忙打理，当即被穆清义正词严地拒绝了："只要打扮美美的嫁过来就好，其他的，不用操心！"

所以在等待婚礼的这段时间，苏莞除了去乐团上班，就是……闲来无事。

然后就这么一直到了婚礼的前一天。

许丞阳和杨尔锦是当天的航班到达延川，苏莞亲自去接两人，当然了，还是老余开的车。

按照习俗，婚礼前一晚新郎新娘不能住一块，苏莞便去了旧房子和江蕴同住，第二天再从这里嫁出去。

许丞阳、姚曳、秦沐均是伴娘，许丞阳同她们又许久不见，有好一些话要说，当晚四人便一同在老房里住下了。

江蕴怕她们四人不太好睡，又忙活着往地上铺垫了几层被褥，将一切安置得妥妥帖帖。

关了灯，四人捂在被窝里聊天，仿佛一下就回到了大学四年的宿舍生活。

"莞莞……"许丞阳躺在苏莞旁边，睁眼盯着这乌漆麻黑的天花板，忽然说，"想不到，你居然是我们仨里最早结婚的。"

姚曳感同身受："是啊，那时候看你那副不问红尘的模样，真的是想不到你居然速度会这么快。"

"话说……"许丞阳偏头过来，"你和'大神'在一起还没一年吧？"

苏莞："嗯。"

秦沐长叹："只怪姐夫耐不住寂寞，心心念念都想着如何吃掉你！"

苏莞："……我睡了。"

"不准睡不准睡不准睡，我好不容易狠下心把小锦锦扔在酒店一夜来陪你，你居然这就要睡了？"许丞阳扒拉过她的手脚，猛地晃了一阵。

苏莞想了想，拆台似地说："其实你也可以不用扔下他特意来陪我的。"

许丞阳："……"

和秦沐一块睡在地上的姚曳翻了个身子，正要开口说些什么，就听苏莞床头柜的手机突然"嗡"的一阵响，在这一时间静默下来的房间里格外突兀，愣是把几人都吓了一跳。

苏莞讪讪地开灯取过手机，看了眼屏幕上的来电提示，还没来得及按下接听键，身后的许丞阳就猛地扑上来抓住她的肩膀伸脖子一看，"啊"了一声："傅先生来电话了哟！"

姚曳、秦沐："哦！"

"……"某人在拿腔捏调的嬉戏声中接起电话，"喂……"

傅维珩顿了一下："什么声音？"

手机通话音量之前被苏莞无意间调到最大，所以傅维珩这一问题清晰地透过听筒传到房内每个人的耳朵里。

苏莞扫了眼笑得猥琐的三人，皮笑肉不笑，淡然说道："鬼叫。"

三人："……"

傅维珩没去在意太多，只说道："莞莞，出来一下。"

苏莞一愣。

他笑了笑，语气似有些无奈："想你了，忍不住就想来看看你。"

十秒后，苏莞挂了电话，一言不发地从衣架上取了件披风拉开门出去。

初秋，夜风有些寒凉。苏莞拉开屋子大门，一阵秋风随即灌进领口，令她下意识地打了个寒战。

傅维珩听到动静，便从车上下来，阔步走到她面前，二话不说将她带进怀里："怎么不多穿点儿？"

苏莞顺势贴上去蹭了蹭他温热的胸膛："怕你等太久。"话落，她仰脖瞧了眼他稍冒出胡茬的下颚，又问，"现在这么晚了，才下班吗？"

傅维珩紧了紧手臂的力道，下巴抵在她发顶，"嗯"了一声。

"累吗？"屋檐下昏黄的灯光恰好从他身侧投射下来，苏莞看见他眼里布满的红血丝，好一阵心疼："维珩，不要回去了，进屋休息吧。"

傅维珩轻笑一声，吻了吻她的额头："想跟我一块睡？嗯？"

苏莞没好气，伸手掐他。傅维珩侧了下腰身，笑笑说："这样不合规矩。"他垂头吻下来，在她唇上好一阵才离开，他又说，"进去睡吧，明天来接你。"

苏莞沉吟半晌，望了眼外头清冷的马路："开车慢点儿，到家给我发信息。"

"好。"傅维珩缓缓握住她的手，"看你进去了我再走。"

苏莞顿了一秒，怕两人这样僵持下去他迟迟都回不了家，便转身去拉门锁，进门之际还不忘回头道别："维珩，晚安。"

随着傅维珩道过一声"晚安"后，房子大门轻轻地被关上了，将两人的身影隔绝开来。

郊区外的深夜，偶尔还有几声蝉鸣，傅维珩立在门前许久，听着夜虫的鸣叫，莞尔一笑，回身上了车。


翌日婚礼，天公作美，晴空万里，秋高气爽。

接新娘的迎新车队除了排头傅维珩的车外，后头跟着六辆内座宽敞的豪车，从公寓一路行驶到老房，阵仗可以说是相当气派了。

婚礼的伴郎是叶胤桓，江之炎以及……前段时间因为出差许久今天又突然出现的沈钧抒。

关于沈钧抒这个伴郎，可以说是沈钧抒自己主动安插上去的，婚礼前几天，傅维珩百忙之中恰好想起这个神龙见首不见尾的好友，就顺便打了个电话，说："我过两天结婚。"

沈钧抒一听，这种热闹哪能不凑，当即向单位请了一天假，自告奋勇说要当伴郎，傅维珩思虑了一下，为避免在接新娘时被伴娘刁难，深觉有个强大的后援分外重要，于是，傅维珩点点头："可以，很需要你。"

沈钧抒自然不知道傅维珩内心的用意，只当他认为伴郎非他沈钧抒不可，所以婚礼一早，沈钧抒眉欢眼笑地就跟着新郎去接新娘了。

到老房后，来开门的人是秦俨，门外的一群男本以为开门的会是某个伴娘，都做好了起哄的准备，结果门一开，出来个黑脸的秦俨……

秦俨昨晚忙延川分公司的工作到很晚才睡，今天又一早被苏玥从床上拖起来到老房陪着苏莞出嫁，满肚子的起床气还没地撒呢，此刻看见眼前衣着笔挺、面相英俊的傅维珩，一下就起了撒气的念头。

于是他拉开大门走出来，而后反身把门一关，说："新娘还没好，等着。"

傅维珩眉梢一挑，看着伫立在门前高大的身躯，倒是不急，握着捧花和伴郎们一起等了二十多分钟。

沈钧抒在某些方面一向没什么耐心，此刻太阳渐渐升起，温度高了起来，他更是耐不住性子，上前几步到秦俨面前："我说这个大舅子，都二十分钟了，能进去了吧？"

秦俨倚在门边玩手机游戏，眼皮都没抬："不能。"

"嘿！你故意呢！"沈钧抒急了，正想上去强制开门，就听里头传来一道响亮的女声："哥！姐夫他们来了没啊！"而后就见房门从里头被拉开，秦沐穿着一身烟灰色的伴娘短裙，长发扎起，上了点儿淡妆，看上去俏皮可爱。她看到外头站了一群人，意外地怔了怔，"哎？姐夫，你们来了怎么也没动静啊！"

沈钧抒愣了半晌，视线转到秦俨那张有点儿僵硬的脸上，语气阴郁地反问："你不是说新娘还没好吗？"

秦俨轻咳一声，正了正色，视线落到秦沐的短裙上瞟了瞟，淡淡问了句："穿这么短裙子干吗？你结婚还是苏莞结婚？"

沈钧抒的目光一下就又转到秦沐身上。

秦沐被秦俨这么一说当即觉得害羞极了，恼羞成怒地瞪他一眼："关你屁事！"

秦俨嗤笑一声，收了手机往屋里去了。

沈钧抒看了眼离去的身影，站到秦沐身边笑了笑："别听你哥瞎说，你的穿着很漂亮。"

沈钧抒本就长着一张好看的脸，此刻这么一笑，看得秦沐脸色一红，心跳加快，她"傲娇"甩头哼了两声："我知道！"

赶走了秦俨这尊大佛，傅维珩等人便堂而皇之地迈步进来了，江之炎环顾了一圈这装扮喜庆的房子，朝卧房内扬声道："新郎来了。"

下一秒，处于正前方三米外的一间房门被拉开，前前后后出来几个人。

伴娘们依次排开，许丞阳笑眯眯地把门带上，走到傅维珩面前招手："哈喽，'大神'。"

傅维珩面不改色地站在原处，早有所料接下去要发生的事，一颔首："说吧。"

姚曳走上来思忖了片刻，说道："'大神'，咱们都是文明人，就不为难你了，你表达一下对莞莞的爱意，我们就让你进去接人。"

许丞阳附和："是的，方法随你。"

傅维珩想了想，问："有琴吗？"

"有！"许丞阳侧头看向身后的杨尔锦，"小锦锦，去，把我'儿子'拿出来！"

两分钟后，杨尔锦提着个小提琴盒从卧房出来，递到傅维珩手里。

后者接过琴，迅速地取出托起校了下音准，而后拉了首美妙的《天赐之声》。一曲终了，傅维珩往前走了两步，冲着那道紧闭的房门，嗓音沉稳地说："莞莞，一年前的今天我对你'心怀不轨'，一年后的今天，我要与你结发同行，直至永远。"

沈钧抒呼吸一室，惊呼："……够浪！"

一秒后，许丞阳、姚曳拍手鼓掌，站到两侧让出一条路，前者做出个欢迎的姿势："非常好，结发同行去吧。"

傅维珩放下琴重新拿起捧花，脸色淡淡朝两人又颔首："谢了。"随后阔步径直拧开房门推进去。

江蕴和苏玥就站在门边，见他进来笑了笑，纷纷伸手朝苏莞坐的方向指去。

苏莞就坐在床沿，身上那件洁白无瑕的婚纱是穆清特地在意大利定制的，全世界只有这一件。婚纱的上半身是片片花朵状连成的镂空，锁骨上方的领口有几枚纯手工刺绣，后背露空，从腰际线往下及地则是由多层的轻纱叠置而成，最外层的纱上嵌着白色的人造羽毛，婚纱完美地勾勒出了苏莞纤瘦曼妙的身姿，那纯洁的雪色更是衬得她肤如白玉。

她长发微卷，松松地搭在肩上，漂亮小巧的脸上化了精致的妆容，明艳动人。

傅维珩在原地愣了足有两分钟，只是静静站着，一双眼从未在她身上挪开过。

苏莞被他盯得羞赧地垂了垂眸子。

江蕴忍不住发笑打破沉默："维珩，别傻站着了，去牵你的新娘。"

傅维珩晃一回神，缓步朝她走去，他望了她一阵，想垂头吻她，却又意识到后头有两位长辈，最终牵着她起身，温声说："老婆，跟我回家。"

后者抬眸一笑："好。"

成功接到新娘，从卧房一路走到车前，众人撒满了花，神色雀跃地为这对新人祝福。


都说音乐家是最懂浪漫的，这话一点儿都没错。

婚礼的场地是延川最大的圣苑大礼堂。这所礼堂除了内部的装修精致豪华之外，还胜在礼堂后头的大面积草坪上，礼堂内举行结婚仪式，礼堂外便是婚礼宴会，坪地沿湖，清澈的湖面在金色阳光的照耀下波光粼粼，为这场盛大的婚礼增添了一抹靓丽浪漫的色彩。

这场婚礼邀请了许多人，既可以说是傅、苏的婚典，也可以说是一场古典音乐圈的盛大聚会。因为除了新人双方的亲朋好友，傅维珩还请来了古典音乐圈里大半的音乐家们。


仪式举行之前，傅维珩应接不暇地在外头接应宾客，苏莞则一直都等在礼堂的休息室里。

秦沐似乎是被沈钧抒找去帮忙了，许丞阳和杨尔锦则是代替苏莞去接待来参加婚宴的大学同学，长辈们也是招待亲友去了，所以这偌大的休息室里，只剩苏莞和姚曳两人对坐着面面相觑。

姚曳张嘴又打了个哈欠："莞莞，好困啊，明明结婚的不是我，我却累成了狗……"

苏莞瞧了眼时间，说："你去睡一觉吧，现在我也没有什么要做的了。"

姚曳犹豫了下，又摆摆手："还是算了，我不忍心放你一个人在这里。"

苏莞微笑说:"去吧,待会儿可能更忙,我可以看看书。"

最终,姚曳被苏莞劝进了隔壁的沙发床上。

苏莞取了本书看了没多久,休息室的门便被敲响,有人轻轻将门推开一条缝,苏莞未见其人先闻其声:"莞莞……"

"进来吧。"苏莞合上书放到桌上,笑着迎向进门的人。

温禾带上门后回身过来一瞧,眼眸里瞬时闪过一丝惊艳:"莞莞,你穿婚纱也太美了吧!"

苏莞垂头瞧了身上的婚纱一眼,笑道:"你穿婚纱一定更漂亮。"

温禾失笑:"我呀,别了吧,男朋友在哪都不知道呢。"

苏莞:"总会有的。"

温禾:"借你吉言!"

两人聊了一阵,没多久又有人敲门,进来的均是她的大学同学。

而后的一个小时内,苏莞迎接陆续道喜的同学、亲友们。温禾则是默默地坐在一边陪她。

好不容易送走了最后一位好友,苏莞有些疲惫地捏了捏脖子,侧头朝温禾轻笑:"抱歉,让你陪我这么久。"

"说什么呢,反正我在外头也是无聊。"温禾上来替她梳了梳头发,羡慕地说,"莞莞,你真幸福。"

苏莞:"你也会的。"

休息室的门又被推开,两人齐齐侧目望去,傅维珩穿一身英挺的西装出现在门口。

温禾恭恭敬敬:"傅先生。"

他带上门走过来,朝温禾一颔首,在苏莞面前蹲下,柔声询问:"累吗?"

温禾抿唇笑了笑,识趣地轻声走出了休息室。

休息室内,傅维珩抬手拨了下她散下来的长发,又问:"饿了吗?"

苏莞坦然点点头:"有点儿。"

傅维珩给她捏了捏手臂:"要不要吃点儿东西?"

他手上的力道不轻不重,恰好缓解了她的不适,她摇摇头:"不要了,婚纱太紧,吃了会显小肚子。"

他说:"辛苦了。"

时间一到，所有宾客均已来齐，有秩序地坐在大礼堂内等待仪式的开始。

偌大的礼堂里，响起悦耳的钟声，乐队继而奏起一首浪漫的婚礼进行曲。礼堂大门被缓缓打开，傅维珩站在台前，面朝大门，长身玉立，静静地同在场所有人一齐等待新娘的到来。

原本披在脑后的头纱被掩在眼前，苏莞挽着老秦的手臂，一步一步缓缓迈向红毯尽头的傅维珩。

当老秦将苏莞的手托至傅维珩手心的那一刻，傅维珩的内心仿佛瞬间被什么填满了，只觉得自己这一生，幸福又圆满。

司仪开始主持婚礼，他望着台前这一对俊美的新人，问道："傅维珩先生，你是否愿意娶苏莞女士为妻，和她结为一体，爱她、安慰她、尊重她、保护她，像你爱自己一样。不论她生病或健康、富有或贫穷，始终忠于她，直到离开世界？"

傅维珩深情款款地看向自己面前最爱的人，朗声说："我愿意。"

司仪又问："苏莞女士，你是否愿意嫁傅维珩先生为妻，和他结为一体，爱他、安慰他、尊重他、保护他，像爱你自己一样。不论他生病或健康、富有或贫穷，始终忠于他，直到离开世界？"

苏莞侧头与他相对而视，笑得异常温柔："我愿意。"

司仪："请双方交换戒指。"

在所有人衷心的祝福和盼望下，他们宣读誓词，他们互换婚戒，他们紧紧相拥。

苏莞看着这缓缓被他套进无名指的婚戒，热泪盈眶。

爸爸，你看，我们结婚了。

"傅维珩，你知道吗？毫无经验的初恋是迷人的，但经得起考验的爱情是无价的。对我来说，遇见你，我的初恋，是既迷人又无价的。春去秋来，愿往后的岁月，与你同在。"

"苏莞，读你识你爱你，是我这一辈子，最珍贵的三件事。一生一世不过转眼一霎，从今往后，我们只有死别，没有生离。"

—正文完—

# 番外　细水长流

事情发生在婚礼结束后的几个星期，傅维珩与苏莞从日本蜜月旅游回来没多久。

那天周日，傅维珩临时因为公事去了公司，家里就只有苏莞一个人，闲来无事，她便把家里从里到外清扫了一遍。

忙忙碌碌一阵后，出了一身汗，苏莞取了衣裤打算洗个澡。进了浴室将干净的衣服放到搁置架上时，眼梢无意间瞄到放置在一边储物架上的卫生巾。

苏莞怔住了，脑袋里回忆了一下今天的日期，猛然意识到已经月初了，她的生理期还没有来，算算日子，已推迟了将近半个月！

这下子，苏莞连澡都顾不上洗了，转身出浴室去衣帽间匆匆套了件外套，心情忐忑地去小区药店买了验孕棒。

接下来直到傅维珩回来的那段时间，苏莞脑子里都是混沌的，无论做些什么事，脑袋里都会下意识地蹦出一个想法："有宝宝了，要小心些小心些……"

在被这想法洗脑了一天后，当晚吃完饭，她便坐在客厅看书等傅维珩回来。

傅维珩忙了一天，回到家一脸疲倦。苏莞从沙发上站起身看他从玄关走过来，而后搂住她垂头亲了亲，声线倦懒："吃了吗？"

苏莞木讷地点点头。

他抚着她的长发，神色温柔："今天在家做什么了？嗯？"

苏莞："吃饭，睡觉，看书。"

他笑了笑，扯开衬衫的扣子："我去洗澡。"

而后的十五分钟，苏莞一直等在浴室门口，手里还拿着条擦头发的毛巾。

以至于傅维珩拉开浴室门从里头出来的时候，被门边的身影给吓了一跳。见他出来，苏莞立马站直身子，笑吟吟地将手里的毛巾双手奉上。

"……"傅维珩盯着她看了良久，随后接过她手里的毛巾盖到头发上擦了擦，眉峰一动，"怎么了？"

苏莞双手背到后头，眉眼渐渐低敛："那个……维珩，我……好像怀孕了。"

傅维珩擦头发的动作顿住，思绪破天荒地错乱了几秒钟，又难以置信般问了句："你说什么？"

苏莞抬眸瞥他一眼，然后走到梳妆台前拉开抽屉，取出下午测验的那支验孕棒递到傅维珩面前，深呼吸了一口气，改口道："应该是，怀孕了。"

第二天一早，两人直接去了医院做检查，结果是怀孕了，七周。

傅维珩盯着手里的检验报告单足足三分钟，抬眸瞅了眼垂头倚在瓷砖墙上的苏莞，声线沉稳："莞莞，过来。"

苏莞抬头看他一眼，半晌后从善如流地走过去，神色略微尴尬地问了句："维珩，你是不是不喜欢孩子？"

从昨晚到现在好像都没看他有什么兴奋的情绪……

傅维珩不说话，脚步微移，垂头吻住她的双唇，长臂一舒带进怀里，薄唇贴在她耳畔，再开口时的嗓音竟有些发颤，他说："老婆，我都快……高兴疯了。"

自苏莞怀孕后，傅维珩不再让她去团里上班，而是安心在家养胎。怕她一人在家太闷，他就让张霖将大部分的公司事务都移至家里的书房来办理，除了偶尔开会回一趟公司，大部分时间，都是在家。

怀孕期间，孕妇情绪起伏波动较大，加之傅维珩总是不大让她出门，苏莞更是不乐意。

某天温禾要约她出门逛街看电影，傅维珩说："电影院人太多，挤着你和宝宝怎么办？"

苏莞："我会小心。"

傅维珩："外头那么冷，冻着你和宝宝怎么办？"

苏莞："我会多穿。"

傅维珩："商场里玩闹的小孩太多，万一撞到你了怎么办？"

苏莞怒：“傅维珩！医生说过，适当的运动对孕妇和宝宝是有好处的！我需要带宝宝去外头呼吸新鲜空气！”

傅维珩无奈妥协，放下手里的文件，起身去卧室里换衣服：“既然如此，我陪你们一块去。”

苏莞：“……”

电影院里。

温禾看了眼苏莞身边面无表情的傅维珩，觉得很扎心。

她是不是该打电话把秦俨叫来？电灯泡什么的……太耀眼了！

苏莞无可奈何地叹了口气：“我们看我们的就好。”

温禾：“……”


怀孕七个月的时候，苏莞的肚子已经大到看不见自己的脚了。

关于孩子的性别，他们都是想要保持神秘感，所以没有特意去问医生。

某天晚上，考虑到苏莞身体不便，傅维珩就拉着她早早上了床。苏莞摸了摸自己圆鼓鼓的肚子，偏过头问他：“维珩，你喜欢男孩还是女孩？”

傅维珩不答反问：“你呢？”

苏莞笑道：“我喜欢男孩，这样他长大后就能像你一样优秀又帅气，你呢？”

傅维珩搭在她腰上的手臂紧了紧，将脸埋进她侧颈，声线迷离：“喜欢你。”

苏莞毫不意外地耳根子一热，伸手推搡了他一下：“我问认真的……”

他忽然抓住她的手，垂头吻她。

“还是喜欢你。”他说。

低沉的嗓音喑哑性感，一下子，听得苏莞分外动情，她羞涩地垂了垂眸：“……动作轻点儿，别压到宝宝了。”

他无声地勾了勾唇，再一次吻住她。


预产期将至，全家人都是高度紧张状态，傅维珩为了以防万一，更是提前一周安排苏莞住进私人医院的VVIP病房，自己时时刻刻陪在她身边。

分娩那天，全家人都来了，傅维珩看着苏莞临产前疼得满头大汗地被推进手术室，一颗心提到了嗓子眼，加之苏莞不让他进去陪产，生产全程下来，傅维珩听着里头撕心裂肺的叫声，只能束手无策地在手术室门口来回踱步。

江之炎出去一趟又回来，见他还是保持原状，实在看不下去："你能不能消停会儿？"

傅维珩脚步不停："不能。"

秦俨晒笑："大音乐家，这么站着几个小时会累吧，我给你拿把琴拉拉？"

傅维珩："闭嘴。"

江蕴上来拍拍傅维珩的肩，安慰道："维珩，别担心，莞莞会没事的。"

傍晚六点多，孩子终于迟迟降临这个世界。随着手术室外的红灯一灭，门被徐徐打开，出来两位医生和护士。

医生抬手摘下口罩，面色从容："恭喜，是个八斤的健康男孩。"

傅维珩如释重负，家人们都为之雀跃。待苏莞被推出来后，傅维珩第一时间上去，瞧着她那张毫无血色的小脸，一下子心疼极了，抚着她的脸颊闷声说着："莞莞，以后我们不生了。"

后来秦沐和沈钧抒匆匆赶到，看到站在手术室门前还没来得及走的秦俨和江之炎，忙问："江老师！我姐呢我姐呢！"

江之炎眼神暧昧地看了两人一眼，回道："已经去病房了。"

秦俨的脸色从看到他俩一起进来后就阴沉着没缓和过，他凉飕飕地扫了眼沈钧抒，嗓音阴郁地问秦沐："你们俩怎么一起来的？"

秦沐惊觉大事不妙地别开脑袋，拔腿就跑："我去病房看我姐！"


自从当了妈妈后，苏莞骨子里的母性一下就被激发出来了，对她那漂亮俊俏的儿子爱不释手，从喂奶到睡觉，基本无时无刻不抱着他，甚至直接将傅维珩给冷落了。

某次傅维珩下班回来，见她又抱着儿子逗趣着，忍不住走过去睨了眼苏莞怀里的儿子，沉着声吃醋地说了句："八斤多的东西，你一天到晚抱着不嫌累？"

苏莞"唔"了一声："他可是你儿子。"

傅维珩冷哼："我儿子就该识趣点儿，别老霸占着我老婆。"

苏莞："……他长得跟你很像呢。"

傅维珩淡淡地扫了他一眼："呵，我比他好看多了。"

苏莞："……傅维珩你今晚睡客房吧。"

傅维珩："……"

 

傅维珩和苏莞的儿子叫傅宜修，是傅铨取的名，"纷缊宜修"即修饰得宜，恰到好处。

宜修三岁的时候，傅维珩直接把小提琴和大提琴摆到他眼前，言简意赅："选。"

傅宜修仰脖吃力地看着在他眼里如巨人般的老爹，稚嫩的嗓音毫不犹豫："和爸爸一样。"

苏莞："……"

某日，苏莞监督傅宜修练琴的时候无意间想起这件事，便好奇地问了句："宜修，为什么要选跟爸爸一样呢？"

傅宜修一副小大人模样地落下弓子翻了页曲谱，那云淡风轻的神情简直是照着傅维珩刻出来的一般："为了打倒爸爸，抢到妈妈。"

苏莞："……"

刚走到琴房门口准备推门的傅维珩："……"

 

之后的某一天，傅维珩从美国出差一周回来，回到家想着和老婆亲热一番解解这几日不见的相思之疾，却又被自家小子捷足先登，拖着苏莞给他讲故事。

傅维珩看着傅宜修撒娇得意的样子，脸即刻黑了下来："傅宜修，你过来。"

傅宜修说到底总是会有些怕他的，尤其是当他沉着脸面无表情时，于是宜修敛起笑走过去："爸爸。"

傅维珩居高临下地望着他，音色沉沉："我像你这么大的时候已经会拉《天空之城》了。"

果然，傅宜修小朋友脸色一变，紧抿着双唇神色凝重。

这时苏莞刚好从书房里取了故事书出来："宜修，过来吧，妈妈给你讲故事。"

结果，傅宜修突然转身，迈着小脚嗒嗒嗒地往琴房里去，带上门时还不忘说："妈妈，我不想听故事了，我要练琴。"

苏莞瞧了眼神色得意的傅维珩，问："……你和宜修说什么了？"

傅维珩若无其事地扯了下领口："没说什么。"而后弯腰抱起苏莞朝卧室走去，"老婆，我想你了。"

　　苏莞："……"


　　再后来的某一天，傅宜修小朋友将《天空之城》完美地演奏下来时，奶奶穆清听了忍不住拍手称好，笑弯了眼，她抱起傅宜修蹭了蹭他俊俏的小脸，说："我们宜修真棒，比你爸爸还要厉害，想当年你爸爸像你这么大的时候，还在对着钢琴摸音准呢！"

　　傅宜修："……"被骗了！

　　有几次苏莞实在看不下去父子这样"明争暗斗"，于是某次抱着傅维珩嗓音细软地说道："维珩，你可以不要老是和宜修置气吗，好歹他也是你儿子，你就不能让让？"

　　傅维珩不假思索："等他什么时候不缠着我老婆了，我就考虑你的提议。"

　　苏莞："……"

　　苏莞："当初我怀孕的时候，我记得你说你高兴疯了……"

　　傅维珩理直气壮："当初我还没想到这会是个跟我抢老婆的小兔崽子。"

　　苏莞："……"

—全文完—